달콤한 나의 도시

정이현 장편소설

달콤한 나의 도시

초판 1쇄 2006년 7월 24일
초판 86쇄 2025년 5월 26일

지은이 정이현
펴낸이 이광호
펴낸곳 ㈜문학과지성사
등록번호 제1993-000098호
주소 04034 서울 마포구 잔다리로7길 18(서교동 377-20)
전화 02) 338-7224
팩스 02) 323-4180(편집) / 02) 338-7221(영업)
전자우편 moonji@moonji.com
홈페이지 www.moonji.com

ⓒ 정이현, 2006. Printed in Seoul, Korea
ISBN 89-320-1715-8 03810

이 책의 판권은 지은이와 ㈜문학과지성사에 있습니다.
양측의 서면 동의 없는 무단 전재 및 복제를 금합니다.

달콤한 나의 도시

정이현
장편소설

문학과지성사
2006

차례

1부 성년의 날···7
2부 선택의 시대···47
3부 위태로운 거리···117
4부 치명적인 것들···181
5부 연인들의 비밀···237
6부 돌이킬 수 없는···293
7부 그림자 도시···353
8부 거의 모든 사랑의 법칙···383
9부 정거장, 서울, 2006···419
작가의 말···442

1부 성년의 날

1

옛 애인의 결혼식 날, 사람들은 뭘 할까?
혼자서 훌쩍 여행을 떠나버릴 수도 있겠지. 남태평양의 해변가에 누워 칵테일 주스를 한 모금 마시면서 까짓것 쿨하게 행복을 빌어주는 거다. 아니면 돌멩이가 잔뜩 든 배낭을 메고 북한산에 오르거나 걸어서 잠수교를 횡단할 수도 있을 것이다. 하산하는 길 위에 돌멩이를 하나씩 버리다가 혹은 찰랑이는 강물을 물끄러미 내려다보다가, 갑자기 울음을 터뜨려도 좋겠다.
그렇다면 나는? 나는, 출근을 했다. 수요일 아침 세상의 다른 모든 회사원들처럼 말이다. 올해의 연차 휴가는 지난여름에 이미 깡그리 써버렸을뿐더러 오후에는 중요한 프레젠테이션이 있었다.
"부장님, 저 북한산엘 좀 다녀와야 해서 하루만 쉬어야겠는데요"

라고 말할 수는 도저히 없는 형편이었다. 그렇다고, 주말이나 휴일이 아니라 왜 하필 수요일에 결혼하는 거냐며 오늘의 신랑에게 전화해 항의할 수도 없는 노릇이었다. 다행인지 불행인지 나는 그 정도로 뻔뻔한 인간은 아니었다.

 더 솔직하게 말하자면, 점심시간이 될 때까지 오늘이 그날이라는 사실도 깜빡 잊어버리고 있었다. 디데이를 알려준 것은 휴대폰의 기념일 알림 서비스였다. AM 11:59에서 12:00로 넘어가는 찰나, 점심으로 포호아의 월남국수를 먹을까 동천홍의 짜장면을 먹을까 고민하고 있는데 느닷없이 벨이 울렸다. 액정화면에 '애도! 고릴라 사망'이라는 글자가 떴다. 고릴라는, 본인은 결코 인정하려 들지 않던 그의 별명이었다. 고릴라는 내 입에서 어쩌다 결혼이라는 단어만 나와도 부르르 몸을 떨던 녀석이었다.

 "한국 사회에서 결혼이 얼마나 힘든 굴레인지 몰라? 식 올리는 순간, 바로 무덤에 들어가 눕는 거라고."

 제 입으로 무덤이라는 단어를 사용했으니, 열두 시 정각, 강남 모처의 예식장에서 그는 꼴까닥 숨이 넘어가버렸을 터였다. 형식적이고 부질없는 제도적 결합 따위에 목매지 말고 영원히 자유롭게 사랑하며 살자고 감언이설을 풀 때는 언제고, 그는 나와 헤어진 지 육 개월도 안 되어 청첩장을 보내왔다.

 동봉한 포스트잇에 "친애하는 우리 은수. 우리 정말 식구 같았잖아. 너라면 진심으로 축하해주리라 믿는다. 건강해라!"라고 씌어 있었다. 괴발개발, 천하의 악필은 여전했다. 나는 청첩장과 포스트잇을 차례로 북북 찢어 쓰레기통에 버린 다음, 애니콜의 기념일 알림 서비스 메뉴에 들어가 그의 결혼 일시를 입력했다. 그 시간이 오면, 남쪽 방향을 향해 두 손을 모으고 엄숙하게 묵념한 뒤에, 국화꽃 한 송이를 땅바닥에 깔고 하이힐 굽으로 짓이길 생각이었다.

마침내 휴대폰이 그 순간을 알려왔으니 이제 참았던 분노를 폭발시키기만 하면 된다! 그런데, 이상한 일이다. 피가 거꾸로 치솟지도, 가슴이 두근거리지도, 심장이 벌렁거리지도 않는다. 배신감도, 질투도, 자기연민도 느껴지지 않는다. 평상시의 정오 무렵처럼 몹시 배가 고플 뿐이다.

짜장면을 곱빼기로 주문하여 바닥까지 싹싹 긁어 먹어보았다. 트림만 나올 뿐 역시 격렬한 감정은 끓어오르지 않았다. 남태평양 리조트의 칵테일 주스 대신, 스타벅스 카페모카를 손에 들고 사무실로 돌아오는 동안 나는 희한한 고민에 휩싸였다. 나는 그를 사랑했다. 그도 나를 사랑했다. 틀림없이, 그렇다고 생각했다. 그런데 왜, 아무렇지도 않은 거지?

혹시, 내 피가 미지근하게 식어버린 건가? 앞으로 이렇게 점점 더 차가워져갈 일만 남은 건가? 더럭 겁이 났다. 이러다가 곧 냉동칸의 동태처럼 꽁꽁 얼어붙은 채 늙어갈지도 모른다. 영원히 무감동한 인간으로 말이다. 시럽을 듬뿍 넣었음에도 카페모카는 입안을 쓰게 휘감았다. 옛 애인과의 그리운 추억 때문이 아니다. 흐리멍덩한 동태 눈깔 같을 내 미래 때문에 콧등이 시큰해져왔다. 시계를 보았다. 두 시간 뒤면 경쟁 프레젠테이션이었다. 마스카라가 번지면 끝장이다. 나는 화장실 문을 걸어 잠그고 통곡하는 대신, 팽, 힘차게 코를 풀었다. 옛 애인의 결혼식 날 울지 않다니. 비로소 진짜 어른이 된 기분이었다.

 콧물을 수습하고 사무실에 들어서는 순간, 황부장의 우렁찬 목소리가 들려왔다.
 "너희들도 얼른 준비해. 화장도 좀 고치고."
 "예?"
 며칠 전부터 출근하기 시작한 여대생 인턴사원 둘이 눈동자를 치켜떴다.
 "아, 고객사 같이 들어가자고. PT할 때 썰렁하면 안 되니까 뒤에 배경으로 서 있어. 칙칙한 오은수나 내 얼굴 말고, 니들 얼굴 보고 있는 게 그쪽 사람들도 덜 지루할 거 아니야."
 밥 잘 먹는 오은수, 머릿결 나쁜 오은수, 어깨 넓은 오은수라면 용납할 수 있었다. 가수 비에 목매는 오은수, 주제도 모르고 눈만 높은 오은수도 그러려니 넘길 수 있었다. 하지만 '칙칙한 오은수'는 난생처음이었다. 나는 코 풀고 난 휴지 뭉치를 손으로 구기면서 가만히 숨을 골랐다. 부장은 제가 무슨 잘못을 저질렀는지도 모르는 눈치였다.
 "칙칙하다니요? 눈이 삐셨어요?"라고 맞받아치거나 "지금 여성 노동자의 외모를 가지고 실언하신 거 아세요? 좋은 말로 할 때 당장 사과하시죠"라고 정색하거나 꼴이 우스워지기는 마찬가지였다. 황부장은, 유들유들한 데다 입이 거친 면은 좀 있지만 큰 악의는 없는 사람이었다. 보나마나 "어, 우리 은수씨 기분 나빴어? 에이, 용서해줘. 다 내 부덕의 소치야." 이렇게 눙치며 지나갈 위인이었다.

일찍이 김광석은 노래했다. 또 하루 멀어져간다, 머물러 있는 청춘인 줄 알았는데. 이렇게 살 수도 없고 이렇게 죽을 수도 없을 때 서른 살은 온다. 그렇게 말한 시인은 최승자다. 30세에 대한 으리으리한 경고는 너무 흔하다. 스물아홉 가을, 나는 갓난아이에게 홍역 예방 접종을 맞히는 엄마의 심정으로 스스로를 다독였었다. 와라! 서른 살, 맞서 싸워주마. 절대 지지는 않을 테다. 그런 식의, 유치하지만 제법 비장한 각오도 했었다.

지금은 서른한 살. 뭐 아직까지는 견딜 만하다. 나이 한 살 더 먹는다고 해서 눈가 주름이 확 늘어나거나 갑자기 아줌마라는 호칭으로 불리지 않는다는 것도 알게 되었다. 그런 건 사실 그다지 대수로운 일이 아닐지도 모른다. 무엇보다, 더럽고 치사한 일들을 예전보다 훨씬 잘 참아내게 되었다는 측면에서 나 자신이 깜짝 놀랄 정도였다.

이 직장으로 옮겨온 건 약 이 년 전이다. 기업체의 사보와 홍보 브로슈어 등의 편집을 대행해주는 곳인데, 회사원이라면 대개 그렇듯 업무는 재미있을 때도 짜증날 때도 있다. 요새는 정신없이 바빴다. 열흘 내내 준비해온, 생명보험회사의 사외보 수주를 위한 프레젠테이션이 불과 두 시간 뒤였다. 확률이 높진 않아도 잘만 하면 따올 수 있는 건수였다. 그러나 내가 놀라운 프로정신을 발휘하여 통곡 대신 코 풀기로 옛 애인을 떠나보내고 있을 때, 나의 직속 상관은 이런 대단한 아이디어를 창안해냈다.

사회생활 어언 칠 년 차. 참는 데는 이골이 났다. 나는 순순히 부장 고물차의 조수석에 올라탔다. 뒷자리에 여대생 인턴들을 태우고서 차는 PT 장소로 출발했다. 중3 때, 수학 선생은 교실에 들어오자마자 칠판 한가운데 백묵으로 점을 찍곤 했다. "수업 듣기 싫은 놈은 떠들지 말고 이거 보고 있어!" 어른의 말은 무조건 거역하고 보던 시절이었으나, 이번만은 어쩐지 복종하고 싶다는 중압감에 사로잡혀 나는 한 학기 수학 시간 내내 칠판이 뚫어져라 흰 점만을 바라보았다. 그때의 일을 떠올려봐도 별 위안은 안 되었지만 하는 수 없었다.

PT는 그럭저럭 끝났다. 드라마 속 커리어우먼들이야 하나같이 좌중을 압도하는 야무진 말발과 똑 부러지는 능력을 보여주지만 현실이 어디 그런가, 치명적인 실수만 안 하면 다행이지. 부장이 수고했으니 다 같이 삼겹살이나 먹자고 제안했다.

"저는 안 돼요. 약속 있거든요."

나는 또박또박 힘주어 말했다. 내가 할 수 있는 유일한 복수였다.

거짓말은 아니었다. 날이 날이니만큼 사랑하는 친구들, 재인과 유희를 만나기로 해두었던 것이다. 친구들이 모두 한자리에 모여 고릴라의 결혼을 애도하다니 이 얼마나 아름다운 풍경인가. 나는 오래된 친구들의 우정에 새삼 감복했다. 재인이 나긋나긋한 동작으로 대형폭탄을 투하하기 전까지는 말이다.

재인은 프랑크 소시지를 한입 커다랗게 베어 문 다음 말했다.
"나, 결혼해."
나는 한 번에 알아듣지 못했다. 음악 소리가 너무 컸다.
"쟤 지금 뭐랬니?"

옆자리의 유희에게 되물었다. 유희가 얼빠진 목소리로 중얼거렸다.

"결혼, 한다는데?"

재인은 쑥스럽다는 듯 슬며시 옆으로 고개를 돌렸다. 한 살이라도 어려 보이고자 일자 뱅 스타일로 자른 앞 머리칼이 이마 위에서 깜찍하게 흔들렸다. 무슨 말이라도 뱉어야겠는데 아무 생각도 떠오르지 않았다.

"에이, 설마."

먼저 입을 연 건 내가 아니라 유희였다. 유희 역시 적잖은 강도의 충격을 받은 눈치였다. 그렇다. 서른한 살의 미혼 여성에게 무엇보다 충격적인 소식은 옆자리 동료가 로또복권에 당첨되었다거나, 나보다 공부 못하던 여고 동창이 뒤늦게 환골탈태하여 사법고시에 합격했다는 종류의 것이 아니다. 그런 경우야 뭐 좀 얼떨떨하고 묘한 시샘이 일기도 하겠지만 내 힘으론 어쩔 수 없는 영역의 일이므로 금세 받아들일 수 있다. 서른한 살은 그 정도 가벼운 쇼크쯤은 웃으며 극복할 수 있는 나이라고 나는 믿고 있다.

그러나 이건, 이건 명백히 다르다. 늘 함께 어울려 다니던 친구가, 갑자기, 결혼을 선언한 것이다. 발 딛고 선 땅바닥이 흔들리는, 진저리 나도록 현실적인 날벼락이 아닐 수 없었다.

"미안해. 어쩌다 보니 후다닥 그렇게 됐어."

재인의 말투에서는 어쩐지 진심으로 미안해하는 기색이 묻어났다. 미리 말을 못 해서 미안하다는 건지, 아니면 먼저 가서 미안하다는 건지 헷갈렸다. 졸지에 불우 이웃이 된 기분이었다. 나는 마음을 가라앉히려 애쓰며 겨우 물었다.
"근데 대체 누구랑 한다는 거야? 너 남자 없잖아."
"기억 안 나? 얼마 전 주말에 선본다고 했던 거."
나는 신음을 삼켰다. 두 주쯤 전인가 금요일 저녁에 만났을 때 내일 오후에 맞선이 있는데 귀찮아죽겠다고 투덜거리던 재인의 모습이 떠올랐기 때문이다. 그럼 왜 나가는 거냐고 유희가 냉소적으로 묻자 재인은 "하는 수 있니. 집에서 밥이라도 얻어먹고 살려면 이 정도는 해줘야지"라고 한숨 쉬며 대답했었다.
"그러니까 불과 이 주 만에 결혼을 결정했다는 거 아냐, 지금?"
"야, 상식적으로 한번 생각을 해봐. 이게 말이 되냐?"
우리의 협공에 재인이 정색을 했다.
"이 주일 넘었어. 오늘이 십칠 일째야."
나와 유희의 눈빛이 허공에서 짧게 마주쳤다. 나와 유희와 재인은 올해로 딱 십오 년째 친구로 지내오고 있었다. 열여덟 살, 독서실 옥상에서 첫 키스를 나눈 첫사랑 남자아이가 다른 여자와 껴안고 있는 모습을 목격한 내가 당장 자살하겠다고 난리법석을 떨었을 때 내 옆에 있어준 건 유희와 재인이었다. 스물세 살, 유희가 군대 간 남자친구의 아이를 임신했다는 사실을 알았을 때 재인은 제 장학금을 선뜻 수술비로 내놓았었다. 나와 재인은 마취에서 깬 유희의 손을 꼭 잡고 함께 훌쩍거렸었지. 그때처럼 코끝이 맹맹해져왔다.
십오 년은 끔찍하게 긴 시간이 분명했지만 그렇다 해도 우리에게는 제각각의 인생이 있었다. 하재인, 네가 다른 날도 아니고 하필 오늘, 나의 엑스 보이프렌드 고릴라가 장가가는 날, 내 뒤통수를 때려? 그렇게 따지고 들 수 없다는 걸 깨닫자 좀 쓸쓸해졌다. 오랜 우정의 힘을 발휘하여 나는 가까스로 친구가 원하는 질문을 찾아냈다.

"진짜 대단하다. 도대체 얼마나 멋진 남자기에?"

재인의 안색이 금방 환해졌다. 우리보다 네 살 많은 비뇨기과 전문의, 교육자 집안의 차남, 선배와 동업으로 조만간 개원 예정 등의 프로필을 재인은 조잘조잘 읊어댔다. 여기가 어린왕자가 사는 별이 아니니 당연하겠지만, 그 남자의 머리 색깔이나 눈동자 빛깔 같은 것에 대해서는 입에 올리지 않았다. 하긴 뭐 어차피 한국 남자, 검은 머리에 검은 눈동자를 가졌을 게 뻔하지만 말이다. 가만히 재인의 설명을 듣고 있던 유희가 불쑥 물었다.

"그래서, 그 남자를 왜 사랑하는데?"

사랑이라니. 못 들을 말을 들었다는 듯 재인이 동그란 눈을 천연하게 깜빡였다. 눈을 감았다 뜰 때마다 절개법으로 시술한 쌍꺼풀 수술 자국이 또렷이 도드라졌다. 나는 슬그머니 고개를 돌렸다. 벽에 걸린 그림은 클림트의 「키스」 복사본이었다. 하나의 뿌리에서 돋은 듯 남자와 여자는 서로의 몸을 뜨겁게 휘감고 있다. 문득 궁금해진다. 키스가 끝나고 난 뒤, 저들의 사랑은 어떻게 되었을까. 성공? 아니면 실패? 저 시대에도, 사랑의 성공과 실패는 결혼 여부로 가늠되었을까.

일부일처제 사회의 위대한 규칙 한 가지. 사랑하는 사람들이 모두 결혼하는 건 아니지만, 결혼하는 사람들은 모두 사랑해야 한다.

그 사람의 존재 자체를 사랑할 수도 있고, 그 사람이 가진 무언가를 사랑할 수도 있으며, 그 사람의 무엇을 사랑하는지 모르면서 사랑할 수도 있다. 그렇다면 맞선에서 만난 비뇨기과 의사를 대관절 '왜' 사랑하느냐는, 재인을 향한 유희의 질문은 애초부터 성립하기 어려운 것이었는지도 모른다.

재인은 맥주잔을 들어 입에 가져갔다. 술을 들이켜는 시늉을 했지만 수위는 줄어들지 않았다. 잔을 탁 소리가 나게 내려놓은 뒤 천천히 그러나 단호하게 말했다.

"그건 말이야. 말로 표현하기 힘들어."

그러고는 한쪽 손바닥을 펼쳐 제 심장 위에 가져다 댔다.

"여기, 뭔가가 와. 아, 이 남자였구나 하는 그런 느낌. 걱정 마, 너희들도 머지않아 느끼게 될 거야."

마지막 문장은, 대학생활을 묻는 여고생의 질문에 '너희도 대학생이 되면 알게 된단다'고 대답하는 교생 선생의 그것처럼 들렸다. 마침내 제도권의 문 안에 들어선 자의 오만함이 슬쩍 묻어났다고 느낀 것은 내 자격지심 탓일까. 나는 묵묵히 소시지를 씹었다. 유희가 미심쩍어하는 기색을 거두지 않은 채 다시 물었다.

"확인할 건, 다 해본 거야?"

확인할 것. 그 표현 속에는 부동산 소유 현황이나 숨겨둔 자식의 유무, 대머리 같은 유전적 형질뿐만 아니라 그 의미 너머의 의미까지 들어 있을 것이다. 그러나 재인은 도통 무슨 말인지 알 수 없다는 표정을 지어 유희로 하여금 기어이 최후의 일격을 던지게 만들었다.

"아이 답답해. 평생 한 침대를 쓸 만한 남자가 확실하냐는 거지."

"글쎄. 설명해도 너희는 잘 모르겠지만."

재인의 말투가 평소와 달리 몹시 조신하고 우아했기 때문에 나는 하마터면 소시지 대신 혓바닥을 씹어 삼킬 뻔했다.

"그런 건 별로 중요하지 않아. 포인트는, 정신적 파트너십이지."

재인이 화장실에 가자마자 유희가 탄식을 뱉었다.

"쟤, 미친 거 아니야?"

긍정하지 않을 도리가 없었다.

"좀, 그런 경향이 없다고는 못 하겠다."

"사람이 저렇게 한순간에 변할 수도 있니? 침대에서 3분을 못 넘긴다는 이유로 남자 차버릴 때는 언제고. 야, 그때 그 3분맨이 누구더라. 삼성 연구원이었나, 아니면 사진작가라던 남자였나?"

서로 은밀한 과거지사를 시시콜콜 알고 있다는 게 얼마나 위험한 일인지 모르는 듯 그녀는 목소리를 낮추지 않았다.

"그리고 뭐, 이 남자가 내 남자였구나? 놀고 있네. 이거 왜 이러셔. 그런 확신이라면 나는 새 남자 만날 때마다 들어. 그러니까 지금까지 스무 번도 넘는다고! 은수, 넌 안 그래?"

나? 글쎄, 잘 모르겠다. 확신의 느낌은커녕 남자를 만날 때면 언제나 '신이시여, 이 남자가 정녕 내 남자가 맞습니까?'라는 의심과 혼란에 시달리곤 하는 인간이 바로 나였다. 혹시라도 잘못되면 돌이킬 수 없을까 봐, 새끼발가락도 제대로 담그지 못하고 우물쭈물 망설이다 포기하고 마는 것이 나의 특기였다.

술집에서 나와 우리는 뿔뿔이 흩어졌다. 재인은 청첩장을 맞추러 간다고 했고, 유희는 회사로 들어가봐야 한다고 했다. 차라리 다행이었다. 뭔가 복잡하게 소용돌이치는 생각을 정리할 혼자만의 시간이 필요했다. 한 정거장쯤 걷기로 했다. 그러나 신촌 뒷골목을 삼십 미터 지나기도 전에 후회가 밀려들었다.
 골목은 이십대 초반의 아이들로 바글거렸다. 초미니스커트를 입고 길쭉길쭉한 다리를 놀리는 기린 같은 여자애들 사이를 쪼그랑 할망구처럼 헤치며 나아가야 했다. '조심들 해라, 그렇게 높은 굽 신고 돌아다니다가 나중에 무릎관절 다 망가지니까! 암튼 요즘 애들은 겁도 없어.' 투덜대다 말고 정신을 차려보니 나도 모르게 '요즘 애들'이라는 단어를 자연스레 사용하고 있었다. 발목에 스르르 힘이 빠졌다.
 위로가 필요한 순간은 누구에게나 있을 것이다. 옛 애인이 결혼식을 올리고 베스트 프렌드가 결혼을 발표한 날이라면 하물며 그렇다. 나는 휴대폰을 꺼내어 저장된 전화번호 목록을 ㄱ에서부터 차례로 훑어보았다. 목록은, 참혹했다.

 한 사람의 전화번호부는 그의 모든 것을 대변한다. 나는 비참한 심정으로 목록을 넘기기 시작했다.
 강X철. 지지난달에 헤어진 남자다. 아니, 소개팅으로 만나 도합 열 번쯤 데이트한 사이이니 헤어졌다고 말하는 것도 아깝다. 틈만 나면 술을 먹이고는 저기서 좀 쉬었다 가자고 러브호텔 불빛을 가리켜대곤 했다. 그래도 명색이 21세기인데, 70년대 영화에나 나올

법한 구태의연한 방식은 너무하지 않은가. '번호 삭제' 버튼을 누르려다 말고, 손가락을 멈추었다. 그래도 동갑에 키도 크고 대기업 대리였다. 일단 놔둬보기로 한다.

김X태. 아니, 이 인간 번호를 왜 아직 안 지웠던 거지? 대학 다닐 때 잠시 사귀던 과 선배. 졸업하곤 연락 한번 없더니 작년에 느닷없이 회사로 전화를 걸어왔다. 반가운 마음에 저녁 약속을 했다. 한창때의 장국영처럼 희고 야리야리하던 얼굴이 찐빵처럼 부풀어 중년 아저씨가 다 되어 있었다. 그 뒤에, 우리 앞으로 결혼을 전제로 진지하게 다시 사귀어보자는 내용의 이메일을 보내와서 고민스러웠는데 알고 보니 아내가 둘째를 임신 중인 상태라고 했다. 한 다리만 건너면 금방 들통날 뻥을 아무렇지도 않게 쳐대던 그 배짱이 아직도 존경스럽다.

박X훈. 전에 함께 일했던 고객사의 홍보 담당자였다. 클라이언트들과 친밀하게 지내는 편이긴 하지만 어디까지나 비즈니스적인 관계였다. 개인적인 만남은 피차 위험했다. 업계 바닥이 좁아 소문이 부풀려질 가능성도 컸으며, 갑과 을의 관계이니만큼 상대편(갑)에서도 이쪽(을)의 인간적 호의에 저의가 숨겨져 있다고 오해하기 쉬웠다. 여러모로 말이 잘 통하는 사이였는데 시작도 못 하고 흐지부지 돼버려 아쉬움이 남아 있었다. 올봄, 그가 다른 회사로 옮겨 간 뒤에는 길에서 우연히 부딪친 적도 없었다.

그래. 이만하면 오늘 같은 밤, 술친구로 괜찮을 듯싶었다. 조금 망설이다가 나는 그에게 문자메시지를 보내기로 했다. 문자메시지는 참 고마운 도구다. 전화 통화의 어색한 침묵과 말줄임표의 곤혹을 감당하기 싫을 때 더없이 유용하다. 문자가 없던 시절에는 인간관계의 내밀한 커뮤니케이션이 어떤 방식으로 이루어졌는지 까마득했다.

친밀하지 않은 사이의 이성에게 문자를 보낼 때는 일단 자연스럽고 쿨해 보이는 게 중요했다. 평소 오매불망 당신 생각만 하는 것은 절대 아니다, 그러나 오늘 불현듯 당신이 떠올랐다는 분위기를 풍겨야 한다. 그리고 자연스런 답장을 유도하기 위해 마지막 문장은 반드시 의문문으로 하는 것이 좋다.

― 문득 생각나서 연락드려요. 얼굴 잊어버리겠어요. 심심한 저녁이네요. 뭐 하고 계세요? ^^

이모티콘을 뺄까 하다가 그냥 넣어서 보냈다. 터덜터덜 걸어 다음 버스 정류장에 도착했을 때까지도 답장은 오지 않았다. 고요하기만 한 전화기를 나는 공연히 만지작거렸다. 삐빅. 문자메시지 수신음이 울린 것과 버스가 도착한 것은 거의 동시였다. 미련 없이 버스를 포기하고서 나는 부리나케 휴대폰을 확인했다.

― W 백화점 고객사은대잔치. 15만 원마다 상품권 증정. 보너스! 고객 열 분 추첨 무료 해외여행.

액정화면을 뚫어져라 바라보았다. 어이가 없어 웃음도 나오지 않았다. 내 인생이란 정말이지 딱 요 모양이다. 기다리는 전갈은 도착하지 않고 엉뚱한 유혹만 넘실댄다. 놓쳐버린 버스를 다시 기다리고 싶진 않았다. 나는 택시를 잡아탔다. 집 앞 편의점에 들러 맥주 두 캔을 노란 플라스틱 장바구니에 담았다. 안주로 치즈 포를 집을까 육포를 집을까 갈등하고 있을 때 삐빅, 경쾌한 소리가 들렸다.

― 은수씨 반가워요. 저는 강남에서 일 잔 하는 중 혹시 근처에 있으면 조인할래요?

나는 플라스틱 바구니의 맥주 캔들을 슬며시 꺼내어 냉장고에 도로 집어넣었다. 편의점 유리문을 밀고 나오자마자 답장을 쓰고 싶었지만 꾹 참았다. 그쪽에서 질문을 던졌으니 공은 이제 내게로 넘어와 있었다. 우선은 미지근한 물로 샤워를 하고 싶었다. 그리고 우리의 첫 데이트에 어울리는 의상으로 갈아입을 것이다.

박이 알려준 술집을 찾느라 골목을 10분 넘게 헤맸다. 간신히 입구에 들어섰을 때 경악하지 않을 수 없었다. 그의 일행이 그렇게 많을 줄은 상상도 못했다. 스무 명도 넘는 인원이 테이블을 붙여놓은 채 실내를 전세 내다시피 와글대고 있었다. 삶으로부터 예기치 못한 모욕을 받는 순간 나는 도망갈 궁리 먼저 한다. 문 앞에 엉거주춤 서서 고개를 내리깔았다. 지금도 늦지 않았다. 이대로 홱 돌아서 잽싸게 문을 열고 나가는 거다. 그때 저쪽 구석의 박이 커다랗게 외쳤다.

"와아, 오은수씨! 정말 왔네."

그는 '정말'이라는 부사적 용법을 사용했다. 아니, 그럼 안 올 줄 알고 그냥 한번 불러봤다는 뜻인가. 나는 어금니를 살짝 깨물었다. 애써 표정 관리를 하면서 그를 향해 한 손을 들었다. 집에서 여기까지 오기 위해 13,500원의 택시비를 지불했다. 특별한 날을 위해 아껴두었던 보라색 원피스도 입었다. 오늘은 나의 옛 애인이 결혼한 날이다. 지금 첫날밤을 치르고 있는 순간인지도 모른다. 나에게는 오늘 밤을 누구보다 행복하게 보낼 의무가 있었다.

그러나 자주 그렇듯 내 바람은 쉽게 이루어지지 않았다.

"은수씨. 진짜 오랜만이다. 우리 한 일 년도 넘었죠?"

"아마 그럴걸요."

나는 말끝을 흐렸다. 우리가 마지막으로 만난 건 약 일곱 달 전이다. 민망하게도 그날 그가 입었던 셔츠 색깔까지 기억났다. 하긴 누굴 원망하랴. 쓸데없는 기억력이 좋은 것도 백해무익한 일이다.

그 자리는 한 영화제작사와 관련된 사람들이 모인 자리였다. 영화홍보 관련 회사로 옮겨간 박은 말하자면 그곳의 특별 게스트인 셈이었다. 자기가 주빈도 아닌 주제에, 살갑게 챙기거나 다른 데로 데리고 나갈 의지도 없으면서 도대체 왜 나를 불렀는지는 불가사의했다. 오래지 않아 그 유치한 의도를 대강 때려잡을 수 있었다. 대각선에 앉은 한 여자가 내 얼굴을 계속 흘깃흘깃 훔쳐봤기 때문이다. 한눈에 봐도 꽤 미인인 여자는 지금 뭔가 뾰로통하게 골이 난 상태였다. 박 역시 그녀 쪽을 의식하며 부자연스러워하는 태가 역력했다.

그러니까 나는, 저 둘의 밀고 당기는 연애질에 일종의 낚싯밥으로 초빙된 모양이었다. 질투를 유발하기 위한 목적물 말이다. 뭐, 기왕이면 좋은 말로 사랑의 메신저라고 해두자. 하다 하다 이젠 별꼴을 다 당했다. 지금이라도 이 오욕의 사슬을 분연히 떨치고 일어나 무소의 뿔처럼 혼자서 가야 하나? 그러나 자리에서 일어나 홀연히 밖으로 걸어 나간 것은 아까의 그녀가 먼저였다. 박의 낯빛이 하애지더니 부리나케 여자 뒤를 쫓아 나갔다. '놀고들 있네' 말고 더 적절한 표현은 떠오르지 않았다.

나는 소주잔을 입안에 털어 넣었다. 목구멍이 쓰디썼다. 이럴 수가! 내 안에서 미처 예상치 못한 격렬한 오기가 치솟아 오르고 있었다. 내 피는 지금 적어도 미적지근한 온도는 아니었다. 나도 다시 섭씨 100도씨로 활활 타오를 수 있었다. 얼음마녀가 되어 죽어갈 염려는 없다고 생각하니 어쨌든 다행스러웠다.

"시시하죠? 여기."

누군가 일본 만화의 주인공처럼 심드렁히 말을 걸어왔다.

"뭐 여기만 그런가요?"

나는 상냥하게 덧붙였다.

"그리고 꼭 그렇지도 않아요. 나름대로 재밌는걸요."

"성격 되게 좋으신가 봐요."

남자가 씩 웃었다.

"저는 따분해죽겠거든요. 어쩌다 따라오게 됐는데 아는 사람이 하나도 없어요."

단 1초다. 초면의 이성과 눈이 마주치고 나서 딱 1초 후면 심장에 반응이 온다. 나는 얼른 자세를 바르게 고쳐 앉았다. 눈앞의 남자는 해사하고 맑은 인상이었다. 이십대 중반쯤 되었을까. 쌍꺼풀 없이 기름한 눈이 선량하게 빛나고 길게 뻗은 콧대도 단정하다. 그가 내 앞의 빈 잔에 맑은 술을 가득 부어주었다.

"아는 형이 연출부 스태프라서 같이 왔는데 갑자기 급한 일이 있다고 가버렸어요."

"어머. 어떡해요?"

다소 과장된 음색을 꾸미고 있다는 것을 누구보다 내가 제일 잘 알고 있었다.
"할 수 없죠, 뭐."
그가 내 빈 잔에 소주를 채우며 덧붙였다.
"혼자서도 잘 놀아요."
나는 잔을 비웠다. 목덜미를 타고 오르는 급박한 취기가 나를 대담하게 만들었는지도 모른다.
"그럼 같이 나갈래요?"
내가 지금 뭐라고 한거지? 뺨이 홧홧 달아올랐다.
"아니, 내 말은, 우리 둘 다 어차피 여기 아는 사람도 없으니까……"
"좋아요."
남자의 담백한 대답이 너무 고마워서 하마터면 꾸뻑 고개 숙여 인사할 뻔했다.

2

첫째, 하고 싶은 사람과 둘째, 하고 싶을 때 셋째, 안전하게 하자. 이것이 섹스에 대해 정해놓은 원칙의 전부다. 생각만큼 단순하지는 않다. 문제는 주로 두번째 항목에서 발생하곤 했다. 상대방이 원하는 때와 나의 때가 일치하기란 사실 쉽지만은 않은 일이다. 특히 첫 관계를 시작하는 시기에 대해 상대방과의 사이에 현격한 이

견이 있기 일쑤였다. 물론 이 세상 모든 여자들이 정서가 완전히 무르익었을 때, 또는 충분한 마음의 준비가 되었을 때까지 기다린 다고는 생각하지 않는다. 저마다의 성향이나 세계관의 차이일 것이다. 나의 입장은 아무튼, 일단 마음이 통한다는 확신이 든 다음에 몸도 통하자는 쪽이었다. 그러니까 뭐랄까, 처음 만난 남자와 바로 '하러 가는' 원나잇 스탠드 따위와는 별로 친하지 않다는 뜻이다.

아아, 모두 구차한 변명이다. 지금 나는 그 밤의 일이 한순간의 우발적 실수였음을 강변하고 싶은가 보다. 분명히, 나는 만취로 인한 의식불명 상태가 아니었다. 평소보다 좀 많이 마신 건 맞지만, 처음 만난 남자에게 업혀 모텔 방에 널브러질 만큼 취하지는 않았다. 아니, 입구 계단 앞에서 살짝 부축을 받긴 했지만 업히기는커녕 멀쩡하게 내 두 발로 걸어들어갔다. 팥죽색 카펫이 깔린 긴 복도와, 둘이 나란히 서면 어깨가 닿을 듯 비좁던 엘리베이터도 아슴아슴 기억난다.

그는 매너가 아주 좋은 편이었다. 전에 원나잇 스탠드라는 걸 해본 적이 없으니 다른 남자들이 하룻밤의 파트너를 어떻게 대하는지는 알 수 없었으나, 옛 애인들과 비교해볼 때 확실히 그랬다. 그가 보기 드물게 사려 깊은 남자라는 조짐은 그 술자리를 단 둘이 빠져나왔을 때부터 드러났다.

막상 같이 밤거리로 나왔을 때 우리 사이가 왠지 어색하고 버름했던 건 당연지사였다.

"제가 아는 데가 있긴 한데 의자가 편하거나 화장실이 깨끗하지는 않거든요. 괜찮으시겠어요?"

의자와 화장실을 걱정해주는 남자는 처음이었다. 나는 흔쾌히 고개를 끄덕였다. 그가 안내한 곳은 멀지 않은 곳에 위치한 지하의 작은 바였다. 적당히 어슴푸레한 실내에 델리스파이스의 음악이 잔잔하게 흐르고 있었다. 소박하고 정감 어린 분위기가 마음에 들었다. 동그란 스툴형 의자가 좀 딱딱하긴 했지만 엉덩이가 배길 정도는 아니었다. 데킬라 호세쿠엘보와 나초 칩, 콜라가 포함된 세트 메뉴의 가격도 나쁘지 않았다.

"내가 먼저 나오자고 했으니까 내가 쏠게요."

"그래도, 돼요?"

나는 대답 대신 빙긋 웃어주었다. 한눈에도 나보다 한참 어려 보이는 남자아이에게 술값을 부담시킬 생각은 추호도 없었다. 남자가 비용을 부담할 때는 되도록 개중 저렴한 메뉴를 고르지만, 내가 부담할 때는 짐짓 호기로워지는 기분이란 참 기묘했다. 허튼 폼 잡기 따위 없이 줄곧 부드럽고 붙임성 있는 태도를 유지하는 걸로 보아 그는 자신이 가진 매력을 아직 잘 모르거나 아니면 진짜 고수임이 분명했다.

"친구가 전에 여기서 일했거든요. 사장이 장사는 안 하고 늘 여행을 다닌대요. 알바생들이 지들 좋아하는 대로 음악도 틀고 술도 꺼내 먹고 완전히 놀러들 나와요."

"부럽네, 그 사장."

"그게 부럽나요? 그래도 여기도 자기가 좋아서 시작했을 거 아니에요. 그러면서 자꾸 도망치면 안 되죠. 책임을 져야지."

책임이라는 발음을 할 때 야무지게 움직거리는 그의 입술이 너무 귀여워서 나는 속으로 탄식했다. 돌아보면, 사단은 이미 그때부터 벌어지기 시작했다. 우리는 비슷한 속도로 취해갔다. 원래 술이 오르면 나는 눈웃음의 횟수가 급격히 증가하고 혀가 짧아진다. 주로 마음에 드는 남자와 단 둘이 마실 때 그런데, 의도적인 건지 아닌 건지는 나 자신도 확신할 수 없었다.

단언하건대, 만약 이 세상에 술이 없었다면 세계사는 지금과는 전혀 다른 방향으로 씌어졌을 것이다. 따지고 보면 내 인생의 역사 역시 마찬가지였다. 주거니 받거니 둘이서 데킬라 한 병을 다 비울 동안 꽤 많은 이야기를 나누었음에도 불구하고 유감스럽게도 별로 또렷이 기억나는 내용이 없다.

"대한민국 결혼율이 바닥을 치고 있다고? 웃기지 말라 그래요. 내 주변 개네들은 다 뭔데? 어찌나 열심히 애국들을 하시는지 원."

"죽을 때까지 만들고 싶은 영화는 딱 한 편이에요. 아무도 인정하지 않아도 좋아요. 나 스스로 만족할 수 있는 작품이라면 그걸로 충분하잖아요."

이런 방식으로 우리의 대화는 자주 어긋났다. 대화의 본질이라는 게 어차피 다 그렇고 그런 걸지도 모르지만 말이다.

그는 주로 '영화감독이 되겠다. 학교를 때려치웠다. 군대 얘기는 하고 싶지 않다. 후회하지 않겠다' 등의 파편적인 문장들을 나열했다. 나 역시 '더 이상 뒤통수 맞기 싫다. 되는 일이 없다. 세상에서 인간이 제일 무섭다. 하긴 내가 나를 못 믿는데 누가 날 믿겠는가' 따위의 전후맥락 없는 말들을 뒤떠들어댔다. 공통점이라면, 둘 다

급속하게 혀가 꼬부라져가고 있었다는 것. 그래도 죽이 척척 맞는다는 느낌이 들다니 이상한 일이었다.

내가 신용카드로 계산을 하는 동안 그는 먼저 문밖으로 나갔다. 어둑한 계단참에서 그가 나를 돌려세웠다. 우리는 지하에서 지상으로 오르는 계단에 서서 키스했다. 혀와 혀가 엉기고 타액으로 상대의 입술을 흠뻑 적시는 딥키스였다. 키스하는 동안 머릿속이 하얘졌다. 고백하자면 고릴라와 헤어진 뒤— 아니, 솔직해지자. 고릴라와의 초창기 불꽃 튀던 몇 개월이 지난 뒤— 이런 열정적인 입맞춤은 처음이었다.

"너무 어지러워. 어디 편한 데 가서 눕고 싶지 않아요?"

그 결정적 대사가 누구 입에서 나왔는지 헷갈리지만, 나일지도 모른다는 가능성에 한 표 던지겠다.

"잠깐만요."

길을 걷다 말고 그는 편의점 앞에 나를 세워두고는 안으로 급히 뛰어들어갔다. 현금지급기에서 돈을 뽑는 모습이 유리창 너머로 어룽져 보였다. 여관 카운터 앞에서 미적거리거나 "너 만 원짜리 있니?" 아예 대놓고 묻는 남자들이 있다는 얘기는 간혹 들었다. 말을 전하는 여자애들은 대개, 내 친구의 친구가 그런 일을 겪어봤대,라는 식의 화법을 사용했다. 이 남자가 적어도 '그런' 부류는 아니라는 생각이 들자 어이없게도 이상한 안도감이 들었다. 편의점에서 나온 그의 손에는 제법 묵직한 비닐봉투가 들려 있었다.

"무슨 컵라면 좋아하는지 몰라서 여러 가지 샀어요."

"김치 맛. 해장에는 역시 얼큰한 게 좋아요. 참, 나무젓가락은 받아 왔어요?"

"앗, 깜빡……할 리가 없죠."

그가 종이포장지로 싸인 나무젓가락을 의기양양하게 흔들었다. 나는 따라 웃었지만 속으론 좀 후회가 되었다. 취해 몸을 못 가누는 척, 쉬러 가자고 한 여자가 젓가락까지 챙기다니 아무래도 생뚱맞아 보일 터였다.

방은 좁고 단출했다. 더블베드, 화장대, 작고 동그란 원형 테이블, 조잡하게 멋 부려 만들어놓은 일 인용 의자 두 개 등이 가구의 전부였다. 침대 옆 벽면에는 대형 거울이 붙어 있었다. 도대체 어쩌자고 거울을 그런 위치에 붙여놓았단 말인가. 갑자기 술이 확 깨는 느낌이었다. 뭔지는 모르지만, 뭔가가 상당히 요상하게 돌아가고 있다는 자각이 그제야 몰려왔다. 더 기가 막힌 건 내 동행인의 행위였다.

방문을 걸어 잠그자마자 그는 양말조차 벗지 않고, 내게 달려들기는커녕, 커피포트에 생수를 들이붓고 끓이기 시작했다. 치지직 요란한 소리를 내며 물이 끓는 동안, 김치 맛 컵라면 두 개의 비닐 포장을 얌전히 벗기고, 조심스레 뚜껑을 열고, 스프를 면 위에 골고루 흩뿌렸다.

"빈속에 잠들면 내일 속 아파요. 이거 드시고 주무세요."

아, 어쩌면 이 남자애야말로, 파란만장한 하루를 보낸 한 가련한 어린양을 위해 오늘 밤 하늘에서 내려 보내준 살아 있는 천사일지도 모른다는 생각이 머리를 스쳤다. 천사의 성별은 남성, 어린양의 성별은 여성. 남녀 단둘이 밀폐된 공간에서 밤을 보낼 때 일어날 거라고 상상되는 몇 가지 일들 가운데 하나가, 우리에게도 있었다. 원래 그러기로 예정되어 있었던 것처럼 자연스럽게, 모든 것은 물 흐르듯 이루어졌다.

  더 이상의 세부적인 부분은 말하지 않겠다. 프라이버시는 지켜져야 하니까. 다만 그는 훌륭했다. 여러모로 그랬다. 중요한 순간에 한 박자 쉬면서까지 콘돔을 찾느라 부스럭댄 것만 보아도 그의 침대 매너가 가히 짐작되지 않는가. 더구나 그는 그 순간 다음과 같은 코멘트를 귓가에 속삭여주어 나를 감격케 했다.

  "불안하실까 봐요."

  좋았다. 다 좋았다. 마무리로, 이마에 살포시 와 닿은 입술의 순연한 감촉도 잊을 수 없다. 평화롭고 나른한 잠이 밀어닥쳤다. 설핏 잠이 들었을까. 음주 뒤의 수면이 대개 그렇듯 아무 꿈도 꾸지 않았다. 잠 속은 짧고 깊은 암흑이었다. 눈을 떴을 때 떠오른 단어는 오직 한 가지였다. '출근!'

  한 번만 더 지각하면 죽음인데. 몇 시쯤 된 거지? 눈꺼풀을 네댓 차례 깜빡거린 뒤에야 여기가 내 방이 아니라는 걸 깨달았다. 사방은 희부연 어둠으로 덮여 있었다. 나는 머리맡을 더듬어 핸드백을 찾았다. 제일 먼저 전화기를 확인했다. AM 6:05. 아홉 시 출근 시간까지는 그래도 좀 여유가 있었다. 지갑도 그대로 있고, 집 열쇠도, 화장품 파우치도 다 제자리에 들어 있다. 잃어버린 건 없구나, 역시 별로 많이 취하지는 않았던 거야, 본능적으로 안심이 되었다. 곧 그런 걸로 안심하는 내가 한심스러워졌다.

홑이불로 아랫도리를 가린 채 벌거벗은 상체로 잠든 남자를 보는 순간, 관자놀이가 깨질 듯 아파왔다. 대체 무슨 짓을 저지른 거지? 차라리 필름이 끊겼다면 좋을 뻔했다. 그것이 토사물의 흔적이든 아니면 수백만 원의 금액이 찍힌 카드 영수증이든 간에, 불과 몇 시간 전 술에 해롱대며 저지른 제 만용의 흔적을 눈뜨자마자 발견하는 건 매우 잔인한 일이다. 다른 할 일도 없었으므로 일단 주섬주섬 옷을 입었다.

욕실에 들어가 거울을 보았다. 가관이었다. 뺨은 사정없이 번들거리고, 아이라이너와 마스카라 잔여물이 범벅된 눈 밑은 시커멓다. 세면대 옆의 비누를 들었다가 도로 내려놓았다. 누가 어떤 부위를 씻는 데 사용했는지 모를 일이다. 나는 한숨을 삼키며 손가락 끝에 물을 묻혀 조심조심 눈가 얼룩을 닦아냈다. 욕실 밖으로 나오니 그도 일어나 앉아 있다. 그새 티셔츠를 주워 입은 걸로 보나 우물쭈물하는 표정으로 보나, 그 역시 간밤의 사태에 대해 적이 곤란해하는 눈치였다.

"가려고요?"

제가 뱉어놓고도 민망한 대사인가 보았다. 얼굴이 벌게지더니 그는 이내 후다닥 몸을 일으켰다. 밤에는 미처 못 봤었는데, 대형할인점 속옷 코너에서 흔히 볼 수 있는 평범한 남색 트렁크를 입고 있었다. 알뜰한 어머니가 만 원에 석장들이 묶음을 사다가 서랍 속에 넣어두면 아무 생각 없이 꺼내어 해질 때까지 입는 타입인 듯했다. 팬티를 선물해주거나 적어도 주기적으로 팬티를 보여줄 정도로 친밀한 관계의 여자친구는 없다는 얘기다.

"같이 가요. 데려다줄게."

예상치 못한 태도였다. 뭐라고 대꾸해야 할지 당황스러웠다. 그러고 보니 반말을 써야 할지 높임말을 써야 할지도 잘 모르겠다. 왜, 때때로 형식은 내용을 규정하는 걸까? 어쨌거나 이 남자와 나는 반말과 높임말을 어색하게 섞어 쓸 수밖에 없는 사이였다.

"아니. 나 혼자 가도 돼요. 택시 타면 금방인데 뭘."

"그래도 같이 가요. 집이 어디라 그랬더라?"

"진짜 괜찮다니까. 시간이 일러서, 강변북로 타면 30분도 안 걸려요."

나는 일부러 단호하게 말했다. 그가 말없이 어깨를 으쓱했다. 알았다는 의미인 듯했다. 우리는 조용히 거리로 나왔다. 터무니없이 밝은 햇빛이 이마에 닿았다. 무슨 해가 이렇게 일찍 뜨고 난리야. 나는 속으로 투덜거렸다. 묵묵히 제 신발코만 내려다보며 걷던 남자가 갑자기 고개를 들었다.

"우리 언제 같이 영화 봐요."

같이 영화를 보자고? 모텔에서 하룻밤을 함께 보내고 나온 남자가 여자에게 하는 제안치고는 꽤나 신선했다. 하긴 '언제 같이 영화나 보자'는 것은 막연한 언약일 뿐이다. 비슷한 용도의 말로는 '언제 밥이나 먹자' '언제 술이나 한잔하자' 등이 있다. 어차피 이런 상황에선 피차 어색하지 않게 헤어지기 위한 최선의 대화법인지도 몰랐다. 나는 천천히 대답했다.

"예, 뭐. 그래요."

"어떤 장르의 영화 좋아해요?"

"글쎄요, 뭐 그냥 이것저것 다."

"그럼 요즘 개봉 영화 중에 둘이 같이 볼 만한 거 좀 생각해보고 연락할게요. 전화번호 좀."

그가 바지 뒷주머니에서 휴대폰을 꺼내들었다. 그러니까 지금 내 연락처를 알려달라는 뜻인가 보았다.

"010-977X-5X1······8."

마지막 숫자를 슬쩍 다르게 댈까 하다가 그만두었다. 그렇게까지 비겁하고 싶지는 않다. 그는 버튼을 꼭꼭 눌러가며 내 번호를 휴대폰에 저장했다. '외로워도 슬퍼도 나는 안 울어. 참고 참고 또 참지 울긴 왜 울어.' 내 전화벨이 울린다. 당황해서 가방을 여는 순간 벨소리가 뚝 그친다. 액정에 부재중 전화 1통, 표시가 떠 있다.

"제 번호 찍어놨어요."

나는 고개만 끄덕였다.

"저장 안 할 거예요?"

어색하게 폴더를 열고 번호 저장 버튼을 누른다. 이름을 입력하라는 커서가 깜빡인다. 윤태호. 그의 이름은 윤태호라고 했었지. 'ㅇㅡㄴㅌㅐㅎ'까지 눌렀을 때 그가 내 팔을 쿡쿡 찔렀다.

"히읗이 아니고요. 이응. 태호가 아니라 태오."

"어머, 미안해요."

"괜찮아요. 처음에는 다들 헷갈려하는 걸요. 누나 이름은 오, 은, 수 맞죠?"

그의 입을 통해 발음되는 내 이름. 삼십 년 동안 불려온 그 이름이 별안간 귀에 설었다. 그가 싱긋 웃었다.

"이름이 참 귀여워요."

정작 귀엽다는 표현이 어울리는 건 그의 얼굴이었다. 놀라울 정도로 어려 보이는 옆모습이 아닌가 말이다. 새삼스레 뒷골이 욱신거렸다. 어제 결정적인 순간에 정확하게 몇 살이냐고 호구 조사를 하지 않은 것이 다행이라는 생각이 들었다.

택시의 뒷문을 열어주면서도 태오는, 진짜 혼자 가도 괜찮겠느냐고 재차 물었다. 그가 너무나 자상한 포즈로 손을 흔들었기 때문에 나도 얼떨결에 한 손을 들었다. 같이 흔들어줘야 되나? 망설이고 있는데 차가 출발했다. 이른 아침, 남자의 배웅을 받으며 올라탄 여자 승객에 대해 택시기사는 무슨 견해를 가지고 있을까. 기사 아저씨가 말을 붙여올까 봐 왠지 조마조마했다.

3

원룸 주택이 밀집해 있는 우리 동네. 훤한 아침에 귀가해보기는 처음이다. 기분이 묘했다. 우리 집, 아니 내가 사는 방은 2층에 있다. 2층에 거의 다다랐을 때, 계단을 내려오던 위층 여자와 딱 마주쳤다. 내 또래로 보이는 그녀는 출근 시간이 빠른 직장에 다니나 보았다. 우리는 서먹하게 서로를 비껴 지났다. 전에 서너 번 얼굴을 스친 적은 있지만 말을 나눠본 적은 없다. 저쪽에서 굳이 먼저 인사하지 않는 경우에, 거기 맞춰주자는 것이 나의 원칙이었다. 어쩌면 저 여자 역시 그런 사고방식의 소유자일지도 모른다.

우선 클렌징 폼의 거품을 많이 내어 빡빡 세수를 하고, 녹차 향 바디클렌저로 샤워를 했다. 태오가 끓여준 컵라면 때문일까. 술 마신 양에 비해 배 속은 그다지 불편하지 않다. 그래도, 뭐라도 좋으니 입을 좀 다셨으면 싶다. 수건으로 머리칼을 말리면서 냉장고를 열어본다. 변변한 게 있을 턱이 없다. 이럴 때 엄마가 있었다면 쌍시옷이 들어간 욕을 자배기로 퍼부으면서도 말간 콩나물국이라도 한 대접 끓여주었을 텐데.

그때 충전기에 꽂아둔 전화기가 요란하게 울린다. 집이다. 아무래도 엄마가 내 혼잣말을 들었음에 틀림없다. 방금 전의 공연한 그리움은 깨끗이 사라지고 등줄기에 식은땀이 흐른다. 나는 31세의 성인 여성이다. 내 몸의 결정권은 나에게 있다. 누구랑 자든 말든, 나의 선택에 대해 아무도 간섭할 수 없는 것이다. 그러나 세상에 딱 한 명, 우리 엄마라면 사정이 다르다. 나는 목소리를 가다듬고 전화기를 들었다. 이쪽에서 꿀릴 때는 먼저 세게 나가는 편이 좋다.

"아침부터 왜애? 나 지금 바빠."

"많이 바빠? 그럼 나중에 다시 할까?"

세상 모든 엄마의 목소리엔, 그 자식들에게 기기묘묘하고 복잡한 감상을 불러일으키는 주파수라도 흐르는 걸까. 엄마 목소리를 듣는 순간, 뾰족한 창끝마냥 곤두섰던 마음이 순두부처럼 몽글몽글 풀어졌다.

"아냐, 괜찮아. 얘기해요."

그러나 잘못된 선택임을 깨닫는 데 3초도 걸리지 않았다.

"너는 어떻게 된 애가 매일같이 늦니. 그러게 더도 말고 딱 10분씩만 일찍 일어나랬잖아. 학교 다닐 때도 늦잠 자서 허구한 날 지각이더니 그 나이 먹도록 달라진 게 없다니까."

틈만 보였다 하면 옳다구나, 바로 잔소리 공격을 퍼부어대는 것이 삼십 년째 변함없는 엄마의 장기였다. 평소라면 아주 조금은 더 참을 수도 있었으련만, 그만 나도 모르게 빽 소리를 지르고 말았다.

"아이 씨! 엄마가 뭘 안다고 그래. 나 요새 지각 같은 거 안 한단 말이야."

"어이구, 퍽이나 그렇겠네."

나의 신경질 따위에는 이미 익숙하다는 듯 엄마는 그저 덤덤하게 한마디 받아치고는 이내 화제를 바꾸었다.

"근데 너 집엔 언제 올 거야? 이번 주말에는 올 거지?"

부모 곁을 떠나 혼자 살기 시작한 지 여섯 달째다. 독립의 명분은 뚜렷했다. 경기도 분당 신도시의 집에서 마포에 위치한 회사까지 출퇴근이 너무 힘들다는 것. 나는 신체 건강한 성인이며, 꼬박꼬박 갑근세를 내온 성실한 직장인이고. 통장에는 서울 변두리 원룸의 전셋값에 해당하는 금액이 들어 있었다. 부모로부터 독립하여, 일터에서 멀지 않은 곳에 '나만의 방'을 가지지 못할 까닭이란 전혀 없어 보였다.

그러나 부모의 생각은 달랐다. 그들은 '시집 안(못) 간' 과년한 딸년이 '나가 살겠다'는 것을 전쟁 포고로 받아들였고 쉽사리 수긍하려 들지 않았다. 그에 맞서 싸워야 했던 지난한 투쟁의 과정은 다시 떠올리고 싶지도 않다. 엄마의 입장은 "남들이 우리더러 뭐라고 하겠니"라는 탄식으로 요약되었고, 아버지는 못마땅한 일 앞에서 평생 그래왔듯 내 얼굴만 마주치면 쯧쯧 크게 혀를 차고는 방문을 쾅 닫고 들어가버리곤 했다.

"이번 토요일엔 오빠네도 온다니까 너도 꼭 와. 한 달에 한두 번 겨우 모일까 말까 한 게 무슨 가족이니?"

"……시간 봐서."

"비싸게 굴기는. 아무리 바빠도 밥은 먹을 거 아냐. 집에 와서 한 끼라도 제대로 된 밥 먹어."

생각해보면 그때 부모가 나의 독립을 그토록 맹렬히 반대했던 이유는, 지금처럼 얼굴 한번 보여달라고 자식에게 치사한 애원을 하게 되는 상황을 예견했기 때문은 아닌가 싶기도 하다. 사실 이번 주말에 바쁘기는커녕 시답잖은 약속도 없었다. 침대에 시체처럼 누워 티브이 리모컨을 만지작거리며 졸다 깨다 반복하다 보면 토요일 오후가 더디게 흘러갈 터였다. 오라는 데도 가야할 데도 없이 맞이하는 토요일 저녁 일곱 시경의 허기만큼 난감한 것도 없다. 차라리 빨랫감을 갓난아기 업듯 등에 짊어지고 분당행 지하철에 몸을 싣는 게 나을지도 모른다. 나는 마치 큰 선심이라도 쓴다는 양 대답했다.

"알았어. 갈 수 있으면 갈게요."

"……참, 막내야."

엄마의 음성에서 묻어나오는 주저와 망설임의 기미를 나는 즉시 포착했다. 이래봬도 삼십 년이 넘도록 최측근으로 지내온 사이였다. 엄마가 "어제……"라고 발음하며 운을 떼는 순간, 더럭 겁이 났다. 혹시 눈썰미 좋은 누군가로부터 목격담을 제보받았는지도 모른다. '은수 엄마, 이걸 말해야 하나 말아야 하나 고민하다가 하는 건데 말이우. 엊저녁에 시시덕거리면서 여관으로 들어가는 웬 남녀 한 쌍을 봤거든. 근데 그 여자 얼굴이 은수랑 많이 닮았더라고. 아니, 그 집 딸내미가 그럴 리야 없겠지만서두 혹시나 싶어서. 에이, 사실 또 그러면 좀 어떠우? 이번 기회에 확 보내버리면 되지.'

진정 그렇다면 그 열두 치마폭 오지랖의 고발자를 찾아내어 뒤엎어버릴 테다. 그러나 엄마의 입에서 흘러나온 말은 내 예상과는 다른 것이었다.

"어제는? 어제는 어떻게, 잘 보낸 거야?"

"네?"

"친구들이랑 맛있는 거 먹고 아주 행복하게 보내지 그랬어?"

아무 말도 할 수가 없었다. 세상에는 딸이 사귀는 남자친구에게 무조건적 지지를 보내는 엄마들도 있다. 유희의 어머니가 그런 타입인데, 당신 딸보다 키가 한참 작은 남자는 '작은 고추가 맵다'라는 고전적인 속담을 인용하며, 누나만 여섯을 둔 딸 부잣집 막내아들은 '사랑받고 큰 놈이 베풀 줄도 아는 법'이라는 이유를 대며 흔쾌해하셨다. 우리 엄마와는 정반대였다.

엄마는 유치원 때부터 지금까지 내가 사귄 모든 남자친구들을 죄다 마뜩지 않아 했다. 고릴라의 사진을 처음 보았을 때도 "너 눈 낮은 거야 진즉에 알았지만, 참 뉘 집 아들인지 인물 없다"는 코멘트로 못마땅한 심기를 숨기지 않았다. 뭐 하나 번듯한 데 없는 놈이 어디가 좋으냐는 통도 여러 번 맞았다. 그러던 엄마였는데, 고릴라와 내가 헤어졌다는 소식을 듣자마자 긴 탄식을 내뱉어 나를 아연실색케했다. 네가 지금 그렇게 튕길 때냐는 둥, 세상에 별 남자 없다는 둥, 결국 올해도 또 넘기는 거냐는 둥 엄마의 근거 없는 추측성 비난에 숨이 막힐 것 같았다.

그래서였을 것이다. 기회 있을 때마다 나는, 그 게임의 패자가 당신 딸이라는 사실을 분명히 했다. 물론 엄마가 내 말을 귓등으로 흘려들으며 '뭐 하나 번듯한 데 없는 놈'에 대한 뒤늦은 아쉬움을 연거푸 피력하지 않았다면, 굳이 그의 결혼 일시까지 또박또박 밝히며 확인사살을 감행하지는 않았을 거다. 그래도 엄마가 그 날짜를 기억하고 있을 가능성에 대해서는 짐작하지 못했다.

나는 가까스로 대답했다.

"……응, 그랬어. ……걱정 말아요."

고릴라의 이름이나 그의 결혼식 같은 단어는, 엄마도 나도 입에 올리지 않았다. 귀를 막고 싶을 만큼 짧고 강력한 침묵이 우리 사이를 뒤덮었다. 엄마는 좀 어색하다는 듯 쿨럭 헛기침을 했다.

"늦겠다. 짤리기 전에 얼른 출근해. 노처녀 주제에 백수까지 되면 진짜 큰일이잖니."

지독하게 재미없는 농담이었다. 전화를 끊고 보니, 그새 재인으로부터 문자메시지가 도착해 있었다.

— 출근길? 결혼 얘기 미리 못 해서 미안. 울 엄마가 그런 건 미리 떠들고 다니는 게 아니라고 해서.

서른한 살. 우리는 아직도 '엄마들'의 세계 속에 살고 있다.

젖은 머리칼을 대충 감싸두었던 수건이 어느새 흠뻑 젖어 있었다. 기계적으로 헤어드라이어의 전원을 켜고 머리카락을 말리기 시작했다. 헤어드라이어 소리가 머리 속을 윙윙 사정없이 울려댔다. 화장대 거울 너머로 나의 100퍼센트 민얼굴이 선연히 비쳤다. 슬그머니 눈을 돌려 그것을 외면했다. 유리창의 블라인드 틈새로 부신 햇살이 정직하게 쏟아져 들어왔다.

검지와 중지 사이에 화장솜을 끼우고 스킨토너를 듬뿍 적셨다. 스킨을 바른 후에는 밀크로션, 에센스와 데이크림, 자외선차단제가 순서대로 기다리고 있었다. 그다음에는 파운데이션을 얇게 펴서 검푸르게 착색된 다크서클과 주근깨를 가리고, 전용 펜슬로 눈썹을 꼼꼼히 그린 뒤에, 진주 색과 에메랄드 색 아이새도로 눈두덩을 칠할 것이다. 입술에는 바비브라운의 브라이트핑크를 바르고 싶다. 아니다, 오늘은 루비슈가가 더 어울릴 것 같다. 아니면, 색 없이 투명한 립글로스를? 아아, 모르겠다. 도무지 확신할 수 있는 것이 하나도 없다. 뇌세포가 뒤죽박죽 엉켜버린 기분이다.

화장에도 순서가 있듯, 삶도 그럴 것이다. 완벽한 메이크업을 마치고 난 얼굴, 그것을 진짜 내 얼굴이라고 할 수 있을까. 화장으로 한 겹 가리고 나면 내 얼굴에 대하여 스스로 고개 돌리지 않을 수 있을까. 인생이 점점 무서운 속도로 달려드는 느낌이 든다. 누군가 내 모습을 멀뚱멀뚱 내려다보고 있는 것만 같아서 나는 손바닥으로 황망히 얼굴을 가렸다.

성장은, 긍정적 의미로 충만한 단어다. 고통을 통해 정신의 키가 한 뼘 자랐으며 보다 성숙한 인간에의 길에 한발 다가섰다고 믿고 싶은 심정은 십분 이해한다. 그렇게라도 자신을 합리화시키면 마음이 좀 편해질 수도 있을 것이다.

옛 애인의 결혼식 날 눈물을 흘리지 않았다는 이유로, 어제 나는 비로소 진짜 어른이 되었다고 뿌듯해했다. 어처구니없게도, 왜, 어른은 울지 않는다고 생각했던 걸까? 어른도 때론 흐느껴 운다. 아무도 보지 않을 때, 아무도 알지 못할 때, 눈물 없이도 메마른 가슴으로 통곡한다. 그것이 이 도시의 비밀스런 규칙이다.

어제는 긴 하루였다. 고릴라는 결혼이라는 묘지 속으로 뚜벅뚜벅 걸어 들어가버렸고 그에 대한 내 오욕칠정도 함께 순장되어버렸다. "우리도 참 남자 복은 지지리 없다니까." "뭐 어때? 다 안 되면 나중에 우리끼리 여성 전용 럭셔리 실버타운 만들어서 같이 살면 되지." "그래, 직원은 죄다 꽃미남으로 뽑자!" 이렇게 결의를 다지던 친구 재인은 언제 그랬냐는 듯 안면을 싹 바꿔버렸다. 그 와중에 경쟁 프레젠테이션을 치렀으며, 전직 거래처 직원의 연애놀음에 본의 아니게 끼어들기도 했다. 그리고, 으음, 그러니까, ……잘 모르는 남자와, 아니, ……처음 만난 남자와, 하룻밤을 보냈다.

후회하지는 않으련다. 혼자 금 밖에 남겨진 자의 절박함과 외로움으로 잠깐 이성을 잃었었다는 핑계는 대지 않겠다. 저지르는 일마다 하나하나 의미를 붙이고, 자책감에 부르르 몸을 떨고, 실수였다며 깊이 반성하고, 자기 발전의 주춧돌로 삼고. 그런 것들이 성숙한 인간의 태도라면, 미안하지만, 어른 따위는 영원히 되고 싶지 않다. 성년의 날을 통과했다고 해서 꼭 어른으로 살아야 하는 법은 없을 것이다. 나는 차라리 미성년으로 남고 싶다. 책임과 의무, 그런 둔중한 무게의 단어들로부터 슬쩍 비껴나 있는 커다란 아이. 자발적 미성년.

깊은 바다를 유영하는 한 마리 물고기처럼 살면 안 되는 걸까. 이 단단한 제도의 틈과 틈 사이를 자유롭게 흘러 다니면서? 그러다 다른 물고기나 산호초와 문득 눈이 마주치면, 생긋 한번 웃어주고는 이내 제 길을 가는 거다. 아무것도 약속하지 않고, 어디에도 미련 두지 않고! 물론 그런 삶이 행복할지는 미지수다. 타인의 온기를 그리워하고 소통을 원하고 누군가와 안정적 관계를 맺고 싶어 하는 내 안의 질긴 열망은 또 어쩌고? 까딱 잘못했다간 이렇게도 저렇게도 할 수 없는 모순과 자가당착에 빠져 허우적거리게 될지도 모른다.

아아, 하지만 예단은 금물! 나중 일은 나중에 생각하기로 하자. 지금은 그냥 이대로 한번 가보는 거다. 미리 준비하고 예측한다고 해서 삶이 어디 호락호락 내가 원하는 방향으로 굴러가주던가. 그리고 내가 원했던 방향이 어딘지도 모르는 채로, 나는 지금 여기 도착해 있지 않은가. 나는 단호하게 와인 색 립스틱을 집어 들어, 입술에 발랐다. 안 어울리면 어때라. 내일은 베이지핑크를, 모레는 단풍잎 같은 빨강을 바르면 된다. 아니면 까짓것, 깨끗이 지워버리면 된다.

링 귀걸이를 귀에 꽂는 순간, 문자메시지 도착음이 들려왔다.

— 속은 갠찬으세여? 전 죽겠어여ㅠㅠ 오늘도 횟팅하시고 주말쯤에 봐

여—윤태오.

잊고 있었던 현실 감각이 벼락처럼 환기되어 찌르르 빗장뼈를 울렸다. '괜찮'이 아닌 '갠찬'이라니. '요'가 아닌 '여'의 압박은 어쩌란 말인가. 몰래 뀌는 방귀처럼 풀썩풀썩 웃음이 새어 나왔다. 나는 답장 버튼을 누르려다 말고 손가락을 멈추었다. 그에게 답장을 보낼 것인가, 말 것인가. 스스로와 내기를 하는 기분이다. 어느 쪽의 내가 이길지는 알 수 없지만, 어떤 선택을 하건 기나긴 어제가 드디어 끝났다는 사실만은 분명했다.

아침 여덟 시. 출근 준비를 모두 마쳤다. 또다시, 새날이 시작되려 하고 있었다. 별 다를 바 없는 하루, 그러나 어제와 다른 하루. 현관 앞에 서서 잠시 주저하다가 굽 없는 갈색 스웨이드 단화에 발을 꿰었다. 이 구두는 오늘 나를 어떤 곳으로 데려다줄까? 그 미지의 시간을 향하여 나는 용감한 척, 걸음을 내디뎠다.

2부 선택의 시대

1

 지구에는 모두 몇 개의 도시가 있을까?
 나는 상상한다. 1975년 5월 25일 오후 두 시, 대한민국 수도 서울 한 귀퉁이의 작은 산부인과가 아닌 전혀 다른 곳에서 태어난 나를.
 스톡홀름, 상파울루, 뉴욕, 에든버러, 프라하, 이스탄불, 베를린, 로마, 암스테르담, 콸라룸푸르, 마드리드, 토론토, 부에노스아이레스. 아득하고 머나먼 이국 도시들의 이름이라면 앉은 자리에서 수십 군데는 댈 수 있다. 스톡홀름의 나, 뉴욕의 나, 콸라룸푸르의 나, 부에노스아이레스의 나. '그녀'들은 어떤 모습으로 살고 있을까.
 쌍둥이자리, RH+ B의 혈액형, 대외적으로는 163인 161.5센티미터의 키, 120이 간당간당한 아이큐 지수는 다를 바 없겠지. 학교 다닐 때 화학과 체육을 지지리 못했다거나, 우울한 날엔 뜨겁고 단

커피를 한 잔 마시면 좀 나아진다거나, 브래드 피트가 전 세계에서 제일 섹시한 남자라고 생각하는 취향도 엇비슷할 것 같다.

그렇지만 이국의 도시에서 나고 자란 그녀가 설마 서울 구석의 오은수씨만큼이나 별 볼 일 없는 삶을 살고 있지는 않겠지? 그것만은 도저히 용납할 수 없다는 심정이다. 나를 닮은, 어쩌면 나였을지도 모르는 이름 모를 그녀는 적어도 내가 매일 맞닥뜨리는 이 긋지긋하고 구질구질한 일상보다 수십 배는 더 달콤한 생을 구가하고 있어야 한다. 당연하지 않은가! 그런 하릴없는 환상조차 품어보지 못한다면, 사는 게 너무 팍팍하고 목구멍이 답답해서 퍽 죽어버릴지도 모른다.

아침 출근길, 여느 때처럼 지하철은 칙칙폭폭 지루하게 선로를 달리고 있다. 뒤로 가지도, 하늘을 날지도 않는다. 네모난 상자에 빽빽이 들어찬 시든 귤처럼, 혹은 나무궤짝에 겹겹이 줄 맞춰 누운 죽은 갈치처럼 실려 나는 영혼 없이 이리저리 흔들리고 있다. 운 좋게 좌석을 차지하고 앉은 몇몇을 제외하고는 이 칸의 승객들 대부분은 인간의 존엄권 수호를 위해 필요한 최소한의 공간조차 확보하지 못한 채 그저 견디고 있을 뿐이다. 떠밀리거나 넘어지지 않기 위해 안간힘을 쓰는 것 말고, 지금 여기서 사람의 힘으로 할 수 있는 일은 아무것도 없다.

누군가의 불타는 의지를 무력화시키고픈 음모를 꾸미고 있다면 출퇴근 시간에 맞춰 서울 지하철에 태운 다음 뱅뱅 돌려보라. 목적지에 도착하면 어깨에 힘이 쭉 빠지고 '모든 게 귀찮다, 의지 따위야 어떻게 되도 좋으니 어디 드러누워 쉬고 싶다'는 열망만 굴뚝같아지니까. 그래도 나는 좀 나은 편이다. 집에서 회사까지 네 개의 정차역만 지나면 된다. 앞으로 딱 8분만 더 버티면 되는 거다. 사무실엔, 매일 아침 의정부에서 마포로 출근하는 사람도 있고 용인에서 오는 사람도 있다. 그들을 생각하면 한숨이 절로 나온다. 나는 몸체를 최소한의 부피로 짜부라뜨리려 애쓰면서 시커먼 어둠이 휙휙 지나가는 창밖을 멍하니 응시했다.

뒤쪽에서 난데없이 사그락사그락 소리가 들려왔다. 곧 정수리에 신문지의 감촉이 와 닿았다. 나는 지그시 입술을 깨물었다. 차라리 엉덩이를 쓰다듬는다면 확 신고해버리거나 개망신이라도 줘버릴 텐데, 이 발 디딜 틈도 없는 지옥철 한복판에서 조간신문을 펼쳐 읽어대는 저 뻔뻔한 시민정신을 어쩌면 좋단 말인가. 나는 소리 없이 크게 외쳤다.

'아이 씨, 우리나라는 이래서 안 돼!'

용서하시라. 물론 나도 안다. 세계 어느 나라엘 가도 저렇게 개념 없는 치들이 있다는 것을. 하지만 이런 순간에는 잠시 잊어버리고 싶다. 저런 인간은 오로지 대한민국 안에서만 숨 쉬고 있다고, 그렇게 믿어버리기로 한다. 내게 닥치는 짜증스런 상황들을 이곳에서 태어난 빼도 박도 못할 운명 탓으로 돌려버리면, 나를 둘러싸고 있는 모든 문제가 단순해지고 어쩐지 마음이 편해지곤 했다.

만약 내 손으로 직접 선택할 수 있었다면, 나는 어떤 도시를 골라 태어났을까?

후보지 1번 스톡홀름. 세계 최고의 사회복지국가 스웨덴의 수도. 장점—성평등이 법적으로 완벽하게 보장되고 동거가 보편화되어 있으며 미혼모에 대한 삐딱한 시선 같은 것도 없다고 한다. 음, 끌린다. 우려되는 점—사회보장제도가 너무 잘되어 있다니 혹시 심심할지도 모르겠다. 우울증 인구나 자살률이 아주 높다는 것도 꺼림칙한 부분.

후보지 2번 뉴욕. 장점—문화와 패션과 유행의 중심지. 두말할 필요 없다. 우려되는 점—살인적인 물가와 집세. 내 아무리 미드 「섹스 앤드 더 시티」를 좋아한다지만, 그녀들처럼 누릴 거 다 누리고 멋지게 살려면 뼈 빠지게 벌어 카드 값으로 다 바쳐야 한다는 숨은 진실 정도는 알고 있다.

후보지 3번 부에노스아이레스. 앗, 어느새 내려야 할 역이다. 나는 온몸으로 정신없이 인파를 헤치고 두 발을 가까스로 지상에 내려놓았다. 아무도 궁금해하지 않는 중차대한 결정에 골몰했더니 머리가 빠개질 것 같았다. 역사 바깥을 향해 난 계단을 빠르게 걸어 오르는 동안 씁쓸한 결론에 도달했다. 만일 나에게 태어나고 싶은 도시를 직접 고르라고 했다면, 십중팔구 나는 현재 이 세상에 존재하고 있지 않을 것이다. 1975년 이래로 아직까지 결정을 내리지 못하고 우물쭈물 망설이고만 있을 게 틀림없으니 말이다.

타의에 의해 이곳에 태어나게 된 것이, 어쩌면 다행이라고 생각한다. 뭐 내가 특별한 애국자여서는 절대 아니다. 그보다는 마음껏 투덜댈 수 있기 때문이라는 게 더 정직한 고백일 것이다. '한국 남자들은 왜 다 이 모양이야?' 또는 '우리나라만큼 교통질서 안 지키는 데가 있는 줄 알아?' 아니면 '이 꼴 저 꼴 다 보기 싫은데 확 이민이나 가버릴까' 이렇게 맘 놓고 지껄일 수 있는 자유!

만일 고민을 거듭한 끝에 대한민국 국민이 되기로 결정했다 치자. 그렇다면 내가 감히 어떻게 이곳에 대한 불평의 말을 함부로 늘어놓을 수 있을 텐가. 네 손으로 선택한 주제에— 더 원색적으로 말하자면 네 눈깔 네가 찌른 주제에— 왜 불만에 차 사사건건 트집이냐는 압박이 무서워서라도 나는 꼼짝 없이 입 다물고 찌그러져 살아야 했을 것이다. 돌이켜보면 언제나 그래왔다. 선택이 자유가 아니라 책임의 다른 이름이라는 사실을 알게 되면서부터 항상, 뭔가를 골라야 하는 상황 앞에서 나는 어쩔 줄 몰라 진땀을 흘려대곤 했다.

때론 갈팡질팡하는 내 삶에 내비게이션이라도 달렸으면 싶다. "100미터 앞 급커브 구간입니다. 주의운행하세요." 인공위성으로 자동차 위치를 내려다보며 도로 사정을 일러주는 내비게이션 시스템처럼, 내가 가야 할 길이 좌회전인지 우회전인지 누군가 대신 정해서 딱딱 가르쳐준다면 얼마나 좋을까? 커다란 걸 바라지는 않는다. 다만 상사 뒷담화로 아침을 시작하고자 하는 직장 선배에 대해 어떤 태도를 취해야 하는지와 같은, 사소하고도 예민한 문제의 정답부터 제발 좀 알려주면 좋겠다.

출근길, 건물 앞에서 만난 장선배는 다짜고짜 내 팔짱부터 꼈다. 그녀를 보고 있으면 착하고 다정하며 성실하다는 온갖 장점이, 눈치가 없다는 단 한 가지 단점 앞에서 죄다 수포로 돌아가고 마는 사회생활의 무서운 진리를 새삼 깨닫게 된다.

"그 인간 진짜 감각 없는 거, 자기도 알지? 근데 그 주제에, 내가 올린 사진이 다 이상하대. 대안도 없으면서. 괜히 트집 잡는 거 맞지?"

 제 딴에는 낮게 속삭인다지만 장선배의 목소리는 적절한 수위보다 늘 조금 높다. 아무리 봐도 회사가 입주해 있는 건물의 1층 엘리베이터 앞에서 나눌 대화 같지는 않다. '그 인간'의 주인공 황부장이 언제 불쑥 나타나 굿모닝 인사를 건넬지도 모를 일이다. 나는 엘리베이터가 얼른 도착하기만을 기원했다. 아침부터 이사라도 하는 건지 엘리베이터는 10층에서 움직일 줄 몰랐다. 시시하기 그지없지만 결코 빠져나갈 수도 없는 그물에 단단히 코가 펜 느낌. 지리멸렬한 일상이 네버엔딩 스토리처럼 끝없이 반복된다는 실감에 나는 문득 진저리쳤다.

 사무용 의자에도 계급이 있다. 그 자명한 진리를 미처 모르던 순진무구의 시절이 가끔은 사무치게 그립다.
 우리 회사의 의자는 모두 네 개의 등급으로 나뉜다. 사장실 의자, 이사실 의자, 부장들의 의자, 그리고 과장급 이하 평사원들의 의자. 목 받침이 없으며 우레탄 재질의 팔걸이를 가진 중국산 사무용 의자에 앉아 나는 종일을 보낸다. 가끔 외근이 있긴 하지만, 한 달에 사나흘 정도는 마감이라는 명목 아래, 아침 아홉 시부터 자정이 넘을 때까지 엉덩이를 뭉개고 있어야 한다. 전체적으로 따지면 대한민국 사무직 노동자의 평균 노동 시간에 비해 결코 적은 양은 아닐 것이다.
 사십대 후반인 오너는 전직 잡지사 기자 출신으로, 자수성가한 남자였다. 직원들의 업무에 대놓고 간섭하는 편은 아니지만, 회사가 돌아가는 세부적인 상황을 자신이 일일이 다 파악하고 있어야 한다고 생각했다. 월급 받는 사람 입장에서 보자면 좀 피곤한 경우도 없지 않았다. 스스로 신세대 CEO라고 자부하는 사장은 특히 회의를 좋아했다. 딴에는 민주적 의사 결정 방법이라고 굳게 믿는 눈치인데, 콧구멍만 한 회사에서 틈만 나면 크고 작은 각종 회의가 열린다는 것은 꽤나 비효율적이며 소모적인 행위라고, 오너는커녕, 이사는커녕, 부장도 아닌 나는 목 놓아 주장하고 싶다.

오늘 아침에는 편집 에디터들만의 주간 회의가 열렸다. 주제는 규모 있는 예산 관리를 통한 효과적인 제작비 절감 방안. 한마디로 돈 좀 아껴 쓰라는 얘기다. 사실 주제는 중요하지 않다. 회의 주재자가 누구인지가 그보다 열 배는 더 중요하다.

"자, 장미경씨부터 시계 반대 방향으로 도는 거야."

그럴 줄 알았다. 이것이 안이사의 방식이다. 무슨 친목 계모임 장기자랑도 아니고, 한 명씩 돌아가며 한 곡조씩의 의견을 순서대로 뽑아내야 한다는 발상에 짜증이 솟구쳤다.

"저희 팀 같은 경우는 진행 계획표대로 꼼꼼하게 진행을 해서 불필요한 페이지 낭비를 줄이고, 에, 또……"

교과서 같은 말씀. 장선배는 심야 토론 프로그램에 발언자로 나선 방청객 대표처럼 진지하지만, 듣고 있는 안이사의 표정에는 아무 변화가 없다. 야속하게도 중간중간 고개 한번 끄덕여주지 않는다. 내 차례는 다음다음이었다. 나는 열심히 머리를 회전시켰다. 하나마나한 얘기를 해도, 실현 불가능한 뜬구름 잡는 소리를 해도 신통찮은 반응을 얻을 게 뻔했다. 열댓 명의 중지를 모아봐야 별 반짝

거리는 아이디어 하나 못 건질 텐데 왜 자꾸 이런 자리를 만든담?

　회의는 보나 마나 "이렇게들 생각이 없어서야 원. 자기 지갑 열 때처럼 한 푼이라도 좀 소중히 쓸 궁리를 해봐" 따위의 안이사의 긴 연설로 끝날 것이다. 관리자들이 회의에 집착하는 이유는 공식적으로 잔소리를 할 수 있는 자리일뿐더러, 잔소리를 통해 좌중을 장악하고 통제하고 있다는 알량한 권력욕을 맛보고 싶기 때문인지도 모른다.

　"제 생각에는요. 솔직히 이 논의 자체에 문제가 있는 것 같거든요."

　엇, 이게 무슨 소리지? 별안간 정신이 번쩍 든다. 진원지는, 내 옆자리의 후배 이민정이다.

　"돈 백만 원이 들어가면 백만 원짜리 책 나오는 거고, 2백만 원이 들어가면 2백만 원짜리 책 나오는 거잖아요. 백만 원을 주시면서 2백만 원짜리 퀄리티로 만들라고 하는 건 애초부터 말이 안 되는 거죠. 이럴 거였으면 차라리 처음에 덤핑 가격으로 계약을 말았어야지, 저희들한테만 자꾸 졸라매라고 하시면 곤란하죠."

　실내에는 침 넘어가는 소리조차 들리지 않는다. 모두 얼어붙은 눈치다. 다들 알고 있지만, 절대로 입 밖에 내어서는 안 되는 금기어는 어떤 조직에나 존재한다. 이민정은 분명 발음했다. 덤핑! 평소 거침없는 언행을 자랑하는 스물다섯 살의 그녀일지라도 설마 이렇게까지 용감할 줄이야.

　"인쇄소, 출력소, 필자 원고료 전부 다 깎는 것도 한도가 있지, 완전 덤핑의 파도타기잖아요. 계속 이러면 우리 이미지만 나빠져요."

　지당하신 말씀이다. 두려움 없이 불의에 항거하는 어린 후배에게 뜨거운 박수를 보내야 옳겠으나, 나는 고개를 내리깐 채 애꿎은 테이블의 나뭇결만 눈으로 더듬었다. '짬밥'은 위대하다. 사회생활 칠 년 차의 연륜으로 나는 신상에 닥쳐올 위험의 그림자를 본능적으로 알아차렸다.

안이사는, 까마득한 평사원의 도발을 여유롭게 받아 넘길 만큼의 고수가 아니었다. 그의 숱 없는 눈썹이 지렁이처럼 꿈틀댔다. 이민정은 자신이 불러일으킨 사태의 파장을 아는지 모르는지 여전히 똑같은 표정으로, 한쪽 다리를 꼰 자세를 풀지 않았다. 안이사의 핏발 선 눈동자가 이민정을 스윽 지나 내게 머무는 것이 느껴졌다. 다음 차례는, 나였다.

"......오은수씨는, 오대리는 어떻게 생각해? 지금 이 의견에 동의해?"

안이사의 말꼬리가 조금 떨리고 있다는 것을 나는 눈치채고 말았다. 그는 사장의 대학 선배였다. 직원들 앞에서는 '님' 자를 붙여줘도 될 텐데 사장은 굳이 더 커다랗게 '안이사'라고 불렀다. 안이사는 사장의 코빼기가 안 보이는 자리에서도 꼬박꼬박 "사장님께서 안 계셔도 열심히들 하란 말이야"라는 식의 말투를 썼다. 죄다 그런 건 아니지만, 몇 건의 거래처와 시중가보다 좀 낮은 액수로 수의계약을 맺은 것은 사실이었다. 그 대부분이 안이사의 작품이라는 설도 유력했다.

모두들 내 입을 주시하고 있었다. 겁이 나기 시작했다. 내 한마디에 따라 분위기는 이쪽으로, 아니면 저쪽으로 기울어질 것이다. 나는 시민혁명의 불씨를 살려 활활 타오르게 한 영웅이 될 수도 있고,

2부 선택의 시대 57

진실을 교묘한 거짓으로 포장하여 임금의 눈을 멀게 하는 간신배가 될 수도 있다. 입사 이래 가장 극심한 압박감이 등허리를 내리눌렀다. 그 많은 회의실 의자들 중에 왜 하필 이민정 옆에 앉았던 걸까, 후회막심이었다. 인생 참 어렵다. 그저 언제나 조용히 묻어가는 생이고 싶었건만. 숨을 고른 다음, 나는 천천히 입술을 뗐다.

"……아니요."

비굴하다. 정말 비굴하다. 말을 하고 있는 순간에도, 나는 그 사실을 뼈아프게 의식했다. 그러나 하던 말을 멈추지는 않았다.

"……우리는, 그러니까, 어떤 상황에서든, 최선을 다해야 한다고 생각합니다."

이민정이 어이없다는 듯 내 쪽을 흘끔 쳐다보고는 곧 고개를 돌렸다.

"그래, 오대리 말이 맞다."

황부장이 뒤늦게 끼어들어 좌중을 수습했다.

"이제 와서 원론적인 얘기해서 뭐 어쩌겠습니까. 일단 정해진 틀 안에서 어떻게든 윈윈하도록 노력을 해봐야죠."

다행히 아무도 손뼉 같은 것은 치지 않았다. 회의가 끝나자마자 다들 자기 자리로, 복도로, 화장실로 뿔뿔이 흩어졌다. 장선배가 나를 탕비실로 잡아끌었다.

"암튼 저 싸가지. 저거, 언젠가는 사고 한번 오지게 칠 줄 알았어."

나는 대답 대신 찬물을 벌컥벌컥 들이켰다. 시원하긴 하지만 목구멍이 타는 듯한 열패감은 깨끗이 씻겨 내려가지 않는다.

"어디서 감히 저 하고 싶은 말을 다 하냐. 윗사람들 다 바보로 만들고 말이야."

"……뭐 솔직히, 틀린 얘기한 건 없잖아요."

"그래도, 그 뭐냐, 똥오줌 못 가리는 거. 그건 큰 잘못이지. 혼자서 그렇게 잘난 척해버리면 나머지는 뭔데? 누군 뭐 비겁해서 가만있는 줄 아나."

장선배가 씹어 뱉듯 던진 마지막 말이 가슴에 콱 박혔다. 비겁해서 가만있는 줄 아나. 스물다섯 살, 첫 직장에서의 나였대도 오늘처럼 대답했을까. 아마 그렇지 않았을 것이다. 자리를 박차고 일어나 도망가버리거나 회의실 탁자에 얼굴을 묻어버렸을지도 모른다. 아니, 이민정에게 과감한 지지표를 던지고는 혼자 안절부절못하다가 다음 날 비장한 각오로 사직서를 제출했을지도 모를 일이지. 그때가 그립다는 뜻은 아니다. 옳은 일과, 옳지 않은 일을 판단하는 기준이 점점 더 모호해져만 간다. 25세의 후배를 부러워하는 건 탱탱한 피부 때문이 아니다. 내 질투의 이유는, 그녀의 무모한 용기가 수틀리면 손 털고 첨부터 새로 시작할 수 있는 자의 자신감에서 비롯되었을지도 모른다는 걸 알기 때문이다.

사무실로 돌아오자 제자리에 앉아 있는 이민정의 뒷모습이 보였다. 홀로 앉아 미동도 없는 그녀의 좁은 어깻죽지를 보니, 좀 전에 마신 물이 식도를 타고 역류하는 것 같다. 나는 머뭇머뭇 그녀에게 다가갔다.

"민정씨."

등 뒤에 서서 조그맣게 이름을 불렀다. 대꾸가 없다. 좀더 크게 불러본다. 역시 꿈쩍도 하지 않는다. 어지간히 마음이 상했나 보았다. 손바닥으로 어깨를 짚으려다 멈칫했다. 직장생활에서 가장 힘든 것은 단연코 인간관계다. 아침마다 악어가 우글대는 늪에 머리통을 집어넣는 기분이라며 징징댔던 적도 있다. 고생 끝에 만들어놓은 결과물을 살갑게 굴던 상사 손에 홀라당 뺏겨보기도 했고, 친구처럼 지내던 동료에게 남자 문제를 털어놓았더니 며칠 뒤 '연애박사 오은수 실연으로 자살 직전'이라는 얼토당토않은 소문이 온 사내를 휩쓸었던 적도 있었다. 이민정과 나는 특별히 좋을 것도 나쁠 것도 없는 관계였다. "쟤는 원래 싸가지가 없는 거니, 아님 나를 무시하는 거니?" 장선배는 이렇게 구시렁거리곤 했지만 내가 보기엔 타고난 성격 같았다.

"오늘 메뉴는 오대리가 정해보지." 언젠가 전체 회식 때 사장에게 딱 찍혀 메뉴판 앞에서 낑낑거리고 있을 때 이민정이 명쾌하게 던진 한마디를 잊을 수가 없다. "저는 생등심 먹을래요!" 포커페이스인 사장은 껄껄 웃더니 늘 시키던 삼겹살 대신 한우 생등심을 20인분 주문했다. 어금니로 고깃점을 씹으면서, 나 그때 그녀에게 얼마나 감탄했었는지 모른다. 고마워했었는지 모른다.

나는 나쁜 선배다. 인간도 아니다. 아가리를 벌린 늪 속의 악어다. 자책감이 솟구쳐 올라 왼쪽 가슴께가 뻐근했다. 나는 조심스레 그녀의 어깨에 손가락을 갖다 댔다.

"어, 대리님."

이민정이 뒤를 돌아보면서 귀에 꽂은 이어폰을 뺐다. 심드렁하다고 해도 좋을 정도로 무심한 눈빛이었다. 조직에 빌붙어 먹고살기 위해 후배 앞에서 안면몰수를 자행한, 인간 같지도 않은 선배에게 그녀는 평소와 똑같은 어조로 물었다.

"왜요?"

미처 예상치 못한 반응이었다. 새하얗게 반짝거리는 그녀의 신형 MP3 아이팟 나노를 나는 얼뜨기처럼 내려다보았다.

"엉, 아니, 그냥. ……뭐 들어?"

"요새는 어렸을 때 유행하던 노래들이 끌리더라고요. 들어보실래요?"

얼결에 이어폰 한쪽을 받아들었지만 선뜻 귀로 가져가지는 못하겠다. 25세의 그녀가 '어렸을 때' 유행하던 음악이라니, 곡명을 확인하면 어쩐지 무안해질 것 같다.

"저기, 민정씨, 아까는 말이야."

이민정의 이마에 물음표가 뜬다. 아, 어쩌자고 무턱대고 말을 꺼내버린 걸까.

"……미안했어."

결국 입 밖에 내고야 말았다. 내 촌스러움에 학을 뗄 것만 같다. 이민정이 양미간에 바짝 주름을 잡으며 되물었다.

"뭐가요?"

얘는 정말로 모르는 걸까, 아니면 모르는 척하는 걸까.

"아까 그 회의에서, ……이사님한테, 내가."

횡설수설 대고 있는 나 자신에게 화가 나서 견딜 수가 없다. 이민정이 선선하게 대꾸했다.

"아, 그거요. 아니에요. 대리님 의견은 저랑 달랐을 수도 있죠, 뭐. 신경 쓰지 마세요."

"아니야, 내가 잘못한 거야. 사실 민정씨 말이 다 옳잖아."

주객이 전도되어도 유분수지, 나는 어느새 바락바락 우겨대고 있었다. 이민정이 말끄러미 내 얼굴을 응시했다. 그녀의 눈동자에 비치는 나라는 인간은 대관절 어떤 모습일까? 내세울 거라곤 남들 다 먹는 나이와 별 대단치도 않은 경력뿐, 복지부동의 전형, 그러면서도 꼴에 자존심은 있다고 뒤늦은 말 바꾸기까지. 혹시 '저렇게 만은 늙고 싶지 않다'고 굳은 결의를 다지게 만드는 반면교사의 표본은 아닐까? 이민정의 입가에 설핏 미소가 떴다 사라졌다.

"아까는 그러실 수밖에 없었겠죠. 대리님 입장도 이해해요."

문득 이것이 텔레비전 미니시리즈의 한 장면 같다는 생각이 든다. '정의롭고 순수하며 이해심까지 넓은 여주인공 이민정.' '제 몸 사리기에 여념 없는 비겁한 노처녀 회사 선배 오은수.' 아니, 이름이 다 무엇이랴. 대본에는 그저 '직원3'으로 표시되어 있을 게 틀림없었다.

주인공 자리는 일찌감치 포기한 줄로만 알았다. 스캔들 한 방에 추락할지 몰라 불안해하는 주연 배우보다는 차라리 명줄 긴 엑스트라, 뭘 하든 아무도 관심 두지 않는 단역 배우 쪽이 안전하다고 믿었다. 무능력한 삼십대 회사원의 비굴한 생존법이라고 비웃어도 좋다. 아니라고 우기고 싶지만, 그게 사실이니까.

그런데 어쩐 일인지 하루 종일 명치끝이 묵직하고 업무가 손에 잡히지 않았다. 퇴근 시간 무렵, 교정지와 손목시계를 번갈아 들여다보고 있는데 책상 위의 직통 전화벨이 울렸다.

"오은수씨? 나야."

남자다. 내게 전화 걸어 다짜고짜 '나야'라고 할 만한 남자는 극소수였다. 굵은 저음이 귀에 설면서 동시에 묘하게 익숙했다. 태오의 얼굴이, 불쑥 섬광처럼 떠올랐다 사라졌다. 목소리도 전혀 다를 뿐더러 그가 회사 번호를 알 리도 만무하건만, 상대가 남자라는 이유만으로 별안간 태오를 연상하다니 생뚱맞은 상상력이었다. 엑스트라 오은수, 점점 정신과 전문의와의 상담이 필요한 단계로 접어들고 있음이 확실했다. 나는 얼른 제정신을 추슬렀다.

전화 속의 남자는 안이사였다. 불과 30미터 거리의 제 방에 앉아 나에게 전화를 건 것이다. 전에 없던 일이었다. 급히 뒤를 돌아보니 이사실 문은 굳게 닫혀 있었다. 불길한 예감이 등줄기를 타고 올랐다.

"이사님, 무슨 일……?"

"쉿!"

안이사가 황급히 내 말을 막았다.

"혹시 지금 옆에 누구 있나?"

나는 파티션 너머로 고개를 내밀어 사무실 안을 둘러보았다. 장선배는 메신저 창을 띄워놓고 채팅에 열중하고 있었고, 이민정은 외근을 나갔는지 자리에 없었다. 황부장은 어이없게도, 책상에 신문지를 활짝 펼쳐놓고 손톱을 깎는 중이었다. 보통 때와 크게 다를 바 없는, 평화롭다면 평화로운 퇴근 직전의 풍경이었다.

안이사가 빠르게 전한 용건은, 간단했다. 지금으로부터 한 시간 뒤에 회사에서 좀 떨어진 중국음식점으로 나오라는 것. 전화를 끊기 전에 엄숙한 목소리로, 가능하면 남들 눈에 띄지 않게 조심하라는 당부도 잊지 않았다. 갈피를 잡을 수가 없었다. 밥을 먹자고? 단 둘이? 대체 왜? 의문이 꼬리를 물었다. 안 그래도 복잡한 머릿속이 더욱 복작복작해졌다. 차가워지자. 차가워지자. 나는 스스로를 다독이려 애썼다. 최대한 객관적인 관점으로 사태를 바라봐야 한다.

직장의 중년 간부로부터 업무 시간 이외에 느닷없이 개인적인 호출을 받는 경우라면, 일반적으로 두 가지 가능성을 내포하고 있을 것이다. 첫번째는 개인의 업무와 관련한 아주 중요한 통고. 이를테면 권고사직. 흠, 그러나 그리 높지 않은 확률이었다. 질적 측면을 제쳐둔다면 현재 스코어, 내가 맡고 있는 업무량은 꽤 많았다. 이 정도 연봉에 이만큼의 일을 꾸역꾸역 해치우는 노동자를 지들이 어디서 또 구한다고? 한 명을 자른다면 내가 아니라 누가 봐도 황 부장이다.

그리고 두번째는. 너무도 명징한 두번째 힌트 앞에서 몸이 딱딱하게 굳어왔다. 어디 단체로 가르쳐주는 학원이라도 있는 모양인지 아저씨들이 작업을 걸어오는 방식은 몹시 비슷하고 또 진부했다. 「부부클리닉 사랑과 전쟁」 등의 프로그램에서도 유치해서 차마 내보내지 못할 것 같은 전형적인 방법이 현실에서는 아직도 횡행하고 있었다. 내게도 물론, 처음 있는 일은 아니었다. 내가 특별히 중년 남성의 순정을 자극하는 외모의 소유자이기 때문일 리는 없다. 그저 '목표물'이 되기에 만만하고 어리어리해 보여서일 것이다. 어쨌거나 그 목표물로 낙점되었다는 건 무척 골치 아픈 일이었다.

안이사는 먼저 도착해 있었다. 푸른빛이 감도는 줄무늬 셔츠에 노타이, 진한 감색 코르덴 재킷을 입은 그는 회사에서 볼 때보다 아주 약간 젊어 보였다. 그러나 미안하게도, 백번 양보한다 해도, 절대 내 스타일은 아니다.

"뭐, 탕수육이라도 먹을래?"

나는 세차게 고개를 저었다. 안이사는 굴짬뽕 두 그릇을 주문했다. 불행 중 다행이다. 설마 양심이 있다면, 6,000원짜리 짬뽕 한 그릇으로 감히 어떻게 해보려는 수작은 아닐 테지?

"내가 이런 얘기 꺼내는 걸 은수씨가 어떻게 받아들일지 모르겠네. 괜한 오해 없이 들었으면 좋겠는데."

나는 마른침을 삼켰다.

"결혼은, 왜 안 하는 거야?"

여직원을 사석으로 은밀히 불러내어 대뜸 건네는 말이 저 따위로 너절하다니. 유혹이든 뭐든 제대로 하고자 하는 의욕이 있다면, 좀 더 신선하고 창의적인 노하우를 개발할 필요가 있지 않겠는가. 대답 대신 나는 단무지를 아작 깨물었다. 식초를 병째 들이부었는지 시큼털털한 맛이 입안 가득 불쾌하게 퍼졌다. 결혼을 왜 안 하느냐고? 나 역시 까무러쳐 죽을 만큼 궁금하다.

이런 때를 대비하여 모범답안 몇 가지 정도가 마련되어 있었다. 그중, 더 이상 이 주제를 입에 올리고 싶지 않다는 뜻을 분명히 밝힐 때 쓰는 것으로 골라 최대한의 예의를 갖추어 말했다.

"아직 못 한 겁니다."

자유 의지가 아니라는데 어쩔 텐가.

"그럼 하고 싶은 사람은 있고?"

이 아저씨, 집요한 구석이 있었군. 다시 깍듯하게 대답했다.

"없습니다."

결혼은 '안' 한 게 아니라 '못' 한 것이며, 남자도 없다. 뱉어놓고 보니 더할 나위 없이 정직한 고해성사처럼 들렸다. 남자만 구하면 만사 오케이? 사는 게 그렇게 명쾌하다면 참 편하겠다는 생각이 든다. 안이사의 눈동자에 떠오른 측은지심의 기척을 짐짓 외면했다.

굴짬뽕 국물은 지나치게 밍밍했다. 급작스레 추워진 날씨, 거래처의 인사 이동에 관한 풍문, 청소 담당 아줌마의 근무 태만 등을 안이사는 두서없이 화제에 올렸다. 나는 그때마다 딱 적당한 만큼 고개를 끄덕여 상사의 견해에 동의를 표하는 척했다. 그가 정작 핵심적인 용건을 남겨둔 채 빙빙 겉돌고 있다는 것쯤은 충분히 눈치챌 수 있었다.

"팍팍 많이 먹어. 요 굴이 말이야. 여자한테 아주 그만이라잖아."

나는 조용히 젓가락질을 했다. 안이사는 국물을 쭉 들이켜더니 한증막 안에서나 어울릴 것 같은 감탄사를 뱉었다.

"어허, 시원하다."

"……"

"나는 웬만하면 저녁은 밖에서 해결하고 들어가. 애들 엄마한테 부담 주기도 싫고. 사실 애들 엄마가 몸이 좀 안 좋거든."

슬슬 본론으로 진입하려는 낌새다. 뒤이어 자신과 '애들 엄마'가 얼마나 무미건조하며 형식적인 사이인지를 좔좔 읊어대겠지. 오래전부터 각방을 쓰고 있다는 대목까지 나오면, 정말이지 바닥을 치는 거다. 아무래도 말을 끊고 화장실이라도 다녀와야 할까 보다.

"그래서 요즘 운동을 아주 열심히 하더라고. 헬스 시작하면서 많이 활기차지고, 같이 운동하는 사람들하고도 가깝게 지내는가 봐."

"……"

"거기서 사귄 아줌마 하나가, 주변에 혼기 놓친 신랑감이 있다고 우리 마누라한테 중신을 부탁한 모양인데."

제발. 더 듣고 싶지 않다. 나는 진심으로 그렇게 바랐다. 차라리 안이사 본인이 직접 추파의 손길을 뻗치는 편이 나을 것 같다. 후환이야 어찌 되든 딱 잘라 거절하면 그만이니까. 그렇지만 직장 상사가 어설픈 마담뚜를 자처하고 나설 때에, 자칫하면 상황이 사뭇 복잡하게 흘러갈 수 있었다. 그것은 경험으로 체득한 뼈아픈 진리였다.

막 사회생활을 시작했을 무렵, 직속 팀장이 자기 동생을 소개해주겠다고 제안해왔다. 뭣도 모르고 대학 때 미팅하는 기분으로 쫄레쫄레 따라 나갔다. 한 달쯤 만나다 관뒀는데 그 후 남자는 스토커로 돌변하여 하루에 수십 통씩 전화를 해댔다. 팀장은 틈만 나면 면담이라는 이름으로 나를 호출해서는 자기 동생에게 한 번만 더 기회를 주면 안 되겠느냐는, 부탁인지 협박인지 모를 작태를 일삼곤 했다. 또, 바로 먼젓번 회사의 전무로부터는 나보다 열 살이나 많은 이혼남을 소개받았던 일도 있다. 그 대머리 사내가 유리한 조건으로 전무의 대출을 도와준 은행원이라는 사실을 나중에 알았다.

안 이사는 꼬깃꼬깃 접은 메모지를 펼쳐 단무지 그릇 옆에 꺼내놓았다. '김영수'라는 글자와, 전화번호로 추측되는 숫자들이 휘

갈겨져 있었다. 대한민국에서 둘째가라면 서러울 만큼 흔하디흔한 이름, 김영수. 내가 만나게 될 남자였다.

 맹세코, 속물은 아니다. 그래도 남자를 소개받을 때 기본적인 조건은 미리 들어두자는 것이 나의 철칙이었다. 말하자면 최소한의 안전장치를 마련해두는 것이다. 물론 배기량 몇 시시 자동차를 모는지, 결혼 후 시부모에게 다달이 생활비를 보태드려야 하는지와 같은 민감한 사안까지는 묻지 않는다. 그런 것들이야말로 필수불가결한 체크 요소라고 믿는 내 친구 재인 같은 여자도 있으나, 차마 그 정도까지 대놓고 속되지는 못하다는 게 내 딜레마였다.
 하지만 적어도 출생 연도가 언제인지, 직업은 무엇인지, 키가 큰 편인지 작은 편인지 정도는 알아야 하지 않겠는가. 기왕이면, 두산 베어스의 팬인지 엘지 트윈스의 팬인지, 혈액형이 O형인지 AB형인지 등등의 부가 정보도 예습하고 나가는 것이 대화의 우월한 고지 선점에 유리했다.
 하지만 안이사는 이름을 제외하고는 나와 만나게 될 상대남의 기본 정보에 대해 전혀 언급하지 않았다. 안이사 같은 사람들 눈에는 그저, 여기 '결혼하지 않은 나이 든 남자'가 있고 저기 '결혼하지 않은 나이 든 여자'가 있다,라는 사실만이 중요한가 보았다. 그렇다면 그 둘이 짝이 되지 못할 이유란 없다고 생각하는 것이다. 만일 그 노총각 노처녀가 서로를 마음에 들어 하지 않는다면, 저리 까다로우니 여태 저 꼬락서니로 남아 있는 거라며 혀를 차겠지. 어쨌거나 그가 건넨 쪽지를 주머니에 넣을 수밖에 없었다. 오늘내일 중으로 김영수씨에게 꼭 전화를 하여 이번 주말을 넘기지 말고 만나보라는 것이 얼치기 마담뚜 안이사의 신신당부였다.

"사실 우리 회사 여직원들 중에 누굴 골라야 하나 고민했어. 근데 역시 오은수씨만 한 사람이 없더군."

그는 마치 황태자비 간택 과정에 관여한 탐관오리처럼 생색을 냈다.

"그리고 혹시나 해서 말인데 오해는 하지 마. 오늘 아침 그 회의와는 아무 상관이 없으니까. 다른 직원들한텐 얘기 안 할 거지? 그럼 이제 은수씨와 나 사이에 둘만 아는 비밀이 생긴 거네. 호호."

한쪽 눈을 찡긋거리며 웃는 그 얼굴을 보자 하염없이 심란해졌다. 이 요상한 소개팅을 미끼로 나를 꾀어 프락치로 심어두려는 불순한 의도가 명백해 보였기 때문이다. 집으로 돌아오는 길, 나는 복잡다단한 상념에 빠졌다.

자, 여기 한 명의 남자와 한 명의 여자가 있다고 상상해보자. 둘은 수십 년간 단 한 번도 마주치지 않았다. 그들은 제각각의 가족, 친구, 동료와 함께 전혀 별개의 추억을 쌓으면서 살아왔다. 각기 다른 삶의 궤적을 걸어온 그 남자와 그 여자가 어느 날 처음 만난다. 호텔 커피숍에서, 정장을 떨쳐입고, 서로의 이름과 전화번호를 암호명처럼 숙지한 채 말이다. 그들은 매우 정중하고 약간은 쑥스러운 표정으로 수인사를 나눌 것이다. 그리고 불과 얼마 뒤, 그들이 영원한 법적, 경제적, 성적, 정서적 공동체가 되기로 합의했다는 소식이 그들의 가족, 친구, 동료에게 전해진다.

믿어지는가? 이것이 내가 살고 있는 세계 속에서 시시각각 일어나는 일이었다. 짐칸 가득 돼지들을 싣고 가는 트럭과 광화문 한복판에서 마주치는 것보다 더 비현실적이고 불가사의하지 않은가!
　그날 밤, 메신저에서 만난 유희는 내 말에 코웃음을 쳤다.
　─모르니까 결혼하는 거지. 속속들이 잘 알면 지겨워서 왜 하겠니?
　나는 생고구마칩을 와그작거리면서 자판을 눌렀다.
　─말 되네. 근데 넌 안 해봤으면서 어떻게 알아?
　과자 부스러기가 키보드의 'ㅂ'과 'ㅈ' 사이에 점점이 떨어져 박혔다. 밤에 먹는 주전부리가 다이어트에 독약이라는 거, 잘 안다. 하지만 사람이 육체만 가지고 사나? 가끔은 정신을 위한 웰빙도 필요한 법이다. 마음의 평화를 위하여, 이 과자 한 봉지가 몇 칼로리인지는 잠시 잊기로 한다. 어차피 딱 절반만 먹을 예정이니까. 아니, 운이 좋으면 3분의 1만 먹게 될 수도 있다.
　─바보야. 꼭 겪어봐야 아니? 남들 다 아는데 너만 모르는 거야. ㅋㅋ
　한마디를 해도 꼭 덧정 없이 한다. 대꾸하고 싶지 않다. 진담이나 농담이나 알알한 고추냉이처럼 톡 쏴대곤 하는 유희의 말투를 잘 알면서도 소심하게도 나는 종종 상처를 받는다. 남자친구와 헤어진 뒤 사흘 동안 물 한 모금 삼키지 못하던 나를 끌고 가서 전복죽을 사 먹인 사람도 유희였지만, 간신히 숟가락질하는 나를 향해 "야, 남자한테 올인하는 것만큼 멍청한 게 있는 줄 알아? 어떻게 너 자신보다 딴 사람을 더 사랑할 수 있니?"라고 속을 뒤집은 사람도 유희였다.
　─은수야. 나 할 말 있어…… 비밀 지켜줄 수 있지?
　유희가 느닷없이 말했다. 비밀이라니. 궁금증보다 짜증이 먼저 몰려왔다. 남의 비밀은 듣고 싶지 않다. 저쪽에서 하나를 주면 이쪽에서도 그에 상응하는 무언가를 건네는 것이 인간관계의 기본 규칙이다. 유희의 일급비밀을 듣게 되면 나는 무엇으로 보답해야 하지? 원나잇 스탠드에 대해서라면 목에 칼이 들어와도 말하지 않겠다. 나는 불끈 결의를 다졌다.

그러고 보니 며칠 전까지 '인생 뭐 있나'이던 유희의 메신저 대화명이 어느새 '문제는 인생이 아니라 인생에 대한 용기다!!'로 바뀌어 있었다. 두 개 겹친 느낌표가 심상찮다. 무릇 메신저 대화명이란, 일상의 사건이나 심경의 변화가 있을 때마다 새로 써서 주변에 널리 알리라고 존재하는 것이다. 요즘 내 대화명인 '친절한 은수씨'는 사실의 반영일까, 이루고픈 소망일까, 아니면 교묘한 위장일까.

―뭐야? 무슨 용기 필요한 일 있어?

두 차례의 쌍꺼풀 수술과 앞트임 수술, 코 수술에 이어 이번에 드디어 가슴이라도 고칠 모양인가. 내 질문에 유희는 묵묵부답이다. 화장실에 갔거나 갑자기 급한 전화라도 걸려왔나 보다. 메신저로 대화하다 보면 흔히 일어나는 상황이었다. 제가 먼저 비밀을 털어놓겠다고 변죽을 올려놓고선 김 빠지게 뭐야? 투덜대고 있는데 드륵 휴대폰이 진동했다.

―토욜 여섯 시 대학로 어떠세여? 안토니오니 회고전이 있어여―윤태오.

태오다! 주책없이 발가락 사이가 간질댄다. 몸이 알아서 먼저 반응하는 이 증세를 뭐라 설명하면 좋단 말인가. 메신저 창을 아래로 내리고 얼른 인터넷 지식검색창에 들어가 검색해보았다. 영화감독

미켈란젤로 안토니오니. 사진까지 뜨는 걸로 보아 꽤 유명한 할아버지인 듯했다. 토요일 저녁까지는 이틀이 남아 있었다. 승낙이든 거절이든 이번에는 반드시 답장을 해주는 것이 인간의 도리일 터였다. 만날까? 말까? 아, 무슨 인생이 이토록 첩첩산중, 선택의 연속이란 말인가. 그때 뽀롱, 메신저 도착음이 들렸다. 유희가 돌아왔나 보았다.

　―은수야…… 실은 나 오늘 회사 관뒀어.

　―헉. 왜?

저절로 입이 벌어졌다. 유희는 누구나 이름을 대면 알 만한 중견기업 전산실의 과장이었다. 인간과 동물을 포함한 지구상의 어떤 생물체보다 자기 자신을 더 사랑한다고 공언하고 다니는 만큼 그녀는 우리 셋 중에 모아놓은 돈도 제일 많고 승진도 제일 빠르며 연봉도 제일 높았다. 그 번듯한 회사를 그만두다니. 어디 더더욱 번듯한 데로 스카우트라도 된 게지.

　―나, 뮤지컬배우가 될 거야.

　―……………………………………

저 끝없는 말줄임표야말로 이 순간의 솔직한 심정이다. 뮤지컬배우라. 멋지다, 멋져. 그렇지만 31세의 장래희망으로는 좀 너무하지 않은가? 물론 인정한다. 내 친구 남유희, 노래 잘한다. 댄스도 수준급이다. 하지만 어디까지나 노래방이나 나이트클럽에서의 일이었다. '가무'가 특기는 될망정 어떻게 직업이 되겠는가. 십 년 전이면 모를까.

　―너도 혹시 미친 거니?

그러나 내가 키보드의 엔터 키를 누르는 것보다 유희가 좀더 빨랐다.

─이해 안 되는 거 알아. 하지만 더 늦으면 정말로 후회할 것 같아서.

그녀의 긴 대화명이 새삼 눈을 잡아챘다. '문제는 인생이 아니라 인생에 대한 용기다!!' 느낌표 두 개가 안쓰럽게 꼿꼿했다. 나는 엔터 키 위에 놓여 있던 오른쪽 셋째 손가락을 딜리트 키 위로 조용히 옮겼다. 그리고 천천히 타이핑했다.

─그래. 잘해봐.

막상 쳐놓고 보니 어쩐지 비아냥거리는 뉘앙스가 풍기는 듯도 했지만 유희는 몹시 감격한 것 같았다.

─ㅠ.ㅠ 정말 고마워. 너라면 그렇게 말해줄 줄 알았어. 이젠 진짜 내가 원하는 인생을 살겠어.

그녀는 벌써 뮤지컬배우 지망생을 위한 아카데미에 등록했으며 곧 재즈댄스와 연기 레슨도 받을 거라고 했다. 나이는 좀 많은 편이지만 타고난 감각이 있고 상대적으로 풍부한 인생 경험도 있으니 이만하면 충분히 승산이 있지 않겠느냐며 벅찬 희망을 늘어놓았다. 모니터 가득 펼쳐지는 유희의 옹골찬 계획을 나는 멍한 눈길로 좇았다. 재인의 결혼 발표를 들었을 때와는 또 다른, 둔하고 병병한 충격이 숨골을 내리눌렀다. 재인과 유희는 미친 게 아니다. 재인은 재인대로, 유희는 유희대로 자기만의 길을 쉼 없이 찾아가고 있는 거다. 오직 나만 조그만 웅덩이의 썩은 물처럼 이 자리에 멈춰 있다는 자괴감이 쉬이 가시지 않았다.

태오에게 '좋아요'라는 답장을 보낸 건, 유희가 '인생에 대한 용기!!'를 전염시켜주어서일까?

2

 인생을 오래 산 건 아니지만 살다 보면 내 의지만으로는 어쩔 수 없는 일도 일어난다. 이를테면 하루에 두 명의 남자와 만나는 일. 따지고 보면 그렇게 부도덕한 것만도 아니다. 토요일 오후 두 시는 소개팅 하기에 딱 어울리는 시간이며, 토요일 오후 여섯 시만큼 데이트에 적합한 시간도 흔치 않으므로.
 안이사 와이프의 헬스클럽 동료가 소개해주는 남자 김영수는 휴대폰의 통화연결음을 따로 설정해두지 않았다. 통화연결음으로 어떤 음악을 깔아두었는지에 따라 그 사람의 성향이 드러난다. 최신 가요만을 골라 이틀이 멀다 하고 바꾸는 사람에게서는 첨단유행에 대한 강박이 느껴지고, 처연한 클래식 연주곡만을 고수하는 사람에게서는 일말의 허영이 묻어난다. 컬러링 설정을 하지 않고 따르릉 소리를 그냥 놔둔 사람은 게으르거나 무심하거나 아니면 소심한 사람일 것이다.
 김영수는 게으른 사람일까, 무심한 사람일까, 소심한 사람일까.
 전화 통화만으로는 판별하기 어려웠다. 그의 전화 매너는 딱 보통이었다. 깍듯하지도 않고 무례하지도 않았다는 뜻이다. 목소리 역시 평범했다. 가늘지도 허스키하지도 않은, 특징 없는 목소리였다. 고등학교 때 선생님이었다면 수업 시간 내내 졸았을 것 같다. 우리는 토요일 두 시에 만나자는 데 쉽게 합의했다. 소개팅을 할 때에 식사 시간을 슬며시 피하는 것은, 교과서에 나오지 않는 생활 상식이었다. 이번처럼 울며 겨자 먹기의 경우에는 더욱 그랬다. 김영수와 두어 시간 의무 방어전을 때운 후에, 태오와의 약속 장소로 옮기면 될 듯했다.

"그럼 어디서 뵐까요?"

"알아서 정하시죠. 저는 아는 데가 없어서."

"어쩌지. 저도 아는 데가 없는데."

말꼬리를 흐리고 나니 좀 우스웠다. 이 남자와 나는 지금 의례적인 치레를 나누고 있는 것이다. 아는 데가 왜 없겠는가. 다만 자기가 선호하는 공간을 입 밖에 냄으로써 제 취향과 정체성을 노출하기가 싫을 뿐이다. 이럴 때는 여자가 좀 유리하다. 내가 잠자코 침묵을 지키자 하는 수 없다는 듯 김영수가 제안했다.

"신라호텔 커피숍 어떠세요?"

기를 쓰고 '소개팅'이고자 했던 만남이 졸지에 '맞선'으로 전락하는 순간이다. 그래도 나는 불만을 표출하지 않고 순순히 동의했다. 어차피 회사 간부 사모님의 친구가 소개해주는 남자와 만나면서 '맞선'이 아니라고 주장하는 편이 더 가증스러울지도 모른다. 전화기를 내려놓고 돌아서자마자 김영수의 목소리가 기억나지 않았다. 아무래도 좋았다. 어차피 10퍼센트의 기대도 없었다. 안이사에게 대충 면피만 하면 되는 것이다.

토요일 아침, 눈을 뜨면서부터 치열한 내적 갈등이 시작되었다. 아무래도 동네 사우나라도 갔다 와야 할 것 같았다. 물론 태오와, 또다시, '사건'을 벌일 의사는 추호도 없었다. 하지만 인간사란 한

치 앞을 모르는 법이 아닌가. 원룸의 코딱지만 한 욕실에서 대충 샤워하는 것만으로는 무언가 미진할지도 몰랐다.

 옷은 어떤 걸로 입어야 하지? 신라호텔에 이어 곧바로 대학으로까지 가야 한다는 데 생각이 미쳤다. 맞선용 옷차림으로 태오를 만나야 하다니 보통 일이 아니었다. 두 장소에 다 어색하지 않을 만한 옷을 필사적으로 골라야 했다. 첫번째 후보는 청바지와 벨벳 재킷. 이내 고개를 저었다. 김영수씨는 분명 쓰리피스 양복에 넥타이를 매고 나올 텐데, 청바지는 곤란할 것이다. 두번째 후보는 모직 스커트와 니트 카디건. 호텔에선 무난하겠지만, 이 차림으로 태오와 나란히 길을 걷다가는 그의 막내고모쯤으로 보일 확률이 높았다. 안 되겠다. 겉옷은 일단 결정 보류다.

 서랍장의 마지막 서랍을 열어보았다. 브래지어와 팬티가 아무렇게나 뒤섞여 쌓여 있었다. 입을 만한 팬티로는 엉덩이에 미키마우스가 프린트된 것, 캘빈클라인의 회색 줄무늬, 고릴라에게 선물 받았던 핑크색 땡땡이 정도가 눈에 띄었다. 어쩐지 다 마뜩지 않았다. 문제의 그날, 내가 무슨 속옷을 입었었는지 떠올려보려 애썼다. 혹시 겹치기라도 하면 태오가 속으로 얼마나 무시하겠는가.

 핑크색 땡땡이 팬티에 발을 꿰면서 내가 왜 이런 고민을 하고 있는지 아리송했다. 아니, 맞선 보러 나가는 여자가 당치않게 웬 속옷 걱정이람?

 매혹은 어디서 오는가.
 그 사람의 외부가 아니라 나의 내부로부터 온다. 1미터의 거리를 두고 김영수와 마주앉는 순간 불현듯 깨달았다. 눈앞의 남자는, 예측했던 것보다 훨씬 멀쩡했다. '멀끔'이나 '훤칠'이 아니라 '멀쩡'이다. 부연 설명은 하고 싶지 않다. 맞선이라는 행위를 두어 번 이상 경험한 적 있는 여성이라면 금세 이해할 것이다.

175센티미터쯤으로 추정되는 신장, 통통하다고도 말랐다고도 할 수 없는 보통의 체격, '블루클럽'에서 깎았음 직한 단정한 헤어스타일, 비교적 흰 피부. 매부리코도 아니고 돌출된 입매나 밀도 없는 머리숱을 가지지도 않았다. 이만큼 무난하고 평범하기도 쉽지 않다. 나는 그 사실을 뼈저리게 인식하고 있었다.

토요일 오후 두 시 신라호텔 커피숍 안에는 첫 만남을 진행 중인 커플이 여럿이었다. 김영수의 외모 경쟁력은 그 남자들 가운데 압도적 1위라고 할 수는 없을지라도 2위권을 다툴 정도는 되어 보였다. 5위도 힘들어 보이는 남자와 마주 앉은 여자의 테이블을 지나, 김영수가 기다리는 자리로 도도히 걸어갈 때는 아주 조금 자랑스럽기도 했다. 그런데, 왜 가슴이 뛰지 않는 것인가!

"기다리시게 해서 죄송해요. 주말이어서인지 길이 많이 막히더라고요."

겨우 5분 늦었을 뿐이지만 나는 약간은 과장되게 사과했다. 그렇게 해서라도 설레지 않는 내 진심을 숨길 수 있다면.

"아니에요. 저도 방금 왔습니다."

남자가 정색을 하고 대답했다. 말문이 막혔다.

그는 개량 옥수수 낱알처럼 가지런한 사람으로 보였다. 그는 희디흰 와이셔츠에 넥타이는 매지 않고 감색 양복을 입고 있었다. 뜬

금없이 저 사람에게는 아무런 상처도 없을 거라는 생각이 들었다. 실패의 경험이라고는 고작 운전면허 주행시험에서 한 번 미끄러졌다는 정도? 그 뒤, 하루에 서너 시간씩 열심히 연습하여 다음 시험에 곧바로 합격해버리고는 먼젓번의 실패 따위 별거 아니라는 듯 씩 웃을 것만 같다.

비즈니스 무대에 선 사람들답게 우리는 공손히 각자의 명함을 교환했다. 내가 받아든 명함은 연노란색이었다. 그린캣 대표이사 김영수. 이름 옆에는 깜찍하게 의인화된 초록빛 고양이 한 마리가 그려져 있었다. 김영수가 내 명함을 들여다보더니 눈을 끔뻑였다.

"편집회사라면, 책을 만드는 곳인가 봐요?"

이 남자 역시 나에 대한 아무런 사전 정보 없이 여기까지 나오게 된 모양이었다. 우리는 신속하게 각자의 신상명세를 까발렸다.

남자: 36세, 미국에서 대학과 대학원 졸업, 부모님은 다 미국에 계심, 현재 친환경 유기농 먹거리 유통회사를 동업으로 경영하고 있음. (단점: 나이가 많은 감이 있다. / 장점: 예비 시부모가 외국에 거주하신단다! & 회사 오너라니!)

여자: 31세, 수도권의 4년제 대학 졸업, 양친 무고하심, 현재 중소 규모의 편집대행회사 대리로 근무하고 있음. (단점: 까놓고, 스펙으로만 따지면 남자에 비해 밀리는 감이 없지 않다. / 장점: 다섯 살이나 어리고, 에, 또, 그러니까, 이 사회 한구석에서 맡은 일에 묵묵히 최선을 다하는 성실한 여성일지도 모른다.)

김영수는 자신이 사는 아파트 부녀회장의 소개로 이 자리에 나오게 되었다고 했다.

"남자 혼자 사는 게 안쓰러워 보이셨나 봐요."

 눈이 휘둥그레졌다. 결과가 어찌 되든 부녀회 소속 아줌마들의 수군거림이 예사롭지 않을 텐데? 그의 등 뒤편에 둘러선 일군의 투명인간들이 내 모습을 날카롭게 품평하고 있는 것 같다. 괜히 어깨가 옴츠러든다.

"자꾸 거절하는 것도 어른에 대한 예의가 아닌 것 같아서요."

 나 역시 상사의 강권에 의해 나온 참이라고 응대하려다 말았다. 맞선에서, 평점 80점 이상의 남자와 조우하는 일은 지구와 혜성이 충돌할 가능성보다 희박하다. 내가 그에게 강렬한 이성적 매력을 느끼지 못하고 있다는 사실은 고려의 대상조차 되지 못하는 것이다. 적어도, 차이고 싶지만은 않다. 그것이 김영수라는 남자를 향한 생생한 욕망의 전부였다. 나는 잇몸을 드러내지 않도록 애쓰면서 생긋 수줍게 미소 지었다.

 우리는 나란히 커피를 주문했다. 나는 테이블 위에 올려진 김영수의 두 손을 바라보았다. 느슨한 포즈로 깍지 낀 자세는 섬세한 데 없이 뭉툭한 손가락 생김새를 무방비로 노출했다. 가느다란 털 몇 가닥까지 드문드문 나 있다. 저 손가락이 내 몸의 모든 곳을 척척 더듬어대는 것을 용납할 수 있을까? 과연 이 남자와 매일 밤 한 침대에서 잠들 수 있을까, 평생?

 이 사람을 데리고, 부모님에게 인사드리러 가는 상상을 해본다. 두 분은 내심 '우리 막내가 9회 말 역전 홈런은 못 쳤어도 끝내기 안타는 날렸군'이라고 생각하며 안도의 숨을 내쉴 게 분명하다. 인생이 포커판이라면, 김영수는 내게 남겨진 몇 안 되는 패 중 하나

일지도 몰랐다.

"평범하게 사는 인생이 가장 바람직한 거라고, 요즘엔 그런 생각이 많이 듭니다."

숨이 턱 막혔다. 나 또한 별반 다르지 않은 자세로 하루하루 살아가고 있었다. 그렇지만 타인의 목소리를 통해 들으니 그다지 내세울 만한 인생관은 아닌 것 같다.

세 시간은 결코 짧은 시간이 아니다. 서울에서 KTX를 탔다면 부산에 도착했을 것이고, 인천과 상하이를 왕복할 수도 있다. 그러나 우리가 함께, 멀리까지 왔다는 느낌은 없었다. 각자의 커피 잔은 진즉에 비어버렸고 화장실도 한 번씩 다녀왔다. 누구든 먼저 일어나자고 해도 될 시점이었다. 남자가 불쑥 물었다.

"뭘 좋아하세요?"

"네?"

"식사하러 가셔야죠. 시간이 벌써 이렇게 됐어요."

인생의 조커가 될지도 모르는 남자에게, 다른 남자와 약속이 있다고 고백할 수는 없는 노릇이다. 김영수로부터 최소한 저녁을 사주고 싶어 할 정도의 점수는 얻고 있다는 확신이 왔다. 그래. 오은수, 아직 죽지 않은 거야. 쾌재를 불러야 마땅하건만 혀끝에 쌉싸래한 맛이 감돌았다. 어서 결정을 내려야 했다. 태오를 바람맞히고 김영수와 저녁을 먹으러 갈 것인가? 재인이라면 두 번 생각도 안 하고 그런 결정을 내렸을 것이다. 그렇지만 약속 시간을 한 시간도 안 남겨두고 취소하는 건 큰 결례다. 유희라면 "조금이라도 더 섹시한 남자랑 먹어"라고 충고할 것이다. 나는 오은수다. 어느 쪽의 기회비용이 더 큰지 판단할 사람은 바로 나였다. 내가 진정 원하는 건 뭘까.

"저는, 그러니까, 어딜 가봐야 할 것 같은데."

김영수가 내 얼굴을 물끄러미 쳐다보았다. 짧은 순간이지만 내장을 꿰뚫어보는 듯한 날카로운 눈길이었다.

"친구 아기, 돌잔치가 있어요."

하나 마나 한 궁색한 변명이다. 그는 현금으로 계산을 치렀다. 호텔 건물 밖으로 나와, 늘어서 있는 택시가 아니라 그의 자동차에 올라탄 건 죽어도 내 뜻은 아니었다. 내 잘못이라면 "어느 쪽으로 가시죠?"라고 묻는 맞선남의 호의에 곧이곧대로 대학로라는 목적지를 밝힌 것뿐이다. 가뜩이나 식사 요청을 거절해서 미안하던 차에, 반색을 하며 데려다주겠다는 남자를 어떻게 매몰차게 거절할 수 있겠는가. 내가 그 정도로 똑 부러진 성격이었다면, 인생살이가 일곱 배는 더 수월했을 것이다.

김영수는 은색의 중형차를 몰았다. 전국 방방곡곡 어딜 가도 흔히 볼 수 있는 차였다. '튀지 않음'을 모토로 살아가는 삼십대 중후반 남성에게 잘 어울렸다. 밀폐된 공간에 어깨를 나란히 하고 앉으니 내가 이 사람과 아무 사이도 아니라는 어색한 실감이 확 다가왔다. 서로 마주 보지 않아도 된다는 게 그나마 다행이었다. 그가 카오디오의 전원을 켰다. 교통방송이었다. 디제이의 호들갑스런 멘트에 이어, 신곡인 듯한 경박한 템포의 트로트 곡이 흘러나왔지만 그는 주파수를 변경하지 않았다.

다른 남자의 차를 타고 또 다른 남자를 만나러 가다니. 아무튼 내 삶이 갑자기 살짝 화려해진 것 같다. 평소보다 차가 많이 막혔지만 약속 시간보다 20여 분 빨리 대학로에 도착했다. 태오가 설마 벌써 나와 있진 않겠지. 약속 장소를 50미터쯤 지나서 세워달라고 할 참이었다. 김영수의 차가 신호에 걸려 횡단보도 앞에 정차했을 때 나는 보고야 말았다. 횡단보도를 건너고 있는 태오의 모습을. 그리고 그의 손에 들려 있는, 투명비닐에 싸인 장미꽃 한 송이를.

 서른한 살. 토요일 저녁, 왼손에 장미 한 송이를 든 채 햄버거를 사기 위해 패스트푸드점 카운터 앞에 줄을 서기에는 약간, 아주 약간 민망한 나이다.
 영화 시간이 빠듯하니 여기서 대충 때우자는 건 태오의 제안이었다. 매장 안에 바글대고 있는 고객들의 평균 연령은 약 스무 살가량으로 추정되었다. 혹시 아는 사람이 길을 지나다 무심결에 창 너머를 들여다보는 건 아닐지 은근히 걱정이 되었다. 니트 벙거지 모자를 쓴 새파란 남자아이는 누구냐고 물어올 것이다. 만약 태오 대신 김영수와 식사를 하러 갔다면 지금쯤 무슨 메뉴를 앞에 두고 있을지 슬그머니 궁금해졌다. 오, 그러나 가지 않은 길에 대한 판타지는 금물. 정신 건강에 독이 되리니.
 설상가상, 빈자리가 없어 2층의 좁은 구석 의자에 겨우 끼어 앉아야 했다. 옛날 생각도 나고 그런대로 새롭기는 하다. 나는 애써 스스로를 위로했다. 위안이 되는 것은 그뿐이 아니다. 옆 테이블에 앉은, 교복을 깡충하게 고쳐 입은 소녀들이 아까부터 우리 쪽을 자꾸 힐끗대고 있었다. 태오 때문이었다. 야릇한 자긍심과 객쩍은 자의식이 거미줄처럼 교차했다.

태오가 치킨버거를 크게 한입 베어 물었다. 빵과 고기를 씹는, 속도감 있는 턱의 움직임을 바라보고 있으니 어수선한 사방 천지가 별안간 정지하고 우리 둘만 고요한 정적 속에 잠긴 듯하다. 조금 아까 만나자마자 태오는 내게 장미꽃을 쑥 내밀었다. 꽃바구니를 옆에 끼고 거리를 누비는 꽃 행상 할머니들로부터 산 것이 틀림없었다. 고백하건대 남자로부터 꽃을 받은 것은 퍽 오랜만이다. 부연하자면 한 다발도 아니고 한 단도 아니고 딱 한 송이를 받은 것은 대학생 때 이후로 처음이다.

"들고 올 때 좀 쑥스럽긴 하던데요."

이 아이는 참 선량한 목소리와 풋풋한 미소를 가졌다. 다시 만나면 혹 창피하지는 않을까 염려했었다. 기우였음을 어렴풋이 알겠다.

"제가 고른 작품은 「정사」예요. 영화사적으로 기념비적인 작품인데 어떠실지 모르겠어요."

정사. 의미심장한 단어다. 의미를 곱씹자, 귓바퀴가 달아오르는 느낌이 들었다. 넓지 않은 극장 안은 이내 꽉 찼다. 태오와 나의 어깨가 어둠 속에서 무심하게, 그리고 감질나게 스쳤다. 꼬리뼈가 이유 없이 간질거렸다.

흑백 필름인 영화는, 제목과는 짐짓 다른 방향으로 흘러갔다. 주인공들은 우왕좌왕 어쩔 줄 몰라 하며 계속 헤매 다니기만 했다. 더 당혹스러운 건, 주위 관객들이었다. 수능시험을 이틀 앞둔 도서관처럼 실내에는 긴장감마저 감돌았다. 하물며 내 옆의 여자는 무릎 위에 노트를 펼쳐놓고 무언가를 연방 적어대는 중이었다. 태오 역시 군기 든 이등병마냥 정자세로 앉아 스크린에 집중하고 있었다. 새삼 내가 그에 대해 제대로 아는 것이 하나도 없다는 사실이 상기되었다. 타인의 취향을 온전히 존중하는 것이 교양인의 자세라고 배웠다. 하품을 하지 않고 시간을 견딜 정도의 교양은 나에게도 있었다. 하지만 낯선 소외감이 엄습했다.

영화가 3분의 2쯤 흘렀을까, 엉덩이를 외로 꼬고 있을 때 태오의 손이 조심조심 내 쪽으로 다가오는 기척이 느껴졌다. 나는 손등을 무릎 위에 얹어놓은 채 미동도 하지 않았다. 태오의 손바닥은 부드러운 나뭇잎 같았다. 찌르르한 전류가 팔목을 지나 팔꿈치 위로 타오르고, 겨드랑이께까지 얼얼하게 번졌다. 마치 연애를 처음 시작하는 소녀처럼 가슴이 경중경중 뛰었다.

영화는 기습적으로 끝났다. 이게 정녕 끝인가 싶어 어리벙벙하고 있는데 극장 안에 불이 켜졌다. 눈이 부시도록 환한 불빛이었다. 믿고 싶지 않지만, 태오는 황급히 내 손을 놓았다. 거리는 한껏 들떠 있었다. 우리의 약속은 원래 딱 여기까지였다. 같이 영화를 보러 가기로 했고, 그것을 이행했다. 이제 무엇을 해야 하는가. 술? 내키지 않는다. 맨정신에는 빳빳하고 어색하게 굴다가, 알코올만 들어가면 낭창낭창해지는 여자로 규정되고 싶진 않다. 단 한 번 우연한 섹스를 했던 남자와 다시 만나는 일이 얼마나 용기를 필요로 하는 것인지 알겠다. 태오가 머무적대면서 말을 꺼냈다.

"저기, 차 한잔하실래요?"

그제야 깨달았다. 남자도, 여자 눈에 비치는 자기 모습에 대해 두려워한다는 것을. 술에 의지하지 않고도 우리는 그날 밤으로 되돌아갈 수 있을까. 카페에서 태오는 유자차를, 나는 페퍼민트 허브차를 마셨다. 유자에 성호르몬을 자극하는 성분이 들어 있다는 설은 금시초문이었으니 태오가 나를 따라 택시에 올라탄 건 무엇에 홀려서가 아니라 진심으로 그러고 싶었기 때문이리라. (믿는 자에게 복이 있나니!)

토요일 밤 열한 시쯤 택시를 타고 서울 도심을 가로지를 때면 참 너무하다는 생각이 들곤 했다. 토요일의 끄트머리임에도 거리는 자동차들로 가득했다. 이 시간까지 도로 위를 어기적거리며 교통 정체를 유발하는 저 차의 운전자들은 죄다 뭘 하러 기어 나온 건지 궁금해졌다. 나 역시 기를 쓰고 기어 나왔다 들어가는 주제에 말이다. 이런 식의 이율배반적 사고방식은 애정 관계에도 종종 적용된다. 예컨대 극장에서 내 손을 잡고 있던 태오가 서둘러 손을 놔버린 데 대한 앙금이 가슴속에 남아 있으면서도, 내가 먼저 그의 손을 잡아버릴 수도 있다는 발상의 전환은 하지 못하는 것이다.

마침 우리가 탄 택시의 뒷자리는, 그의 무릎과 내 무릎을 가까이 붙여도 이상하지 않을 만큼 비좁았다. 유자가 아니라면 혹시 페퍼민트에 미묘한 성분이 포함되어 있을지도 몰랐다. 불투명 회색 스타킹에 싸인 내 허벅지가 그의 리바이스 타입원 청바지와 닿을 듯 말 듯 밀착했다. 노골적으로 유혹하려는 뜻은 아니었다. 그다음에 어떻게 하겠다는 구체적 의도도 없었다. 다만 나라는 여자의 매력이 그에게 아직도 유효한지를, 이렇듯 소심하게 한번 확인해보고 싶었을 뿐이다. 그의 몸이 조금 고통스럽기를 바랐다면 나는 나쁜 여자일까, 불쌍한 여자일까.

택시에서 내려 어두운 골목 한편의 남의 건물 주차장 뒷마당에서 우리는 부둥켜안았다. 부둥켜안는다,라는 동사의 어감은 정겹고 또 질퍽하다. 그를 안자, 그의 입술의 보드라움과 그의 하체의 무거움이 동시에 느껴졌다. 그의 윗니와 나의 아랫니가 딱딱 소리를 내며 맞부딪쳤다. 입과 몸은 무슨 관계인가. 섹스가 좋았던 남자와의 키스는 한결같이 좋다. 태오와의 입맞춤은 나무랄 데가 없었다. 그는 부드럽게 혀를 굴릴 줄 알았다. 그의 혀뿌리가 내 입속으로 차르르 감겨들었다.

원룸이 밀집한 우리 동네 주택가, 높지 않은 건물과 건물 사이 주차장에는 고요한 암흑이 고여 있었다. 쌀쌀한 밤 날씨였지만 등허리에 축축이 땀이 배어왔다. 태오의 입술에선 달착지근한 유자청의 맛이 풍겼다. 우리 둘의 몸에는 지금 0.001퍼센트 도수의 알코올도 흐르고 있지 않았다. 단풍잎 같은 태오의 손이 얇은 반코트 속을 파고들어 왔다. 어디서 멈춰야 하는 거지? 정신이 혼미한 와중에서도 나는 계산하려 애썼다. 쉬운 여자가 되기는 죽기보다 싫었다. 숄더백에서 휴대폰이 울렸다. 태오가 흠칫 놀라며 내게서 몸을 뗐다. 재인이었다. 나는 전화기를 꺼내어 한 손으로 배터리를 뽑았다. 한껏 달아올랐던 분위기가 바람 빠진 고무풍선처럼 피시식 죽어버린 듯했다. 갑자기 태오가 외쳤다.

"어, 꽃은요?"

그러고 보니 꽃이 없었다. 그에게서 받은 첫번째 선물. 카페 화장실의 세면대 위나 택시 뒷좌석에 오도카니 놓여 있겠지. 의식하지도 못하는 사이 무언가를 스르륵 놓고 오는 건 나의 특기였다.

덜렁이처럼 질질 흘리고 돌아온 것에는 어쩌면 '마음'도 포함되어 있을 것이다.

　내가 사는 원룸 빌라로 우리는 천천히 걸음을 옮겼다. 지금, 집 상태가 어떻더라? 속으로 바삐 더듬어보았다. 남자를 데리고 들어가지 않겠다는 것은, 독립할 때 스스로에게 한 약속이었다. 또한 무엇보다 방이 무척 지저분했다. 이틀째 싱크대에 방치돼 있을 설거지거리들, 마구 구겨진 채 침대 위에 켜켜이 쌓여 있을 옷가지들이 파노라마처럼 스쳐 갔다. 우렁각시라도 다녀가지 않았다면 좁디좁은 내 방 안은 피폭된 바그다드 시내를 방불케할 터였다. 아쉽지만 오늘은 여기서 끝낼 수밖에. 태오에게 손을 흔들고 사뿐사뿐 계단을 올랐다. 1층과 2층 사이 계단참에서 문득 눈앞이 흔들렸다.

　그래. 세상에는 깨뜨리기 위해 존재하는 약속도 있는 것이다. 나는 어둠을 향해 돌발적으로 몸을 돌렸다. 저만치 휘적대며 걸어가는 태오의 뒷모습이 보였다. 나는 커다랗게 그의 이름을 불렀다.

　냉장고를 탈탈 털어봐도 먹을 만한 거라곤 반쯤 남은 백세주가 전부다. 비닐 랩을 씌워놓은 은박 접시의 내용물은, 언제 시켜 먹다 남은 건지 기억도 안 나는 훈제족발이다. 태오는 화장대 의자에 비스듬히 앉아 있었다. 옷가지들을 벽장 속에 대강 쑤셔 박아놓았는데 그가 열어젖힐까 봐 조마조마했다. 태오는 어쩐지 내가 아니라 내 방에 매혹된 듯했다.

　"와아, 집 정말 좋아요."

　신발을 벗자마자 그는 순수한 감탄사를 연발했다. 그의 시선을 따라 둘레둘레 눈을 옮겨보았지만 아무리 봐도 작고 좁고 수수하기 그지없는 원룸일 뿐이다. 침대에서 세 걸음 걸으면 싱크대고 싱크대에서 네 걸음 걸으면 화장실이다. 드라마나 영화 속에 나오는 싱글 여성들의 보금자리와는, 대한민국 마포와 그리스 산토리니만큼이나 거리가 멀었다.

"혼자만의 공간이 있었으면 좋겠다는 생각이 자주 들어요. 나도 빨리 독립해야 되는데."

"지금은, 그럼 부모님이랑?"

5분 전까지 서로의 입술을 격렬하게 탐하던 남녀가 나눌 만한 문답은 아니다. 태오가 조그맣게 웃으며 고개를 끄덕였다.

찬장 한 귀퉁이에서 기적적으로 레드 와인을 발견했다. 언젠가 대형 할인마트에 갔을 때 카트에 담아두었던, 한 병에 만 원짜리다. 이런 날이 올 줄 알았더라면 크리스털 와인 잔이라도 장만해두는 건데. 아기 곰 푸가 그려진 머그잔에 포도주를 따라 대접하려니 낯이 뜨거웠다.

"엇, 되게 맛있어요."

"별로 안 비싼 건데."

"에이, 나는 그런 거 잘 모르겠더라고요. 많이 안 먹어봐서 그런가, 내 입맛에는 싼 게 더 잘 맞는 것 같아요."

태오가 서글서글하게 대꾸했다. 어떤 남자와는 만날 때마다 술을 마시게 되고, 어떤 남자와는 만날 때마다 같이 자게 된다. 그리고 만날 때마다 술을 마시고는 같이 자게 되는 남자도 있다. 오늘 밤만은 어떻게든 말똥말똥하게 보내고 싶었다. 술이 깨고 마법이 풀린 후에, 껄끄러운 피해의식에 휘말려 전전긍긍하고 싶지 않았다.

와인은 미지근하고 들척지근했다. 나는 그것을 투명한 성수(聖水)처럼 단숨에 들이켰다. 태오가 모자를 벗고 헝클어진 머리칼을 손가락으로 쓸어 넘겼다. 기다란 팔다리 때문일까, 어떤 동작을 취해도 그에게서는 저녁 해 질 무렵 드넓은 체육관에서 홀로 연습하는 발레리노와 같은 우아함과 무심함, 나른함이 배어 나왔다. 거부하기 힘든 울림이 가슴속으로 서서히 번져나갔다. 나는 이 아이가 좋다, 좋다, 좋다. 나는 이 아이에게 끌린다, 끌린다, 끌린다. 그러므로 앞으로 일어나리라 추측되는 일은 모두, 나의 자발적 자유의지에 의한 것이리라. 솔직하게 인정하고 나니 마음이 한결 편안해졌다.

파워나 시간 따위가 전부는 아니라는 걸, 남자들은 왜 모를까. 태오는 본능적으로 여자가 원하는 바를 아는 아이였다. 그는 나를 편안하게 빨아들였다. 그와 합쳐져 있는 동안, 내 몸속에 갇혀 있던 또 다른 내가 갸르릉 신음을 내면서 부드럽게 휘어진다. 그의 몸 안에서 나는 내 몸을 소스라치듯 느낀다. 싸구려 매트리스가 쉼없이 삐걱댔다. 마지막 순간 그는 황황히 내게서 떨어져 나가 혼자 힘으로 마무리했다. 보통의 한국 남성들에게서 기대하기 힘든 윤리감각이었다.

태오가 가쁜 숨을 몰아쉬며 욕실로 들어갔다. 작고 탄탄하게 올라 붙은 엉덩이가 섹시하다. 나는 키친타월을 뭉텅이로 뽑아 더럽혀진 침대 시트를 꾹꾹 눌러 닦았다. 슬며시 욕실의 바닥 상태가 걱정되었다. 정식으로 화장실 청소를 한 게 언제인지 가물가물했다. 수돗물 쏟아지는 소리에 이어 변기에 오줌 줄기 떨어지는 소리가 적나라하게 들려왔다. 팬티를 입고 돌아온 태오가 아무렇지도 않게 침대 한가운데 길게 드러누웠다. 내 침대는 싱글 사이즈였다. 위아래로 포개지면 모를까, 아무리 꼭 끌어안고 잔다 해도 성인 남녀 두 명이 숙면을 취하기에는 무리였다.

"이리 와요, 안아줄게."

스위트한 목소리는 변함이 없다. 하지만, 설마 이 비좁은 데서 자고 가겠다는 뜻은 아니겠지? 나는 점점 내가 무서워진다.

다음 날 아침은 맥도날드에서 먹었다.

"이사를 가든지 해야지, 원. 아무리 일요일 오전이라도 그렇지. 이 동네에 문 연 데가 여기뿐이라니 너무하지?"

두 번이나 같이 잔 사이에 존댓말 쓰기도 민망한 것 같아 슬쩍 말끝을 흐렸다.

"아니. 나는 좋은데요."

태오는 아직 '요' 자를 떼지 않는다. 우리들 일상 언어 속에는 언제나 권력의 문제가 잠복해 있다. 존칭어미가 유달리 복잡한 한국어를 사용하다 보면 시시때때로 시험대에 오르게 된다. 이 아이에게 "자, 이제 나한테 말 놔도 돼"라는 말이 선뜻 나오지 않는 이유는 무엇일까.

"나는 빅맥 먹어야겠다. 이상하지, 술 먹은 담날에는 느끼한 게 당겨요."

태오의 웃음은 밤이나 아침이나 여전히 해맑았다. 참고로 엇저녁에는 KFC의 치킨버거를 먹었다. 두 끼 연속 패스트푸드를 먹는 일은 최근 십 년 동안 없었다. 내가 감자프라이를 깨작대며 뜨거운 블랙커피를 입술에 가져다 대는 시늉만 하고 있을 때 빅맥을 뚝딱 해치운 그는 콜라를 벌컥벌컥 들이켜고는 심지어 리필까지 받아왔다. 그가 손을 뻗어 내 뺨에 묻은 티끌을 다정히 떼어내주었다. 어쨌거나 우리는 이제 제법 그럴듯한 연인이 된 것 같다. 비록 어젯밤 한 30여 분간 같이 침대에 누웠다가 그가 잠든 틈을 타 방바닥에 담요를 깔고 자긴 했지만 말이다.

시작하는 연인들은, 일요일 오후에 무엇을 하며 시간을 보낼까? 태오가 손목시계를 보았다.

"집에서 난리 났겠다. 주일 아침에 안 들어왔다고요."

"으응?"

"식구들이 다 같은 시간에 예배 보거든요. 오늘은 일곱 시 예배는 놓쳤고 열한 시까진 가야죠."

불과 몇 시간 전, 몸과 몸을 붙이고 있던 남자가 갑자기 하느님께 기도를 올리러 가야 한다니. 정말이지 나는 그에 대해 너무나 모르고 있다. 그는 독실한 신자인 부모를 따라 웬만하면 꼭 출석을 하는 편이라고 했다. 대한민국은 민주공화국이다. 남자친구의 종교생활에 대해 간섭할 의지 같은 것은 절대로 없었다. 단지 그를 배웅하고 혼자 걸어 들어오는 긴 골목길이 유난히 쓸쓸하게 느껴졌을 뿐이다.

집에 돌아와 휴대폰을 켰다. 켜자마자 문자메시지가 여러 통 쏟아져 들어왔다. 배터리를 빼두었을 때 걸려온 전화번호들이, 캐치콜

서비스에 의해 액정에 순서대로 찍혔다. 재인에게서 온 전화가 두 통, 분당 집에서 온 전화가 일곱 통이었다. 음성메시지도 있었다.
"은수야. 무슨 일이니. 경찰에 신고한다. 빨리 연락해라."
엄마는 초주검이 된 목소리였다. 이번 토요일쯤 집에 들르겠다는 약속을 한 것 같기도 하고 안 한 것 같기도 했다. 그래도 그렇지, 한나절 동안 연락이 안 되었을 뿐인데 이 무슨 난리란 말인가. 내 전화를 받은 엄마는 땅이 꺼져라 안도의 한숨을 내쉬었다. 별일 없는 거냐고 재차 묻더니 "어쨌건 살아 있으니 됐다, 됐어"라고 했다. 흡사 유괴당한 아이의 생존을 확인한 분위기였다.
"금방 올 거지? 지금 쌀 안친다."
미안하다는 마음보다 귀찮다는 마음이 앞선다. 이 손바닥만 한 네트워크의 바깥에는 무엇이 있을까.
재인이 뺀질나게 전화해댄 용건은 제 약혼자와 함께 오늘 저녁을 같이 먹자는 것이었다.
"정식으로 소개하는 거야."
"엉. 그래야지."
뜨뜻미지근하게 수락했다.
"근데 너, 혹시 누구 생긴 거 아냐?"
"뭐? 아니야."
뜨끔했기에 나는 더 과격하게 부정했다.
"난 또. 토요일 밤에 전화기 꺼져 있으면 괜히 의심스럽잖아."
재인에게, 태오의 존재에 대해 곧이곧대로 고백하면 어떤 반응을 보일까? 백발백중 '머리에 총 맞았구나, 쯧' 하는 동정 어린 시선을 보낼 거였다.

현관에 들어서는 나를 보자 엄마는 곱게 눈을 흘겼다. 아버지는 화가 덜 풀린 눈치였다. "한심한 짓이나 하고 다니려면 당장 짐 싸서 들어와."

한심한 짓? 아버지가 나에 대해 뭘 안다고? 양심 한쪽이 찔리기도 하면서 괜한 반항심이 솟구쳤다.

"엄마가 당장 달려가보자는 걸 억지로 말렸어. 잘했지?"

어젯밤 행적에 대해 뻔히 짐작하고 남는다는 듯 오빠가 한쪽 눈을 찡긋댔다. 새언니는 '나 피곤함'이라고 이마에 써 붙인 표정으로 짧은 눈인사만 하고 주방으로 들어갔다. 주말을 연 이틀 시집에서 보내는 셈이니 기분 좋을 리 없겠지. 나는 어색한 동작으로 조카 지호를 안아 올렸다. 두어 달 만에 보는 지호는 그새 부쩍 자란 듯했다. 녀석에게서 향긋하고 달콤한 냄새가 풍겼다. 그러나 예쁜 건 길어야 30분이다. 세 살박이답게 온 집 안을 도도 뛰어다니고 꺅꺅 소리 질러대는 걸 보면 정신이 하나도 없어졌다.

식구들 모두 식탁 앞에 모여 앉았다. 오늘 아침 맥도날드 테이블의 나와, 이 가족 식탁의 나. 그 사이의 거리를 헤아릴 수 없었다.

「고양이를 부탁해」라는 영화가 있다. 주인공 소녀가 가출하기 직전, 벽에 걸린 가족사진을 떼어내 자기 얼굴만을 오려내던 장면이 특히 인상적이었다. 나도 따라 하고 싶다는 뜻은 아니다. 어차피 우리 집엔 오려내고 자시고 할 만큼 그렇게 커다란 가족사진도 없으니까.

몇 년 전 오빠 결혼식 날 그 비슷한 걸 찍기는 했다. 하지만 확대해주겠다는 사진관 측의 호의를 아버지가 딱 잘라 거절했다. 그날 맸던 자신의 넥타이 색깔이 마음에 들지 않는다는 게 표면적인 이유였으나, 아마도 '세상에 거저는 없다'는 투철한 세계관 때문이었을 것이다. 교묘한 바가지를 씌울 요량이 아니라면 왜 굳이 특별한 친절을 베풀겠느냐는 것이 아버지가 타인을 바라보는 방식이었다. 객관적으로 말하는 것이 용서된다면, 나의 아버지는, 지극히 까다로운 데다 의심 많은 인간형이었다.

 그런 남자와 수십 년째 살고 있는 여자, 즉 나의 엄마가 낙천적이며 털털하던 본래의 성정을 점점 잃어가고 있는 것은 어쩌면 당연한 귀결일 것이다. 오랜만에 식구들이 식탁에 모여 앉았음에도, 아버지는 국이 싱겁네, 깍두기가 덜 익었네, 타박을 해댔다. 엄마는 다분히 방어적이며 수세적인 태도로 대응했다. 입으론 작게 꿍얼꿍얼하면서 어느새 엉덩이를 일으켜 소금을 꺼내 오는 식이었다. 새언니는 묵묵히 지호의 입에 숟가락을 들이밀고 있었고, 오빠는 슬금슬금 새언니 눈치를 살피면서 이따금 실없는 농담을 던져 좌중을 더욱 썰렁하게 만들었다.

 어릴 땐, 우리 가족이 화목한 일일연속극 속 가족들과 전혀 다르다는 사실이 부끄러웠다. 이기적이고 쌀쌀맞은 아버지, 잔소리 많고 감정 기복 심한 어머니, 경박하고 뺀질대는 오라버니는 드라마뿐 아니라 어떤 동화책에도 나오지 않았기 때문이다. 하지만 이젠 그러려니 한다. 나이 들어가면서 조금씩 터득하게 된 진리는, 겉으로 근사해 보이는 다른 사람들도 실제론 구질구질한 일상에서 결코 자유롭지 못하다는 것. 아마 그 홈드라마 속에 사는 가족들도 카메라가 멈추었을 땐, 환멸 가득한 눈빛으로 서로를 흘겨볼 게 분명했다.

전쟁이나 천재지변과도 같은 아주 결정적인 시국에서라면 아마도 나는 우리 가족의 편을 들 것이다. 그것이 내가 가족을 사랑하는 증거라면, 할 말이 없다. 손사래를 쳤는데도 엄마는 무거운 쇼핑백을 강제로 품에 안겼다. 밑반찬을 담은 밀폐용기들, 한 무더기의 일회용 홍삼 팩들이 가득했다. 압구정동 한복판까지 동행하기에는 참으로 난감하고 거추장스러운 짐이었다. 때때로 가족이 그렇게 느껴지는 것처럼.

3

재인이 선택한 레스토랑은 새로 생긴 스시 전문점이다. 그녀는 홀로 앉아 있었다.

"왜 혼자야?"

"유희는 좀 늦는대. 차 막힌다고."

"남자친구는?"

"어엉, 오빠는 갑자기 병원 들어갔어. 이머전시 콜이 와서."

또 시작이다. 대화 중에 난데없이 혓바닥을 굴리며 영어 단어를 섞어 쓰는 건 재인의 고질병이었다. 여고 시절 영어 시험 시간에 무조건 답안지 3번을 좌르륵 찍고는 일찌감치 엎어져 자던 주제에.

피차의 과거사에 대해 너무 많이 알고 있는 사이는 이래서 위험한가 보다. 오래된 친구 사이가 자꾸만 삐거덕대는 건, '잘난 척해봐야 나는 네 밑바닥을 다 안다'는 오만한 자세로부터 비롯되는 것일지도 모르겠다.

재인은 결혼이 늦었다며 대놓고 안달복달해온 스타일은 아니었다. 그렇다고 농담이라도 결혼 제도 자체를 의심하는 발언을 한 적도 없었다. 아마도 그녀는 자신의 생애 주기 한 지점에 결혼이라는 사건이 마련되어 있음을 단 한 번도 의심해본 적 없을 것이다. 의심하지 않는 자는, 불안해할 까닭도 없다. 서른이 넘어도 '좀 늦는군'이라고 생각할 뿐 정해진 운명 자체에 의문을 품어보지는 않는 것이다. 어디 결혼뿐이랴. 결혼하면 곧 아이를 낳고, 적당한 터울로 둘째를 가지는 것도 그녀의 미래에 사뿐사뿐 예정되어 있을 것이다. 오품냉채로 시작하여 상어 지느러미, 깐소새우, 등심탕수육, 송이버섯 쇠고기볶음, 꽃빵, 자장면이 주르륵 나오는 중국식 코스 요리처럼 품격 있고 질서정연한 인생.

"딴 약속 다 취소하고 왔는데 이게 뭐야?"

유희가 노골적으로 불만을 토로했다. 재인은 무당벌레를 씹는 표정으로 연어크림롤을 삼켰다. 내가 얼른 수습에 나섰다.

"바빠서 그렇겠지. 암튼 결혼 준비는 잘돼가는 거지?"

"낫 배드."

어휴, 저놈의 혀를 확 그냥.

"준비할 게 이렇게 많고 복잡한지 몰랐어. 별별 것들을 일일이 다 신경 써야 하더라. 이 세상 모든 사람들이 다 이런 과정을 겪으며 산다니 진짜 존경스러운 거 있지?"

"이 세상 사람들이 다 그런 건 아니지. 그런 거 모르고 사는 은수나 나도 있잖아. 우린 뭐 저 세상 사람이냐?"

유희가 퉁명스레 대꾸했다. 졸지에 '우리'로 묶인 나는 재인의 눈치를 살피며 부드럽게 물었다.

"뭘 제일 먼저 해야 되지? 살 집은 구했어?"

"아직. 시댁이 일산이라 그 근처에 알아보래. 요즘 집값이 너무 올라서 일단 전세로 얻어주신다고."

"시어머니가 돈 주는 거야?"

유희의 가시 돋친 어투에는 냉소의 기미가 섞여 있다. 재인의 고개를 끄덕이는 동작에선 자부심의 흔적이 묻어난다. 유희가 잽을 날린다.

"야. 결혼은 어른과 어른이 만나는 거 아니야?"

"그래서?"

"근데 왜 부모 도움 받는 걸 당연하게 생각하지? 돈 맡겨놨어? 이건 애초부터 독립적인 결혼생활의 의지가 없는 거잖아?"

재인이 젓가락을 내려놓고 입술을 꽉 다물었다. 내가 옆구리를 찌르자 유희는 입술을 뽀로통하게 모으며 고시랑댔다.

"내가 없는 말 했니? 부모 간섭은 싫으면서 경제적으로 의존하는 걸 당연하게 생각하는 자세, 너무 이율배반적이잖아."

대학 교양과목 '여성과 한국 사회'의 시간강사 같았다. 재인은 유희를 쩨려보는 대신 내 쪽으로 얼굴을 돌렸다.

"은수 넌 어때, 요즘?"

2부 선택의 시대 97

모처럼 무난한 공통 화제를 찾았다는 듯 유희도 내 쪽을 바라보았다. 그제야 나는 친구의 질문을 찬찬히 곱씹어보았다. 내가 요즘 어떻게 지내고 있었더라.

"으응, 사실……"

머뭇대며 말을 꺼냈지만, 태오에 관해 고백할 용기가 없다는 것을 알고 있다.

"어제, 남자를 한 명 소개받긴 했는데."

나는 이미 얼굴도 가물가물해진 김영수의 이야기를 주섬주섬 늘어놓았다. 거짓말은 자기 증식의 속성을 가지고 있나 보다. 한참 얘기를 하다 보니, 어느새 김영수는 저녁 식사 권유를 거절한 맞선녀를 '못내 아쉬워하는' 눈빛으로 약속 장소까지 태워다준 애처로운 사연의 주인공으로 둔갑되어 있었다. 친구들이 "작작 튕겨라. 그러다 그 남자 놓치겠다"고 충고하자 마치 내가 김영수의 끈질긴 구애를 야멸치게 뿌리치고 있는 듯한 착각마저 들었다. 헤어진 지 24시간이 넘도록 그가 문자메시지 한 통 보내지 않았다는 사실은 까마득히 잊고서 말이다.

"그만하면 괜찮네. 빠지는 것도 하나 없고."

"그래. 더 만나봐."

좀 전까지 여우와 두루미처럼 반목하던 두 친구가 한목소리를 냈다.

"아, 몰라. 좀더 생각해보고."

짐짓 오만한 자세를 취해보았지만, 과연 나에게 선택권이 있는지조차 미지수다.

"그런데 너무 평범해. 그냥 평범한 아저씨라고."

양심을 쥐어짜 겨우 덧붙였다. 재인이 이마에 내 천(川) 자를 그렸다.

"얘가 아직 이렇게 철이 없어요. 그게 뭐가 중요하니? 낫살이나 먹어서 지가 아직도 소년이라고 착각하는 남자가 더 문제지."

아무래도 화제를 돌려야겠다. 나는 옆자리의 유희를 돌아보았다.

"유희 넌 어떻게 된 거야? 진짜로 관둔 거야?"

순간, 유희가 숨을 멈추었다. 그녀가 가자미눈으로 나를 몰래 흘겨보고 나서야 비밀을 지켜달라고 신신당부하던 것이 생각났다. 난감하기 이를 데 없었다.

"나만 모르는 뭔가가 있구나? 뭔데?"

평소 이럴 때만 머리 회전이 빠른 재인이 수상한 냄새를 맡고 캐묻기 시작했다. 집요하기도 하다. 별일 아니라고 극구 부인해보았지만 재인은 이미 기분이 상할 대로 상한 눈치였다.

"정말 기가 막힌다. 너희 이제 나만 소외시키기로 한 거야? 혹시 이제, 나만 다른 세계로 들어가게 됐다고 이러는 거야?"

재인이 말한 '다른 세계'란 결혼을 이르는 것이 분명하리라. 그녀는 마치 '선택받은 극소수 VIP 고객을 위한 특별 감사 세일 초대장'을 손에 쥔 양 말하고 있었다. 초대받지 못한 자의 자격지심이겠지만, 그래봤자 그 상점엔 팔다 남은 허접한 떨이 물건밖에 없을 거라고 괜스레 삐죽대고 싶어진다. 어차피 언젠가는 밝혀질 일을 끝끝내 털어놓지 않는 유희도 못마땅했다. 메신저에서는 그토록 용기백배 세계일주 배낭여행을 떠나는 대학생처럼 굴더니. 현대인이라면 누구나 온라인의 모습과 현실의 모습이 완전히 일치하지는 않을 것이다. 하지만 며칠 전 메신저에서 만난 유희와, 지금 내 눈 앞에 앉아 있는 유희는 서로 전혀 다른 인간인 듯 느껴졌다.

저녁 식사는 오래지 않아 끝났다. 그러나 체감 시간은 그보다 훨씬 길었다. 결렬 직전의 평화 협상 테이블에 둘러앉은 무능한 외교관들처럼 우리는 그저 조용히 접시 위의 음식들을 해치웠다. 재인은 제 얼굴에 디카 렌즈를 들이대고 셀프사진 찍기에 여념이 없었고, 유희는 게임이라도 하는지 휴대폰 화면에 눈을 박은 채 고개를 들 줄 몰랐다. 나는 계산서를 말아 쥐고 자리에서 일어섰다. 유희와 재인이 따라 나오기 전에 얼른 지갑을 열고 계산대에 신용카드를 내밀었다. 유희의 비밀을 발설한 대가는 내가 치러야 할 몫이었다.

"그럼 커피는 내가 살게."

유희가 선심 쓴다는 듯 제안했으나 재인이 단칼에 거부했다.

"너희끼리 마셔라. 시간되면 결혼 전에 다시 한번 모이든지."

그녀가 진주색 차를 몰고 떠나버리자 나와 유희만 길바닥에 덩그러니 남겨졌다.

"나쁜 년. 지가 불러놓고 쑥 가버리면 어쩌자는 거야?"

유희를 달래어 근처 카페에 들어갔다.

"야, 쟤 아무래도 분위기 이상하지 않아?"

"응?"

"수상한 냄새가 나잖아. 뭔가 꼬여가는 게 분명해. 결혼이 장난이니? 급히 먹는 밥이 체한다고, 유난 떨며 서두르는 결혼치고 제대로 되는 꼴을 못 봤어."

유희의 신랄한 어조에서 '꼬여가기'를 바라는 은근한 기미가 풍겨왔다. 왠지 머리칼이 쭈뼛 서는 기분이다. 유희의 주장이 아주 일리가 없는 것만은 아니라는 희미한 예감 때문일까.

"똘똘한 애니까 지가 알아서 잘하겠지."

나는 자신 없이 반박했다.

"혼자서 기를 쓰고 잘한다고 되냐. 구조가 낡은 거미줄처럼 얽혀 있는데."

"결혼이라는 게 원래 그렇지. 그렇다고 아예 안 할 순 없잖아."

"그래도 내가 거미줄에 대롱대롱 매달려 있는 처지라면 적어도 내 몸을 지탱하고 있는 거미줄이 어떤 모양인지는 미리 알고 싶어질 것 같은데."

"아는 게 병일 수도 있어."

진심이다. 이십대 후반을 지나오면서부터 종종 '이미 너무 많은 것들을 알아버렸어'라는 탄식을 뱉어내게 되곤 한다. 세상의 숨겨진 이치들을 이미 다 꿰뚫어버린 것 같지만, 실상 곰곰이 따져보면 내가 몸으로 직접 겪어낸 것은 별로 없다. 아는 것과 겪는 것 사이에는 분명 엄청난 간격이 가로놓여 있다.

"참, 최근에 유준이랑 연락해봤어?"

유희가 무심히 던진 말에 깜짝 놀랐다.

"아니. 연락 안 한 지 한 일 년 됐을걸."

만나지도 말고, 전화하지도 말자. 그것이 우리 사이의 약속이었다.

"여자친구랑 헤어지고서 머리칼 쥐어뜯고 있더라. 바보 같은 놈."

유희의 목소리가 귓전에서 잉잉거렸다.

애인을 뜻하는 '남자친구'와, 성별이 남자일 뿐인 '그냥 친구'는 어떻게 다를까? 우선 스킨십의 유무에 의해 구분할 수 있을 것이다. 남자친구와는 키스를 하는 사이이고, 성별이 남자인 친구와는 그 키스에 대해 품평을 하는 사이인 것이다.

알고 지낸 지 십 년이 넘도록 유준과 나는 손 한 번 잡은 적이 없다. 그러나 나는 유준이 사귄 여자들의 키스 실력에 대해 익히 알고 있다. 유준도 마찬가지다. 그러므로 누가 뭐래도 우리는 '그냥 친구'가 맞을 터였다. 유준은 유희의 사촌이었다. 1994년 봄, 우리는 유희의 소개로 처음 만났다. 우리가 스무 살이던 시절이다. 스무 살. 그런 나이가 나를 지나갔다는 사실을 떠올리면 목구멍이 칼칼해진다.

"청춘 남녀가 어떻게 손톱만큼의 미묘한 감정도 없이 친구 사이가 될 수 있지? 어쨌든 그 새끼 불쾌해."

고릴라는 유준 얘기만 나오면 짜증스럽다는 표정을 숨기지 않았었다. 하지만 내가 마치 제 소유 재산이라도 된다는 듯 오만불손하게 지껄이던 놈이 휑하니 떠나고 난 뒤에도 곁에 남아 위로주를 사준 건 '그냥 친구' 유준이었다. 남자친구는 한 번 헤어지면 그만이지만, 성별이 남자인 친구는 오랫동안 연락이 끊기더라도 얼마든지 편안하게 다시 만날 수 있다.

나는 망설임 없이 유준에게 전화를 걸었다.

"어, 은수! 안 그래도 연락하려고 했는데. 잘 지냈냐?"

기쁠 때나 화날 때나 늘 변함없이 덤덤한 목소리다.

"유희한테 들었어. 안 좋은 일 있었다면서?"

"안 좋은 일은 무슨."

"그래도 이번엔 잘 될줄 알았는데. 이번에 걔는 널 되게 좋아했잖아."

"글쎄. 원래 집착이 센 애들이 포기도 빠르더라. 뭐 홀가분하고 나쁘지 않아."

이름이 민경이던가 민정이던가, 수수하고 동그란 얼굴에 일본 여자처럼 덧니가 나 있던 유준의 여자친구를 몇 번 본 적이 있다. 일년 전 나와 유준 사이에 연락이 끊어지게 된 건 그녀 덕분이었다. 그녀는 막 전문대학을 졸업한, 주민등록번호가 '8'로 시작하는 어린 아가씨였는데 어느 날 술의 힘을 빌려 나에게 전화를 걸어왔다.

"언니랑 유준 오빠, 두 사람 얼마나 우스운 줄 알아요? 그 사이에 끼어 있는 내 감정은 생각이나 해봤어요? 언니, 뭐라고 대답 좀 해보세요, 언니."

내가 아무 대답도 하지 못하고 아랫입술만 잘근잘근 씹어댔던 건 결코 그녀에게 미안해서가 아니었다. 그 와중에 꼬박꼬박 문장 앞뒤로 '언니' '언니'를 불러대는 기세에 얼이 빠져서였다.

그 사건 이후 결국 나와 유준은 평화로운 합의에 이르게 되었다. 어느 한쪽이라도 애인이 있을 때는 서로 연락을 자제하기로 말이다. 결정적 순간에 한발 물러날 수밖에 없는 것이 '그냥 친구'의 한계였다. 그렇다면 자존심이나 자의식 따위 염두에 두지 않고 대뜸 속엣 말을 뱉을 수 있는 것은 '그냥 친구'의 특권일 터다.

"일단 우리 얼굴 좀 보자. 그동안 핫이슈들 엄청나게 많았단 말이야."

"그럼 지금 올래? 아직 세수 안 했으니까 한 30분 뒤에."

일요일 저녁 아홉 시가 넘을 때까지 세수를 안 하고 있었다니. 그의 생활 패턴에는 그동안 아무런 변화의 조짐도 없는 모양이었다.

유준은 역삼동의 주거용 오피스텔에 혼자 살고 있었다. 근처의 아이스크림 집에서 잡지를 뒤적이며 한참을 기다렸다. 유리문을 밀고 등장한 유준의 복장은 가관이었다. 1930년대의 지식인이 썼음 직한 크고 동그란 안경테를 코끝에 걸치고, 검은색 벨벳 재킷을 입은 것까지는 봐줄 만했다. 그러나 재킷 속에 받쳐 입은 흰 티셔츠는 누렇게 물이 빠져서 가슴팍에 원래 써 있던 글씨는 알아볼 수도 없고, 나달나달 낡은 청바지의 엉덩이는 축 처져 있었다. 옷장에 손을 쓱 집어 대충 잡히는 대로 아무렇게나 주워 입고 어슬렁어슬렁 걸어 나온 품새였다.

"오은수도 이제 많이 늙었네."

"어이구. 남 말 하시네."

농담 같은 진담에 맞장구치면서 문득 아래를 내려다보다가 나는 경악했다. 유준의 청바지 아래로, 맨발이 그대로 드러나 있었다. 영하를 오락가락하는 기온이었다. 이 추운 날씨에 그는 양말도 신지 않은 채로, 슬리퍼를 질질 끌고 밤거리를 걸어온 것이다. 유준은 내 다리를 감싸고 있는 롱부츠를 머쓱하게 바라보면서 뒤통수를 긁적였다.

"날이 언제 이렇게 추워졌냐? 나, 양말 신기 되게 귀찮은데."

허허 웃는 수밖에 다른 방법이 없었다. 하기야 귀찮은 걸 얼마나 싫어하면, 직장 구하는 것도 귀찮아서 몇 년째 백수로 지내고 있겠는가. 내가 아는 한 그는 태어나서 단 한 번도 제 힘으로 돈을 벌어 본 적 없는 인간이었다. 있으면 있는 대로, 없으면 없는 대로. 그것이 그의 경제관념이었다.

안달복달하는 이에게는 결코 웃어주지 않으면서, 무심한 인간에게는 한없이 말랑말랑한 속살을 드러내곤 하는 것이 돈의 속성이다. 날 때부터 돈에 관한 걱정을 해본 적이 없으니 무심할 수 있는 건지도 모른다. 유준은 상당한 부동산 재력가였던 아버지로부터 적지 않은 규모의 유산을 상속받았다.

"뭐 먹을래?"

유준이 주머니에서 꼬깃꼬깃 구겨진 지폐들을 주섬주섬 꺼냈다.

"웬만하면 지갑 좀 갖고 다니지 그래?"

"귀찮아."

수십 가지 종류의 아이스크림이 늘어선 유리 진열장 앞에 서면 뭘 골라야 할지 몰라 느닷없이 오줌이 마려워진다. 다디단 초콜릿무스, 은은하게 새콤한 망고탱고, 씁쓰레한 커피향의 자모카아몬드퍼지…… 오늘, 나는 민트초코칩을 선택했다. 한 번도 먹어보지 않았기에 한 번쯤 먹어보고 싶었다. 고작 아이스크림 한 스쿠프이기에 모험을 해볼 수 있었다. 우리는 분홍색 아이스크림 컵을 사이에 두고 마주 앉았다. 유준이 덥수룩한 앞머리칼을 쓸어 올리며 중얼거렸다.

"사흘 만에 밖에 처음 나온 거야."

은둔형 외톨이가 따로 없군.「그것이 알고 싶다」에 제보해볼까?

"밥은 제대로 먹고 사는 거야?"

"대충 해 먹는 거지, 뭐. 점심 먹은 설거지 하고 돌아서면 금방 저녁 먹어야 되고. 아주 지겨워서 돌겠다."

"가끔은 나와서 사 먹고 그래."

"이상하게 나는 혼자서 극장, 만화방, 목욕탕, 게임방 죄다 잘 다니겠는데, 식당에서 밥은 못 먹겠더라."

"소심한 거야, 아님 예민한 거야?"

"글쎄. 어설픈 자의식 때문 아니겠냐."

유준이 뒤통수를 긁적이며 웃었다.

"좀더 센 인간이라면 아마 남 보란 듯이 더 씩씩한 척 즐거운 척 혼자 먹겠지. 또 조금 더 단순하거나 아무 생각 없다면 그냥 한 끼 때우는 개념으로 쉽게 먹을 수 있을 거 같기도 해. 근데 나는 이도 저도 아닌 어설픈 놈인가 봐. 옆 테이블 손님들이 날 어떻게 볼까, 계속 신경이 쓰여서 밥알이 안 넘어가."

'솔직히 나도 그래'라는 말은 하지 않았다. 그리고, 우스꽝스럽게도 이것이 내가 유준을 좋아하는 이유였다.

모든 고백은 이기적이다.

사람들이 누군가에게 고백을 할 때, 그에게 진심을 알리고 싶다는 갈망보다 제 마음의 짐을 덜고 싶다는 욕심이 더 클지도 모른다. 내가 유준을 만나러 온 이유는, 어쩌면 고백하기 위해서였다. 애정 문제와 관련된 카운슬링엔 맑고 담담한 사이의 이성이 제격이니까. 그러나 나보다 유준이 한 템포 빨랐다.

"은수야. 뭐 하나 물어봐도 돼?"

"으응."

"여자들은 왜 연애 초기만 지나면 다 마누라처럼 구는 거지? 이거 해라, 저거 하지 마라, 너의 실존을 변화시켜서 나에 대한 사랑을 증명해봐라, 왜 그런 요구들을 하는 거냐고."

흠, 쉽게 답하기 어려운 질문이다. 하루하루를 일요일처럼 보내는 유준과 사귀고 있으면 그 어떤 마음 넓은 여자라도 '자기야, 나를 위해 제발 좀 변해줘'라고 애원하지 않을 수 없을 것이다. 나는 군색하게 대답했다.

"사랑하니까 그렇지. 내가 사랑하는 사람이 지금보다 좀더 나아졌으면 하는 걸 거야."

"아니. 사랑은 한 사람의 존재 자체를 다 받아들이겠다는 약속 아니야? 내가 보기에 이 문제는 여자들의 자존심과 관계있는 것 같아. 자기가 선택한 남자가 찌질한 걸 못 참는 거지. 자기 남자가 친구 남자보다 뒤처지는 걸, 꼭 자기가 친구한테 뒤지는 걸로 생각하는 거야. 남의 등에 업혀 가는 인생이 그렇게 좋나."

유준은 전에 없이 냉정하게 발톱을 세웠다. 여자친구와 어떻게 헤어진 건지 단박에 감이 잡혔다. 만약 다른 남자가, 이를테면 사무실의 황부장 같은 인간이 저런 소리를 지껄였다면 속으로라도 냅다 쏘아붙여주었을 것이다. "흥, 오버하지 마시지!" 하지만 유준은 원래 그런 사이비 마초 아저씨가 아니다. 어쩌다 저렇게 된 걸까 안쓰러웠다. 대꾸할 만한 적절한 말을 찾지 못해 아이스크림 스푼만 만지작거리고 있는데 구세주처럼 전화벨이 울렸다.

"통화 괜찮으세요?"

김영수는 휴대폰 이용자의 대부분이 '여보세요' 대신 애용하곤 하는 문장으로 첫 마디를 시작했다. 유준이 의미심장한 미소를 띠우며 편히 전화받으라는 손짓을 했다. 두번째 질문도 못지않게 전형적이다.

"지금 어디세요?"

친구와 함께 있다는 말에, 그는 용건은 말하지 않고 계속 "아, 예, 저……" 하는 식으로 뜸을 들였다. 하도 답답해서 내가 먼저 말했다.

"제가 좀 이따 전화드릴게요."

유준이 피식 웃었다.

"남자하고 통화할 때 너 목소리 싹 바뀌는 거 모르지?"

"힛. 어제 선본 남잔데 왜 전화했나 모르겠네. 별말도 없이 썰렁하면서."

유준이 명쾌하게 정의했다.

"뻔하지. 의무 방어 및 탐색 차원."

그럴듯한 분석이다. 그러나 내심 섭섭해진다. 내가 듣고 싶었던 답변은 혹시 "뻔하지. 너한테 홀딱 반했기 때문이야" 같은 종류는 아니었을까? 유준이 내 가방을 가리켰다.

"야, 너 또 전화 온다. 완전 인기 폭발이네."

태오다.

"자기, 통화 중이던데요?"

어쭈, 자기? 두 번 만나서 두 번 잤다고 얘가 아주. 그러나 태오의 음성을 듣는 순간 이미 내 목덜미의 솜털들이 일제히 곤두섰다.

"으응, 친구랑 좀."

황황히 변명하는 내 꼴이 우습다.

"밖인가 봐요?"

"아니. 집 앞 편의점에 잠깐."

유준이 입을 떡 벌리며 과장되게 놀라는 표정을 지었다.

"큰일 났어요. 자꾸만 보고 싶어서."

"……"

"내일 되게 춥대요. 따뜻하게 입고 나가요."

"그래, 자기도."

자기라고, 나도 모르게 말해버렸다. 내 목소리가 너무 작아서 그가 알아들었는지는 모르겠다. 코앞의 유준은 확실히 알아들은 눈치였다.

"너 요즘 상당히 잘나가나 보다. 근데 실속은 좀 있는 거냐?"

"실속이 있겠냐."

자조 섞인 한숨이 나왔다.

"안 그래도 너한테 물어볼 게 있어. 남자들은 말이야. 여자를 왜 만나지?"

뱉고 보니 꽤나 멍청한 물음이다. '인간은 왜 밥을 먹지?'가 차라리 낫겠다. 유준은 수송아지처럼 눈을 끔뻑거렸다.

"그러니까 여자 입장에서 보기에, 남자들이 여자를 사귀는 목적이 결국엔 한번 자보고 싶어서는 아닐까, 그런 의심이 들기도 하거든."

말을 하고는 있지만 왠지 자꾸 밑천을 드러내는 기분이다.

"그런데 살다 보면, 거꾸로, 만나자마자 먼저 그걸 해버린 경우도 있잖아. 그랬을 때, 그 남자가 그 여자를 계속 만나는 이유는 뭘까? 혹시 파트너, 그런 거야?"

나는 급히 덧붙였다.

"아, 물론 내 친구 얘기야."

유준은 역시 본질적으로 사려 깊은 남자다. 그 여자의 이름이 '오은수'인지 굳이 캐물으려 하지 않았다.

"케이스 바이 케이스지. 그럴 수도 있고 아닐 수도 있어. 사실 여자들이 짐작하는 것만큼 남자들이 육체에 그렇게 집착하는 건 아니야. 아, 육체에 '만' 집착하는 건 아니라는 뜻이야."

"그럼 어떤 남자는 책을 맨 뒷장부터 읽기도 한단 말이지? 맨 앞까지?"

"그런 여자가 있다면 그런 남자도 있지 않을까. 글쎄, 남자나 여자나 사랑에 빠지는 이유는 비슷할 것 같아. 연애란 게 결국엔 이 거친 세상에서 마음 붙일 데를 찾는 거 아니겠어? 체온을 나누고 싶고 기대고 싶고 소통하고 싶고. 지향점이 같다면 몸이 좀 앞서 나가는 건 큰 문제가 아니라고 보는데?"

"정말 괜찮을까?"

"그래. 걱정 말고 일단 진도 나가보라고 해. 허 참, 내 연애 전적도 백전백패면서 웬 주제넘은 충곤지 모르겠네."

유준이 날름 혀를 내밀었다. 체리주빌레 아이스크림 때문인지 혓바닥이 빨갰다. 민트초코칩을 핥아 먹은 내 혓바닥은 바다 빛깔로 변해버렸을까.

처음 경험한 민트초코칩은 좋지도 나쁘지도 않았다. 아마도 다음 번에 또 먹게 되지는 않을 것 같다. 초콜릿무스, 망고탱고, 자모카 아몬드퍼지처럼 내 혀끝에 익숙한 맛들을 선택해야 안전하다는 사실을 배웠기 때문이다.

"우리 나이가 몇인데 아직도 이런 고민을 하고 앉아 있는 거냐."
"그치? 어떻게 스무 살이나 서른 살이나 똑같나 몰라. 유준아, 난 서른 살 넘으면 진짜 딱 어른이 되는 줄 알았다니까."
"야, 나도 그랬잖아. 서른 지나면 자잘한 희로애락의 감정들은 다 초월하게 되는 줄 알았어. 거 뭐더라, 애련에 물들지 않는 바위!"
우리는 어설픈 공모자들처럼 숨죽여 쿡쿡 웃었다.
"참, 들었어? 재인이 소식?"
"응. 원래 그런 소문은 빠르잖아. 재인이 부럽냐?"
유준의 갑작스런 질문에 반사적으로 절레절레 고개를 흔들었지만, 내 진짜 속마음은 나도 모른다.
"그러는 넌? 안 부러워?"
"오우, 노우!"
유준이 단호하게 소리쳤다.
"왜? 결혼하면 남자야 편하잖아."
"모르시는 말씀! 여자들은 왜 그렇게 오해를 하는지 모르겠어. 비밀 하나 말해줄까? 결혼이라는 제도가 남자한테 뭔지 알아?"
"뭔데?"

유준은 농담인지 진담인지 모를 말투로 말했다.

"지옥."

"……"

"생각해봐라. 평생 뼈 빠지게 노동해서 남 좋은 일만 시키잖아. 이건 조직적이고 구조적인 착취야."

"여자는 안 그런 줄 알아?"

"그러니까. 그런 걸 왜 하느냐고, 피차. 남자도 힘들고 여자도 힘들고. 누가 발명했는지 일부일처제는 진짜 끝내주게 골 때리는 시스템이야. 지들이 알아서 결혼하고 번식하고 세금 내고, 세상이 아주 휙휙 잘 돌아가잖아."

"넌 그럼 평생 그냥 이렇게 살 거야?"

"모르지. 남들 사는 대로 확 전향해버릴까 싶을 때가 가끔 있기도 한데. 그보다는 명랑사회 건설의 암세포 취급을 당할 때가 수천 배는 많거든. 틀린 말은 아니지. 내가 바로 그 악명 높은 삼십대 백수 독신남이잖냐. 그렇지만 천하에 한심한 놈인 양 꼬나보는 시선 앞에서는 목 놓아 외치고 싶지. '흥, 삐뚤어질 테다!'"

푸핫, 웃고 말았다. 바깥 공기는 싸늘했다. 유준과 나는 큰길가로 천천히 걸어 나왔다. 엄마 집에서 가져온 무거운 종이 쇼핑백을 유준이 대신 들어주었다. 그의 휑한 목덜미에 자꾸 시선이 갔다. 부츠를 벗어줄 순 없지만 머플러 정도라면 가능했다. 체크무늬 모직 머플러를 받아 든 유준이 머뭇댔다.

"너도 춥잖아."

도톰하게 기모 처리된 내 스웨터를 가리키자 그는 이내 고개를 끄덕이고는 머플러를 동여맸다. 유준의 목에 칭칭 감긴 머플러는 우스꽝스럽고 앙증맞아 보였다. 누가 뭐래도 우리는 '그냥 친구'였다. 그렇지만 이런 순간에는 어쩐지 손을 잡고 걷는 편이 더 잘 어울릴 것 같다는 생각이 든다. 멀리서 빈 택시의 불빛이 다가오고 있었다. 그쪽으로 몸을 돌리려는 찰나, 유준이 불쑥 내 이름을 불렀다.

"은수야."

이상하게도 가슴이 철렁 내려앉았다.

"아까 그 얘기 말인데……"

"으응?"

"결혼이라는 거."

"응."

"넌 어때? 결혼에 대한 생각이."

"글쎄…… 그냥, 비슷해, 너랑."

조그맣게 얼버무렸다. 유준의 슬리퍼가 걸음을 멈추었다.

"그럼 말이야. 차라리, 마음 맞는 우리 둘이, 같이 살면 어떨까?"

"……지금 프러포즈하는 거야?"

태연한 척, 나는 장난스럽게 되물었다. 유준이 침착히 안경을 추켜올렸다.

"진심이야. 남편 대 아내의 결합이 아니라, 인간 대 인간으로 결합하면 되잖아. 너라면 지금의 나를 제일 잘 이해할 수 있을 것 같아서. 나도 마찬가지고."

유준은 순모 100퍼센트 겨울 목도리 같은 남자다. 부드럽고 포근포근하게 가까운 사람들을 감싸준다. 우리는 서로에 대해 잘 알고 있으며 상대를 깊이 신뢰한다. 같이 있으면 대화가 끊이질 않고, 이쪽에서 '쿵' 하면 저쪽에서 '짝' 한다. 그리고 보니 완벽한 결혼 상대자의 조건이 아닌가! 나는 커다랗게 팔을 휘둘러 택시를 세웠다.

"이거 네 거잖아. 가져가야지."

유준이 들고 있던 쇼핑백을 차 문 틈새로 들이밀었다.

"그냥 너 먹어. 다시 연락할게."

나는 힘껏 문을 닫았다.

자동차가 기우뚱, 지구의 바깥쪽으로 흔들렸다.

쇼핑과 연애는 경이로울 만큼 흡사하다.

한 개인의 파워를 입증하는 장(場)일뿐더러, 그 안에서 자신과 비슷한 취향을 가진 공동체에 속해 있다는 정서적 안도감을 느낀다. 여유로운 시간과 젊음이 있을 때는 경제력이 받쳐주지 않고, 경제력이 생겼을 때는 여유로운 시간과 젊음을 돌이킬 수 없다. 그리고 무엇보다, 한 사람이 사용할 수 있는 재화의 양이 한정되어 있다.

그래서 쇼핑도 연애도 인간을 고뇌하게 한다. 인간 오은수도 지금, 깊은 번뇌에 빠져 있다. 인터넷 즐겨찾기의 맨 위에 등록해놓고 자주 들어가보는 곳은, 자동차 미니쿠퍼의 웹 사이트다. 미니의 앙증맞은 자태를 담은 사진이 모니터 가득 일렁인다. 온몸의 신경 세포가 팽팽히 조여든다. 차 옆에는, 열 가지 색깔별로 칸칸이 나누어진 다트판이 놓여 있다. 그중 검정색 칸에 마우스를 올리면, 마술처럼, 자동차가 블랙으로 변한다. 마우스를 조작할 때마다 빨강, 파랑, 노랑, 하양 자동차가 한 대씩 차례로 나타났다 사라진다. 누구도 두 대를 동시에 가질 수는 없다. 참으로 잔인한 아이디어다.

  나의 드림카는 자주 바뀌어왔다. 한때는 스포츠카를 사고 싶어 몸 달아했던 적도 있었고, 몇 달 전에는 SUV 차량에 필이 꽂혀 쭉 견적을 뽑아보기도 했다. 운전면허를 딴 지 한참 지났는데 왜 아직 차를 사지 않느냐는 질문을 종종 받곤 한다. 웃음으로 얼버무리지만, 솔직한 이유는 이 세상에 너무도 많은 종류의 자동차가 존재하기 때문이다. 이 차도 좋고 저 차도 끌리는데 어떻게 단 한 대만 선택할 수 있단 말인가? 나는 그렇게까지 모지락스런 인간이 못 된다.

  이즈음 간절히 원하는 차는 미니다. 물론 비싸다. 아주 비싸다. 그렇지만 내 수중에 그 정도의 돈이 없을 거라는 편견은 사양한다. 나에게도 돈은 있다. 여기, 깔고 앉아 있는 이 방의 보증금! 언제인가 내 인생에 감당할 수 없을 정도로 크고 복잡하고 위태로운 일이 생기면 그때 전 재산을 털어 미니를 살 예정이다. 그러면 솜씨 좋은 마녀가 끓인 따뜻하고 몽글몽글한 마법수프를 떠먹는 것처럼 금세 행복해지겠지?

  그러나 아직은 아니다. 지금은 불행하지 않다. 결정적 순간이 아직 도래하지 않았으므로, 나는 마음 놓고 다트를 던질 수 있다. 달콤한 혼돈 속에 허우적대며 빨강, 파랑, 노랑, 하양 자동차를 차례차례 만들었다 장난처럼 허물 수 있다.

텅 빈 노트에 하나하나 이름을 써본다. 전혀 의식하지 않았는데 맨 먼저 윤태오라는 글자가 적힌다. 갈망의 순서인가. 윤태오, 남유준, 김영수. 객관식 선다형 문제를 받아 든 것처럼 나는 세 개의 이름들을 골똘히 들여다본다. 마음 가는 것과는 별개로, 이 세 개의 보기들에는 각각 잉여와 결핍이 담겨 있다. 나는 몇 번째 답안에 동그라미를 치게 될까. 그것은 정답일까, 오답일까.

첫번째 이름과 두번째 이름 사이에 조그맣게 원을 그린다. 원은 소용돌이 모양으로, 안에서 바깥을 향해 점점 커다랗게 번져간다. 세 개의 이름들이 곧 새까만 볼펜 자국으로 완전히 뒤덮인다. 사랑이란, 여타의 어떤 가능성도 배제하는 거라고 믿었던 적도 있었다. 하지만 그 단일성의 믿음은 언제나 나를 무정하게 배신했다. 상처 입혔다.

현재 내가 태오라는 남자에게 이끌리는 건 빨간색 자동차가 유독 눈에 들어오는 것과 비슷한 일일 뿐이다. 내일은 파랑에, 모레는 노랑에 끌릴 수도 있다. 우선순위는 언제 뒤바뀔지 모른다.

그래. 반드시 지금 선택할 필요는 없다. 가상의 시뮬레이션 게임 안에서는 다트를 몇 번이고 다시 던질 수 있지 않은가. 보증금을 빼서 마녀의 심장과 교환할 그 순간까지 나는 선택을 유예할 것이다. 결정하지 않겠다는 것. 이것이 바로 오늘 밤, 세상에서 가장 우유부단한 인간 오은수가 내린 중차대한 결정이다.

나는 충동적으로 전화기를 집어 든다. 수신자가 누구일지 궁금하다. 누추한 내 방 창문 너머, 네모나게 박제된 밤이 끝없이 펼쳐져 있다.

3부 위태로운 거리

1

서울은 과잉의 도시다.

아침방송의 여성 기상 캐스터는 밤사이 내린 눈으로 서울의 교통이 마비되었다며 호들갑을 떨었다. 올해 들어 최초의 일이란다. 강남대로의 이른 출근길 풍경을 담은 CCTV 화면이 이어졌다. 자동차들이 거북이걸음으로 진군하고 있었다. 간밤의 적설량은 고작 3센티미터.

넘치는 것은 권태로운 수사(修辭)만이 아니다. 이를테면 이런 것들. 단 1초의 실수로 잉태되는 태아, 동서남북을 가로지르는 구불구불한 버스 노선, 무채색 반코트 주머니에 양손을 넣고 걸어가는 표정 없는 중년 남자, 바람에 펄럭이는 모텔 주차장의 녹색 천막, 입술 부르튼 아르바이트생이 바코드를 찍어주는 24시 편의점,

의도된 냉정들과 과장된 친절들. 모든 것이 흘러넘친다. 그리고 문패 없는 콘크리트 건물들도 곳곳에 숨어 있다. 내가 사는 이 집 '스노우 펠리스'도 그중 하나다.

　방을 계약하기 전, 처음 집을 보러 왔던 날이 생각난다. 위치나 방의 크기 등은 두루두루 마음에 들었다. 손에 쥐고 있는 돈과, 전세 금액도 얼추 맞았다. 그런데 계약서에 도장을 찍고 돌아서면서 남에게 설명하기 어려운 아주 미미한 불편함이 느껴졌다. 이삿짐을 들이는 날, 건물 측면에 커다랗게 붙어 있는 글자들을 읽고 나서야 내 불편함의 정체를 비로소 알게 되었다. 어쩌면 좋으랴. 눈의 궁전, '스노우 펠리스'라니. 그것은 이 세상에 존재할 수 없는 이름이었다. 변두리 골목 안의 원룸 주택에 붙이기에는 터무니없이 멋스러운 그 이름을 집주인은 머리를 쥐어짜내 지었을 것이다. 그러나 경력 칠 년 차 편집자로서 목 놓아 주장컨대, 그것은 틀렸다. 표준국어대사전에 따르면 '스노우 펠리스'의 옳은 표기법은 '스노 팰리스'인 것이다. 그 뒤, 집 주소를 적어야 하는 상황이 닥치면 순간적으로 망설이게 된다. 거창한 오류로 점철된 나의 주소를 읽는 누군가가 나의 진실성과 속물성을 한데 섞어 의심하지는 않을까 하는 우려 뒷이다.

　이 집에는 모두 스물한 개의 방이 있다. 대외적으로 각각의 방은 공평하게 15평형. 하지만 복도와 주차장 같은 공용면적, 또 얼마간의 과장이 포함되어 있으므로 실평수는 채 아홉 평이나 될지 모르겠다. 만약 이 집이 연극 무대 위의 세트라면 어떨까? 어릴 때 가지고 놀던 인형의 집처럼 벽의 한쪽 면이 뻥 뚫려 있다면, 저 멀리

객석에 앉은 관객은 스물한 개의 똑같은 방들을 한꺼번에 볼 수 있겠지. 가로로 일곱 줄, 세로로 세 줄씩 나뉜 칸칸마다에서 지금 어떤 일이 일어나고 있는지 훤히 들여다보이면 참 가관이겠다는 생각이 든다. 내게 맡겨진 배역은 '205호 여자'다.

관객들은 205호의 그녀가 오늘 아침 머리 감기를 과감히 생략했다는 사실을 알게 될 것이다. 하늘색 바탕에 흰 구름이 몽실몽실 떠 있는 파자마를 벗어 착착 개키기는커녕 꾸깃꾸깃 접어 침대 위에 대충 던져놓았다는 것과, 소변을 보면서 양치질을 하는 그 여자의 오랜 습관 또한 적나라하게 공개될 것이다. 쫄쫄쫄 내 배설물 떨어지는 소리를 듣고 있자니 뜬금없이 웃음이 난다. 스무 개의 다른 방주인들도 다들 똑같이 이 위치에 앉아 변의를 해결하겠지 싶어서다. 아직 한 번도 얼굴을 본 적 없는 옆방 206호의 배우는 매일 아침, 내 변기 물 내리는 소리를 자명종 삼아 눈을 뜰지도 모를 일이다.

아침 댓바람부터 냉장고의 냉동실을 여는 이유는 아이스크림을 꺼내기 위해서가 아니다. 지난밤 벗겨 먹은 사과 껍질을 버리기 위해서다. 큼지막한 성에가 잔뜩 끼어 원래 공간의 절반도 안 되게 줄어들어버린 냉동칸에는 고기나 생선 대신 꽝꽝 언 음식물 쓰레기통이 얌전히 들어 있다. 음식물 쓰레기를 내다 버리지 않았다는 것 말고 지난 보름여 동안 205호 여자가 쌓아온 비밀은 또 하나 있다. 세 명의 남성을 동시에 만나고 있다는 것. 달착지근한 한숨이 나오는 동시에 어깨가 으쓱해지는 대목이라 아니할 수 없다.

가장 자주 만난 것은 역시 태오다. 대학로에서 같이 영화를 본

뒤로 세 번 더 만났는데 섹스는 한 번밖에 안 했다. 육체와 영혼을 무조건 이분법적으로 나누는 시각에는 동의하지 않지만 어쨌거나, 우리의 육체와 영혼이 균형을 이루어가는 고무적인 현상이라 믿는다. 물론 육체의 진도가 영혼의 진도에 맞추어 하향 평준화되고 있다는 비판적 분석도 가능하겠다.

유준과의 만남은 예고 없이 이루어졌다. 유준과 유희, 두 사촌 남매가 한잔하다가 나를 불러낸 것이다. 내가 나갔을 때는 둘 다 이미 거나하게 취한 상태였다. 유준은 여느 때와 다름없이 한쪽 팔을 들어 "하이! 은수"라고 인사했다. 실망이라 할 수도 없고 모욕이라 할 수도 없는 야릇한 감정이 치솟았다. 유희는 노래방이 뮤지컬 공연장인 양 현란한 개인기를 선보였고, 유준은 십 년 전과 똑같이 015B의 히트 넘버들을 불렀다. 유희가 별안간 마이크를 내던지고 화장실로 뛰어가버리자, 유준은 그제야 내 옆에 살짝 다가앉았다.

"나한테 넌 진짜 좋은 친구야."

혀가 무척 꼬여 있었다. 그 문장의 수사법이 반어법인지 아닌지 헷갈렸다. 하지만 그가 지금 무언가를 굉장히 계면쩍어하고 있는 중이라는 것만은 알 수 있었다.

그리고 오늘, 얼어버린 한강을 건너 세번째 남자를 만나러 간다. 김영수. 아파트 광고의 배경음악처럼 반듯하고 무난하며 지루한 남자. 이 도시의 어느 모퉁이를 돌아도 쉽게 부딪칠 만한 얼굴로 기억되건만, 단숨에 알아볼 수 있을지 도통 자신이 없었다.

맞선을 본 남자와 여자가 두번째로 만났을 때, 남자가 여자에게 건네는 첫인사에는 몇 가지 패턴이 있을 것이다. "그동안 어떻게 지내셨어요?" 정도가 무난하겠다. "더 예뻐지셨네요"라는 접대성 멘트를 던질 수도 있으리라. 하지만 그 남자 김영수는 나를 보자마자 말했다.

"참치, 드시죠?"

참치, 드시죠? 다섯 음절의 그 짧은 의문문 속에 내포되어 있는 복잡다단한 의미들이 머릿속에서 뒤얽혔다. 첫째, 그는 이미 메뉴를 정해두었다는 것. 둘째, 상대가 그 메뉴를 거절하지 않으리라는 기본적인 자신감이 있다는 것. 셋째, 그 '참치'가 뜻하는 것은—참치라는 단어에서 즉각 연상되는—참치'캔'이 아니라 참치'회'임에 분명하다는 것. 넷째, 상대에게 가진 호감이 적어도 참치회를 사줄 수 있을 만큼은 된다는 것. 나로서는 기뻐해야 하는 건지 불쾌해야 하는 건지 모르겠다. "아니요. 못 먹는데요. 아니, 안 먹어요. 정말로 먹기 싫다니까요"라고 소리친다면 그의 무덤덤한 표정이 어떻게 변할까 궁금했다. 하지만 어쩌랴. 나는 이미 다소곳한 말투로 대답해버린 것을.

"그럼요. 좋아해요, 참치."

"아, 다행입니다. 근처에 아는 음식점이 거기밖에 없는데."

김영수의 얼굴이 환하게 밝아졌다. 그가 데려간 음식점은, 간판에 '무제한 15,000원'이라는 글자가 커다랗게 붙어 있는 곳이었다. 실내는 좁고 한적했다. 나는 테이블 쪽으로 주춤주춤 다가가려 했으나, 김영수는 신발을 벗고 올라가야 하는 다다미방으로 쑥 들어가버렸다. 덕분에 지퍼도 없는 롱부츠를 최대한 우아하게 벗느라 진땀을 흘려야 했다.

"야, 돈방석이네. 히야, 발상이 대단하죠?"

김영수가 경탄해마지않는 대상은 방석이었다. 방석 커버에 시퍼런 만 원권 지폐 수십 장이 어지러이 프린트되어 있었다. 동의를 구하는 눈빛을 무시할 수 없어 작게 고개를 끄덕였지만, 세종대왕의 용안을 엉덩이로 깔고 앉으려니 어쩐지 불경죄를 짓는 기분이었다.

"무한정 주거든요. 빨리 먹으면 질리니까 천천히 많이 드세요. 요기 이 빨간 게 비싼 부위니까 이쪽을 주로 드시고요."

손을 비벼 닦은 물수건으로 얼굴을 문지르면서 그가 재빠르게 행동 요령을 숙지시켜주었다. 숨어 있는 최고의 음식점을 찾기 위해 파견된 비밀요원들처럼 우리는 묵묵히 젓가락질을 했다. 내 잇새에서 뭉개지고 있는 차디찬 물질이, 심해를 헤엄쳐 다니던 커다란 동물의 살점이라는 게 실감나지 않았다. 자꾸 물컵으로 손이 갔다. 김영수가 "뭐 사이다라도 드실래요?"하고 물어왔다. 내가 머뭇대자 그는 비로소 깨달았다는 표정을 지었다.

"그럼, 반주라도 한잔?"

"영수씨 드실 거면, 저도 한잔 받아놓고요."

도기 주전자에 담긴 정종이 나왔다. 그가 주전자를 90도 각도로 들어 내 앞의 술잔을 70퍼센트 채웠다. 내가 술을 따라주려 하자, 그는 꽤 완강한 포즈로 거부 의사를 밝혔다.

"저번에 말씀 안 드렸던가요? 저는 못 합니다."

"전혀 못 드신다고요?"

"예. 전혀."

"사업하는 데 불편하시겠어요."

내 딴에는 예의상 한 말이었는데 그는 진지하게 고개를 치켜들었다.

"그런 오해들을 많이 하시곤 하는데 사실 딱히 어려운 건 없습니다. 시대가 바뀌었달까요. 접대라는 단어에서 술을 연상하는 시대는 지났어요. 요즘엔 그런 방식이 아니어도 얼마든지 잘 꾸려나갈 수 있습니다."

흡사 '신세대 대표 CEO 독점 인터뷰'의 한 장면이라도 보는 것 같았다. 조용히 술잔을 입으로 가져갔다. 뜻밖에 맛이 향긋했다. 잔이 비는 족족 김영수가 다시 채워주었다.

"생선도 좀 드십시오."

그가 깍듯하게 권했다. 그렇게 말하는 그는 정작 생선 살을 두어 점 집어먹는 시늉만 하고는 밑반찬으로 나온 무조림이나 옥수수샐러드에 더 자주 젓가락을 갖다 댔다. 화장실에 가려고 일어서는데 핑글 현기증이 일었다. 화장실까지, 내 양가죽 부츠 대신 식당의 지저분한 슬리퍼를 질질 끌고 가야만 했다. 문을 잠그자마자, 무음 모드로 바꿔둔 전화기부터 확인했다. 부재중 전화 3통. 모두 태오에게서 온 것이었다.

"언제 끝나요?"

"말했잖아. 오늘 워낙 중요한 회식이라고."

"오늘 꼭 보고 싶단 말이에요. 내일은 안 돼요. 꼭 오늘!"

무슨 낌새라도 챘는지 전화기 너머의 태오는 꽤나 끈질기게 보챘다. 죄책감과 짜증, 미안함과 귀찮음이 술기운과 한데 섞여 풍선껌처럼 둥글게 부풀어 올랐다. 언제 빵 터져버릴지 몰랐다. 전화기의 전원을 끄고 김영수가 앉아 있는 자리로 느릿느릿 다가갈 때에, 오른쪽 가슴이 아주 짧게 욱신거린 것은 전적으로 술기운 탓이었을까. 정체 모를 생선뼈로 끓인 매운탕을 나누어 먹는 것으로 우리의 두번째 만남은 종료되었다.

식당을 나와, 김영수와 나는 해 저문 거리를 말없이 걸었다. 그가 조금 앞서고 내가 뒤처져 걸었다. 그는 내 발걸음의 빠르기 따위는 아랑곳없이 제 속도대로 발을 움직였다. 내가 부지런히 따라가면 얼추 보폭을 맞출 수 있겠지만 굳이 그러기는 싫었다. 흔들리며 멀어져가는 그의 딱딱한 등은 내게 친밀감도 적의도 내보이지 않는다. 대개의 행인이 다른 행인에 대하여 그런 것처럼.

나도 한때는 끌리는 남자만 만났다. 이상형의 완벽한 조건에 부합되는 남자만 만났다는 의미가 아니다. 최소한의 관능을 자극하는 남자, 함께 있는 시간이 기쁨인 남자, 그에 대해 더 알고 싶고 나에 대해 더 보여주고 싶은 남자가 아니라면 두 번 다시 만날 필요가 없다고 생각했던 것이다.

관능을 자극하고 함께 있는 시간이 기쁘고 서로에 대해 더 많이 알고 싶어지던 남자들하고만 거듭하여 만나온 결과, 현재 나의 모습은 요 모양 요 꼴이 되었다. 내 현실 감각에 치명적인 문제가 있었던 건지 아니면 유난히 재수가 없었던 건지, 판단은 유보하기로 한다. 그러나 단 한 가지만은 도저히 모른 척할 수가 없다. 단지 첫

인상이 강렬하지 못했다는 이유만으로 놓쳐버린 인연의 숫자가 그 얼마이겠는가. 그것만 생각하면 탄식이 절로 나왔다. 시간이 많지 않았다. 다시는 그런 우를 되풀이하고 싶지 않았다. 내가 김영수를 계속 만나보려는 이유는 다만 그것이었다. 그것이 너무도 속악한 이유였던가…… 거리의 가장자리에서 우리는 가벼운 목례를 교환하고 헤어졌다.

"왜 이렇게 얇게 입었어요? 오늘 영하 10도라던데."

태오는 1층과 2층 사이 계단에 앉아 있었다. 충직한 콜리처럼 웅크려 앉은 채 나를 기다리고 있는 그의 모습을 보자 반갑기 전에 놀라움이 엄습했다.

"짠! 자기 몰랐죠? 오늘 우리 20일 기념일."

빨간 장미 두 송이였다. 태오는 누구라도 무장해제시킬 수 있는 순연하고도 위력적인 미소를 지었다. 현관 디지털 도어록의 비밀번호를 누르는 내 손놀림을 그가 유심히 들여다보았다.

"다음엔 안에서 기다려야겠다. 여긴 너무 추웠어요."

가슴이 덜컥 내려앉는다. 내부의 은밀한 동요를 감추기 위하여 나는 짐짓 더욱 과감한 동작으로 현관 손잡이를 비틀었다. 겉옷을 벗고 보일러 스위치를 켜고 찻물을 올려놓고 꽃병을 찾는다며 부산을 떨었다. 원래 없던 꽃병이 어디서 튀어나올 턱이 없다는 걸 번연히 알면서도 집 안 구석구석을 샅샅이 뒤졌다. 찬장을 열어보고 있는데 어느새 다가온 태오가 등 뒤에서 나를 안았다.

"사랑해요."

"……"

"사랑해요. 사랑해요. 이 말 하고 싶어서 기다렸던 거야."

문지방을 넘어서야 하는 순간이 왔다. 심장이 불규칙적으로 뛰었다. 갈망과 이성의 경계선 앞에서 나라는 존재의 진심은 속수무책으로 오그라들고 있었다.

"나도. 나도…… 사랑해."

서글픈 쾌감이 온몸을 휘감았다. 태오가 나를 돌려세워 제 품 안에 꽉 그러안았다. 그의 스웨터에서 이름 모를 향수와 담배 고린내, 돼지갈비를 구워 먹고 난 뒤의 숯불 냄새들이 희끄무레하게 뒤섞여 풍겨왔다. 그가 내 머리에 코를 박았다. 아침에 감지도 않고 오만 군데를 돌아다니다 온 내 머리칼에서는 그 어떤 수수께끼 같은 냄새가 날까. 내가 지나쳐온 거리들의 더럽고 섬세하고 미묘하고 위험한 온갖 빛깔의 냄새가 태오의 코를 찌를지도 몰랐.

그의 입술이 가까이 왔다. 입을 벌리지 않고 그의 입술을 맞받았다. 부리를 맞댄 한 쌍의 펠리컨들처럼 우리는 입술과 입술을 필사적으로 부딪쳤다. 내일 일은 내일 생각하기로 하자. 내일은 곧, 또다른 오늘이 될 테지만. 갈망이 이성을 집어삼키기를, 오늘 밤만은 간절히 바라고 싶었다.

섹스 후, 태오는 곧장 잠이 들었다.

섹스를 마치자마자 잠드는 파트너를 향해 많은 여자들이 불만을 터뜨리곤 한다. 나는 어느 쪽이냐면, 이해해보려고 노력하는 편이다. 곧바로 바지를 찾아 입고 허리띠 버클까지 채우는 남자나, "오늘 체위는 저번보다 안정감의 측면에서 좀 떨어졌어"라는 식으로 전술 복습에 임하는 남자보다야 여러 모로 낫지 않은가 말이다. 그래도 한 시간째 코를 고는 건 조금 심하다. 타인의 코 고는 소리를 듣고 있으면 그가 정말로 '남'이라는 사실을 인정하지 않을 도리가 없어진다. 커엉, 푸우, 커엉, 푸우. 저러다 갑자기 숨이라도 멈추면 어쩌나 걱정스럽기도 하다.

무릎을 동그랗게 감싸 안은 채 책상의자 위에 올라 앉아 있자니 몸을 편안히 뉘고 싶다는 바람이 간절해진다. 지금 이 순간 나의 소망은, 나의 구름무늬 파자마를 입고, 나의 폭신한 침대에서, 나의 사지를 편안히 벌린 채 푹 잠들고 싶은 것뿐이다. 일인칭 소유격이 네 번 반복되는, 객관적으로 보아 소박하기 이를 데 없는 그 희망사항이 때에 따라선 참으로 사치스러운 것이 될 수도 있음을 절감한다. 자정을 가리키는 벽시계 바늘과, 꽃병 대신 머그잔에 꽂힌 채 화장대 한쪽에 놓여 있는 장미꽃 두 송이를 번갈아 바라보았다. 조금 전 사랑을 고백한 남자에게 "얼른 일어나서 나에게 평화로운 일상을 돌려주는 게 어때?"라고 정중히 제안한다면 본의와는 달리 이중적인 여자로 취급당하기 십상이리라.

태오의 어깻죽지에 조심스레 손가락을 가져다 대본다. 꿈쩍도 않는다. 조금 더 세게 흔들어본다. 태오가 번쩍 눈을 뜨더니 후다닥 허리를 곧추세웠다.

"어, 벌써 아침이에요?"

"아니. 그건 아닌데. 열두 시 넘었어."

그리고 넌지시 덧붙였다.

"자기 집에 가야 되잖아."

그가 늘어지게 기지개를 켜며 개구쟁이 소년처럼 웃었다.

"괜찮아요. 으음, 한 번 더 할까?"

"미쳤어?"

저절로 새된 소리가 터져 나왔다. 잠기운이 남아 있는 태오의 눈동자가 휘둥그렇게 변했다. "농담이었어요"라며 손사랫짓까지 하는 걸 보니 조금 미안해졌다. 나는 호흡을 가다듬고 차근차근 설명하기 시작했다.

"내일 노는 토요일이지만 아침 일찍 나가야 돼. 친한 친구 웨딩 촬영이거든. 하루 종일 도우미 노릇 해주기로 했단 말이야."

여덟 시까지 청담동 뷰티숍으로 오라는, 신부 하재인양의 분부는 거짓이 아니었다. 그러나 태오는 내 말의 요점을 파악하지 못한 눈치였다. 뭐가 문제냐는 갸우뚱한 표정으로 나를 쳐다보았다. 그러고 보니 뭐가 문제인지 나도 잘 모르겠다. 왜 기를 쓰고 이 아이를 돌려보내려는 거지?

"그러니까, 여기서 아침 일곱 시엔 나가야 된다고. 자기 잠들어 있을 텐데 혼자 놔두고 갈 순 없잖아."

찜찜하지만, 어물쩍 평계를 만들어 붙였다.

"나도 같이 가면 되잖아요. 일곱 시? 나도 그때 일어날게요."

저 멀리 아득한 곳으로부터 비상경보음이 울려 퍼졌다. 선선하고 천진하게 대꾸하는 그의 진심은 알고 있다. 친구의 웨딩 촬영 현장에 애인을 대동하는 것이 그리 별스런 일은 아닐지도 모른다. 그러나 오은수, 제발 솔직해지자. 35세의 비뇨기과 전문의와 31세의 그래픽 디자이너가 결혼사진을 찍는 곳에, 태오를 데리고 갈 만한 용기가 너에게 있다고? "자, 내 남자친구하고 인사해! 나이는 스물넷. 무직이지." 그 반듯반듯하고 질서정연한 세계에 태오를 당당히 드러내놓을 만한 배짱이 정녕 나에게?

"아마, 친구가 불편해할 거야."

내 진의를 알아챘는지 태오는 곧 주섬주섬 옷을 챙겨 입기 시작했다. 나는 다른 곳을 보았다. 예의상이라도 만류하는 시늉은 하지 않았다. 그는 소리가 크게 나지 않도록 조심조심 문을 닫고 나갔다. 마침내 나는 바라던 대로 나의 잠옷을 입고 나의 침대에 큰 대(大) 자로 드러누울 수 있게 되었다. 하지만 쉽게 잠이 오지 않았다. 태오의 선의를 배반했다는 죄의식과, 스스로의 졸렬함에 대한 자책감이 양심을 내리눌렀다.

다음 날 아침, 재인이 신부 화장 중인 장소에 도착할 때까지도 가슴 한구석이 계속 시큰거렸다.

오늘의 주인공 재인은 대형 거울로 둘러싸인 방에서 메이크업을 받고 있었다. 한 떨기 백합처럼 청초하다고 칭찬해야 마땅하겠지만, 눈썹조차 그리지 않은 상태로 이마를 훤히 깐 그녀의 적나라한 몰골을 보니 차마 입을 열 수가 없었다. 가끔 친한 친구의 완벽한 민얼굴과 조우할 때 흠칫 놀라게 되는 것은 왜일까. 여고 시절부터 내 머릿속에 각인된 정보에 따르면, 재인의 피부는 알맞게 삶아 껍질을 사사삭 벗겨놓은 메추리알처럼 매끄럽고 보드라워야 했다. 반드시 그래야만 했다. 우리가 열일곱 살에서 서른한 살이 될 때까지, 가장 엄청난 속도로 팽창한 것이 설마 얼굴의 땀구멍은 아니리라 믿는다.

재인은 나를 보자마자 입을 쭉 내밀었다.

"에이 씨, 진짜 환장하겠어."

순수하고 고결한 새신부의 혀끝에서 새어 나왔다고 믿기엔 너무나 터프한 발음이다.

"저거 좀 봐봐. 저렇게 쭈글쭈글한 드레스를 어떻게 입으라는 거야?"

벽에 다소곳이 걸려 있는 그것은, 주름 따위야 몇 줄이든 간에, 순백의 아리따운 웨딩드레스였다. 그 꼿꼿한 자태 앞에서 문득, 기가 죽었다.

"예쁘네. 괜찮은데, 왜."

"정말? 정말 괜찮아?"

재인은 몇 번이고 되물었다. 결혼은 과연 뜨거운 감자다. 재인은 지금 그것을 꿀떡 삼키는 중이다. 함께 삼켜야 할 돌멩이들이 그렇게 많을 줄은 미처 몰랐다. 드레스의 주름 문제를 겨우 극복하고 나자, 그녀는 곧 메이크업이 마음에 안 든다는 불만으로 잔뜩 부풀어 올랐다.

"아이라인이 너무 진하잖아? 양쪽이 짝짝이 아냐? 은수야, 멀리서 한번 봐봐."

무엇이 그리 불안한 걸까. 전형적인 신부의 모습으로 변화하는 동안 재인은 연신 내 귀에 대고 종알거렸다. 나는 "괜찮아, 예뻐, 정말 예뻐"라는 문장을 앵무새처럼 되풀이해야 했다.

재인의 약혼자에 대해서는, 별로 길게 언급하고 싶지 않다. 그는 잘생겼다고도 못생겼다고도 할 수 없는 남자였다. 재인이 나를 가리키며 "얘가 은수예요. 여러 번 얘기 했잖아요. 내 베스트 프렌드. 집도 먼데 여기까지 와준 거예요"라고 다소 장황하다 싶을 정도의 소개를 늘어놓았다. 그는 성의 없이 고개만 까딱하고는 미용실 직원에게 신경질을 부리기 시작했다.

"이 사람들이 진짜! 몇 번을 말해야 되나. 나는 얼굴에 분 안 바른다니까. 거 참 커뮤니케이션 안 되네."

남자 몸에 화장품을 대면 교리에 위배되는 종교라도 가졌는지, 재인의 예비 신랑은 뽀얀 사진발을 위해 필수조건이라는 일체의 화장을 거부했으며 텁수룩한 머리칼에 젤이나 왁스도 바를 수 없다고 버팅겼다.

"저 사람이 원래 좀 고지식해."

재인이 내 귀에 대고 속삭였다. 그녀가 내게 얼마나 무안해하고 또 미안해하고 있는지 거울 너머의 눈빛만으로도 알 수 있었다. "여기, 뭔가가 와. 아, 이 남자였구나 하는 그런 느낌." 언젠가 재인이 했던 말이 토씨 하나 빼놓지 않고 기억났다. 한 글자 한 글자 또박또박 발음하던 그 야무진 입매까지도. 괜히 민망해진 기분을 들키지 않기 위해 나는 얼른 맞장구쳤다.

"그래. 남자가 자기 고집도 좀 있어야지."

"은수야. ……정말, 그렇겠지?"

힘없이 되묻는 재인의 목소리를 듣는 순간, 내가 모르는 무언가가 더 있음을 직감했다. 앙상하게 솟은 그녀의 빗장뼈에 손바닥을 없고 가만히 토닥여주었다. 초라하지만 내가 할 수 있는 위로의 전부였다.

갈수록 뼈저리게 느끼지만, 남들처럼 평범하게 살기가 세상에서 제일 힘들다. 결혼에 대한 환상은 없었다. 결혼이란 뜨겁게 사랑하는 남녀가 만나 둘만의 공간을 이루어 오순도순 아옹다옹 행복하게 사는 행위라고 단순하게 정의 내리기에는, 몰라도 좋을 여러 가지 것들을 너무 많이 알아버렸다. '나만은 다를 거야', 낙관적 기대에 몸을 맡긴 채 무턱대고 풍덩 뛰어들기에 결혼의 강물은 너무 차고 깊어 보인다.

그렇다고, 결혼 제도 밖에 영원히 머물 수 있을 거라는 생각은 하지 않는다. 점심시간이 아니라 2교시 쉬는 시간에 도시락을 까먹는 것이 그 학급 구성원들의 암묵적 규칙이라면, 나 역시 그렇게 할 수밖에 없는 것이다. 어떤 아이는 혼자 점심시간까지 기다려 독야청청 숟가락질을 하더라도 전혀 거리낌이 없지만, 유감스럽게도 나는 그런 아이가 아니었다. 재인 역시 그럴 것이다. 그녀는 조바심치며 도시락 뚜껑을 연 것뿐이다. 반찬 통에 담겨져 있던 개구리가 툭 튀어나와 어느 쪽으로 도망가버릴지, 뚜껑을 열기 전에 어떻게 예상할 수 있겠는가.

사진 스튜디오는 자동차로 10여 분 거리였다. 혹시 밟기라도 할세라 두 손으로 재인의 드레스 뒷자락을 치켜들고 조심조심 쫓아들어가야 했다. 중세 유럽 왕실의 응접실처럼 꾸며놓은 세트장에서 촬영이 시작되기 직전, 재인이 화장실에 가겠다고 나섰다. 내 옆구리를 쿡 찌르며 자기 가방을 들고 따라오라고 했다. 화장실에 들어서자마자 문을 걸어 잠그더니 그녀는 정신없이 가방을 뒤지기 시작했다.

"딱 한 대만."

그녀의 손가락 사이에 가느다란 담배 한 개비가 끼워져 있었다. 라이터의 주홍 불꽃이 명멸했다. 웨딩드레스로 몸뚱이를 칭칭 감싸고서, 화장실 벽에 엉거주춤 기대선 자세로 담배를 피우는 여자. 내 친구 재인. 그녀가 내뿜는 창백한 연기 때문에 눈이 아렸다. 나는 슬며시 시선을 돌렸다. 우리가 가 닿으려는 곳이 어디인지, 우리가 제발 알았으면 좋겠다는 생각이 들었다.

2

월요일 아침은 예고되지 않은 사고와 함께 시작했다. 이민정이 황부장을 도와 진행한 모 중견 건설회사의 홍보 브로슈어가 인쇄되어 나왔는데, 그쪽 관계자들이 건물 기공식에 참석해 축하 테이프를 자르는 사진의 설명이 잘못된 것이다. 사진 아랫단, 참석자 명단을 나열하는 도중에 '부장 김상식'이라는 설명이 있으나 그 작달막한 대머리 아저씨의 직함은 부장이 아니라 부사장이었다.

회의라면 사족을 못 쓰는 안이사가 그냥 지나갈 리 만무했다. 난감한 일이기는 했다. 그 회사와는 이번에 처음으로 거래를 텄을 뿐더러 이번 결과에 따라 정기적 일감을 맡길 만한 여지가 있는 곳이었다.

"오 마이 갓. 프로페셔널이라면 저지를 수 없는 실수가 아닌가요?"

이민정의 귓구멍에 대고 외치고 싶어 목구멍이 스멀스멀했다.

안이사의 진부한 표현력을 빌리자면 '우리는 모두 한 배를 탄 조직원'이었다. 평화 시에는 조직의 무궁한 발전을 위해 단단히 결속해야 마땅하고, 위기 시에는 조직의 안녕을 회복하기 위해 한마음으로 뭉쳐야 옳을 것이다. 허나, 조직의 안녕을 희구하는 마음이 이민정-황부장 듀오가 처한 곤경에 대해 고소해하는 심정보다 우위에 있는지, 나로서는 확답하기 어렵다.

"그냥 놔두죠. 누가 이런 것까지 일일이 확인하겠어요? 또 혹시 안다 해도 그냥 웃으면서 넘어갈 것 같은데요. 까짓 부장이나 부사장이나 한 끗 차인데 설마 쪼잔하게 뭐라고 할까요."—장선배. 무대책적 낙관주의의 전형이다. 인생을 저런 자세로 살 수 있으면 참 편하겠다.

"명백한 저희 쪽 실수잖아요. 어떻게든 책임을 져야죠. 전량 재인쇄 들어가는 방법밖에 없어요."—이민정. 지금 이 문제의 원흉이 바로 자신이라는 걸 완전히 망각하고 있는 눈치다. 재인쇄 들어가면 네 월급 얼마 치를 까야 되는지 알아?

"이사님, 입이 열 개라도 할 말이 없습니다. 다 아랫사람 관리 소홀한 제 불찰입니다. 차후에 이런 일이 반복되지 않도록 하고, 에, 또……"—황부장. 횡설수설하는 듯 보이지만, 사건 발생의 책임을 노골적으로 이민정에게 떠넘기겠다는 속셈이 농후하다.

안이사가 천천히 입을 열었다.

"붙여!"

미쳤군. 나는 혀로 아랫입술을 축이며 조용히 탄식했다. '부장'이라고 인쇄된 부분에 '부사장'이라는 글자의 수정테이프를 덧붙이라는 것이 안이사의 지시였다. 편집부 전 직원들이 파주의 인쇄소로 달려가 날밤을 밝히며 스티커를 붙이는 사태가 벌어질 마당이었다. 이 엄동설한에 왜 엉뚱한 내가, 아무 잘못도 없는 내가, 피박을 덮어써야 한단 말인가! 그때 난국을 타개할 아이디어가 반짝 떠올랐다. 아아, 어쩌면 나는 천재일지도 몰랐다.

"그냥 고쳐서 다시 찍으면 되지 않나?"

내가 쭈뼛쭈뼛 입을 열자 다들 깜짝 놀란 눈빛으로 나를 돌아보았다. '아, 맞다. 우리 회사에 저런 애도 있었지' 하는 표정들이다. 그럴 만도 하다. 구석자리에 있는 듯 없는 듯 늙은 너구리처럼 웅크려 앉은 채 회의 내내 입 한 번 떼지 않았으니 말이다. 나는 주저하며 말을 이었다.

"찍긴 찍는 거예요. ······딱 천 부만 고쳐서."

"아하. 특제하자는 얘기지? 본사 들여보내는 분량만."

잡지사 출신인 장선배가 대번에 내 말을 알아듣고 반색했다. 짐작보다 더 반응이 좋다. 쏟아지는 시선을 받고 있자니 갑자기 이 조직의 주요 인사가 된 기분이다. 내가 설명하기도 전에 장선배가 내 말을 가로채 청산유수로 떠들어댔다.

"수정테이프 작업해놓으면 솔직히 지저분하잖아요. 신뢰도 안 가고요. 하지만 이렇게 하면 서로 깨끗하게 넘어가는 거죠. 회사 밖에 뿌리는 책에 뭐라고 되어 있는지 그쪽에서 알게 뭐예요?"

"그래, 그런 방법이 있었지. 히야. 오은수 머리 좋네."
"오대리가 원래 잔머리가 잘 돌아갑니다."
안이사와 황부장이 야유인지 칭찬이지 헷갈리는 대화를 주고받았다. 어쨌거나 그들은 내 아이디어에 대하여 몹시 솔깃해하는 눈치였다. 일 년에 서너 번이나 있을까 말까한, 희귀한 상황이었다.
"아니, 어떻게 그래요? 눈 가리고 아웅하는 거잖아요. 빤히 보이는 거짓말이고요."
이민정이 태클을 걸고 나섰다. "그건 옳지 않아요"라고 눈을 치켜뜨는 이민정에게 "옳지 않긴 뭐가 옳지 않아? 자기가 지금 그런 말 할 입장이 아닌 것 같은데"라고 똑 부러지게 면박을 준 사람은 장선배였다. 이마까지 온통 벌게진 이민정이 좀 측은해 보였다. 안이사가 마침내 결정을 내렸다.
"1,000부는 좀 그렇고, 넉넉하게 1,500부만 고쳐 찍으라고 해!"
점심시간엔 근처의 일본우동 전문점으로 몰려갔다. 이민정이 제 앞의 단무지를 다 먹었기에 슬며시 내 앞의 단무지 그릇을 밀어주었지만, 그녀는 그 뒤부터 단무지 쪽에 젓가락도 대지 않았다. 잘 났다, 정말. 누군 뭐 양심에 구멍이라도 난 줄 아나? '옳지 않은 일'인 걸 왜 모르겠는가. 그러나 원인을 한번 따져보자. 그녀의 실수가 아니었으면 애초부터 고민할 필요도 없는 일이었다. 나는 그저 조직의 손해를 최소화하기 위한 수습책을 내놓은 것뿐이다. 그런 선배에게 눈물로 감읍하지는 못할망정 깊은 적의를 드러내다니, 적반하장도 유만부동이었다. 맘 한구석이 켕겼지만, 그래도 이번 달 월급 값은 했다고, 그렇게 애써 자위할 수밖에 없다.

사무실로 돌아오자마자, 장선배는 경리부에 제출할 연말정산 관련 서류들을 들여다보며 머리를 싸맸다. 바야흐로 연말정산의 계절이었다. 일 년 동안의 신용카드 사용내역을 일목요연하게 정리해 보내준 카드사의 노고에 감사드린다. 하지만 그 목록을 훑어보면 반갑기 이전에 의구심이 샘솟는다. 이것이 진정 내가 그어댄 흔적이란 말인가? 믿기 어렵다. 혹시 다른 누군가의 것과 뒤바뀌기라도 한 건 아닐까. 더 황당한 것은 내가 아직까지 카드 연체자나 신용불량자가 아닌 것으로 보아, 다달이 이 액수들을 꼬박꼬박 갚으며 살아왔다는 점이다.

월별 카드 사용액은 완만한 W곡선을 그리고 있다. 지름신은 2월과 5월, 8월과 11월에 각각 다녀가셨다. 2월에 지른 50만 원짜리 가방(내 평생 제일 비싼 가방이다. 질 좋은 가죽이라 앞으로 십 년, 아니 오 년은 넉넉히 쓸 수 있을뿐더러 매일매일 들고 다녔으니 벌써 본전 다 뽑은 셈이 아닌가), 5월에 지른 독립 기념 세간(아껴 사느라 노력했다. 하지만 아무것도 없는 맨방바닥에서 신문지 덮고 잘 수는 없는 노릇 아닌가), 8월에 지른 괌 여행(친구들과 여름휴가를 맞춰 다녀왔다. 좀 무리하긴 했지만 일 년에 한 번, 휴가도 가지 못한다면 아득바득 돈 벌러 다닐 의미가 없지 않은가), 11월의 알파카코트(할인매장에서 작년 제품을 싸게 샀다. 할부가 몇 달 더 남았지만 너무 예쁘고 따뜻해서 입을 때마다 흐뭇하면 충분하지 않은가), 등등이 올 한 해 내 소비의 증거들이었다. 그리고 동시에 내 삶의 증표들이기도 했다. 나는 소비하기 위해 사는가, 살기 위해 소비하는가.

좋다. 살기 위해 소비한다고 치자. 그런데 카드 영수증과 교환한 물건들을 받아 들여도, 인생을 탕진하고 있다는 불안감이 치미는 것은 왜일까?

인생을 소모한다는 느낌이 들지 않는 관계란 과연 어디에 존재하는 걸까? 그래서 사람들은 기꺼이 사랑에 몸을 던지나 보다. 순간의 충만함, 꽉 찬 것 같은 시간을 위하여. 그러나 사랑의 끝을 경험해본 사람들은 안다. 소모하지 않는 삶을 위해 사랑을 택했지만, 반대로 시간이 지나 사랑이 깨지고 나면 삶이 가장 결정적인 방식으로 탕진되었음을 말이다. 이번 사랑에서는, 부디 나에게 그런 허망한 깨달음이 찾아오지 않았으면 좋겠다.

참치를 먹은 뒤 김영수에게서는 다시 연락이 오지 않았다. 어쩌면 그 남자도 나와 똑같은 이유로 나를 한 번 더 만나본 건지도 모르겠다. 관능을 자극하고 함께 있는 시간이 기쁘고 서로에 대해 더 많이 알고 싶어지던 여자들하고만 거듭하여 만나온 결과, 현재 자신의 모습이 요렇게 되었다고 생각한 모양이다. 첫인상이 강렬하지 못했다는 이유만으로 놓쳐버린 인연의 숫자를 세어보다가 탄식하고, 그리하여 첫인상이 강렬하지 못한 여자 오은수에게 울며 겨자 먹기로 애프터 신청을 했으리라.

그렇지만 우리의 만남은 어떤 매듭도 없이 지리멸렬하게 끝나버린 듯하다. 그래, 그것이 정답이라고, 쓸쓸하지만 분명하게 결론 내릴 수 있는 이유는 내 옆에 태오라는 존재가 있기 때문일 것이다. 태오와 나는 어느새 여느 연인들처럼 데이트하고 있었다. 같이 밥을 먹고 커피를 마시고 영화를 보고 이야기를 했다. 연인 사이의 대화는 세 가지의 단계를 거친다고 한다. 처음에는 각자의 주변인들에 대한 이야기를 나누다가, 그 다음에는 자기 자신에 대해 조금이라도 더 많이 이야기하려 들고, 종국에는 그냥 아무 말 없이 얼굴만 바라보고 있어도 편안해지는 상태가 온다는 것이다.

나와 태오는 첫번째 단계의 끄트머리에서 두번째 단계로 막 들어서려는 중이었다. 나는 그가 수유리에서 태어나 지금껏 살고 있으며, 그의 부모는 같은 자리에서 십 년째 슈퍼마켓을 운영하고 계시다는 것을 알게 되었다. 남동생과 여동생이 하나씩 있고, 가벼운 치매기를 가진 외할머니와 함께 산다. 태오는 나에게 세무 공무원으로 은퇴한 냉랭하고 까다로운 성격의 아버지와, 평범하기 그지없는 전업주부 어머니가 있다는 것. 유희라는 이름의 친구는 멀쩡히 잘 다니던 회사를 때려치우고 뮤지컬배우 수업을 받고 있으며, 재인이라는 이름의 친구는 결혼을 앞두고 있는데 내 눈에는 그 남편감이 영 마뜩지 않다는 것 등을 알게 되었다.

태오가 자신이 중1 때까지 반에서 맨 앞줄에 앉는 꼬맹이였으나 중2 때 무려 20센티미터가 자라버렸다는 사실을 들려주었을 때, 나는 그 나이 때 그룹 소방차의 열혈 팬이었으며 여름방학엔 버스를 세 번 갈아타고 그들의 숙소까지 찾아간 경험이 있다는 얘기를 해주려다가 그만두었다. 태오가 "소방차? 그게 누구더라, 이름은 들어봤는데"라고 대꾸할까 봐 겁이 났기 때문이다. 굳이 강조하고 싶지는 않지만 우리는 일곱 살 차이였다. 내가 '국민학교'에 입학했을 때 그가 돌쟁이 아기였고, 내가 처음으로 남자와 잤을 때 그가 까까머리 중학생이었다는 걸 상기하면 녹슨 화살촉이 허벅지를 스쳐 간 것처럼 멍멍해지곤 했다.

"우리 첫번째 크리스마스이브에 뭐 하고 싶어요?"

태오의 전화를 받고서야 사무실 책상 위의 탁상달력을 들여다보았다. 성탄절이 어느새 코앞에 다가왔다는 것도 잊고 있었다. 크리스마스가 지나면 곧 또 한 해가 저무는데, 구태여 손꼽아 기다릴 필요는 또 무어겠는가.

"뭐 하고 싶은데?"

빨간 펜으로 24일에 동그라미를 치며 되물었다.

"영화 볼래요?「킹콩」?"

성탄 전야에 멀티플렉스 극장이라니, 인파에 떠밀려 다닐 생각만으로도 뒷골이 지끈지끈 쑤셔왔다. 연말의 들뜬 분위기에 설레지 않고 무덤덤하거나 차라리 짜증스럽게 느껴지기 시작한 지 한 이삼 년 되었지만 어린 연인에게 일부러 고백할 필요는 없을 터였다. 나는 "응"이라고 대답했다.

아니나 다를까, 지하철부터 초만원이더니 극장으로 연결된 엘리베이터를 타기 위해 한참이나 길게 줄을 서서 기다려야 했다. 매표소 앞에서 태오가 크게 손을 흔들었다. 여느 때처럼 큼지막한 구제 털 점퍼에 헐렁한 건빵바지 차림이다. 나는 왼손에 든 종이 쇼핑백 손잡이에 힘을 주었다.

크리스마스 선물에 대해 고민하다가 폴로랄프로렌에서 민트색의 단정한 옥스퍼드 셔츠를 샀다. 태오의 흰 피부와 썩 잘 어울릴 것 같았고, 무엇보다 그의 자유분방한 패션 스타일에 서서히 변화를 주어가고 싶었다. 허리선을 끈으로 묶는 쥐색 정장 코트에 파시미나 머플러를 두른 삼십대 여자와의 애인관계를 지속하고 싶다면, 태오 입장에서도 이 정도쯤은 기꺼이 맞추어주어야 하지 않겠는가.

태오 역시 큼지막한 쇼핑백을 들고 있었다. 내용물을 꺼내는 순간 말문이 턱 막혔다. 그것은 하트 모양의 커다란 쿠션이었다. 하트 모양 테두리를 따라 두 겹의 연분홍색 레이스가 달려 있고 쿠션 한가운데에는 빨간색 글자들이 수놓아져 있었다. '4ever love.' 포에버 러브. 영원한 사랑. 나는 그 과중한 문장을 엉거주춤한 자세로 받아 안았다.

"다음엔 더 예쁜 걸로 만들어줄게요."

"이걸 자기가 직접 만들었단 말이야?"

"아니. 십자수만요. 아직 초보라 서툴러요."

"자기가 십자수를 할 줄 안다고?"

"왜, 이상해요? 치매 예방에 좋다고 해서 할머니한테 사드렸는데 본 척도 안 하시잖아요. 그냥 놔두기 아까워서 조금씩 해보기 시작한 거예요. ……자기한테 세상에 하나밖에 없는 걸 선물하고 싶어서."

가슴 맨 밑바닥으로부터 말캉말캉하고 따뜻한 것이 울컥 솟아올랐다. 이보다 더 촌스러울 수 없는 십자수 쿠션을 품에 그러안고서 태오의 손을 꽉 잡았다.

극장 로비의 여자 화장실은 차례를 기다리는 사람들로 터지기 직전이었다. 거기서 엄마를 만났다. 처음에는 당연히 잘못 본 줄로만 알았다. 이런 시간, 이런 공간에서 마주치리라고는 꿈에서도 상상해보지 않은 사람이 눈앞을 스쳐 갔기 때문이다. 놀람의 강도로 따지면 엄마도 못지않은 듯했다. 우리는 1미터도 안 되는 거리에서 서로를 마주 보고서도 한동안 "어, 어"만을 반복했다.

"여기까지 엄마가 웬일로?"

"그, 뭐냐, 그래, 영화 보러 왔지."

그러고 보니 여기는 영화관이었다. 남녀노소 누구나 들락날락거릴 수 있는 곳이니 우리 엄마라고 해서 오지 말란 법은 없겠다. 하지만 이상하다. 성탄절 이브의 복잡한 교통 사정을 뚫고 바글대는 극장을 찾을 만한 에너지와 열정이 엄마에게 있는 줄은 미처 몰랐다. 엄마가 평소 영화를 특별히 좋아했었는지도 기억나지 않는다. 우리 모녀는 수업 시간에 싸우다 복도로 쫓겨난 여중생들처럼 어색하게 서서 화장실 차례가 나기를 기다렸다. 급박한 요의와 극도의 조바심으로 배꼽 언저리가 쿡쿡 쑤셨다. 하트 쿠션을 품에 안은 태오가 밖에서 나를 기다리고 있었다. 엄마에게 태오를 보여줄 마음의 준비 같은 것은 전혀 되어 있지 않았다.

"무슨 영화 보려고?"

엄마가 부척 조심스러운 목소리로 물어왔다. 내가 하고 싶은 질문이다.

"……「킹콩」. 엄만?"

"나? 글쎄, 그게 뭐더라……"

말을 흐리며 더듬는 품새가 엄마답지 않았다. 목덜미를 감싼 자줏빛 스카프는 처음 보는 것이었는데 제법 화려하고 또 촌스러웠다. 예기치 못한 곳에서 우연히 만나게 되는 혈육은 드러내고 싶지 않은 금전출납부 같다. 묻지도 않았는데 엄마는 변명 아닌 변명을 늘어놓았다.

"김포아줌마 알지? 그 아줌마가 공짜로 표가 생겼다고, 오늘 아니면 못 쓰는 거라고 해서 나온 거야."

김포아줌마라면 물론 알고 있다. 엄마와 같은 고향 마을에서 자랐다는 친한 친구분이다. 예전에 김포에 산 적이 있다고 해서 자연스럽게 김포아줌마라는 호칭으로 부르고 있다. 얼굴을 본 적은 없지만, 삼십 년 동안 엄마에게서 줄곧 '김포아줌마네 아들은 이번에 한의대에 원서를 넣었는데 실패했다'는 둥, '김포아줌마네 옆집에 도둑이 들어서 돼지저금통까지 깡그리 훔쳐 갔다'는 둥, '김포아줌마네 작은아버지가 돌아가셨는데 췌장암이라 고생이 심했다'는 둥의 이야기를 들어와서인지 괜스레 친숙하게 느껴졌다. 설마 오늘, 그 아줌마한테까지 내 어린 남자친구를 선보이는 불상사가 발생하는 건 아니겠지?

"그럼 재미있게 보고 가세요."

화장실을 후다닥 빠져나왔다. 「킹콩」 상영관에 들어가서도 출입구 쪽을 향해 계속 신경을 곤두세웠지만 불이 꺼질 때까지 엄마의 모습은 보이지 않았다. 불행 중 다행히도 다른 영화를 보는 모양이었다. 어쨌거나 영화가 시작되자 마음이 스르르 가라앉았다. 어떤 상황에서도 스크린에 집중할 수밖에 없는 것, 그것이 극장 관객이 된 자의 관성적 운명이었다. 극장은 익명의 낯선 이들이 어깨를 붙이고 앉아 하나의 방향을 바라보는 곳, 그리고 암흑 속에서 타인의 빛을 훔쳐보는 곳이었다.

　영화가 끝난 뒤 익명의 관객들 사이를 비집고 환한 로비로 나왔을 때에, 나는 보았다. 잰걸음으로 그곳을 빠져나가는 우리 엄마의 낯익은 뒷모습을. 누군지 모를 초로의 사내가 그 옆에 함께 있었다.

　누구에게나 사생활은 있다. 성직자에게도, 영화배우에게도, 유치원생에게도, 그리고 나의 어머니에게도.
　나이가 들어간다는 것은, 이 세상에 인간의 힘으로 이해 못 할 인간의 일이 별로 없음을 알게 된다는 뜻이다. 이틀만 지나면 나는 서른두 살이 된다. 고작 서른둘이다. 얼마나 더 살아야, 불쑥불쑥 들이닥치는 생의 불가사의에 대해 의연하게 찡긋 윙크해줄 수 있을까?
　엄마에게 전화를 걸 수는 없었다. 엄마도 나에게 전화를 걸어오지 않았으므로 피장파장이다. 연말은 이렇게 버틴다 해도 새해 첫날에는 집에 가야만 할 것이다. "그 아저씨 누구예요?"라고 곧바로 따지고 들어야 하나. "자주색 스카프 잘 어울리던데요"라고 빙빙 돌려 떠봐야 하나. 어쨌거나 엄마 얼굴을 아무렇지도 않게 마주 볼 자신이 없다는 것만은 숨기지 못할 진실이었다.
　"크리스마스에 영화 보러 갔을 때 말이야. 거기서 우연히 친구 어머니를 봤거든. 그런데 그 아주머니, 웬 아저씨와 같이 계시더라. 어떻게 된 걸까?"
　태오는 잠에서 막 깨난 망아지처럼 눈만 끔벅거렸다. 못 알아들은 눈치다. 왜 섣불리 말을 꺼냈나, 후회가 되었다.

"으음, 그러니까 그 두 사람, 부부가 아니었다고."

"아하. 그러면 불륜?"

'불륜'이라는 단어를 듣자 어쩔 수 없이 가슴이 철렁 내려앉았다.

"아니야, 절대로, 그런 건."

"에이. 자기가 몰라서 그래요. 요즘 그런 일들이 얼마나 많은데. 러브호텔에 항상 빈방이 없다잖아요."

비약적인 상상력 앞에서 오한이 일었다. 다행히 태오는 그 문제에 대해 큰 관심이 없어 보였다.

"12월 31일에 다른 계획 없죠? 같이 송구영신 예배 보러 가요."

"엉? 교회에?"

"새해를 둘이 함께 맞이하면 좋을 것 같아서. 그리고 부모님이 자기 한번 보고 싶다고 그날 꼭 데려오라고 하기도 했고."

너무 의외의 제안은 사람을 무방비로 만든다. 놀라서 말도 잘 나오지 않았다.

"부모님한테, 내 얘길, 했어?"

"그럼요. 자기 나이가 좀 많다고 첨엔 걱정하셨는데, 아, 기분 나빠하지는 말아요, 어른들은 아직도 그런 거 잘 이해 못 하잖아요, 그렇지만 이젠 안 그러세요. 내 얘기 들어보더니 좋은 사람 같다고, 보고 싶대요. 사실 울 엄마도 아빠보다 10개월 연상이에요, 헤헤."

태오의 부모님과 함께 2006년 새 아침을 맞이하라고? 허허허. 쓴웃음에 이어 근원 모를 공포가 지진 해일처럼 밀어닥쳤다. 나 역시 그런 특별한 날은 우리 부모와 보내야 하지 않겠느냐며 간곡히 설득한 끝에 겨우 위기를 모면할 수 있었다.

2005년 12월 31일 토요일. 365일 중의 하루일 뿐인, 365일의 마지막 날. 가족도, 애인도 만날 수 없는 사람은 다만 혼자서 이해를 보내고 새해를 맞이해야 한다. 생생우동으로 늦은 저녁을 때우고는 3분에 한 번꼴로 리모컨을 눌러대며 양 방송사의 연기대상을 번갈아 시청했다. 불과 두어 시간 뒤 2006년이 된다는 것이 몹시도 비현실적으로 느껴졌다. 다섯 개째의 귤 껍질을 까는데 유희에게서 전화가 왔다.

"우리 유준이네 집에 모여 있어. 맥주 사갖고 빨리 와. 하이트랑 카프리 섞어서. 어, 잠깐, 재인이가 쥐포도 사오란다."

어제와 오늘이 별다르지 않았던 것처럼 오늘과 내일 사이에도 경천동지할 일 따위는 일어나지 않을 것이다. 시간에는 매듭이 없다. 그러나 사람들은 무한하게 지속되는 그 반복성이 두려워 자꾸만 시간을 인위적으로 나누고 구별 짓고 싶어 한다. 아아, 그렇게 해서라도 복잡한 현재를 깨끗이 털어버리고 맑은 새날을 맞이할 수만 있다면. 그렇다면 나는 기꺼이 맨발로 폴짝폴짝 뛰어 내일을 마중 나가겠다.

유준의 집에 도착했을 때, 텔레비전 카메라는 보신각 현장을 비추고 있었다. 나와 재인, 유희, 그리고 유준, 우리 넷은 쨍그랑 소리가 나게 맥주잔을 부딪쳤다.

"위하여!"

누군가 조그맣게 의문을 제기했다.

"근데 뭘 위해서지?"

아무도 대답하지 않았다. 마침내 제야의 종이 울렸다. 종소리는 담담하고 아득하게 가슴 안쪽으로 퍼져나갔다. 입속으로 가만히 중얼거려보았다. 안녕, 2005년. 너는 나를 조롱했지만 나의 방식으로 나는 너를 사랑했다. 잘 가. 내 서른한 살. 뒤돌아보지 말고.

"믿어지니? 우리 이제 서른두 살이야."
재인이 탄식하듯 말했다. 가슴이 조금 덜컹거렸다. 그러나 유희가 바로 찬물을 끼얹었다.
"어머, 난 빼줘. 니들은 75년생이지만 난 76년 1월생이잖아. 나는 서른하나가 된 거라고!"
"어이구. 그래. 어려서 퍽이나 좋겠다."
재인이 혀를 차며 대답했다.
"서른하나건 서른둘이건, 객관적으로 볼 때 우리가 많은 나이는 아니지 않나?"
유준이 말을 마치자 유희가 제 사촌을 핼끔 째렸다.
"물론, 남자들은 전혀 안 그렇겠지."
"에이, 여기서 성별은 왜 또 들먹이시나. 요즘 평균 수명이 팔십이라는데 그렇게 따지면 아직 반도 안 왔구먼. 허리띠 좀 풀어놓고 편안하게 새해 맞이하면 안 되나."
유준이 국민 평균 수명에 육박한 온화한 할아버지처럼 부드럽게 투덜댔다.
"그게 바로 네가 남자이기 때문이라니까!"
유희는 여든이 아니라 아흔이 넘는대도 온화하고 부드러운 할머니가 되지는 않을 것 같다.

"아니야. 유난히 나이에 집착하고 나잇값 하기를 강권하는 건 한국적 고질병이라고. 남녀 문제하고는 상관없다니까."

"흥. 좋을 대로 생각하셔."

조상 중에 삐딱선을 타다가 돌아가신 분이라도 있는지 저 두 사촌남매는 항상 조금씩 삐딱하다.

"유희 말에 절대 동감. 남자들은 몰라."

재인이 진지하게 말했다.

"길 가는 사람 아무나 붙잡고 물어봐. 서른두 살 여자를 보면 무슨 생각이 드느냐고 하면 아마 열에 일고여덟은 '아줌마'라고 대답할걸. 그게 차디찬 현실이야. 엊그제 우리 회사 어떤 인간이 충고랍시고 씨부렁거리더라. '재인씨, 가임기 얼마 안 남은 거 아니야? 급할 텐데 식 올리기 전에 애 먼저 만들어버리라고.'"

"미친놈."

셋이 동시에 뇌까렸다. 두번째 잔은, 건배도 없이 제각각 들이켰다. 유준의 말도 맞고, 재인의 말도 맞다. 우리는 결코 많은 나이가 아니지만 어린 나이인 것도 아니다. 어정쩡하고 어중간하다. 누구에게나 현재 자신이 통과하고 있는 시간이 가장 벅찬 법이리라. 고등학교 3학년 때는 대학에 합격하기만 하면 잿빛 인생이 장밋빛으로 바뀌는 줄 알았다. 수능 첫 세대인 내 처지를 비관하며 정부를 원망하기에 여념이 없었다. 대학 졸업반이 되자 IMF 외환위기 사태가 터졌다. 이 한 몸, 아무 곳에나 취직시켜주기만 한다면 대한민국에서 최고로 건실하고 바지런한 직장인이 되어 은혜를 갚겠다고 다짐했었다.

지금의 나에 대해서도 먼 훗날 돌아보면 풋, 웃음을 터뜨릴 수 있을까. 자신은 없지만, 넘어지지 않기 위해, 부서져 산산조각나지 않기 위해, 조심조심 두리번거리며 나아가야 한다. 박살나지 않기. 새해 목표치고는 조금 애처롭다.

늦은 시각까지 퍼마신 일당들은 웬일인지 아침 일곱 시에 재깍 일어났다. 뭔가 뜨끈한 국물로 다 같이 속풀이라도 하고 싶었건만 '1월 1일 꼭두새벽부터 손님 받는 식당이 어디 있겠냐'는 것이 대세로, 내 의견은 무시되었다.
"서울 구석구석에 24시간 영업집이 얼마나 많은데."
내 꽁알거림이 좌중으로부터 차갑게 외면당한 결정적인 이유는, 새해 첫날 아침 모두들 서둘러 '집'에 가야 하기 때문일 것이다. 제아무리 시금털털하고 해묵은 어른인 척해봐야, 우리는 죄다 누군가의 '철 덜 든 자식새끼'인 것이다. 간밤의 술친구들은 새 아침의 햇빛 아래 천지사방으로 뿔뿔이 흩어졌다. 하는 수 없이 쓰린 속을 부여잡고 분당행 직행버스에 올랐다.
떡국은 해장용으로 나쁘지 않았다. 사골을 우려 끓인 엄마의 떡국 맛은 작년과 다를 바 없었다. 나는 조용히 숟가락질을 했다. 엄마는 식탁과 싱크대를 분주히 왔다 갔다 했다. 아버지는 별다른 짜증을 내지 않았고, 조카 지호는 어린이집에서 배운 노래를 불러 모두를 웃게 만들었다. 화기애애하다고까지 말할 수 없었지만, 그런대로 평화로운 분위기의 새해 아침이었다. 훼손된 것은 아무것도 없어 보였다.

아침을 먹고 나서도 가능하면 엄마와 둘만 있는 기회를 피했다. 엄마 역시 장난으로라도 성탄 이브의 일을 입에 올리지 않았다. 과도로 배 껍질을 둘둘 벗기다가, 어쩌면 내가 그날 극장에서 본 사람은 엄마가 아닐지도 모른다는 생각이 머리를 스쳤다. 혹시 다 꿈이었는지도 몰라. 나는 커다랗게 고개를 주억거려보았다. 스스로도 속이지 못하는 허튼 공갈에, 퍽퍽한 과육을 한입 베어 문 것처럼 목이 메었다.

3

모름지기 시무식이란 새로운 마음과 새로운 의지로 새로운 삶을 살겠다고 의지와 열정을 활활 불태우는 장이 아니던가. 나 역시 첫 출근길까지만 해도 '새로운' 오은수로 다시 태어나고 싶다는 기특한 욕망으로 들끓었다. 그러나 짜증이 덕지덕지 붙은 표정으로 사장의 신년사를 경청하고 있는 동료들의 얼굴을 보자 콘돔에 바람 새어 나가듯 절로 기운이 빠졌다.

그냥 느지막이 출근해서 새해 복 많이 받으시라는 넉담을 서로 건네고, 신년맞이 특별 보너스 전달식이라도 좀 갖고, 점심으로는 새 각오로 전투력을 다지라는 뜻으로 소갈비나 좀 뜯고는 일쩌감치 퇴근하는, 아름다운 시무식을 진심으로 꿈꾼다. 그러나 사장의 연설은 그칠 줄을 모르고 계속되었다.

"올해 매출액은 작년의 세 배를 예상하고 있습니다."

기가 막혀서 귓구멍을 막아버리고 싶은 발언이다. 이어 "모든 것이 여러분들 손에 달려 있습니다. 우리 한번 다 같이 죽어봅시다"라는 무시무시한 협박을 자행한다. 작년의 신년사를 그대로 복사해 단어 두어 개만 바꿔 쓰는 듯 엇비슷한 내용이다. 사장의 말이 끝났나 했더니 이번에는 안이사의 연설이 이어진다. 그러지 않으려고 했는데, 정말 그러고 싶지 않은데, 자꾸만 졸음이 쏟아진다.

간신히 자리에 앉아 다이어리를 펼친다. 여러 군데의 서점을 돌아다닌 끝에 겨우 고른 가죽 다이어리다. 반드르르한 가죽 재질의 연푸른색 표지가 특히 마음에 든다. 오른 손바닥을 펼쳐 가만히 쓸어본다. 손바닥이 바다 색깔로 물들 것 같다. 1월 2일의 칸에, '시무식'이라고 또박또박 쓴다. 1월 1일의 칸은 비어 있다. 펜을 들고 '가족 식사'라고 써본다. 누가 뭐래도 부인할 수 없는 사실이니까. 내가 언제부터 우리 가족의 안녕과 안위에 이렇게 민감한 인간이 되었는가. 한숨이 터져 나오고야 만다.

태오와는 하루도 빠짐없이 만났다.
"자기 피곤할 테니까 내가 집으로 갈게요."
그의 제안을 거절하기는 힘들었다. 내가 피곤한 건 분명했고, 굳이 둘을 위한 공간이 있는데, 밖에서 시간을 때우자고 하는 것도 머쓱했다. 유희는 말했다. "성인 남녀가 같이 밥을 먹고 차를 마시고 영화를 보는 것들은 결과적으로 '한 방'에 들어가기 위한 요식행위일 뿐이잖아. 독립해 제일 좋은 점은, 남잘 만나도 괜히 여관 전전할 필요 없다는 것." 일정 부분 동감하지 않을 수 없다.

내 퇴근 시간에 맞춰 집 근처 지하철역에서 만나고, 간단히 저녁을 먹은 뒤에 내 방으로 들어오는 것이 우리의 일상적 데이트 패턴으로 굳어져가고 있었다. 태오는 내가 선물한 민트색 폴로 셔츠를 매일같이 입었다. 본인 말에 의하면 12월 25일 이후부터 열흘이 넘도록 하루도 안 빼놓고 입었단다. 빨래는 해서 입는지 하는 염려는 둘째치고, 저러다 옷감이 다 닳아버리는 건 아닐까 걱정스러울 지경이었다.

"자기가 사준 옷을 입고 있으니 늘 함께 있는 것 같잖아요."

혹시 다른 옷을 더 사달라는 뜻인가 싶어 머릿속이 웽웽거렸다. 연하의 남자와 본격적으로 사귀기 전에는, 연하남과의 관계에서 가장 민감하게 신경 쓰이는 것이 설마 경제적인 부분일 줄은 몰랐다. 일반적으로 데이트할 때 비용을 대략 6 대 4 정도로 부담하자는 것이 직장생활을 시작한 뒤 고수해온 기본 원칙이었다. 스무 살 때만 해도 물론 그렇지 않았다. 그 당시라고 해서 남자한테 무조건 얻어먹어야 한다는 사명감에 불탔던 것은 아니다. 용돈을 받아 쓰느라 주머니 사정이 늘 빠듯하기도 했거니와, 더 섬세하게 말하자면, 남자와의 데이트에서 과연 여자인 내가 돈을 내도 좋은지, 지갑을 열 적당한 타이밍은 언제인지 등을 잘 몰랐다고 해야겠다.

그러나 이제는 쏨쏨이의 불평등이 연인관계의 불평등에 미치는 미묘한 영향에 대해 충분할 만큼 알게 되었다. 이렇게 되기까지 무수한 시행착오를 거쳤다. 치사하게 계산대 앞에서 눈치 보기 싫어 몇 번인가 내가 냈더니 '낭비가 너무 심하다'는 촌평을 남기고 이별을 고한 놈도 있었고, 입만 열면 "오늘 저녁에는 스테이크 사줘"

혹은 "이번 생일에는 아르마니 넥타이 사줘"라고 졸라대는 놈을 만나보기도 했다. 균형 잡기는 항상 어렵다. 돈에 관해서는 특히 더. 그리하여 언제부터인가 상대가 밥을 사면 내가 영화 값을 치르는 방식으로, 데이트 자금의 문제를 해결하고 있었다.

연하남이 연상녀를 만나는 데 대해 흔히들 물질적으로 기대고 싶어서가 아닐까, 하는 의혹의 눈초리를 보내기도 할 것이다. 태오와 나의 관계만을 놓고 보면 그 의심은 결단코 틀렸다. 둘이 같이 다니다가 돈을 써야 하는 상황이 생기면, 태오는 당연하다는 듯 제 지갑을 꺼냈다. 어쩌다 내가 지갑을 열면 노골적으로 싫은 내색을 해서 무안해질 정도였다.

현대 청춘남녀의 일반적 패턴으로 보아, 어쩌다 한두 번이면 몰라도 정기적인 만남을 지속하는 사이에서는 꽤나 보기 드문 일이었다. 그의 미덕이라고, 처음에는 당연히 그렇게 생각했다. 그러나 그가 현재 스코어, 돈 나올 구멍이라고는 찾기 어려운 백수 신분임을 깨닫는 데에 그리 오래 걸리지 않았다. 가끔 부모님 슈퍼마켓을 봐주고 용돈을 타는지는 몰라도, 그 외에 별다른 아르바이트는 전혀 하지 않는 눈치였다.

"원래 들어가기로 한 영화 프리프로덕션이 계속 늦춰지고 있어요. 지금 섣불리 다른 일 시작하면 큰일 나요."

자, 상황을 한번 정리해보자. 돈 한 푼 안 버는 일곱 살 연하의 남자친구가, 꼬박꼬박 월급 받는 직장인 여자친구를 먹여 살리는 형국이었다. 고맙다. 고마워서 눈물이 난다. 우리가 과연 어떤 '품질'의 데이트를 하고 있는지에 대해서는 잠시 제쳐두고 말이다. 태오가 너무나 자연스럽고 스스럼없이 찾아들어가는 곳은 한 줄에 천 원짜리 김밥을 주력으로 내세우는 분식 체인점과, 각종 패스트 푸드점이었다.

김밥. 물론 좋아한다. 영양 만점에 먹기 쉽고 맛도 있다. 혼자 한 끼를 가볍게 때울 때, 또는 부담 없는 직장 동료들과 우르르 몰려갈 때 이보다 더 만만한 곳은 없다고 생각한다. 햄버거. 당연히 좋아한다. 지금으로부터 약 십오 년 전에는 이 맛있는 음식을 밥 대신 하루 세 끼 주식으로 먹고 살면 왜 안 되는지 속상할 정도였다. 그러나 이십대 중반이 넘으면서부터는 가끔이야 괜찮지만 자주 먹으면 소화도 안 되고 왠지 장이 더부룩한 느낌에 시달리게 된다.

돈이야 얼마든지 내가 내도 좋으니, 어린 남자친구의 얇은 주머니 사정과 예민한 자존심에 대해 눈치 보지 않고 내 또래의 다른 여자들처럼 데이트하고 싶다는 것. 그것이 그리 큰 욕심일까? 종일 격무에 시달리다 돌아온 저녁, 천 원짜리 김밥을 가운데 놓고 헤죽헤죽 웃는 어린 남자친구와 마주 앉아 있자니 설명할 길 없는 서글픔이 퐁퐁 솟아올랐다. 그래서였을까, 나도 모르게 불쑥 입을 열었다.

"자기도 이제 스물다섯 살인데, 언제까지 이렇게 살 거야?"

내오가 눈을 가늘게 뜨고 내 얼굴을 바라보았다. 우리의 눈빛이 공중에서 쨍강 부딪쳤다.

"왜애? 나 1월 1일부로 담배 끊었다고요. 오늘까지 아직 한 대도 안 피웠어."

짐짓 밝게 꾸민 그의 목소리에 난처한 기척이 주춤주춤 묻어났다. 유감스럽게도 농담으로 웃고 넘어갈 기분이 아니었다. 내처 물기로 했다.

"복학은 진짜 안 할 거야?"

"말했잖아요. 학교에서 배우는 공부는 나하고 정말 안 맞는다고. 전공이랑 영화 사이에 거리가 너무 멀기도 하고."

한숨을 뱉지 않을 수 없다. 그는 서울 소재 중위권 대학의 공대를 1학년까지 다니다가 군대에 다녀왔다고 했다.

"그래도 기왕 힘들게 들어간 학교인데 졸업은 해야지. 자기가 아직 몰라서 그런데, 졸업장이 있고 없고의 차이는 커."

"그건 대기업에 취직하려는 애들 얘기지. 나는 영화를 할 거잖아요. 엉뚱한 데서 시간을 낭비하는 것보다 현장 경험이 훨씬 중요해요."

"아니, 사람 일이 어떻게 될 줄 알고 그래? 혹시 생각이 바뀌면 어쩔 건데? 그러다 나중에 정말 후회한다."

태오가 내 시선을 슬그머니 피하며 김밥을 우물우물 씹기 시작했다. 마치 잔소리꾼 엄마를 지긋지긋해하는 중학생 아들처럼 보였다. 차라리 스물다섯 살을 지나오지 않았다면 좋을 뻔했다. 통과해왔으므로, 나는 그 나이에 대해 속속들이 알고 있다. 터무니없이 미화하고 싶지는 않다. 태오와 같은 나이였을 때, 나는 그다지 행복하지 않았다. 그 무렵 첫 직장으로 선택한—아니, 나를 선택해준 유일한—중소 규모의 출판사는 일이 많고 월급이 짠 곳이었다. 하루 열두 시간씩 눈에 쥐가 나도록 교정을 보고 나면, 백만 원이 간신히 넘을까 말까 한 액수가 손에 쥐어졌다. 돈을 받는 회사에 다녀보니 돈을 내고 다녔던 학교가 얼마나 편안한 곳이었는지 깨달았다는 고전적인 체험 고백은 그만두기로 하자. 분명한 건, 스물다섯은 결코 만만한 나이가 아니라는 사실이다.

이미 겪어보았으므로 충분히 예측할 수 있는 스물다섯 살의 시간에 대해 나는 그에게 그저 충고해주고 싶은 것뿐이다. 어린 연인이 '올바르지 않은 길'로 경중경중 달려가는 꼴을, 멀쩡히 눈뜨고 구경만 하고 있을 수는 없는 노릇이었다.

우리는 어색하게 거리로 나왔다. 바깥바람이 몹시 찼다. 목적지 없이 배회하다가는 온몸이 마비될 것 같은 날씨였다. 자동차를 가지고 있던 과거의 데이트 상대들이 자연스레 떠오른 건 혹시 내가 속물이기 때문일까? 가죽 장갑에 감싸인 내 왼손을 태오가 제 오른손으로 찾아 쥐었다. 의도적이라기보다는 습관적인 행동이었다. 느슨히 연결된 채 우리는 잠자코 침묵 속을 걸었다. 따뜻하고 안온한 곳에 들어가 얼어붙은 몸과 마음을 노긋노긋 녹이고 싶었다.

"우리 어디 가는 거야?"

태오는 대답이 없다. 기분이 좋을 리 없을 것이다. 조금쯤 상처를 받았는지도 모른다. 몸에 좋은 약이 입에 쓴 법이다. 하긴 그 나이에 네가 그걸 어떻게 알겠니? 아니면 별 쓸데없는 물음이라고 생각하는지도 모른다. 밥을 먹었으니, 다음 코스는 언제나처럼 내 방이라고 믿고 있을 테니까. 하지만 오늘만은 왠지 그러고 싶지 않다.

"자기야. 나, 커피 마시고 싶다. 여기서 차 타고 10분만 가면 괜찮은 데 있어. 카페라테가 예술이고, 딸기타르트도 혀에서 살살 녹아. 자기가 밥 샀으니까 이번엔 내가 쏠게."

나는 일부러 쾌활하게 지저귀어댔다. 혹시라도 그가 택시가 아니라 버스를 타자는 식으로 소심하게 반항해올까 봐 걱정스러웠지만 그는 그러지 않았다. 내가 택시비를 계산하는 것도, 한 조각에 4,000원씩인 딸기타르트와 블루베리치즈케이크를 주문하는 것도 묵묵히 지켜보았다. 찻잔과 케이크 접시는 꽃무늬가 잔잔하게 펼쳐진 고급스러운 것이었다. 케이크 속의 과일은 더없이 신선했고, 카페라테의 우유 거품은 보드랍게 혀끝에 닿았다. 앞자리의 태오는 계속 말이 없었다. 폭신한 소파에 파묻힌 엉덩이가 의외로 뻐근하다는 느낌과, 이 아이를 달래주어야겠다는 생각이 든 것은 거의 동시였다.

"아아, 피곤하다. 이제 뭐할까? 우리 집 가서 텔레비전 볼까?"

그가, 들고 있던 코코아 잔을 소리 없이 내려놓았다. 그리고 눅눅한 음성으로 이렇게 물어올 줄은 몰랐다.

"……자기는 나를, 왜 사랑해요?"

왜? 백스물두 가지의 이유들과, 깜깜한 암흑이 번갈아 교차했다. 나는 대답을 단념하고 마지막 한 조각의 딸기타르트를 입에 넣었다. 겨울딸기가 어금니 사이에서 무자비하게 으깨어졌다.

나를 왜 사랑하느냐는 물음은, 상대방이 나를 사랑하고 있다는 전제하에서만 가능하다. 그러면 태오는 나의 사랑을 철썩같이 믿고 있다는 의미인가. 발을 헛디뎌 막막한 우주와 연결된 맨홀 속에 빠진 느낌이다. 나는 나에게 묻는다. 태오를 왜 사랑하느냐고. 아니, 태오를 사랑하기는 하느냐고. 아니, 아니, 사랑이 무엇이냐고. 무엇이든 가르쳐주는 인터넷 검색 사이트에 접속하여, 검색 창에 '사랑'을 친다. '인간의 근원적인 감정으로 인류에게 보편적이며 인격적인 교제 또는 인격 이외의 가치와의 교제를 가능하게 해주는 힘.' 나와 태오의 관계를 인격적인 교제라고 부를 수 있을까? 아니면 인격 이외의 가치와의 교제? '특히 미움의 대립 개념으로 볼 수도 있으나 근원적인 생명원리로는 그러한 것도 포괄한다. 사랑은 역사적, 지리적으로, 또 교제 형태에서 여러 양상을 취한다.' 미움까지 포괄하는 사랑이라니. 반복해 읽을수록 알쏭달쏭하고 미궁이 더욱 깊어만 진다. 사랑에 대한 복잡한 정의 밑으로는 결혼정보회사, 국제결혼회사, 미팅주선회사 등의 정보가 쭉 나열되어 있었다. 사랑의 형이상학과 형이하학이 어떻게 거미줄처럼 연결되어 있는지를 비로소 훔쳐본 듯도 하였다.

— 불안감의 표출이지.

새로운 시각을 제공해준 건 유희였다. 유희의 메신저 대화명은 그새 '반짝반짝 빛나는'으로 바뀌어 있었다. '사랑이 뭘까'인 내 대화명과 대구를 이루면서도 절묘하게 어긋났다.

— 질문자 입장에선 불안한 거야. 저 사람이 분명 자기한테 불만이 많은 것 같은데 이유를 확실히 알 수가 없으니까. 또 모르지. 이유를 알면서도 회피하고 싶은 건지도. 암튼 왜 사랑하느냐는 질문을 말 그대로 해석하면 안 된다고 봐. 나를 힘들게 하지 말아달라, 계속 이러면 때려치워버릴 수도 있다는 일종의 위협일 수도 있으니까.

— 그 사이비 분석, 믿어도 되는 거야?

— 야, 선수끼리 왜 그래? 연애 한두 번 하냐. 그나저나 오은수 땜에 불안에 떨고 있는 그 놈팡이가 누구야? 불어봐.

― 별거 아니야.

내가 타이핑한 글자들이 모니터에 뜬다. 별거 아니야? 나의 뻔뻔함이란. 마시고 있던 오렌지주스를 그대로 뿜어버릴 것 같다.

― 은수야. 나도 요새 누굴 만나는데.

대화명을 보았을 때부터 예상했던 일이라 전혀 놀랍지 않았다. 일 년 365일 중에 유희 옆에 남자가 없는 기간은 아마도 총 30여 일을 넘지 않을 것이다. 늘 끊임없이 누군가를 만나고, 입으로는 올인하지 않겠다고 하면서 뜨겁게 달아오르고, 그러다 흐지부지 헤어지고, 또다시 새로운 사람을 만나고 하는 것이 유희의 연애 패턴이었다. 삼십대에 들어 변한 것이 있다면 그 순환 사이클이 점차로 빨라지고 있다는 점. 유희는 더 빨리 끓어오르고, 더 빨리 식었으며, 더 빨리 새로운 사람을 찾아 헤매곤 했다.

지금으로서는 짐작도 되지 않지만 그녀에게도 한때 미련스러우리만치 지고지순한 첫사랑은 있었다. 스무 살에 만나 군대 시절 내내 기다린 유희를 제대하자마자 장렬히 뻥 차고 떠나갔던 첫 남자친구. 그를 제외하고는 지금껏 백일 기념파티를 해본 남자가 없다는 사실이 이십대 중반 이후 그녀의 번잡한 연애사를 대변해준다고 하겠다. 실속 없는 걸로 따지면 나보다 그녀가 한 수 위이리라고, 나는 내심 믿어 의심치 않고 있었다.

― 누구?

별 궁금증도 없이 물었다.

― 너도 아는 사람.

의외의 답이 돌아왔다.

— 기억나니? 용가리.

눈앞이 뿌예진다. 얼마 만에 듣는 이름인가, 용가리. 용길이라는 다소 촌스러운 본명 대신 우리는 그를 그렇게 불렀었다. 아주 오래전에 말이다. 그런 건 스무 살 이전에나 할 수 있는 장난이니까. 그러니까, 그는 유희의 첫번째 남자친구였다. 스물세 살의 유희를 폐인으로 만들었던.

— 아직 살아 있단 말이야?

— 그럼. 멀쩡하더라.

— 뭐 하고 산대?

— 회사원이지, 뭐. 지가 별수 있니?

당시 유희를 잔혹하게 떠난 그놈이 제 입으로 밝힌 평계는 '학업에 전념키 위해서'였다. 자고로 갑작스런 이별을 고하는 남자들의 평계는 대개 '본분에 충실하기 위해서'이거나 '내가 너를 행복하게 해주지 못할 것 같아서'로 요약된다. '새로운 여자가 생겨서'라거나 '너한테 싫증나서'라는 이유를 대는 남자의 모습은 내 삼십 평생 면발치에서라도 목격한 적 없다.

— 좋으냐?

— 나쁘진 않네…… 한 가지 문제만 빼면.

— ?

— 작년에 이혼했대.

이혼했다면, 이미 결혼도 했었다는 뜻이다. 아침에 멀쩡히 차고 나온 손목시계가 거꾸로 가고 있는 걸 발견한 것처럼 혼란스러웠다. 그때였다. 아악 — 날카롭고 가느다란 여자의 비명이 등 뒤의 허공을 가르며 들려왔다.

 너무 순식간에 일어난 일이라 그 비명의 진원지가 어딘지 모르겠다. 이 건물 내부에서 들려온 소리 같기도 하고 건물 바깥에서 들려온 소리 같기도 하다. 가까이서 들려온 것 같기도 하고 멀리서 들려온 것 같기도 하다. 여자의 비명이 맞는지도 확신할 수 없다. 블라인드 틈새로 바라본 창밖은 온통 어둠뿐이다.

 벌렁거리는 가슴을 안고 컴퓨터 앞에 돌아와 앉았다. 유희는 그새 로그아웃 상태였다. 사방은 다시 고요하다. 마시다 둔 오렌지주스 잔을 입에 대본다. 아까의 상큼한 맛은 사라지고 시큼털털하기만 하다. 평화롭기만 하던 나만의 공간이 갑자기 휑댕그렁하고 낯설게 느껴진다. 사람 목구멍에서 어떻게 그런 소리가 날까. 공포는 상상으로부터 온다. 끔찍한 범죄의 이름들이 두서없이 떠올랐다 사라진다. 휴대폰을 찾아 손에 꼭 쥐었다. 112에 신고해야 하나, 아니면 119?

 그러나 비명의 이유도 모르고 진원지도 모른다. 이유 미상, 진원지 미상의 비명을 신고하고 나서 내 주소와 이름을 또박또박 밝히면 '장난전화에 의한 공무집행방해죄' 같은 죄목으로 잡혀갈 것만 같다. 전화기를 내려놓고 굳게 닫힌 현관문을 다시 한번 확인했다. 불을 다 켜둔 채로 침대 위에 올라가 공벌레처럼 동글게 몸을 말았다.

 "무서워."

 작은 소리로 중얼거려보았다. 아무도 대답하지 않았다. 나 혼자뿐이라는 실감이 몸서리치게 와 닿았다. 초인종이 울린 것은 설핏 얕은 잠이 들었을 때였다. 삑. 첫 벨은 주저하듯 짧게 울렸다. 어리둥절하고 있는 사이, 삐이익, 이번엔 좀더 긴 벨소리가 들렸다. 맨발을 끌고 휘적휘적 현관으로 나가는 동안 정신이 들었다. 새벽 한시가 넘은 시간이었다. 이 시간에 내 방의 초인종을 누를 이는 없었다. 순간, 피가 머리꼭대기로 몰렸다. 콩알만 한 현관문 구멍에 한쪽 눈을 들이대려는데 무릎이 후들거렸다.

렌즈에 비치는 것은 여자의 모습이었다. 긴 머리를 풀어헤친 여자였다. 처음 보는 얼굴이지만, 방문객의 성별이 여성이라는 사실만으로 일단 조금 안심이 되었다.

"누구……세요?"

"저, 옆집이에요."

"네?"

"옆집이라구요. 206호."

옆집,이라는 쉬운 단어가 생소하게 귓전에 부서졌다. 옆집, 206호. 조금 지난 후에야 내가 205호 여자라는 사실을 깨달았다. 206호는 내 방과 한쪽 벽을 공유하고 있었다. 206호의 거주자에 관해 내가 가진 정보는 많지 않았다. 이따금씩 복도에 내놓곤 하는 자장면 그릇이 한 개인 걸로 보아 혼자 살고 있다는 것. 빈 그릇을 신문지로 덮어놓는 확률이 반반인 길로 보아 별로 깔끔한 성격의 소유자가 아니라는 것. 아침 시간에 욕실 물 쓰는 소리가 들려온 적 없는 걸로 보아 평범한 직장인은 아니라는 것. 야심한 시간 가끔씩 벽을 타고 중국 영화나 케이블 텔레비전의 드라마 재방송 소리가 들려오곤 하는 걸로 보아 그다지 규칙적인 삶을 살고 있지는 않다고 추측된다는 것. 그게 전부였다.

나는 현관문을 아주 조금 열었다. 여자는 렌즈 구멍으로 볼 때보다 나이가 들어 보였다. 노 메이크업의 핏기 없는 얼굴에 회갈색 눈썹만 선명했다.

"······괜찮으세요?"

그녀가 너무도 비장한 어조로 물어왔기 때문에 나는 엉겁결에 고개를 끄덕였다. 여자는 의혹과 호기심, 서스펜스와 긴장의 눈빛을 거두지 않은 채 다시 물었다.

"진짜 괜찮단 말이에요?"

"무슨 말씀이세요?"

"좀 아까 비명 질렀잖아요."

"제가요?"

"네."

추호의 망설임도 없는 태도다. 나는 문을 조금 더 열었다.

"그거, 저 아닌데요."

한순간에 맥이 탁 풀리는 옆집 여자의 표정을 보자, 비명을 지른 당사자가 내가 아니라는 것이 미안해질 지경이었다.

"이상하다. 틀림없이 이 집 맞는데."

여자가 웅얼거렸다. 태어나자마자 헤어진 이란성 쌍둥이들처럼 우리는 한동안 서로를 멀뚱히 마주 보았다.

비명의 처소가 밝혀진 것은 사흘 뒤였다. 그동안 내 방에서 나는 몇 가지의 단순한 일들을 반복해서 했다. 문을 열고 신발을 벗고 화장을 지우고 양치를 하고 똥을 누고 잠을 잤으며, 잠에서 깨면 오줌을 누고 양치를 하고 화장을 하고 신발을 신고 문을 닫았다. 그 밤의 해프닝 따위를 곱씹기에는 너무 바빴다. 마감 기간이라 야근이 이어졌고, 그 와중에 억지로 틈을 내어 태오를 만났다. 피곤해서 꼼짝도 하기 싫었기 때문에 포테이토피자를 배달시켜 침대 위에서 먹었다. 태오는 "자기 힘들면 안 해도 돼요"라고 말했지만 우리는 피자를 나누어 먹은 다음 습관적으로 섹스를 했다.

며칠 뒤, 출근하러 집을 나서는데 원룸 주택의 1층 계단참에 사람들 몇이 무리지어 웅성대고 있었다. 이곳에 이사 온 뒤 처음 보는 풍경이었다. 의아해하며 곁을 스쳐 지나려 할 때, 무리 속의 누군가가 반가이 알은체를 했다.

"어머, 205호! 이리 와요."

그날 밤에 본 옆집 여자였다. 환한 데서 보니, 못해도 마흔은 되어 보였다. 동그란 원을 지어 서 있던 사람들이 내가 들어설 자리를 터주었다. 나는 쭈뼛거리며 동그라미 속에 끼어들었다.

"그거, 305호였대요."

206호 여자가 호들갑스레 말했다. 무슨 얘긴지 한 번에 알아듣지 못했다.

"아우, 왜, 그 비명!"

그 비명 소리에 대해 까마득히 잊고 있었다. 305호라면, 내 방 바로 위층이다. 양옆의 벽에 대해서는 가끔 신경을 써보았어도, 머리 위의 세계에 대해서는 전혀 의식하지 못한 채 살아왔다. 간혹 계단참에서 마주치곤 하던 305호 여자의 얼굴이 섬광처럼 스쳤다.

"글쎄…… 그 여자."

옆집 여자는 회갈색 눈썹을 지렁이처럼 꿈틀거리며 잠시 숨을 멈추었다. 제 말이 전달할 파장을 극대화하고 싶어 하는 눈치였다.

"……목이 졸렸대요."

"네에?"

추리닝 바지에 운동화 뒤축을 꺾어 신은 남자가 급히 손사래를 쳤다.

"아니, 확실한 건 아니라니까요. 그냥 쓰러져 있었던 거라서."

"아이고, 참. 그게 그거지 뭘."

옆집 여자가 답답하다는 듯 퉁을 주었다.

"어쨌든 강도한테 당한 건 맞잖아요."

강도? 머리카락이 곤두서는 느낌이란 이런 걸까. 분홍 토끼털 코트를 뒤집어쓴 맞은편 여자가 양미간을 좁히며 물어왔다.

"진짜 강도가 확실하대요? 원래 아는 사이가 아니고?"

한기 어린 정적이 감돌았다. '진짜 강도가 확실하대요?'라는 의문문 속에 숨겨진 함의를 파악하는 순간부터 나는 그대로 주저앉고만 싶었다. 진짜 강도라면, 그렇다면, 지금 여기에 둥그렇게 모여 수군대고 있는 우리 중 누구의 안전도 보장할 수 없었다. 강도가 205호를 피해 305호에 침입한 이유를 누가 논리정연하게 설명할 수 있을 텐가. 옆집 여자가 부르르 어깨 떠는 시늉을 했다.

"앞으로 무서워서 어떻게 살아. 안 그래도 여기 대문 항상 열려 있어서 늘 찜찜했는데."

복면강도인지 면식범인지 모를 놈에게 린치를 당했다는 305호 여자. 그녀에게 닥친 그보다 더 끔찍한 재앙은, 사건 발생 사흘이 지나서야 발견되었다는 사실이었다.

"없어진 건 없대요?"

"그 점이 이상한데. 서랍을 죄 헤집어놓긴 했나 봐요. 속옷도 막 방바닥에 쏟아져 있고 그런데 또 지갑은 멀쩡히 한 옆에 있었대요."

"어머. 변태 아니야?"

피해자의 신원에 대해서도 의견이 분분했다.

"언젠가 집주인한테 들은 거 같아요. 305호인가 205호인가 강남 텐 프로라고."

205호 여자인 내가 반박하기도 전에, 분홍 토끼털 여자가 덧붙였다.

"여기 205호는 아니니까 그럼 305호가 그거였던가 봐."

"텐 프로가 미쳤어요. 이런 쓰러져가는 데 살게."

"텐 프로가 뭔데요?"

"아, 그 있잖아요. 강남 룸살롱 아가씨들 중에서 상위 10프로 안에 들어간다는……"

"어머, 이상하다. 인상이나 옷 입는 거나 그쪽으론 안 보이던데."

"에이, 그게 꼭 그렇진 않죠. 요즘 그런 언니들이 얼마나 얌전하고 고상하게 하고 다니는데요."

"그러면 단순 강도가 아니라 치정 문제일 가능성이 높네. 아, 남자관계도 복잡했을 거 아니에요."

"아우, 그러면 다행이게."

아무도 책임지지 못할 말들과 말들만이 허공을 떠돌아다녔다. 추리닝 사내가 어제 오후 직접 목격했다는 경찰차와 119 구급차만이 확정된 진실이었다.

종일 일이 손에 잡히지 않았다. 인간은 참으로 간사한 동물이었다. 머리통 바로 위에 사람이 쓰러져 있던 것도 모르고 평화로운 일상을 영위했던 주제에 왜 뒤늦게 오금이 저리고 죄책감이 밀려드는 것인가.

"그 여자 죽었을까? 나 때문이야. 내가 그때 바로 신고만 했어도."

"맘 편히 가져요. 괜찮을 거야."

태오가 나를 위로했다.

"나, 너무너무 무섭다. 다 무서워. 서울이라는 도시도 무섭고, 여자 혼자 산다는 것도 무섭고."

태오가 물끄러미 내 얼굴을 바라보았다.

"걱정 말아요. 내가 같이 있어줄게."

그때는 그 말이 무슨 뜻인지 몰랐다.

태오는 그날 밤 내 방에서 자겠다고 했다. 위층 여자는 어떤 자세로 쓰러져 있었을까 자꾸만 상상이 되었기 때문에 태오의 배려가 고마웠다. 그랬다. 자고 가는 것은 분명히, 나에 대한 그의 배려라고 생각했다. 그의 가슴팍에 이마를 묻으니, 나쁜 꿈을 꾸지 않고 쉬이 잠들 수 있었다.

아침 일곱 시. 본능적으로 눈을 떴다. 출근하자마자 회의가 있는 날이었다. 방 안은 희붐한 어둠 속에 갇혀 있었다. 태오는 혼곤한 잠에 빠져 있었다. 나는 그가 깨지 않도록 조심조심 출근 준비를 했다.

'먼저 나갈게. 문 잠그고 가. 사랑해.'

드라마에 많이 나오는 대로 침대 머리맡에 메모를 남겼다. 태오는 쩝, 입을 다시며 돌아누웠다. 혹시 아침상이라도 봐두고 나가야 하는 건가? 새하얀 레이스 보로 덮은 정갈한 아침 밥상. 레이스 보는커녕 밥상을 덮을 신문지도 없었지만, 어쨌거나 공연히 미안했다. 이것이 이 나라 여성들의 핏속에 유구하게 흐르는 착한 여자 콤플렉스일까. 정작 나는 물 한 모금 마시지 못한 채 누렇게 뜬 얼굴에 처덕처덕 분을 바르고 있지만 말이다.

구두를 신다가 문득 컴퓨터에 신경이 미쳤다. 나는 삼십대의 신체 건강한 성인 여성이었다. 예전에 19금(禁) 동영상들을 몇 번 다운 받은 건 순전히 단순한 호기심 탓이었다. 그것들이 아직 컴퓨터 한구석에 들어 있을지도 몰랐다. 옛 남친들과 찍은 사진 파일 역시 하드디스크 어딘가에 남아 있을 것이었다. 설마 주인이 없는 빈방에서 태오 혼자 컴퓨터를 켜고 구석구석 훑어보지는 않겠지? 그가 벽장 속에 무질서하게 처박힌 옷가지의 개수들에 기겁하거나, 사막처럼 황폐한 냉장고 속 풍경에 경악하는 사태도 벌어지지 않겠지? 지극히 사적인 공간에 타인을 무방비로 들여놓는다는 것은 아무래도 보통 일이 아니었다.

오후 세 시쯤. 거래처에 들어가 그쪽 홍보 담당자와 이번 달 사보 콘셉트에 관한 이야기를 나누고 있는데 태오에게서 문자메시지가 왔다.

― 빨리 와여……♡

어딜 빨리 오라는 건지 알 수가 없었다. 불길한 예감이 엄습했지만, 바로 답장을 하지는 못했다. 지친 몸을 이끌고 퇴근하여 내 방

205호의 문을 열었을 때 눈앞에 놀라운 광경이 펼쳐져 있었다. 가장 먼저 눈에 들어온 것은 방바닥 한쪽에 부려져 있는 등산용 배낭이었다. 태오가 일곱 살짜리 사내아이처럼 해맑게 웃으며 나를 맞았다.

"나 이사 왔어요!"

머리가 띵했다. 태오의 짐은 단출했다. '짐'이라고 명명하기도 민망한 중형 등산용 배낭을 짊어지고 설마 그가 '이사'를 왔으리라고는 믿기지 않았다. 아니, 믿고 싶지 않았다.

"혼자 두는 게 영 불안해서요. 자기 마음 가라앉을 때까지만 있어줄게."

있어줄게? 나는 흥분을 가라앉히고 조곤조곤 말하려 애썼다.

"미리 나한테 상의를 했어야지."

"어제 얘기 했잖아요. 안 그래도 평소에 이 방, 여자 혼자 있기에 좀 위험하다고 생각했어요. 누가 나쁜 맘먹으면 여기 벽을 타고 2층까지 기어오르기는 식은 죽 먹기라고요."

태오가 창문을 가리켰다. 그러고 보니 이중창이 정말로 허술하기 짝이 없어 보였다. 마땅히 반박할 말이 없었다. 한풀 꺾인 내 표정을 눈치챘는지 태오가 헤벌쭉 웃었다. 그래, 며칠만이다. 두려움이 좀 물러가고 마음의 안정을 찾을 때까지만 같이 있을 것이다. 원래 어려운 일이 생겼을 때 옆에 있어주는 것이야말로 애인의 존재 가치가 아니던가. 태오가 밥상을 들고 오며 눈을 찡긋했다.

"먹을 게 너무 없어서 집에서 좀 훔쳐왔어요."

소복이 담은 쌀밥에, 참치통조림을 넣고 끓인 김치찌개, 계란말이로 구성된 상은 소박했으나 제법 그럴듯했다.

"오늘 역사적인 날이에요. 계란말이 처음으로 성공한 날. 그리고 자기가 내 손으로 지은 밥 먹는 날!"

우리는 물컵으로 건배했다. 문득 이런 게 결혼이라면, 할 만할지도 모르겠다는 생각이 들었다. 밥을 다 먹은 뒤 설거지를 하려 일어서는 나를 태오가 도로 주저앉혔다.

"자긴 하루 종일 일하고 왔잖아요. 티브이 보면서 쉬고 있어요. 귤이나 까먹으면서."

우리의 어설픈 동거는 이렇게 얼떨결에 시작되었다.

4

단어는 내용을 규정한다. 때로는 선입견을 만들기도 한다. 동거. 그 단어는 음습한 그림자를 품고 있다. 그러나 동거에 대해 음탕하고 축축한 어떤 것을 연상하는 사람은, 동거를 해본 적 없는 사람이다. 동거는 생활이다. 판타지가 거세된 적나라한 생활.

태오와 지내면서 나는 누군가와 함께 사는 일에 대해 많은 것을 알게 되었다. 첫째, 같이 사는 남녀라 해도 꼭 한 침대에서 자지는 않는다는 것. 나는 침대에서 잤고, 태오는 이불을 깔고 바닥에서 잤다. "싱글 침대라 좁지 않아?"라는 내 의도적인 물음을 태오는 쉽게 알아듣지 못했다. 내가 바닥에 이불을 깔고 누우려 하자 그제야 알아차리고 제가 내려가 누웠다. "더블베드로 빨리 바꿔야겠다." 태오가 중얼거렸지만 나는 짐짓 못 들은 척 욕실로 들어갔다.

둘째, 매일 밤 '하지는' 않는다는 것. 짧은 입맞춤 같은 스킨십은 일상적으로 있었지만 이상하게도 '횟수'는 오히려 현저히 줄어들었다. 태오가 트렁크 하나만 걸치고 방 안을 왔다 갔다 하는 모습을 봐도 별 생각이 들지 않았다. 비단 나만의 문제는 아닌 듯했다. 태오 역시 내가 타이트한 반바지 차림으로 벌러덩 누워 있어도 특별히 흥분하는 기색이 아니었다.

셋째, 내 시간이 나 혼자만의 것이 아니라는 것. 태오가 내 방에 머물기 시작하고 이틀쯤 지났을 때 갑작스런 야근이 있었다. 아홉 시가 넘으면서부터 20분 간격으로 문자메시지가 빗발쳤다. 저녁 같이 먹으려고 기다리고 있었는데 왜 안 오느냐, 늦으면 늦는다고 미리 말을 해줘야 할 게 아니냐 등등 태오의 다그침에 연신 '미안해'라는 답장을 찍을 수밖에 없었다. 재인이 힘없는 목소리로 전화를 걸어 토요일 저녁에 시간 있느냐고 물었을 때도 "몸살이 너무 심해서 이불 쓰고 누워 있어야 될 것 같아"라고 거짓말로 둘러댈 수밖에 없었다.

넷째, 화창한 주말 오후를 대청소로 보낼 수도 있다는 것. 혼자 살게 된 이후 나에게는 무의식적으로 쌓아온 나만의 생활 패턴이 있었다. 대단한 것은 아니다. 굳이 이름을 붙이자면 '대충 살기'쯤 되겠다. 샤워할 때 한 번씩 타일 바닥에 뜨거운 물을 쫙 뿌려주는 걸로 욕실 청소를 끝냈고, 배고프면 먹고 안 고프면 먹지 않았으며, 걸레 대신 음식점에서 들고 온 일회용 물티슈로 방바닥을 훔치는 일도 비일비재했다. 하지만 태오는 나의 방식을 이해하지 못했다.

"이불은 옥상에서 햇볕에 쨍쨍 말려야 제맛인데. 그래야 바삭바삭해요."

방 한구석의 옹색한 건조대 위에 이불을 널면서 그가 아쉬워했다. 저 이불을 구입한 뒤 오늘 처음 빠는 거라는 사실을 알릴까 하다가 그만두었다.

"토요일 저녁인데 우리 나가서 맥주라도 마실까? 고기 구워 먹으면서."

"집 놔두고 왜? 나가서 먹는 고기 값 아깝지 않아요? 정육점에서 사면 질도 좋고 훨씬 싸요. 내가 집에서 맛있게 구워줄게."

결국 동네 마트에서 삼겹살 한 근을 사다 버너 가스불에 구워 먹어야 했다.

"와, 엠티 온 것 같아요. 너무 좋다."

태오가 노릇하게 익은 고깃점을 뒤집으며 감탄사를 뱉었다. 어린 연예인들이 떼거지로 나와 뛰고 뒹굴고 구르는 텔레비전 오락 프로그램을 그는 천진난만한 표정으로 몰입하여 바라보았다. 나는 상추쌈을 커다랗게 싸 입속에 집어넣고 우물거렸다. 태오가 내 무릎을 베고 누웠다.

"우리 나중에 늙어서도 이렇게 살아요."

나중에 늙어서도 이렇게. 그 말의 자연스러운 울림이 너무도 비현실적으로 느껴졌다. 나는 손바닥을 펼쳐 그의 얼굴을 천천히 쓰다듬었다. 그때 초인종이 울렸다. 태오가 반사적으로 몸을 일으켰다.

"나가지 말까?"

"티브이 소리 다 들릴 텐데. 가만 있어봐요, 내가 나갈게."

"미쳤어? 그래, 또 옆집 여자일지도 몰라. 자기는 얼른 저기 들어가 있어."

그를 반강제로 화장실 안으로 밀어넣었다. 삐익. 삐익. 벨은 계속 울려댔다. 현관 앞에는 태오의 큼지막한 나이키 운동화가 잘못 도착한 소포꾸러미처럼 놓여 있었다. 공인되지 않은 사랑은 어느 순간 관계를 남루하고 보잘것없게 만든다. 이제야 알겠다. 동거의 음습하고 우울한 기운은 바로 그 비자발적 익명성으로부터 비롯된다는 것을. 세상의 적의와 맞부딪치기 위해 나는 입술을 앙다문 채 문가로 나아갔다.

문 앞에 서 있는 것은 재인이었다.

재인은 눈물과 콧물을 한꺼번에 흘려댔다. 내가 차마 휴지를 건네지 못하고 어정쩡하게 눈만 끔벅이고 있을 때, 태오는 물 한 잔을 따뜻하게 데워 왔다. 보송보송한 수건도 착착 접어 그녀의 무릎에 놓아주었다. 재인은 수건을 집어 들더니 요란하게 코를 풀었다. "고마워요, 흑흑"이라는 인사를 잊지 않는 걸로 보아 완전히 맛이 간 상태는 아닌 듯했다.

울면서 웬 영어 단어를 신음처럼 중얼거리나 했는데 잘 들어보니 "어떡해, 어떡해, 어떡해"였다. 재인의 결혼식은 다음 주 일요일 오후 두 시였다. 오늘부터 딱 8일 남아 있었다. 피부 관리실에 누워 스페셜 스킨케어를 받아도 모자랄 판에 얼굴이 띵띵 붓도록 통곡하고 있다니. 친구 된 도리로서 '어떡해'의 바다에 빠져 같이 울어주고 싶었다.

흐느낌이 좀 잦아들자 재인은 비로소 태오의 존재에 대해 관심을 보였다. 태오 쪽을 흘낏거리며 내게 연신 턱짓을 했다. 인사를 시켜주지 않을 도리가 없었다. 그러나 말릴 새도 없이 태오가 먼저 꾸벅 고개를 숙였다.

"처음 뵙겠습니다. 윤태오라고 합니다. 은수씨 친구예요."

재인의 입매가 미묘하게 일그러졌다. 당황하기는 나 또한 마찬가지였다. 망설임 없이 겨우 '친구'라고 자신의 정체성을 표방하고 나선 태오가 어리둥절하면서도, 고마우면서도, 마음 아팠다. 재인은 미심쩍어하는 눈치가 역력했지만 더 이상 캐묻지는 않았다. 그럴 정신이 아니었을 것이다. 재인의 입에서 쏟아져 나오는 얘기들은, 들으나마나 번연히 예상하던 것들이었다.

한 남자와 한 여자가 결혼이라는 관문을 안전히 통과하기 위하여 무수한 사항들에 대해 합의해야 한다는 것은 주지의 사실이다. '스위트 홈' 하나만 놓고 봐도 그렇다. 신혼집의 위치, 평수, 금액 마련, 등기부 등본상의 명의, 거실 벽지 무늬, 도배 비용 정산 등등 두 사람 혹은 그들을 둘러싼 두 집안이 평화롭게 의견을 조율하지 않으면 넘어설 수 없는 문제들이 산적해 있었다. 재인과, 그녀의 고집 센 약혼자는 이 결혼 앞에 놓인 현실적인 당면 과제들에 대해 사사건건 대립했다.

"그 사람 전문직이니까 우리 부모님도 신경 쓸 만큼 썼어. 은수야, 나 현금 예단도 되게 많이 했다. 쪽팔려서 차마 너한테 액수도 못 밝힐 만큼. 양심이 있으면 그 절반은 신부 쪽에 되돌려줘야 되는 거 아니니? 나 원 참. 아주 입 딱 씻어버리더라. 그런 주제에 그 사람 뭐라는 줄 아니? 세상에서 자기 엄마처럼 경우 바르고 착한 사람 없단다. 나더러 건방지래.""와, 그 새끼 진짜 마마보이네요. 나이만 먹는다고 다 어른이 아닌가 봐요."

재인의 말을 진지한 자세로 경청하던 태오가 주먹까지 흔들며 분개했다. 재인이 훌쩍임을 멈추고 반색했다.

"맞아요, 마마보이! 내가 그 인간이랑 결혼을 하는 건지 그 엄마랑 하는 건지 모를 지경이라니까요. 자기 엄마한테 가서 나랑 있었던 일을 줄줄이 다 얘기한대요. 그 엄마가 글쎄 우리가 언제 첫 키스했는지도 훤히 꿰고 있더라니까."

"같은 남자로서 진짜 드릴 말씀이 없습니다. 차라리 잘됐어요. 더 늦기 전에 그만두면 되잖아요."

"휴, 이제 와서 어떻게 관둬요? 청첩장 발송까지 다 했는걸요. 300인분 음식 예약해놨고 꽃길 장식, 얼음 조각 모양 다 정해놨단 말예요. 집에 벌써 가구 배달되고 있어요. 냉장고도 지펠 제일 큰 걸로 샀고요. 아, 정말 내 손으로 내 무덤 파는 거 같아. 콱 죽어버렸음 좋겠어."

"그런 약한 말씀 마세요. 행복하려고 결혼하는 거잖아요. 그게 아닌 걸 아는데 왜 불구덩이에 뛰어들어요? 마음 굳게 잡수세요."

"정말, 정말 나한테 그런 용기가 있을까요? 이 사람하고 이렇게 헤어지고도 또 다른 사람 만나 결혼할 수 있을까요? 지금 이 나이에 또 누가 날 좋다고 할까요?"

"그럼요. 지금도 얼마나 예쁘신데요."

둘이 아주 척척 죽이 잘 맞았다. 오늘 처음 본 사이라고는 믿기지 않을 만큼 친밀하게 대화를 나누는 태오와 재인의 모습을 나는 입 딱 벌리고 구경했다. 태오가 화장실에 들어간 사이 재인이 소곤댔다.

"오은수, 재주도 좋아. 대체 어떤 사이야?"

질투를 감추지 않는 목소리와 뺨의 선명한 눈물 자국이 대비를 이루어 지독하게 희극적이었다. 소리 죽여 쿡쿡 웃는 대신 나는 짐짓 아무렇지도 않다는 듯 대답했다.

"쟤? 요즘 여기 살아."

탁구공만 하게 커져버린 친구의 눈동자를 보고서야, 내가 커밍아웃했다는 사실을 깨달았다. 고백의 뒤끝은 얼얼했다. 재인은 눈꺼풀을 몇 차례 깜빡이더니 곧 내 등짝을 세게 후려쳤다.

"나쁜 기집애."

그리고 벅찬 음성으로 소리쳤다.

"너 되게 멋있다!"

유레카를 외치며 벌거벗은 채 욕탕을 뛰어나왔다는 전설의 과학자처럼 그녀는 새로운 세상을 발견하기라도 한 듯 한껏 고양되었다.

"그래. 너처럼 이럴 수도 있는 건데, 그것도 모르고 나는 왜 바보처럼 살았던 거니?"

재인은 자기가 알게 된 기념으로 근사한 곳에 가서 축하주를 마셔야 한다고 우겨댔다. 왠지 재인과 태오를 한 공간에 두고 싶지 않았지만 고집 부리는 재인을 따라 한강이 내려다보이는 강변북로변의 고층 카페로 갔다. 『보그』 최신호를 넘기듯 우아한 자세로 메뉴를 훑어 내리는 재인의 모습을 보며, 나는 지갑 속에 신용카드를 잘 챙겨왔던가를 헤아렸다. 그녀가 지목한 와인은 한 병에 7만 원이 넘는 것이었다. 안주로 주문한 모둠치즈 가격까지 합하면 10만 원에 육박할 액수였다.

재인은 내가 아주 좋아하는 친구다. 우리는 오랜 시간을 함께해왔다. 서로의 틴에이저 시절과 질풍노도의 이십대를 거쳐 삼십대의 나날들을 나란히 통과하고 있었다. 그러나 지금 이 순간 나는 간절히 염원한다. 태오가 내 친구 때문에 불편하지 않기를. 악의 없을지라도 내 친구가 태오를 곤혹스럽게 만드는 질문 같은 것은 던지지 않기를. 그것이 그에 대한 나의 사랑 때문인지 아니면 나 스스로를 지키고 싶기 때문인지는 알 수 없었다.

"똑똑히 말할 거야. 전부 없었던 일로 하자고."

모호한 희망의 힘으로 부풀어 오른 탓일까, 재인은 전에 없이 포도주 두어 잔에 해롱댔다.

"여기서 때려치우자고 하면 그 인간 뒤로 나자빠질지도 몰라. 아니면 나한테 싹싹 빌면서 제발 식만 올려달라고 애원할지도 모르지. 왜? 쪽팔리니까. 그 인간 평생 한 번도 남 앞에서 창피한 일 안 겪어봤잖니. 여기서 파토 나면 아마 이민가버릴걸. 아유, 고소해."

"야, 애들 장난도 아니고. 조금만 더 잘 생각해봐."

차마 '너는 안 쪽팔리겠니?'라고 핵심을 콕 집어줄 수는 없는 노릇이었다. 태오가 내 의견에 반박하고 나섰다.

"자꾸 왜 그래요? 생각 더 하면 더 복잡해지기만 해요. 하루라도 빨리 그만둬야죠."

"세상이 그렇게 만만한 것 같아? 내 맘 내키는 대로 '여러분 미안,

이제 여기서 끝!' 이럴 수 있는 건 줄 아느냐고. 일이 얽히고설켜 감당하기 어렵게 커졌더라도 실타래 풀 생각을 먼저 해야지. 괜히 도망가라고 했다가 나중에 애 인생 더 꼬이면 자기가 책임질래?"

"야, 싸우지 마. 왜 나 땜에 싸워. 재인이, 갈래."

제 이름을 유치원생처럼 칭하며 재인이 비틀비틀 일어섰다. 나는 번개처럼 카운터로 달려 나가 계산을 치렀다. 재인을 택시 뒷자리에 밀어넣고 나자, 찬바람 부는 골목 안에 우리 둘만 남겨졌다.

"왜 그랬어요? 자기 친구 처음 보는데 당연히 내가 내야지."

불콰한 뺨을 한 채 태오가 언성을 높였다. 그가 화내는 모습은 처음이다. "네가 주저하는 모습은 차마 보고 싶지 않았어." 아니, 나는 그만큼 솔직하지 못하다. 기껏해야 고개를 떨어뜨리고 "미안해"라고 대꾸할 뿐이다.

2층 복도에서 옆집 206호 여자와 마주쳤다. 목례를 나누는 동안, 호기심으로 반짝이는 그녀의 눈빛을 외면했다. 그녀는 206호 앞에 서서, 나와 태오는 205호 앞에 서서 각각 제 집의 비밀번호를 눌렀다. 문득, 이런 때엔 나도 혼자서 문을 따고 들어갔으면 좋겠다는 생각이 들었다.

도시의 방이란 무엇일까. 시골 마을에서는 이웃에 가려면 언덕을 넘고 개울을 건너야 한다. 그러나 도시의 방과 방 사이, 집과 집 사이는 다닥다닥 붙어 있다. 도시에 사는 사람들은 타인과의 물리적 거리가 너무 가까워서 불편하다며 늘 투덜거리곤 한다. 타인과 가까이 있어 더 외로운 느낌을 아느냐고 강변한다. 그래서일까. 그들은 언제나 나를 외롭지 않게 만들어줄 나만의 사람, 여기 내가 있음을 알아봐주고 나지막이 내 이름을 불러줄 사람을 갈구한다. 사랑은 종종 그렇게 시작된다. 그가 내 곁에 온 순간 새로운 고독이 시작되는 그 지독한 아이러니도 모르고서 말이다.

  컴퓨터의자에 앉은 태오의 등은 완강하고 딱딱해 보였다. 이럴 줄 알았으면 방 두 개짜리를 얻는 건데. 나는 속으로 중얼거리면서 화장실로 들어갔다. 변기에 걸터앉자, 이제 오롯한 내 공간은 여기뿐이라는 생각이 들었다. 옆집 화장실의 물 내리는 소리가 평소보다 커다랗게 들려왔다. 도시의 방들은, 가늠할 수 없는 거리 위에 위태로이 서 있다.

4부 치명적인 것들

1

　인간은 사회적 동물이다. 아리스토텔레스.
　이 명제는 참일까? 물론 사람은 혼자서는 살 수 없다. 나도 마찬가지다. 그래서 점점 더 힘이 든다. 빽빽한 나무들이 울창하게 둘러선 숲 한가운데에서 길을 잃은 것 같은 느낌에 대해 자주 생각한다.
　우리 회사 황부장에게는 백아흔아홉 가지의 나쁜 점이 있지만 그중에서 가장 참을 수 없는 것은, 오후 네 시의 테러였다. 종일 아무 얘기도 없다가 딱 오후 네 시만 넘으면 갑자기 호출해서는 새로운 업무 처리를 지시하곤 하는 것이다. 내일 아침까지 끝내라는 첨언은 차라리 애교스러웠다. 오늘 역시, 두어 시간 야근으로는 어림도 없을 만한 분량의 작업에 망연자실해 있을 때 유희에게서 전화가 왔다.

"오은수, 뭐야? 어린애랑 살림 차렸다며?"

다짜고짜 내지르는 그녀의 목소리에 얼이 빠졌다. 아 다르고 어 다른 한국어의 뉘앙스를 새삼 절감하는 순간이다. 혹시 그녀의 주책맞은 음성이 전화기 밖으로 삐져나온 건 아닌지 사무실 안을 조심히 둘러보아야 했다.

"그런 거 아니야. 지금 바쁘니까 나중에 통화하자."

전화를 끊고 나니 비로소 화가 뻗쳤다. 범인은 물론 재인일 것이다. 그러나 그녀를 당장 족쳐야 옳은지 판단이 서지 않았다. 재인으로서는, 굳이 비밀로 하라는 당부를 받지 않았으니 얼마든지 제삼자에게 얘기할 수 있는 사안이라고 판단했을 것이다. 아니, 판단하고 자시고 하는 최소한의 절차도 없이 입을 나불댔을 것이다. 따지기를 포기한 건, 일이 커지는 것이 귀찮아서였다. 다시 모니터 속에 눈을 박는데 찌르르한 오한이 뒷목 뼈를 타고 올랐다.

때가 되면 밥을 먹어야만 하는 것이 나약한 인간의 비애다. 한 끼를 때우기 위해 회사 앞 식당으로 갔다. 역시 황부장의 오후 네시 대폭격을 맞은 장선배가 줄레줄레 따라왔다. 매 끼니의 식단을 정하는 것도 여간 곤욕이 아니었다. 된장찌개와 순두부, 생태탕과 카레라이스 사이에서 오락가락하다 장선배를 좇아 얼결에 돌솥비빔밥을 시켰다. 주문하고 나서야 점심에도 비빔밥을 먹었다는 걸 깨달았다.

"구내식당이 있었으면 좋겠어요. 그럼 영양사가 항상 딱딱 메뉴를 짜줄 거 아니에요? 골라주는 거 먹으면 되게 편할 텐데."

"저기, 오대리."

장선배가 별안간 직함으로 나를 불렀다. 뭔가 심상찮은 분위기다.

"네?"

"물어보고 싶은 게 있는데…… 아, 아니야. 관두자."

그럼 처음부터 말을 말든가, 이 무슨 무경우란 말인가. 저러다 금세 다시 얘기를 꺼낼 게 분명했다. 아니나 다를까 밑반찬으로 나온 콩자반을 깨작대다 말고 그녀는 다시 입을 열었다.

"안 되겠다. 아무래도 짚고 넘어가야 될 것 같아. 단도직입적으로 물어볼게. 오대리, 진짜 옮겨?"

"네에?"

"안이사 곧 독립한다며? 지가 물어온 거래선들 쏙 빼서 나갈 거라고 소문이 자자하잖아."

금시초문이었다.

"근데, 그 사람 나갈 때 우리 회사에서 단 한 명 오은수만 데리고 갈 거라는 얘기가 들려오던데."

역시 처음 듣는 얘기였다. 요새 안이사와 사장과의 관계가 삐걱거린다는 소식이야 오며 가며 주위들은 것도 같다. 새삼스러운 바도 아니거니와 어차피 나하고는 별 상관없는 일이겠거니 싶어 별 관심을 두지 않았다. 하지만 안이사가 독립한다는 소식은 처음이다. 더구나 나를 데리고 나간다고? 나를, 왜? 장선배의 목소리가 한 톤 낮아졌다.

"자기 나가는 거야 내가 뭐라 할 사안이 아니지만 이건 또 다른 문제잖아. 물론 나야 안 믿지만, 혹시 둘이 어떤 개인적 관계가 아닐까 하는 묘한 추측들도 없지 않나 봐."

고추장을 조금만 넣었는데도 비빔밥은 소금소태처럼 짰다. 맞선을 주선한 이후 안이사가 내게 부쩍 친근하게 굴었던 건 사실이다. 하지만 그날 이후 둘이 밖에서 만난 적은 한 번도 없었다. 안이사에게 스카우트 제의라도 받았다면 이 터무니없는 오해가 조금이라도 덜 억울하련만. 나는 까끌까끌한 밥알들을 억지로 목구멍 속에 밀어넣었다. 절반을 남긴 채 숟가락을 내려놓았을 때 문자메시지가 도착했다.

— 저녁 맛있게 먹고 힘내서 일해요. 홧팅! 사랑해, 쪽!—태오.

웃어야 할지 울어야 할지 알 수가 없었다. 내가 삼킨 것이 쌀알이 아니라 돌가루들인지도 몰랐다.

여간해선 태오에게 회사에서 있었던 일에 대해 이야기하게 되지 않는다. 왜인지는 모르겠다. 무직 상태인 태오가 혹여 마음이 상할까 봐 염려하는 내 무의식의 작동일 수도 있으리라. 그는 나와 함께 사는 생활에 완전히 적응한 듯 보였다. 깊숙한 속내까지는 알 수 없으나 겉으로 보기에는 그랬다. 내가 회사에 가 있는 낮 시간 동안 그가 무엇을 하며 보내는지 미스터리였다.

"심심하진 않아?"

내 딴엔 어렵게 물었건만 그는 별 이상한 질문도 다 듣겠다는 투로 대답했다.

"하루가 얼마나 금방 가는데. 영화 보고, 시나리오 쓰고, 산책도 하고, 인터넷도 좀 하고, 또 오늘 저녁에 우리 자기 뭐 해 먹일까 연구도 하고."

그는 졸졸 흐르는 시냇물처럼 잔잔한 일상 속에 있을 때 행복하다고 했다. 우르르 쾅쾅 번개가 내리치고 칼바람이 살갗을 에는 들판에 매일 아침 끌려 나가야 하는 나로서는 진심으로 부럽기 그지없었다.

"뒷산 약수터까지 가는 길이 얼마나 좋은지 몰라요. 가볍게 운동하고 싶을 때 딱이라니까. 산에서 내려오면 바로 시장이 있거든요. 거기 별거 별거 다 팔아요. 우리 이번 토요일에 같이 구경 갈까?"

내가 소 닭 보듯 하던 이웃들과도 어느새 안면을 튼 눈치였다.

"옆집 누나 말이에요. 큰길 건너 아파트 상가에서 비디오 가게 하더라고요. 꽤 다양하게 잘 갖춰놓았던데요. 내가 원하는 DVD 타이틀도 구해주겠대요. 왜 그 항상 추리닝 입고 다니는 사람은 303혼데, 고시 공부한대요. 참, 그 형한테 들었는데 305호, 강도한테 당한 거 아닌가 봐. 그 여자가 변심해서 옛 애인이 그랬다던데. 하긴 진실을 누가 알겠어요."

귀여운 새색시처럼 종알종알대면서 태오는 열심히 콩깍지를 벗겼다. 시장에서 산 푸른콩이 싱싱하다며 좋아했다.

"우리 엄마는 옛날부터 꼭 밥에 콩을 넣으셨어요. 콩 많이 먹어야 키 쑥쑥 큰다고."

내일부터 콩밥을 짓겠다고 벼르고 있는 사람 옆에서, 배를 깔고 길게 엎드린 채 만화책을 보고 있으니 내가 마치 마누라를 부려먹기만 하는 권위주의적 가장이 된 것 같다. 귀로는 태오의 이야기를 듣고, 눈으로는 우라사와 나오키의 『20세기 소년』 최신 권을 읽고 있지만, 머릿속은 수십 마리의 뱀들이 뒤얽혀 똬리를 튼 것처럼 복잡하고 심란하였다. 회사 안팎에 어디까지 소문이 났을까? 혹시 사장 귀에도 들어갔을까? 정작 안이사는 왜 아무 말이 없는 걸까? 태오의 손에서 미끄러진 콩알 하나가 내 쪽으로 또르르 굴러왔다. 나도 모르게 주워 입 안에 넣었다. 콩은 작고 딱딱하고 비렸다. 인생의 맛이 고작 이럴 줄은 몰랐다.

　태오를 생각하면 막막해진다. 그는 좋은 사람이다. 선량하고 다정하고 유순한 성품을 가졌으며, 감탄할 만큼 아름다운 옆모습을 가졌다. 또한 자신이 택한 사랑에 대해 따뜻한 열정도 품고 있었다. 그가 가진 매력이 열 개도 넘는데 비해, 단점은 단 한 가지뿐이다. 어리다는 것!

　'어리다'는 말이 반드시 생물학적 연령만을 의미하지는 않을 것이다. 그 말 속에는 섬세하고 복잡한 많은 것들이 포함되어 있었다. 어리다는 것은 얼마든지 꿈을 꿀 수 있다는 뜻이기도 했다. 문제는 그 꿈의 대부분이 몹시 추상적이고 비현실적이라는 점. 비록 제 딴에는 아주 현실적이고 실현가능하다고 믿어 의심치 않을지라도 말이다. 그들은 의기양양하게 외칠 것이다. "왜 안 돼? 하면 돼. 나는 나니까!" 맞다. 그것이 스물다섯 살에 어울리는 세계관이다. 스물다섯 살이므로, 그럴 수 있다. 문제는 내게 있었다. '당연하지. 다 잘될 거야'라고 마냥 북돋워줄 수가 없는 건, 내 인생의 시계추를 다시 칠 년 전으로 되돌리고 싶지 않기 때문일까?

　"이번 주말엔 집에 다녀올 거야."

　내 목소리가 차갑게 들리지는 않았으면 좋겠다.

　"나도 따라갈까요? 인사드리러."

그냥 한번 해보는 소리인 줄 알면서도, 칠판에 분필이 찌익 길게 긁히는 느낌처럼 선뜩하다.

"안 돼."

웃음기를 머금고 있던 태오의 입매가 미묘하게 굳었다.

"왜 안 되는데?"

"……놀라실 거야, 아무 얘기도 안 드렸으니까."

"이제 슬슬 말씀드려야 되는 거 아니에요?"

목이 잠겨 말이 나오지 않았다.

"……뭐라고 하는 게 좋을까? 딸내미가 지금 동거 중이라고?"

농담처럼 넘겨 보려 했으나 그는 이미 기분이 상한 듯했다.

"그러라는 게 아니잖아요…… 아, 답답해."

정말로 답답해죽겠다는 듯 주먹으로 제 가슴을 쾅 치는 그의 모습이 낯설다.

"그만하자."

나는 휴전을 선언했다. 태오가 한쪽 눈썹을 치켜올렸다. 그는 화장실로 들어가 문을 세게 닫았다. 딸깍, 걸쇠 잠그는 소리가 엽총의 방아쇠 장전하는 소리처럼 터무니없이 커다랗게 공명했다. '비밀'과 '연애'는 서로 상냥하게 스며드는 단어다. 연애는 철저히 개인적인 세계의 비즈니스다. 그러나 사귀고 있는 남자를 부모 앞에 데려가는 것은 다르다. 그것은 새로운 세계로 진입하겠다는 각오를 담고 있다. 주머니 속의 연애를, 광장에 세우겠다는 것이다. 공인을 받겠다고, 사회적 승인의 최초 단계를 통과하겠다고, 스스로에게 다짐하는 것이다.

나는 윤태오와 함께, 한낮의 태양이 내리꽂히는 광장 한복판에 나설 자신이 없다. 그리고 그에게 그것을 똑똑히 이해시키기란 불가능하다. 샤워기를 틀었는지 요란한 물소리가 들려왔다. 나는 만화책을 덮고 침대에 누웠다. 이불을 이마까지 덮어썼다. 태오가 나오기 전에 잠들어버리고 싶었다. 명치가 살살 아파왔다. 조금 전에 삼킨 콩이 구불구불한 위장 한가운데 탁 걸려버린 게 분명하다.

재인의 결혼식 날이 하루하루 다가오고 있었다. 재인과는 연락이 되지 않았다. 유희도 걱정하는 눈치였다.
"일요일 맞지? 설마, 별일 없겠지?"
"그렇겠지, 설마."
설마가 사람 잡는다는 속담이 목구멍을 간질였지만 입 밖으로 뱉지는 않았다. 토요일, 오전 근무를 마치니 정오가 넘어 있었다. 태오에게 말한 대로, 딱히 분당 집에 가고 싶은 생각은 없었다. 그렇다고 이 시간부터 '스노우 펠리스' 205호로 바로 들어가는 것도 어쩐지 내키지 않는다. 머릿속이 복작복작했고 동시에 텅 빈 듯했다. 세일 중인 백화점으로 가 옷을 몇 가지 샀다. 내일 입으면 딱 적당할 리본 달린 실크 블라우스를 3개월 할부로 그으면서 '혹시 재인이 결혼식이 진짜 취소되면 이 옷 환불해야 하나?'라는 얼토당토않은 상상을 잠깐 했다. 꼭 분당행 버스를 기다린 건 아니었다. 그러나 그 버스가 제일 빨리 왔으므로 천천히 올라탔다.

현관문은 굳게 닫혀 있었다. 우리 집 열쇠 구멍에 새로 달린 디지털 도어록 시스템 앞에서 나는 낭패감으로 입술을 깨물었다. 초인종을 연거푸 눌러보았지만 안에서는 아무 응답도 없다. 엄마 휴대폰의 통화연결음으로 설정된 음악은 현란했다. '당신은 나의 동반자 영원한 나의 동반자 내 인생 최고의 선물—' 엄마는 전화를 받지 않았다. 하는 수 없이 아버지에게 전화를 했다. 아버지는 통화연결음 같은 것을 지정해놓을 분이 아니다.

"엥? 집 현관문 비밀번호를 모른다는 게 말이 되냐? 니가 그러고도 이 집 식구냐?"

"아우, 아빠, 저 급해요. 그래서 번호가 몇 번인데요?"

"공오이오 아니냐."

5월 25일, 내 생일. 그 네 자리 숫자를 선택한 부모의 마음을 헤아리니 왠지 모르게 조금 안심이 되었다. "그러게 집에 자주자주 좀 와야지"로 이어지는 아버지의 잔소리도 갑자기 참을 만하게 느껴졌다. 아버지는 설악산 정상을 향해 오르는 중이라고 했다. 산악회의 정기모임 차 그곳에 갔으며, 내일 오후에 올라올 예정이라고 덧붙였다. 아버지가 산악회 같은 곳에 소속되어 있는 줄은 몰랐다. 그러고 보니, 나는 부모의 요즘 생활에 대해 아는 것이 하나도 없다. 원래부터 그저 거기 있는 존재일 뿐, 부모는 단 한 번도 나의 반짝거리는 탐구의 대상인 적이 없었다.

"재미있게 노시다 오세요. 맛있는 것도 많이 드시고요."

"쯧쯧. 놀러온 게 아니라 산악회 정기등반대회래도."

아버지는 혀를 찼지만, 전에 없이 살갑게 구는 딸이 싫지 않은 눈치였다.

"느이 엄마한테 전화해서 얼른 들어오라고 해라. 뭔 놈의 여편네가 나이 들더니 아주 한번 나가면 깜깜 무소식이야."
나는 조심스레 물었다.
"엄마 어디 갔는데요?"
"그 왜 있지 않냐. 고향 친구 만난다던데."
고향 친구라면 김포아줌마를 말할 터였다. 크리스마스 날, 극장에 함께 왔다고 둘러대던 그 친구. 비밀번호를 누르고 집 안에 들어오자마자 다시 엄마에게 전화를 해보았지만 연결되지 않았다. 비어 있는 실내는 고즈넉했다. 혈육만큼이나 익숙한, 오래된 아파트. 그 소박한 거실의 풍경을 나는 새삼스런 낯섦에 잠겨 가만히 둘러보았다.

낡아가는 기색을 감출 수 없는 고동색 가죽 소파는 내가 대학 4학년이던 해에 산 것이다. 늘 그렇듯 아버지와 엄마는 소파의 가격을 놓고 다투었으며, 나는 고동색보다 검정색이 더 낫다고 강력히 우겨대었고, 소파를 운반한 젊은 일꾼에게서는 심한 발 고린내가 났다. 어제인 듯 생생한데 벌써 십 년이 다 되어가는 옛일이다. 그때의 이 집에는 반지르르한 윤기와 부산스런 활기가 함께 숨 쉬고 있었던 듯하다. 적어도, 이렇게 납작하게 엎드린 채 적요히 닳아가고 있지는 않았다. 자식들이 모두 떠난 집에서 부모는 매일매일 어떻게 살아가고 있는 걸까. 부모에 대해 나는 얼마큼 알고 있을까.

거실 탁자 한쪽에 놓인 스프링 노트를 집어 들었다. 두 분이 전화번호부로 사용하는 것이었다. 좀스럽다고 할 만치 꼼꼼한 편인 아버지의 필체와, 큼지막하고 단순한 엄마의 필체가 확연히 구분되었다. 나는 'ㄱ' 부분을 펼쳤다. 기철엄마, 강정식, 김진숙, 고정

섭, 권미옥, 광식이네 등등 듣자마자 누구인지 떠오르는 이름들이 줄줄이 나열되어 있었다. 김포아줌마의 전화번호는 어디에도 없었다. 김포아줌마 성함이 뭐였더라? 곰곰 더듬어보다가 문득, 그분의 본명을 들어본 적 없다는 사실을 깨달았다.

 세상에는, 눈으로 본 적은 없을지라도 당연히 존재하리라 믿어지는 것들이 있다. 이집트의 피라미드처럼. 김포아줌마가, 나에게는 그랬다. 왜 한 치의 의심도 하지 않았을까. 삼십여 년간 엄마와 김포아줌마가 같이 찍은 사진 한 장조차 보지 못했다는 사실이 무엇을 의미하는지 정교하고 치밀하게 헤아릴 기운은 없었다. 짙은 먹장구름들이 획획 몰려오는 소리가 들렸다.

 엄마는 밤 열 시가 가까워서야 들어왔다. 소파에 우두커니 앉아 있는 내 모습에, 엄마는 유령이라도 본 듯 기겁했다.
"온다고 말을 해야지. 밥은?"
"안 먹었어."
"왜?"
"먹기 싫어서."
"자꾸 굶고 다니면 몸 축난다. 냉장고 열어보면 장조림이랑 밑반찬들 다 있고, 감잣국도 아침에 끓인 건데 좀 데워 먹지 그랬어?"
 오늘따라 엄마의 태도는 어쩐지 과장되고 어딘지 모르게 붕 떠 있는 것만 같다. 엄마의 코트자락에서 바깥 거리의 차가운 바람 냄새가 옅게 펄럭였다. 코트를 벗는 엄마의 뒷모습을 유심히 쳐다보았다. "어디 갔다 온 거예요?"라고 묻고 싶었다. "정말 김포아줌마

만난 것 맞아요?"라고 따지고도 싶었다. "그때 그 아저씨는 누구예요?"라고 추궁할 수도 있었다. 하지만 나는 짐짓 조용히 고개를 틀었다.

엄마와 나, 우리 둘 사이에 멀고도 깊은 강이 흐르고 있다는 느낌은 소름 끼치도록 낯설다. 보통의 모녀지간이 그렇듯 우리는 몹시 친밀한 편이다. 아니, 친밀하다는 표현은 어색하다. 적확한 형용사를 찾을 수 없을 만큼 질긴 애착으로 뒤엉켜 있는 것이 엄마와 딸의 관계인 것이다. 내가 그녀의 자궁 속에 잉태된 오렌지만 한 아기였을 때부터, 우리는 격렬하게 다정했고 자주 싸웠으며 소리 소문 없이 화해했다.

나에게 엄마는 말랑말랑하고 폭신폭신하고 축축한 사람. 그리고 생리 첫날, 냉랭하게 식은 내 아랫배에 손을 집어넣어 찜질해줄 수 있는 유일한 사람이다. 영원히 그러리라 생각했다. 그런데 이 순간, 무엇이 나를 망설이게 하는가? 이제 더 이상 나는 엄마의 '사랑하는 어린 딸'이 아닌가? 나는 무엇이 두려운 건가? 누구도 대신 대답해줄 수 없는 물음들이 꼬리를 이었다.

엄마의 전화기는 내 것과 같은 브랜드의 제품이었다. 최근통화목록을 훔쳐보는 것은 누워서 떡먹기였다. 수신번호 리스트에는 전화번호들이 어지러이 나열되어 있었다. 유독 여러 번 찍혀 있는 번호 하나가 눈에 띄었다. 그 번호를 재빨리 내 전화기에 입력시켰다.

― 오늘은 날이 좀 풀렸네. 그래도 따뜻하게 입어.

오늘 아침에 온 문자메시지의 내용이다. 그 밑에 남겨진 전화번호는, 좀 전의 그것과 일치했다.

"왜, 아빠도 안 계신데 안방에서 엄마랑 같이 자자."
"아니야. 그냥 편하게 주무세요. 오랜만에 내 방에서 자고 싶어."
 내가 떠나왔던 내 방은 예전과는 비교할 수도 없을 만큼 깔끔하게 정돈되어 있었다. 하지만 비어 있는 공간은 어쩔 수 없는지, 책상 위에 얇은 먼지들이 사뿐히 내려앉아 있었다. 불안은 영혼을 잠식한다는 문장과, 판도라의 상자를 열고 싶다는 욕망이 뒤섞여 걷잡을 수 없이 요동쳤다. 상자를 열면, 다시는 닫을 수 없을 것이다. 재앙이 빠르게 몰려와 곧 온 세상을 뒤덮으리라는 악착같은 예감에 나는 몸을 떨었다. 하지만 누가, 어떻게 참을 수 있을 텐가!
 이쪽의 발신번호를 감춘 채 전화기의 버튼을 눌렀다. '어디서 무엇 하다 이제 왔나요 당신을 기다렸어요 라이라이야 어서오세요 당신의 꽃이 될래요.'
"여보세요."
 남자다. 중년의 남자. 나는 전화기의 폴더를 닫았다. 눈으로 직접 보고서도 믿지 못했다. 믿으려 들지 않았었다. 그렇지만 이제 무기력하게, 승복해야 한다는 것을 알겠다.
 엄마에게 다른 남자가 있다……
 무슨 정신으로 잠이 들었는지 모르겠다. 나는 맨발로 야트막한 꿈속을 서성였다. 희멀건 빛깔의 슬픔이 가슴속에 서서히 차올랐다. 눈을 떴을 때는 새벽이었다. 얼추 첫차가 다닐 시간이었다. 나는 기계적으로 옷을 입고 집을 나왔다. 견고하게 닫힌 안방 문 쪽은 쳐다보지 않았다.
 205호에 도착하자, 해가 반쯤 떠 있었다. 태오는 침대 위에서 자고 있었다. 말없이 그의 곁을 파고들었다. 하룻밤 새 폭삭 늙어버린 기분이었다.

2

"야! 한대. 한대."
 유희의 숨넘어가는 전화에 잠이 깼다. 오전 열한 시가 다 되어가고 있었다. 어리둥절했지만 곧 재인의 결혼식에 대한 얘기임을 알아차렸다. 나는 느리게 대꾸했다.
 "그럼 진짜로 안 할 줄 알았니?"
 "하긴. 재인이 지가 무슨 용빼는 재주가 있다고 뒤엎었겠냐. 내가 웃기는 년이지. 혹시나 무슨 쇼킹한 반전이 일어나주길 기대했나 봐."
 언제나 느끼는 바지만 유희는 나에 비해 참으로 솔직하다. 비슷한 마음을 품었으면서도 입 밖에 내지 않는 내가 의뭉스러운 건지도 모르지만 말이다. 기지개를 켜며 넓지 않은 방 안을 둘러보았다. 태오의 모습은 보이지 않았다. 말도 없이 어딜 갔는지 궁금했으나 방구석의 배낭에 눈길이 머물자 이내 의문이 사라졌다. 일요일이니 교회에 갔다 돌아올 터였다.
 거울 앞에 앉아 오랜만에 공들여 화장을 했다. 어제 새로 산 리본 달린 블라우스에 핑크색 핸드메이드 스커트를 받쳐 입고 아이보리 빛 스타킹으로 마무리했다. 코트의 허리끈을 꽉 조여 묶고 전신거울 앞에 섰다. 친구의 결혼식을 위해 정성껏 치장하는 것은, 미안하지만 예의를 다해 결혼을 축하하기 위해서가 아니다. 화사하고 은성한 결혼식장의 빛 속에서 나 스스로를 다독이기 위함이다. 아직은 충분히 괜찮다고, 나는 보잘것없지 않다고 주문을 외우기 위함이다.

재인의 예식이 거행되는 곳은 시내의 작은 호텔이었다. 언젠가 그녀가 들려줬던 말이 기억났다. "그날이 길일이라 서울 안의 온 예식장이 죄다 동났잖아. 고수부지에 천막이라도 쳐야 하나 했는데 갑자기 한 군데가 취소되었다지 뭐야. 파토 난 커플한테 얼마나 고마운지 눈물이 앞을 가리더라." 원래 이 자리, 이 시간의 주인이었을 그 남자와 그 여자는 지금 무엇을 하고 있을까. 혹시 다른 하객들 틈에 섞여 로비 어딘가를 서성이고 있는 것은 아닐까. 석류처럼 붉은 카펫이 깔린 계단을 오르면서 나는 실없이 공상했다.

식장 입구에는 양가의 부모들과 신랑이 하객을 맞이하고 있었다. 땀인지 개기름인지 모를 성분으로 번들거리는 꼴을 보니, 신랑은 오늘도 일체의 화장품 사용을 거부했나 보았다. 몇 해 만에 친구 부모님들을 뵐 때면 세월이 꼬박꼬박 흘렀다는 사실에 대해 새삼 놀라게 된다. 그새 많이 늙으신 재인의 어머니가 내 손을 부여잡았다.

"우리 재인이가 먼저 가서 어떡하니. 은수도 얼른 좋은 사람 만나야지. 엄마가 잠 못 주무시겠다."

자부심 70퍼센트, 염려 30퍼센트로 구성된 문장들. 나는 입을 가리고 살포시 웃었다. 하마터면 "엄마 때문에 제가 못 자는 걸요"라고 대답할 뻔했다.

신부 대기실은 번잡스러웠다. 한복을 입은 일군의 아주머니들이 재인의 주위를 둥그렇게 둘러싸고 있었다. 나는 멀찌감치 떨어져 그녀의 모습을 바라보았다. 단아하고 아름다운 신부였다. 일주일 전, 다 그만두겠다며 내 방에 찾아와 대성통곡하던 여자와는 전혀 다른 사람으로 보였다. 재인은 담담한 미소로 나를 맞았다.

"오늘 예쁘네."

내가 해야 할 말을 그녀가 먼저 했다. 그녀와 눈이 마주친 순간 가슴이 덜컥 내려앉았다. 재인의 눈에는, 표정이 없었다. 잔잔한 일렁임도 없이 정지된 그 눈동자에는 설렘과 두려움, 갈망과 공포의 감정을 넘어선 자의 고요한 체념이 깃들어 있었다. 영화 「런어웨이 브라이드」가 떠올랐다. 그녀의 손을 낚아채 도망가려면 지금이 가장 적절한 타이밍일 것이다. 그러나 나는 고작 친구의 귀에 입술을 가까이 가져다 대고 속삭였을 뿐이다.

"담배 사다 줄까?"

풋, 재인이 짧게 웃었다. 그리고 묵묵히 내 손을 찾아 쥐었다. 새하얀 레이스 장갑에 감싸인 그녀의 손바닥은 한겨울 계곡물의 얼음장처럼 차디찼다. 내 살갗과 뼛속까지 오슬오슬 떨려왔다. 비로소 그녀가 저편의 어마어마한 세계로 건너간다는 사실이 실감나게 와 닿았다.

"이제 오늘의 성스러운 예식을 위하여 양가 어머님들께서 축복의 촛불을 밝히시겠습니다."

서른두 살이 되면 결혼식의 순서쯤은 눈 감고도 외울 수 있게 된다. 예상에서 한 치도 벗어나지 않고 식은 일사천리로 진행되었다.

식장 맨 뒤에 선 채로 결혼식을 지켜보았다. 성혼 선언문이 낭독되고 있을 때 누군가 어깨를 툭툭 쳤다. 유희였다.

"미쳤어? 왜 이제 와?"

소곤대는 내 목소리에 씩 웃으며 "미안해"라고 사과한 건 유희가 아니라 그 옆의 유준이었다. 그리고 그 옆에는 또 한 명의 남자가 있었다. 유희와 유준 사이에 낀 채 버름하게 서 있는 남자가, 유희의 첫사랑 용길이라는 것을 나는 한눈에 알아보았다. 십 년은, 잔인한 시간이다. 휴가 나온 까까머리 육군 상병을 도도록이 턱살 오른 아저씨로 바꾸어놓는.

그러고 보면 누군가와 십 년 만에 조우하기에 가장 적당한 장소는, 십 년 전에 공통으로 알던 이의 결혼식장인 것 같다. 유희에게서 요즘 용길과 다시 만나고 있다는 말은 들었지만 설마 이렇게 재인의 결혼식장까지 버젓이 데리고 나타날 줄은 몰랐다. 나는 친구의 옛 애인이자 현재 애인인 남자에게, 어색하게 인사했다.

"정말…… 오랜만이네……요."

존칭어미 '요'를 작게 덧붙였다. 깡마르고 키만 멀대같이 컸던 용길은 십 년 동안 10킬로그램은 너끈히 불어난 듯했다. 해사한 낯빛을 가지고 있던 남자아이가 허옇게 두부살 오른 이혼남 아저씨가 되는 데는 십 년이라는 시간 말고 또 무엇이 필요한지 궁금하다. 스물두 살의 오은수를 기억하고 있는 용길의 눈에 서른두 살의 오은수가 어떻게 비치고 있을지 문득 겁이 난다.

재인의 부케는 그녀의 직장 동료가 받았다. 별로 친한 사이가 아니라고 알고 있었기에 좀 놀랐지만 내색은 하지 않았다. 다만 마음

한구석이 왠지 조금 시큰했을 뿐이다. 재인은 나나 유희에게는 농담으로라도 부케를 받겠느냐고 묻지 않았다. 물론 내가 부케를 받고 싶었다는 뜻은, 절대로 아니다. 피로연은 뷔페였다. 접시에 생선초밥과 고기산적, 마카로니샐러드와 잡채 등을 계통 없이 뒤섞어 담았다. 유희가 수북이 덜어 온 훈제연어를 용길의 접시에 덜어 주며 조잘거렸다.

"은수 너도 그 꼬맹이 데려오지 그랬어?"

김밥 덩어리를 그녀의 입속에 쑤셔 넣고 싶은 욕구가 치밀었다. 유준이 힐끔 나를 바라보았다. 유준이 했던 프러포즈가 기억난다. "남편 대 아내의 결합이 아니라, 인간 대 인간으로 결합하면 되잖아." 그 제안은 아직도 유효할까.

"일곱 살 연하라며? 와, 대단해."

용길이 놀리는 건지 비웃는 건지 모를 감탄사를 뱉었다. 유희가 벌써 내 남자관계에 대한 브리핑까지 마친 모양이었다. 민망한지, 유희가 제 남자친구의 옆구리를 찔렀다.

"뭐 어때. 여자가 일곱 살 어린 경우는 수두룩하잖아."

유준이 한마디 툭 던지면서 내 앞의 잔에 맥주를 가득 따랐다. 나는 유준을 쳐다보는 대신 맥주잔을 입가로 가져갔다. 보드라운 거품이 식도를 타고 꼴꼴 넘어갔다.

"뒤풀이 어디로 갈까?"

그 얘기가 나왔을 때 거절했어야 했다. 갑자기 위경련이 일어난 것처럼 바닥을 데굴데굴 구를 걸 그랬다. 아니면 아버지가 위독하다는 뻥이라도 쳤어야 했다. 순발력 있는 거짓말로 곧 닥쳐올 곤란한 상황을 모면하지 못한 건 우유부단하기 이를 데 없는 내 못난 성정 탓이리라.

용가리의 추천에 따라 근처의 갈매기살 전문점으로 갔다. 숯불구이 화덕 앞에 둘러앉아 우리는 스와핑 모임에 처음 참가한 중년 부부들처럼 필요 이상으로 과장되게 웃고 떠들었다. 화제는 주로 용가리가 이끌었다. 예전엔 미처 몰랐었는데, 그는 술자리의 분위기를 스스로 주도하지 않으면 못 견디는 타입의 남자로 성장한 듯했다.

"고기는 사실 기왓장에 올려서 도예 가마에 구워 먹는 게 최곤데. 아, 우리 사촌형님이 그쪽에서 또 알아주는 분이거든. 이천에 커다랗게 가마를 가지고 있어. 언제 한번 다 같이 놀러가자."

"진짜 그럼 좋겠다. 은수 너도 남자친구 데리고. 괜찮지?"

"그래. 한번 가지 뭐."

겉으로는 적당히 맞장구쳐주었지만 머릿속은 쉴 새 없이 떠오르는 잡념들로 들끓었다. 엄마의 친구 김포아줌마는 정녕 김포아저씨였단 말인가. 태오와 나의 관계는 어디로 가고 있단 말인가. 사장이면 또 모를까, 하필 안이사와 엮어 소문을 퍼뜨린 놈은 누구란 말인가. 운명은 인간에게 감당할 만큼의 시련만을 준다는 얘기를 어디선가 주워들었다. 나도 아직은 감당할 수 있다. 틀림없다. 운명과 시련이 한통속으로 나를 속이려들지만 않는다면.

오른손으로 불판에 익어가는 뻘건 돼지고기 살점들을 뒤집으면서, 왼손으로 소주잔을 들이켰다.

4부 치명적인 것들 203

"와, 은수 못 보는 새 술 많이 늘었는데."

"술만 는 줄 알아? 주름살도 장난 아니지?"

용가리와 유희가 장소팔, 고춘자처럼 주거니 받거니 떠들어댔다.

"괜찮냐?"

유준이 목소리를 내리깔며 물어왔다. 아무렇지 않다는 걸 증명하기 위해 나는 손가락으로 브이 자를 만들어 보였다.

"천천히 마셔."

유준이 나직이 일렀을 때, 내 전화기가 울렸다. 태오였다. 전화기를 채가는 유희의 손놀림은 번개처럼 빨랐다.

"말씀 많이 들었어요. 왜 같이 안 왔어요? 나오세요, 지금."

태오가 정말로 유희의 즉흥적인 제안에 응할 줄은 몰랐다.

"나, 진짜 가요?"

전화기를 넘겨받은 나를 향해 태오가 그렇게 질문했다. 내 입술에서 "그럴래?"라는 문장이 흘러나온 건, 객기 혹은 만용 탓이었을 것이다. 태오는 오래지 않아 도착했다. 식당 문을 열고 들어오는 내 어린 남자친구의 낯익은 점퍼자락에 시선이 꽂힌 순간, 내 의식은 이미 덜그럭거리기 시작하는 중이었다. 그리고, 그를 불러낸 것을 진즉에 후회하고 있었다.

유준과 용길, 태오를 나란히 놓고 보니 영락없이 삼촌들과 조카 사이 같다. 유준이 따라주는 술을, 태오는 공손히 두 손으로 받았다. 그다음 잔은 용가리가 채워주었다.

"내가 한참 형이니까 그냥 편하게 대할게요. 그래도 되지?"

용가리의 정중치 못한 말투가 영 거슬렸다. 그에 비해 유준은

"더 드시겠습니까?"와 같이 시종일관 극존칭을 써가며 태오를 대했는데, 옆에서 지켜보기에 영 불편하기는 매한가지였다. 유희는 가슴에 담아둔 말이 꽤나 많은 듯했다.

"나, 사실 되게 놀랐어요. 아시는지 모르겠지만 은수가 연하랑 만나는 스타일은 아니거든요. 소개받은 건 아닐 테고 둘이 어떻게 사귀게 된 거예요?"

"예. 우연히 만났습니다. 제가 선배를 따라 어떤 술자리에 갔는데……"

태오가 진지하게 설명하려 했다. 나도 모르게 퉁명스런 목소리가 튀어나왔다.

"취조라도 하려는 거야?"

유희의 목청도 높아졌다.

"야, 무섭게 왜 그래? 넌 입이 열 개라도 할 말 없어. 그동안 감쪽같이 속여놓고선."

"속이다니? 말할 기회가 없었을 뿐이야."

"흥, 입술에 침이나 바르시지. 얼마 전에도 분명히 만나는 사람 없다고 했잖아."

나는 유희를 쏘아보는 동시에 태오의 눈치를 살폈다. 태오의 얇은 눈꺼풀이 짧게 움찔거린 것 같기도 했다. 유준과 용길은 쥐 죽은 듯 고요했다. 남유희, 이것은 페어플레이가 아니다. 나는 술을 벌컥벌컥 들이켰다. 비비 꼬인 유희의 심사를 이해 못 할 바도 아니었다. 유희는 늘 내게 솔직했다. 회사를 그만두고 뮤지컬 수업을 받고 있다는 것도, 이혼남이 되어 돌아온 첫사랑 용가리를 다시 만나고 있다는 것도 맨 먼저 나에게 이야기했다. 그러던 유희였으니, 태오에 관한 얘기를 재인을 통해 듣게 되었을 때 맘이 상했을 것이다. 망고, 파파야, 멜론 같은 것이 가득 들어 있는 고급 과일바구니를 선물했더니 쪼글쪼글하게 시든 사과 반쪽이 되돌아왔다고 탄식하고 있을지도 몰랐다.

물론 미안하다. 나도 인간이므로 당연히 유희에게 미안한 감정을 가지고 있다. 그러나 어쩌면 좋으랴. 나이 들수록 점점, 아무리 친한 친구에게라도 내 깊은 속내를 쉬이 털어놓을 수 없게 되는 것을. 달팽이가 자꾸만 동그랗게 몸을 움츠리는 것이 달팽이의 잘못은 아니지 않은가. 혓바닥을 놀려 진심의 조각을 입 밖으로 밀어내는 순간, 진심은 진심이 아닌 것으로 변한다. 누구의 탓도 아니다. 다만 의외의 곳에서 그 책임 없는 말들의 유령과 조우했을 때 받게 되는 고약한 느낌에 대하여 더듬더듬 기억할 수 있을 따름이다.

"참, 너희들 그거 생각나?"

용가리가 어물쩍 말을 돌렸다.

"왜 2학년 땐가 유희네 학교 축제에 재인이가 언니 하이힐 신고 왔다가 발목 삐었던 거. 유준이가 그 경사진 언덕길을 업고 내려갔잖아."

"야, 그때 정말이지 끔찍했다. 재인이 없으니까 고백하지만 어찌나 무겁던지……"

화제는 곧 십 년 전의 추억담으로 옮아갔다. 구성원 중 대부분이 공유하는 시간이므로 당연한 일일 것이다. 그 자리에 없었던 이에게는 한없이 시시하고 사소할 이야기들을, 태오는 꼿꼿이 허리를 곧추세워 앉은 채 차분히 경청했다. 지루하고 어쩌면 짜증스러울 테지만 그 비슷한 내색조차 하지 않았다. 역시 참 착한 사람이야. 나는 속으로 되뇌었다. 바보, 조금만 덜 착하면 좋을 텐데. 그렇게 꿍얄댔던 것도 같다. 이상하게 자꾸만 술잔으로 손이 갔다.

"야, 오늘 술발 좀 받는데."

다들 화들짝 놀란 표정으로 나를 쳐다보았다. 그들에게 세상에서 가장 깜찍한 미소를 지어 보이고 싶었다. 있는 힘껏 입술을 양옆으로 찢었다. 아말감으로 때운 맨 안쪽의 어금니가 훤히 드러났을 것이다. 그것이 그날 밤, 나의 온전한 마지막 기억이었다.

사람은 왜 선(線)을 넘는가. 끊임없이 선을 의식하고 살기 때문이다. 선을 밟으면 안 된다는 억압에 짓눌려 있기 때문이다. 그러던 어느 날, 사소한 충동이 고장 난 신호등처럼 깜빡인다. 그리고 기다렸다는 듯 대형 연쇄 폭발이 일어난다.

변명은 필요 없다. 그날, 나는 만취했다. 고깃집 카운터에서 호기롭게 계산을 치르던 용길의 뒷모습부터 가물가물 흔들린다. 나는 소리쳤던 것 같다.

"재수 없어. 왜 지가 내!"

그 말을 입 밖으로 쏟아 내었는지 아닌지는 분명치 않다. 각종 음식점의 네온사인이 즐비한 골목길에서 유준의 팔짱을 끼었던 것은 어렴풋이 기억난다.

"2차 가자. 2차!"

"야, 너 취했다. 태오씨, 애 좀 똑바로 잡아보세요."

유준이 다분히 태오를 의식하며 내 팔을 잡아 뺐다. 그러나 나는 태오를 매몰차게 뿌리쳤다.

"아이 씨, 나 안 취했다니까. 2차, 2차!"

곧이어 밖으로 나온 용길이 요란하게 내 편을 들고 나섰다.

"가자! 이번엔 백세주다."

그도 이미 충분히 취한 상태였다.

"꺄— 좋아, 백세주! 가자, 가자."

스펀지에 알코올이 스미듯 의식이 서서히 희미해져갔다. 지하 술집으로 내려가는 굽이진 계단이, 끝도 없이 이어진 암흑 미로 같았다. 발밑이 어지러이 흔들리고 눈앞이 빙글빙글 돌았다. 뾰로통한 유희의 얼굴, 걱정스런 태오의 얼굴, 불콰하게 달아오른 용길의 얼굴, 그 얼굴과 얼굴들이 주홍색 불꽃처럼 뇌 속에서 출렁였다. 언제 도망쳤는지 유준의 모습은 보이지 않았다. 내가 왜 이러는지 납득할 수 없었고, 납득할 수 없어서 또 술을 들이부었다. 정신을 차려 보니 나는 용길에게 카랑카랑 소리를 질러대고 있었다.

"그러니까 솔직히 고백해보란 말이야. 그때 유희한테 왜 그런 건데?"

"에이 씨. 오랜만에 봤는데 너 자꾸 그럴래? 치사하게 왜 자꾸 옛날 일을 들추고 난리야."

"이제 와서 다시 나타난 저의가 뭐야? 넌 세상이 그렇게 쉽니? 우리 유희가 그렇게 만만하니?"

태오가 말리고 나섰다.

"자기야, 이제 제발 그만해요. 너무 취했어."

"아냐, 자기는 빠져. 자기가 그때 안 봐서 그래. 그때 유희가 얼마나 힘들어했는데. 얘, 그때 약도 먹었단 말이야. 그치, 유희야?"

내 우정에 감복하기는커녕 유희는 몹시 격분해했다.

"야, 오은수! 너 보자보자 하니까 너무 심하잖아. 술주정하려면 곱게 할 것이지, 왜 우리 용가리한테 트집이야?"

"남유희! 너, 내가 누구 땜에 이러는데? 다 너 때문이야. 너 또 상처받을까 봐. 용가리, 너 똑바로 말해봐. 진짜 이혼한 거 맞아? 이혼도 안 해놓고 사기 치는 거 아냐?"

내 말이 떨어지기 무섭게 용길이 테이블에 엎어져 쿨쩍였다. 그 역시 기를 쓰고 지키려던 경계선이 무너진 걸까. 알 수 없었다. 분명한 건, 그가 엎어질 때의 충격으로 냄비 속의 알탕이 넘쳤다는 것. 시뻘건 국물은 내 블라우스 앞자락에 튀어 점점이 얼룩을 남겼다. 태오가 얼른 냅킨으로 닦아주었지만 나는 손을 내저으며 자리에서 일어섰다. 화장실을 향해 몇 발짝 뗴었을까. 바닥이 느닷없이 휘청 흔들리더니 시야를 덮쳤다. 나는 고꾸라졌다. 명랑만화 속 주인공처럼 술집의 더러운 바닥에 큰 대 자로 엎어졌다. 이마에서 뜨거운 액체가 흘러내렸다.

나를 일으켜 이마의 피를 닦아주고, 용길의 등을 두드려주었을 뿐만 아니라, 유희의 화를 달래준 것은 모두 태오의 역할이었다. 태오가 나를 어떻게 택시 뒷자리에 밀어넣었는지는 기억나지 않는다. 까무룩 잠이 들었다가 문득 가슴이 답답해 눈을 떴다. 차창 밖은 익숙한 동네 어귀였다. 다 왔구나,라고 생각하는 순간 차가 조금 출렁였다. 별안간 지독한 기름 냄새가 코끝에 닿았다. 숨 고를 새도 없이 나는 속의 것을 모조리 게워내기 시작했다.

 토사물은 직물시트 위에 작은 동산처럼 쌓여갔다. 택시기사가 도로 한편에 차를 세웠다. 태오가 팔을 걷어붙이고 치우겠다고 나서자, 오십대의 기사는 구겨진 신문지 같은 표정을 지었다.

 "그래서 될 일이 아니야. 아이 쌍, 먹으려면 곱게 처먹던가."

 "죄송합니다. 정말 죄송합니다."

 태오가 연신 고개를 숙였다. 나는 핸드백을 움켜쥐었다.

 "자기야, 내 지갑에서 차비 꺼내 드려. 아저씨, 얼마예요?"

 입을 열 때마다 시큼한 냄새가 풀풀 풍겼을 것이다. 선을 넘는 순간은 갑작스레 찾아온다. 그리고 수치심에 목매달고 싶은 다음 날 아침도.

3

 얇고 투명한 빛이 어슴푸레 쏟아져 들어왔다. 아침은 조각 난 거울처럼 불완전하게 도착했다. 방 안은 적막했다. 누운 자세 그대로 두 눈을 깜빡여보았다. 속눈썹과 눈동자, 눈꺼풀들 모두 제자리에 있었다. 결정적인 변화는 아무것도 없었다. 안도해야 하는지 치욕스러워해야 하는지 판단이 서지 않았다. 두려웠다. 깨나지 않은 척 한참 동안 몸을 움직이지 않았다. 견딜 수 없는 자기혐오의 느낌과 강렬한 졸음이 함께 밀어닥쳤다. 나는 다시 곯아떨어졌다.

 시간이 얼마나 흘렀는지 몰랐다. 치밀어 오르는 욕지기 때문에 눈을 떴다. 변기로 달려가 웩웩댔지만 빳빳한 목구멍에서는 맑지 않은 침만 끝없이 흘러나왔다. 어느새 다가온 태오가 내 등을 가만가만 어루만져주었다. 이런 순간, 옆에 있어주는 타인의 존재는 나를 몹시 안심시키는 동시에 고통스러우리만치 부끄럽게 만든다.

"그렇게 토하고도 아직 남았나 보네. 억지로 하려고 들지 말아요."

"내가…… 어제도…… 토했어?"

그 질문을 입 밖에 내는 동시에 거짓말처럼, 어젯밤 택시 안에서의 소동이 모조리 기억났다. 찬물로 입안을 헹구어도 미식거리는 기운이 가라앉지 않았다. 나는 변기를 끌어안고 오랫동안 헛구역질했다. 차갑게 곱은 손가락을 태오가 꾹꾹 주물러주었다.

"자기, 참 오래 자더라. 그렇게 죽은 듯이 자는 모습 처음 봤어요."

태오의 음성은 다정하고 나직했다.

"잠꼬대로 계속 엄마 부른 거 모르죠? 엊그제 집에 다녀왔으면서 또 보고 싶었나 봐."

엄마. 내가 엄마를 불렀다고? 그제야 현실 감각이 소스라치듯 되살아났다.

"지금 몇 시야?"

"음, 열 시 좀 넘었는데."

"오늘, 월요일이잖아!"

나는 태오를 밀치고 휘청휘청 일어섰다. 눈앞이 아득해진다는 표현은 이런 때 쓰는 것인가 보았다. 월요일 아침 열 시가 지나도록 출근하시 않다니! 사회생활을 시작한 뒤 처음 있는 일이었다. 무엇부터 해야 좋을지 알 수가 없었다. 세수도 안 한 주제에 외투를 황황히 팔에 꿰는 내 모습을 보고 태오의 얼굴에 웃음기가 번졌다.

"회사 못 간다고 했어요."

"뭐?"

"한 시간쯤 됐나. 회사에서 전화 왔더라고요. 왜 안 오냐고 해서, 몸이 아파 누워 있다고 그랬어요."

"누가, 누가 전화했는데? 남자야, 여자야? 아니, 정확하게 뭐라고 했단 거야? 어디가 아프댔어? 설마 술병 났다고 한 건 아니지?"

"헷갈려요. 하나씩 물어봐요. 음, 전화한 사람은 여자였고, 술 마셨단 말은 안 했어요. 첨엔 그냥 아프다고 했는데, 그쪽에서 꼬치꼬치 묻더라고요. 그래서 심한 감기몸살이라고 했어요."

코트를 방바닥에 던지듯 내려놓았다. 딱따구리가 쪼아대는 것처럼 관자놀이가 쑤셨다. 전화를 건 사람은 아마도 장선배였을 것이다. 태오의 목소리를 들은 장선배는 도대체 무슨 상상을 했을까? 나에 관한 소문을 비밀스레 전해주던 그녀의 좁은 이마가 눈앞에 아른거렸다.

"그래서, 자기가 누구인지는 안 물어봐?"

"물어보던데요. 실례지만 누구시냐고."

"그래서, 그래서, 누구라고 했어?"

태오가 나를 말끄러미 응시했다.

"걱정 말아요. 남자친구라는 말, 안 했으니까. 친구라고, 그냥 친구라고 했어."

"미쳤어?"

나는 빽 소리를 질렀다. 그 순간 왜 최소한의 자제력을 잃었을까.

"그게 그거잖아. 아침부터 웬 남자가 전화받아서는 친구라고 하는 게 말이 돼? 차라리 남동생이라고 하지 그랬어? 아님 오빠라고 하던가. 아니, 남의 전화를 자기가 왜 받아? 울리게 그냥 놔두지!"

다시 코트를 집어 들고 일어서는 나를 태오가 붙잡았다. 그의 목소리가 가늘게 떨렸다.

"그래서 지금 가겠다고?"

우리의 눈동자가 허공에서 위태로이 어긋났다.

"그럼 어떻게 안 가? 회사가 무슨 학교인 줄 알아? 으휴, 정말, 아무것도 모르면서."

"조금만. 조금만 더 누워 있어요. 죽 끓이고 있단 말예요. 그거 먹고 좀 쉰 다음에, 내가 데려다줄게."

"시간 없어. 지금 가야 돼."

"입에라도 대고 가라니까요."

죽을 먹지 않으면 하늘이 무너질 것처럼, 그는 전에 없이 강경하게 굴고 있었다.

"정말 왜 그래? 죽이고 나발이고 그걸 지금 어떻게 먹어? 비켜, 얼른."

그는 나를 놓아주지 않았다. 나는 방바닥에 스륵 주저앉았다.

"아아…… 정말 지겨워죽겠어!"

머리통을 두 손으로 감싸 안았다. 내가 옳지 않다는 것을 알기에, 나는 더욱 크게 소리 질렀다. 나 자신이 싫어서, 스스로를 속이고 싶어서, 몸이 부들부들 떨렸다. 내 팔을 붙들고 있던 그의 손아귀에 서서히 힘이 빠졌다.

붉게 상기되었던 그의 표정이 고요하게 가라앉더니 곧 싸늘히 식었다. 그의 내부에서 무언가 꿈틀 움직였다는 것을 나는 느낄 수 있었다. 어쩌면 치명적일, 아주 작은 것.

지하철의 작은 진동에도 속이 계속 울렁댔다. 엘리베이터에서도 몇 번이나 심호흡을 했는지 모른다. 숨을 가다듬고서 나는 평소와 다름없는 얼굴로 사무실 문을 열었다. 이런 자세를 책임감이라고 부를 수 있을지는 잘 모르겠다. 곤란한 상황이 닥치면 일단 피하기부터 했었다. 문제와 정면으로 맞닥뜨리는 순간까지 최대한 질질 끌면서, 나 혼자 눈 가리고 귀 막고 숨어 있으면 된다고 생각했다. 초등학교 6학년 때인가 엉망으로 본 시험 성적이 발표되던 날, 꾀병을 부리고 학교에 가지 않았다. 엄마는 미심쩍다는 눈초리를 보냈지만 배를 잡고 뒹구는 어린 딸에게 못 이기는 척 져주었다. 그로부터 이십 년이 지났다. 나는 이제 회사라는 이익집단의 구성원. 아무리 아프더라도, 아무리 숨고 싶더라도, 꾸역꾸역 나가지 않을 수 없는 것이다. 오늘 안에 처리해야 할 일들이 책상 위에 잔뜩 쌓여 있을뿐더러 결근보다 지각이라는 단어의 어감이 훨씬 부드러우니까.

점심시간이 끝나갈 무렵에 늘 그렇듯 사무실은 반쯤 차 있었다. 직원들 몇이 눈인사를 건넸다.

"어디 불편하다면서. 이젠 괜찮아요?"

미술팀의 새끼디자이너가 아는 척을 했다. 우리 팀과 가장 멀리 떨어진 곳에 앉는 그녀까지 알 정도라면, 오늘 아침 나의 부재 사유에 대하여 이 손바닥만 한 회사 구성원들 거의 모두가 인지하고 있다고 봐도 좋을 것이다. 장선배와 이민정은 웬일인지 나란히 들어섰다. 장선배는 나를 보고 "얼굴 핼쑥한 것 좀 봐. 왜 나왔어? 그냥 하루 쉬지"라고 말했을 뿐, 전화받은 남자의 정체에 대해서는 한마디도 추궁하지 않았다. 그래서 더 무서웠다.

오후 내내 원고청탁 전화를 돌려야 했다. 오늘따라 전화를 안 받는 사람들이 많았고, 겨우 어렵게 연결이 되더라도 단칼에 거절하는 경우가 대부분이었다. "바쁘시더라도 한 번만"을 비굴하게 간청하는 동안, 토기가 여러 차례 치밀었다. 텅 비어서 나오는 구역질은, 비릿하게 속을 긁어내린다.

어딜 갔는지 보이지 않던 황부장이 네 시쯤 상기된 표정으로 들어섰다. 그는 나의 지각 사유 따위는 전혀 궁금해하지 않았다. 곧 긴급회의를 소집하겠으니 다들 회의실에 모이라는 말만 했다. 무언가 심상찮은 일이 터졌음이 직감되었다. 회의실에 편집팀원 전원이 집합했다. 안이사의 모습은 보이지 않았다. 안이사와 내가 한데 엮여 번성 중이라는 풍문이 새삼 떠올라 기분이 척척해졌다.

안이사 대신 긴급회의를 주재한 사람은 사장이었다. 다들 상체를 직각으로 꼿꼿이 세워 앉은 자세로 사장의 첫 마디를 기다렸다.

"있을 수도 없고, 있어서도 안 되는 일이 일어났습니다."

몹시 비장하고 비감 어린 어조였다.

"지금 제 심정은 참혹하기 그지없습니다. 차라리 이것이 나 개인의 문제라면, 그렇다면 지금 저 창밖으로 몸을 던져 속죄하고 싶은 마음뿐입니다. 차라리 한 마리 새가 되어 저 먼 하늘로 날아가버리고만 싶은 심정입니다."

사장이 대학 때 문학청년이었다는 소리를 들은 적이 있다. 시를 써서 신춘문예에 투고하곤 했다던데 저런 실력으로는 언감생심 예심도 통과했을 리 없을 것 같다. 늘 자신만만하던 사장이 왜 갑자기 얼굴을 죽상으로 찌그러뜨리고 눈동자를 희번덕대고 있는 것일까? 의문은 곧 풀렸다.

"K건설로부터 전화를 한 통 받았습니다."

그다음 말은 들으나마나였다. 거래처의 홍보 브로슈어에 난 오타를 눈속임하기 위해 일부 물량만 특별 제작했던 것이, 직방으로 들통 나고 만 것이다. 사장은 '도저히 믿을 수도 없고 믿고 싶지도 않다'는 요지의 말을 반복했다. 아마도 그는 안이사의 주도 아래 처리된 이 사건의 전말에 대해 알지 못했던 모양이다. 아니, 그런 건 중요하지 않다. 오너로서 그는 어쨌거나 '모르는 척'해야 하는 필연적 명분을 찾고 있을 것이다.

건너편에 앉은 이민정의 얼굴빛이 시뻘게졌다. 맞다, 그때 실무자가 이민정이었지. 쯧쯧, 안됐다, 욕보겠구먼. 나는 그녀를 동정했다. 그때까지만 해도, 불이 난 곳이 강 건너라고만 생각했던 것이다.

"오대리, 그래서 내가 그때 분명히 말렸잖아!"

황부장은 나에게 말하였으나 나에게 말한 것이 아니다. 그가 의식하고 있는 청취자는, 나를 제외한, 그 방에 모인 모든 사람들이었다. 특히 사장이 제1순위임을 굳이 강조하여 무엇 하랴. 내가 의연하게 대처하지 못했던 건, 너무나도 어이가 없었기 때문이다. 부인하지는 않겠다. 회피하고 싶지도 않다. 아시다시피 나는 그렇게 뻔뻔한 인간이 아니다. 인정한다. 문제의 그 아이디어를 낸 사람은 나였다. 그래서 나더러 뭘 어쩌란 말이냐! 다만 어려움에 빠진 회사를 구하기 위해 지혜를 짜낸 것뿐이다. 그때는 다들 헬렐레하며 부화뇌동해놓고서 이제 와서 만만한 나에게 화살을 돌리다니. 조직의 비정함에 치가 떨렸다.

"오대리?"

사장이 흘끗 나를 돌아보았다. 살기마저 어린 눈초리였다. 물론, 그 자리의 어느 누구도 대놓고 나에게 책임을 추궁하지는 않았다. 어떤 식으로든 해결해야 될 게 아니냐고 말하는 사람도 없었다. 이미 엎질러진 물이므로, 누가 책임진다고 해서 해결될 문제가 아니기 때문이리라. 회의는 결론 없이 끝났다. 하긴 애초에 결론이라는 게 날 수도 없는 문제였다. 장선배가 조용히 다가와 내 어깨를 짚었다.

"힘내. 뭐 별일이야 있겠어?"

비극의 여주인공에게 용기를 북돋워주려는 건지 아니면 약 올리려는 건지 의도를 가늠하기 어려웠다. 이번에는 이민정이 주춤주춤 다가왔다.

"대리님, 죄송해요. 어쨌든 도와주시려다 이렇게 된 거 알아요."

"괜찮아. 할 수 없지, 뭐."

내 딴엔 대범한 척 대답하고 보니, 무언가 한참 뒤바뀐 느낌이다. 그녀는 팔랑팔랑 제자리로 돌아가 MP3 이어폰을 귀에 꽂았다. 나는 물끄러미 그녀의 뒷모습을 바라보았다. 그녀가 내뱉고 간 '어쨌든'이라는 부사가 귓전을 뱅뱅 맴돌았다. 나는 언제나 이민정을 어린아이라고만 생각해왔다. '쟤는 아직 어려서 뭘 몰라. 세상 무서운 줄도 모르고 타협할 줄도 모르지. 그에 비하면 나는 속세의 때가 덕지덕지 묻은 누추한 인간인 게야.' 하지만 이제는, 어떤 확신도 할 수가 없다. 과연 누가 어린가? 누가 순수한가? 어떤 순간, 인간이라는 존재는 무섭도록 이기적일뿐더러 자기가 이기적이라는 사실조차 알지 못한다.

스스로에게 묻는다. '너는 왜, 이 회사에 다니니?' '먹고 살기 위해서'라는 대답이 반사적으로 튀어나온다. 아니다. 가장 솔직한 대답은 '달리 뭘 해야 좋을지 몰라서'일 것 같다. 나를 안전하게 옭아매고 있는 울타리 밖으로 한 발자국 벗어나는 순간, 막막한 정글 한복판에 내팽겨질지 모른다는 불안감! 겁이 난다면 영원히 이대로 사는 수밖에 없겠지. 동물원 우리를 아늑한 둥지라고 자위하면서.

지친 몸을 이끌고 퇴근해보니, 태오는 집에 없었다. 그의 분신 같은 배낭만 방 한구석에 다소곳이 놓여 있었다. 가스레인지 위의 냄비를 열어보았다. 하얗고 멀겋게 쑨 쌀죽이 들어 있었다. 파를 종종 썰어 넣고 깨소금을 알맞게 뿌린 양념간장도 종지에 담겨 있었다. 사랑의 메모 같은 것은 눈에 띄지 않았다.

양념간장을 쳐서 죽 한 숟가락을 입에 넣었다. 미지근했지만 의외로 고소한 맛이 입안 가득 퍼졌다. 곡기를 목구멍에 흘려보내면서야 종일 굶었다는 걸 깨달았다. 조금 눈물이 났다. 갑자기 태오가 견딜 수 없이 보고 싶어졌다. 태오에게 미안해서 견딜 수가 없었다. 지금 내 마음을 절절히 아는 사람은 오직 나 혼자였다. 몹시 외로웠다. 사방에 촘촘한 침묵이 흩뿌려져 있었다. 나는 느리게 숟가락질하면서 아주 천천히 눈꺼풀을 끔뻑였다. 태오 대신 유희에게 전화를 한 것은, 유희가 어제의 태오 모습을 생생하게 기억하고 있기 때문이다. 그러나 유희의 첫마디는 "왜?"였다. 쌀쌀맞기 그지없는 목소리였다. 어제는 너무 미안했다는 사과만을 남긴 채 나는 전화기를 내려놓았다. 그의 부재를 통해 나는 그의 존재를 쓸쓸히 실감한다.

뼈마디가 으슬으슬 떨려왔다. 보일러를 한껏 높이고 이불을 뒤집어썼다. 길고 고단한 하루가 끝나가고 있었다. 스르르 잠 속으로 빠져들었다. 태오는 그날 밤 돌아오지 않았다.

오래된 속담이 사무치는 순간이 있다. '든' 자리는 몰라도 '난' 자리는 안다. 아침에 눈을 뜨자 나는 혼자라는 사실 앞에 어리둥절했다. 방은 좁고 어둑했다. 습관적으로 출근 준비를 했다. 회사까지 가는 길이 유난히 멀게 느껴졌다. 지하철이 정차할 때마다 그냥 이 역에서 내려버릴까 하는 생각이 들었지만, 회사를 가지 않는다고 해서 특별히 가고 싶은 곳이 있는 것도 아니었다.

회사 분위기는 착 가라앉아 있었다. 나는 꾸역꾸역 내게 주어진 일들을 했다. 오후 들어 K건설회사와의 계약이 파기되었다는 소식이 전해졌다. 우리 사장이 직접 그쪽 홍보실에 들어가 손이 발이 되도록 빌었다는 소문도 있었다. 내가 신경을 곤두세운다고 해서

4부 치명적인 것들

달라질 문제가 아니었다. 나는 뚫어져라 모니터만을 바라보았다. 그럴 수만 있다면 납작하게 엎드린 책상 위의 키보드나 유리컵, 하다못해 연필꽂이 같은 정물이 되고 싶은 심정이었다.

 태오에게서는 어떤 연락도 오지 않았다. 처음에는 괘씸했고, 조금 뒤에는 이 상황을 받아들일 수 없었으며, 얼마 안 가 두려워졌다. 사흘이 흐르는 동안 내 쪽에서 먼저 연락을 취하지 않은 이유는 어쩌면 책임감의 문제 때문일 것이다. 관계의 종말이 닥쳤음을 확인하고 확인받는 순간 이별은 온전히 내 몫의 책임으로 남게 된다. 한 줌의 희망도 없이 이별의 고통 속에서 허우적대야 한다. 이별인지 아닌지 모르도록, 결정적 순간을 조금만 더 유예하고 싶었다.

 분당 집과도 연락을 하지 않았다. 몇 번인가 전화가 걸려왔지만 일부러 받지 않았다. 내가 전화를 받지 않자 엄마는 문자메시지를 보내왔다.

 ― 보고 싶은 우리 딸!^^ 너 좋아하는 물김치가 맛있게 익었구나. 밥 먹으러 와라 *^^*

 띄어쓰기가 완벽할뿐더러 이모티콘까지 자유자재로 삽입하는 엄마의 문자 전송 솜씨에 나는 긴 한숨을 내쉬었다.

 유준의 갑작스런 방문을 받은 것은, 태오가 사라진 지 사흘이 지난 뒤였다. 사무실로 전화를 한 유준은 다짜고짜 소리부터 질렀다.

 "야, 너희 회사 되게 높다. 고개 아파죽겠네."

 "장난치지 마. 어딘데?"

 "어디긴. 너 올려다보고 있지."

 "무슨 소리야?"

"사무실이 12층이라고 했나? 하나 둘 셋 넷…… 아, 저기구나. 야, 나 보여?"

창문 밖을 내다보았다. 지상의 바닥에서 하늘을 향해 열심히 손을 흔들고 있는 사내가 하나 보였다.

"왜 이렇게 늦게 나와? 목 빠져 죽는 줄 알았잖아."

유준을 코앞에 마주하는 순간, 어안이 벙벙해졌다. 오늘 그는 맨발에 슬리퍼 대신 검은색 정장 구두를 신고 있었다. 그것만이 아니다. 잿빛 양복에 흰 와이셔츠, 그리고 빳빳한 자주색 넥타이까지 맨 매무새였다. 게다가 손에는 반듯하게 각 잡힌 검은색 비즈니스 가방을 들고 있다. 이 아이를 알아온 지난 십이 년간, 이런 모습을 한 번이라도 본 적이 있었던가. 맹세컨대, 없었다. 며칠 전 재인의 결혼식에조차 스웨터와 면바지 차림으로 등장했던 유준이 아닌가. 아무래도 그의 신상에 상서롭지 않은 사태가 벌어졌음이 분명했다.

"혹시…… 자살이라도 하러 가는 거야?"

유준은 매우 담담한 표정으로 고개를 끄덕였다.

"응. 어쩌면."

가슴이 철렁했다.

"야! 안 돼."

"친구. 놀라긴. 32세 무직 남모씨가 한강에 뛰어든 이유는, 32세 회사원 오모씨에게 실연당했기 때문이다. 이런 뉴스라도 나올까 봐 그러냐?"

이 순간, 유준의 농담 속에서, 나에 대한 그의 진짜 속마음이 어떤 빛깔인지 가늠해보려고 애쓰는 스스로가 가증스럽다. 우리는 회사 근처의 중국집으로 들어갔다. 물만두라도 하나 더 주문해주려 했지만 유준은 굳이 자장면이면 충분하다고 우겼다.
"태오씨는 잘 있고?"
"으응."
"너, 내가 웬만해선 남 칭찬 안 하는 거 알지? 특히 남자에 대해서는."
"……"
"원래 남자는 남자를 아는 거야. 세상에는 별의별 놈들이 다 있거든. 그런데 태오씨는 그만하면 괜찮은 사람 같더라. 결국 네가 알아서 판단할 문제겠지만 객관적으로 봐서 그만하면 우리 오은수 양 맘 편히 먹어도 되겠어."
'고마워, 유준아.' 그러나 말은 다르게 나왔다.
"설마 그 얘기 하려고 여기까지 온 거야?"
"음…… 그게 말이야."
유준은 대화를 이어가는 대신 안경을 벗어 냅킨으로 오래 닦았다. 비비지도 않은 자장면이 공기 중에서 퉁퉁 불어가고 있었다. 그는 어렵사리 입을 열었다.
"사실은, 부탁이 하나 있기도 하고."
부탁? 지금껏 살아오면서 여기저기서 크고 작은 오만 가지 부탁들을 받았다. 엄마께 말씀드려 등굣길마다 보온병에 커피를 타 오라던 초등학교 2학년 때의 담임선생, 재인에게 보내는 러브레터를 대신 전해달라던 고등학교 선배오빠, 카드 값 2백만 원만 꿔달라던 옛 남친 고릴라…… 남에게 부탁받는 일을, 내가 얼마나 겁내하는지 아는 사람은 많지 않다. 나는 웬만해선 타인의 부탁을 거절하지 않는다. 뒤돌아서는 순간 번번이 후회하면서도 미소 띤 얼굴로 고개를 끄덕이는 것은, 아무에게도 원망을 듣고 싶지 않기 때문이다. 누군가의 가슴속에 '나쁜 사람'으로 남고 싶지 않기 때문이다.

그 점에서 유준은 나와 닮은꼴이었다. 유준이 내게 하는 최초의 부탁이라…… 미안해, 유준아. 별로 듣고 싶지 않구나. 나는 눈을 새초롬이 내리깔았다.

"내가 지금부터 뭘 좀 할 거거든."

"응?"

그는 서류가방에서 책 꾸러미를 주섬주섬 꺼냈다.

"학습서? 사회? 중2? 이게 다 뭐야?"

유준은 말없이 책 한 권을 펼치더니 그것을 내 앞쪽으로 돌려놓았다.

"이따 아홉 시에 시범 강의야. 집에서 연습한다고 했는데 내가 어디 남 앞에서 말해본 적이 있어야지. 엉기는 부분을 네가 좀 지적해줘."

중학교 보습학원의 시간강사가 되기 위해, 그는 열 군데의 학원에 이력서를 보냈다고 했다.

"시범 강의 해보라고 한 데 여기가 처음이야. 나이도 많지. 경력도 없지. 당연하겠지, 뭐. 고마워서라도 진짜로 잘해보고 싶어."

머리가 띵했다. 일평생 직업을 가지지 않겠다고 선언한 남자, 약육강식의 조직 시스템은 자신의 체질과 맞지 않는다고 확고부동하게 주장해온 남자, 남유준이 일을 하겠단다. '브루투스 너마저!'라는 탄식을 억지로 삼켰다.

"일반 기업체에 신입사원으로 들어갈 수 있는 나이는 다 지났더라. 이쪽은 경력 없어도 발 들이밀기가 좀 수월할 줄 알았는데 꼭 그런 것도 아니네."

"일부러 안 벌어도 혼자 먹고 살 수 있다며?"

"그야 그런데 ······아침에 눈뜨면 똑같은 하루가 반복되는 거야. 느지막이 아점 먹고 인터넷 좀 돌아다니다 보면 하루가 가버리지. 저녁 먹고 리니지 좀 하다가 늦게까지 영화 보면서 그냥 잠드는 하루하루. 이제 더는 못 하겠어."

"너무 배부른 소리 아냐? 그건 모든 사람이 꿈꾸는 삶이라고!"

"하루 종일 입 한번 떼지 않았는데도, 노가다라도 뛰고 온 양 기운이 쫙 빠지고 전신이 무기력해지는 증상. 넌 모르지?"

모른다. 하루 종일 회사에서 시달리다 들어왔기에 기운이 쫙 빠지고 전신이 무기력해지는 증상 말고는. 어쩌면 어디서 어떻게 살더라도 서른두 살쯤 되면 기운이 쫙 빠지고 전신이 무기력해지도록 세팅된 것이 인간의 몸인지도 모른다. 유준의 강의는 어눌한 면이 없지 않았지만 성의 있고 열정적이었다. 내가 학원 원장이라면 주저 없이 그를 채용했을 것이다. 진심으로 그의 행운을 빌어주었다. 생애 첫 취직을 위해 돌아서 걸어가는 유준의 뒷모습이 유난히 자그마했다. 양복이 몸피보다 큼직해서 더욱 그렇게 느껴졌는지도 몰랐다.

4

나흘 만에 태오에게 전화를 했다. 전화기가 꺼져 있다는 메시지가 들렸다. 그에게서 걸려온 전화를 놓칠까 봐 머리 감을 때에도 욕실에 휴대폰을 가지고 들어갔다. 그러다 확 속이 뒤집히면 내 휴대폰의 전원을 꺼버리기도 했다. 더 이상 그의 전화를 기다리지 않겠다는 의지였다. 망설임 끝에 나에게 전화했을 태오가, 내 전화기가 꺼져 있는 것을 보고 상처받기 바라는 마음도 들어 있었다. 그러나 두어 시간 만에 전원을 켜보아도, 캐치콜로 잡히는 번호는 하나도 없었다. 음성메시지나 문자메시지도 남아 있지 않았다.

그는 어디에 있을까……

태오에 대하여 내가 아는 것은 별로 많지 않았다. 아니, 거의 없다고 해도 과언이 아니었다. 나는 그가 부모님과 함께 살고 있는 집의 전화번호도 모른다. 그의 친구들 얼굴도 본 적이 없다. 만약, 만약 그가 교통사고를 당했대도, 노상강도를 만났대도, 그 소식을 나에게 전해줄 이는 아무도 없는 것이다. 부모님과 친구들을 소개시켜주고 싶어 하던 태오의 진심을 왜 부담스러운 것으로만 여겼을까. 왜 내 머릿속에는 항상 이것이 언젠가 멈추어야만 하는 사랑이라고 입력되어 있었을까. 태오는 진즉에 내 마음을 알아챘을 터였다. 모멸감을 가득 안고 나를 떠났을지도 모른다. 다시는 그를 만날 수 없을지도 모른다. 선량하게 함박웃음 짓던 그의 얼굴이 떠오른다.

첫사랑에 실패했을 때처럼 가슴이 훅훅 타들어가는 것은 아니다. 다만 머릿속에 엄지손톱만 한 꿀벌 한 마리가 날아들어 멈추지 않고 잉잉거리는 느낌이다. 언젠가 그는 '나를 왜 사랑해요?'라고 물었었지. 이젠 내가 물을 차례다. 우리가 나누었던 그 짧은 시간이 정말로 사랑이었을까? 고개를 끄덕여도, 혹은 가로저어도 남는 것은 쓰디쓴 자책뿐이다.

재인이 주말에 저녁을 먹자고 했다. "어디서 만날까?"라고 묻자 그녀는 "우리 집으로 와"라고 했다. 우리 집이 어디를 의미하는지 아주 잠깐 헷갈렸다.

재인의 신혼집은 일산의 대규모 아파트 단지에 위치해 있었다. 한 손에 무거운 슈퍼타이를 든 채, 죄다 비슷비슷한 모습을 하고 있는 아파트 동 사이를 몇 바퀴나 빙빙 돈 뒤에야 겨우 집을 찾을 수 있었다. 문을 열어준 건 먼저 와 있던 유희였다. 그녀의 품에 슈퍼타이를 던지며 투덜거렸다.

"죽는 줄 알았네. 세상의 아파트들은 왜 다 똑같이 생긴 거야?"

유희가 한쪽 눈을 찡긋했다.

"그래야 안심허거든."

그녀와는 재인의 결혼식 이후 처음 만나는 것이었다. 좀 어색할 줄 알았건만 막상 얼굴을 마주하고 나니 언제 그런 일이 있었냐는 듯 스스럼없기만 하다. 실내는 신혼집답고, 또 한편으론 신혼집답지 않았다. 모든 가구와 가전제품은 반들반들 윤이 나는 새것인데 분위기가 어딘지 모르게 횅했다. 나는 텅 비어 있는 거실 벽을 가리켰다.

"원래 여기다 뭐 거는 거 아닌가? 맞다. 웨딩 사진!"

"아직 안 나왔어. 그리고 뭐 굳이……"

재인이 말끝을 흐렸다. 신혼여행지에서 선탠을 지나치게 한 걸까, 아니면 신혼부부답게 매일 밤을 뜨겁게 불태우고 있는 걸까. 그녀의 낯빛이 가뭇가뭇하고 볼도 홀쭉해진 것 같다.

"뭐 먹을래? 요 앞 중국집 양장피 먹을 만하던데. 아니면 피자 시킬까?"

"앗. 한 상 떡 벌어지게 차려주는 거 아니었어?"

"야야. 십오 년을 알고도 네가 아직 나를 모르는구나."

재인이 날름 혀를 내밀었다. 그래. 이것이 내가 아는 재인의 모습이다. 재인아, 그렇게 더 웃어, 활짝. 입속으로 중얼거리다가 곧 실소했다. 오은수씨, 당신 꼴도 지지리 궁상인 주제에 지금 남의 인생을 걱정하시는 건가요? 갑자기 유희가 눈을 반짝였다.

"우리 좀 화끈하게 먹자."

잠시 뒤, 우리는 배달된 불닭을 놓고 식탁에 둘러앉았다. 우리 셋이 이렇게 오붓하게 모인 것이 얼마 만인지 몰랐다.

"꼭 콘도에 놀러온 것 같네."

내 말에 재인이 "정말 그랬으면 좋겠다"고 나지막이 대꾸했다. 유희와 내가 빠른 속도로 닭을 먹어치우고 있는데 반해, 재인은 두어 점 집어 먹는 둥 마는 둥 하더니 이내 젓가락을 내려놓았다.

"혹시 입덧이냐?"

재인이 정색을 하며 고개를 가로저었다. 유희가 다시 나불댔다.

"신짜, 애는 언제 낳을 건데? 기왕 결혼까지 했으니 남 하는 건 다 해봐야지."

"그 질문 벌써 수십 번은 들은 것 같아. 예전엔 언제 결혼할 거냐고 묻던 인간들이 이번엔 죄다 애 언제 낳느냐고 들볶아댄다. 지들이 대신 키워줄 것도 아니면서."

"호호. 아마 애기 낳고 나면 바로 둘째 계획 물어댈걸?"

"맞다. 대한민국 국민들, 오지랖이 어찌나 넓으신지."

우리는 까르르 웃었다. 뒷맛이 씁쓸한 웃음이었다. 재인은, 남편에 대한 화제는 절대로 입에 올리지 않았다. 돌이킬 수 없는 것은 차라리 금기가 된다. 재인이 남편에 대해 침묵하는 까닭은 이제 그 남자의 허물조차 제 삶을 규정하는 한 부분이 되어버렸기 때문일 것이다. 자신이 함부로 뱉은 말이 부메랑이 되어 그대로 제 심장에 와 박히는 느낌이 들지도 모른다. 나로서는 알 듯 모를 듯한 감정이었지만, 유부녀 친구들이 제 남편 흉이랍시고 늘어놓는 이야기들 대개가 결국은 미묘한 자랑으로 마무리된다는 사실과 연관지어 생각해보면 아주 이해 못할 바도 아니었다.

"그래, 결혼하니 좋아?"

유희의 질문은 내가 하고 싶은 것이기도 했다. 재인의 대답은 썩 아리송했다.

"좋거나 나쁘거나, 뭐 그런 성질의 것은 아니야."

"그럼?"

"그런 걸 초월한 어떤 단계에 진입했다고 할까. 작은 감정들에 예민하게 일일이 신경을 쏟으면 힘들어서 살아갈 수가 없어. 뭐랄까, 업무가 지루하고 반복적이라는 단점이 있지만 꽤나 안정적으로 신분 보장이 된다는 장점이 있는 회사에 취직한 기분이야."
유희가 대놓고 코웃음을 쳤다.
"그럼 그 회사 사장은 네 남편이냐?"
재인이 자조적으로 웃었다.
"사장이면 어떻고 또 부장이면 어떻겠니. 나, 직장생활 딱 칠 년 했어. 그동안 별 더럽고 치사한 꼴도 다 견뎠는데…… 그래, 이 정도 근무 조건이면 양호하다고 생각하려고."
"그럼 결혼을 왜 했어? 그냥 혼자 즐기면서 재밌게 살지."
"즐기면서 재밌게? 설마 너, 여자 혼자 사는 게 정말로 그렇다고 생각하는 건 아니지?"
"아아, 어렵다. 어쨌든 건투를 빈다. 기왕 취직한 거 오래오래 잘 버텨라. 그치만 난 솔직히 뭐가 정답인지 모르겠어. 점점 더."
유희가 머리통을 쥐어뜯는 시늉을 했다. 나 역시 그렇다. 스무 살엔, 서른 살이 넘으면 모든 게 명확하고 분명해질 줄 알았었다. 그러나 그 반대다. 오히려 '인생이란 이런 거지'라고 확고하게 단정해왔던 부분들이 맥없이 흔들리는 느낌에 곤혹스레 맞닥뜨리곤 한다. 내부의 흔들림을 필사적으로 감추기 위하여 사람들은 나이를 먹을수록 일부러 더 고집 센 척하고 더 큰 목소리로 우겨대는지도 모를 일이다. 재인이 담배 연기를 뱉어내며 나를 돌아보았다.
"태오씨는 잘 있어?"
"아니. 모르겠어."
친구들의 시선이 내 입술에 꽂힌다. 나는 더듬거리며 말을 이었다.

"우리, 요즘 연락 안 해. 어쩌면, 헤어질 것 같아."

목이 잠겨 더 이상 말이 나오지 않았다. 재인과 유희가 짧게 눈을 맞췄다. "잘됐네. 어차피 오래가긴 어려운 관계였어"라고 유희가 말하자, "그럼. 그런 관계 오래가면 여자만 손해잖아. 그리고 그 핏덩이랑 뭘 어쩌겠니. 너도 이젠 현실적인 연애를 해야지"라며 재인이 거들고 나섰다. 아무튼 말들은 잘한다. 각자의 등에 저마다 무거운 소금 가마니 하나씩을 낑낑거리며 짊어지고 걸어가는 주제에 말이다. 우리는 왜 타인의 문제에 대해서는 날카롭게 판단하고 냉정하게 충고하면서, 자기 인생의 문제 앞에서는 갈피를 못 잡고 헤매기만 하는 걸까. 객관적 거리 조정이 불가능한 건 스스로를 너무나 사랑하기 때문인가, 아니면 차마 두렵기 때문인가.

"그 사람 오늘 야간 당직이야. 자고들 가라, 응?"

재인이 꺼내다 준 편안한 반바지로 갈아입고 거실 바닥에 길게 엎드렸다. 리모컨으로 텔레비전 채널을 돌리던 유희가 주말드라마에 화면을 고정시켰다. 그러곤 심드렁히 중얼거렸다.

"드라마 속에선 왜 결혼만 했다 하면 무조건 시부모랑 같이 살아? 부잣집이든 가난한 집이든 한 울타리에서 지지고 볶으면서."

"정답! 세트비 아끼려고."

내 농담에 쿡쿡댄 건 유희뿐이었다. 뜻밖에 재인의 얼굴이 붉게 상기되었다.

"아우, 징그러워. 지긋지긋한 가족주의."

그녀는 그 말을 씹어 뱉듯 했다. 그때 별안간 덜컹, 현관문 열리는 소리가 들렸다. 우리는 혼비백산하여 몸을 일으켰다. 눈앞에 실물로 등장한 '그녀의 가족'에게 감히 경악하지도 못하면서.

드라마는 판타지다. 현실에 비하면 차라리 조금쯤 귀여울는지도 모른다. 드라마에서는 아무리 곤란한 상황이 닥치더라도 걱정할 필요가 없다. 다음 신으로 화면이 바뀌거나, 거기서 장면을 멈추고 '다음 회에 계속'이라는 자막을 깔면 그만이니까. 하지만 현실은 훨씬 구질구질하고 잔혹하다. 친구들과—술과 담배를 곁들여—난장판을 벌이고 있다가 시부모의 예고 없는 방문을 받은 난감한 시추에이션 뒤에도 시간은 끊임없이 이어진다.

황금 같은 토요일 밤이었다. 불심검문도 아니고 전화 한 통 없이 아들며느리 집을 불시에 방문한 노부부의 의중을 도통 헤아릴 수 없었다. 아들 집이든 며느리 집이든 엄연히 '타인의 집'이 분명하건대, 어찌하여 남의 집 열쇠를 그분들이 가지고 있는 거지? 좋다. 백번 양보하여 열쇠를 가지고 있을 수 있다한들, 어떻게 초인종 한 번 눌러볼 시도조차 않고 벌컥 문부터 연 거지? 그 막무가내의 자신감은 대체 어디서 비롯된 거지?

그러나 의문들을 해결하지는 못했다. 거실 바닥에 아무렇게나 널브러진 맥주 캔들과 재떨이를 부랴부랴 신문지로 덮고, 담배 냄새 휘도는 실내 공기를 전환시키기 위해 베란다 창문을 활짝 여느라 무척 바빴기 때문이다. 재인의 시아버지와 시어머니는 브루클린 뒷골목 지하클럽의 헤로인 파티에 초대된 추기경과 원장수녀님보다 더 황당해하는 표정이었다. 유희와 나는 쫓기듯 집을 나서야 했다. 그곳이 재인의 집인데도 꼭 재인만 남겨두고 오는 것 같아 미안했다.

사유로를 지나 서울로 돌아오는 버스 안에는 손님이 많지 않았다. 유희가 내 귀에 대고 속삭였다.
"이 시간에 시부모 접대하면 특근수당 받는 거야?"
농담에 대꾸할 기운도 없었다. 유희도 깃털처럼 가벼운 한숨을 내쉬었다. 밤의 자유로 한가운데를 관통하여 버스는 빠른 속도로 달렸다. 차창 밖으로 완벽한 어둠이 뭉텅뭉텅 지나갔다. 우리들의 어깨도 수상하게 따라 흔들렸다. 길들이 흘러가 닿는 곳이 어디인지 꼭 알고 싶었던 적도 있었다. 하지만 이제는 아니다. 정해진 운명이라는 게 있다면, 차라리 영원히 모르는 채 살아가고 싶다.

유희를 데리고 '스노우 펠리스' 205호로 온 건, 전등 스위치를 올리는 순간 혼자 있고 싶지 않아서였다. 침대 한쪽에 놓인 쿠션에 시선이 꽂히자 유희는 풋 웃음을 터뜨렸다. 태오의 크리스마스 선물. '4ever love.' 포에버 러브. 영원한 사랑. 제삼자의 웃음거리가 되는 곤궁한 사랑. 나도 쓸쓸히 따라 웃었다.
"그날 내가 실수 많이 했지? 미안하다, 진짜."
나는 친구에게 정식으로 사과했다.
"아니야. 우리 사이에 뭘. 너 술 취하면 개념 없어지는 거 내가 하루 이틀 보니?"
유희다운 화법이 오늘따라 밉지 않다.
"용가리한테 여기서 잔다고 말했어?"
"아니. 토요일은 연락 안 해. 아이 만나러 가거든."
그래. 딸이 있다고 했었지. 주말에 거짓말 치고 딴 여자를 만나러 가는 남자는 숱하게 봤어도, 아이를 만나러 가는 남자는 아직 겪어보지 못했다. 고만고만한 연적이야 꼬리가 밟히는 순간 응징해버리면 그만이다. 하지만 상대가 남자친구의 딸내미라면 얘기가 달라질 것이다.

"너는 그 아이 만나봤어?"

"내가 왜? 괜히 잘못 얽혀서 부담스럽기 싫어."

유희는 똑 부러지게 대답한다.

"근데 정말 웃겨. 첨부터 그러기로 약속한 일인데 왜 자꾸 신경에 거슬리지? 금요일 밤만 되면 가슴이 답답해져. 괜히 시비 걸고 싶어지고."

"아이는 엄마랑 사나 봐?"

"응. 그래서 더 기분 나빠. 토요일엔 이 남자가 그 집으로 가거든. 그럼 엄마 아빠 애, 이렇게 한 가족처럼 보내는 거잖아. 같이 나가서 밥도 먹고 그러나 봐. 이게 말이 되니? 그 집에 가지 말고 차라리 애를 데려왔다가 데려다주라고 내가 몇 번이나 말한 줄 알아? 내 말은 귓등으로도 안 들어. 애한테 미안해서 맘 편하게 해주고 싶다나. 그리고 지들은 이혼하기는 했지만 철천지원수가 아니래. 쿨한 친구 같은 관계라나. 쿨은 무슨 얼어 죽을 쿨이니? 재수 없게 꿀꿀거리고 있어, 정말."

쿨하다는 것이 인간관계의 끈적임과 관련 있는 문제라면, 남유희는 내 주변인들 중에서 가장 쿨한 여자였다. 그런 유희가 지금 쿨을 '꿀'이라고 발음했다. 그녀의 세계관이 동요하고 있다는 증거였다.

"용가리가 어디가 그렇게 좋아?"

"몰라. 모르겠어. 그냥 개랑 있으면 옛날의 나로 되돌아간 기분이야. 스무 살의 남유희 있잖아. 어리고 순수하던."

"야, 너 그때 별로 안 순수했어. 발랑 까진 스무 살이었어. 기억 안 나?"

"그랬나? 그럼 뭐 발랑 까지고 멍청하고 바보 같던 스무 살이라고 해두자. 아무튼 용가리를 만나면 어릴 때처럼 맘이 편안하고 따뜻해져."

스무 살의 유희는 지금보다 콧대도 한참 낮고 쌍꺼풀도 없었다. 두 뺨엔 여드름자국도 숭숭 뚫려 있었더랬다. 언젠가, 재인이 미니홈피에 그 시절에 찍은 자기 사진을 허락도 없이 올려놓았다면서 당장 내리라고 날뛰던 유희였다. 그녀가 그리워하는 것이 정말 그때의 자기 자신일까?

"웃기는 얘기 하나 해줄까? 용가리 말야. 한 번 결혼했다 왔으면서 어떻게 그 실력은 하나도 안 늘 수가 있니?"

"그렇게 못해?"

"응. 죽음이야. 첨부터 끝까지 딱 정상체위. 오직 피스톤 운동. 헤어진 와이프랑 섹스리스였다더니 진짠가 봐."

이럴 때 보면, 유희가 발랑 까진 척하지만 실은 꽤나 멍청하고 순진하던 스무 살에서 그대로 멈춰 있다는 의심을 버릴 수 없다. "야, 그걸 믿냐? 그럼 그 집 애는 어디 황새다리 밑에서 주워왔을까 봐? 그런 거 다 뻥이고 그 남자는 다만 '원래 잘 못할' 뿐이야"라고 일러주고 싶은 것을 꾹 참았다.

"사실 옛날에 내가 뭘 알았겠니. 하지만 그동안 나도 자연스럽게

학습해온 부분이 있잖아? 그런 거 다 무시하고 걔한테 맞춰서 하향 평준화시키려니까 아주 좀 쑤셔 미치겠다. 미적분 다 떼고 나서 다시 일차방정식 푸는 기분이야."

누가 들을세라 우리는 숨죽여 낄낄댔다. 혼자가 가장 편하던 공간에, 누군가와 함께 있는 것만으로도 이렇게 위로가 되다니. 태오가 남겨주고 간 잔인한 선물이었다.

5

다음 날, 찜질방에 함께 가기로 약속한 유희는 용가리의 전화 한 통에 쪼르르 달려 나가버렸다. 나는 또다시 혼자가 되었다.

하늘빛이 흐리멍덩한 휴일 오후, 아무것도 할 일이 없다. 찬밥을 한 술 뜨다가 이내 덮고 집을 나섰다. 딱히 목적지는 없었다. 수유리로 방향을 잡은 건 태오 때문은 아니었다. 어릴 때부터 나는 서울 지리에 관심이 많았고, 모르는 동네를 찾아가 기웃대는 일을 좋아했다. 정말이다. 믿거나 말거나.

태오네 슈퍼마켓의 이름은 '부여슈퍼'라고 했다. "부모님 고향이 거기거든요." 초등학교 정문 바로 앞이라 꼬맹이 손님들이 많다던 태오의 말도 단서가 되었다. 일요일이어서인지 골목은 고즈넉했다. 부여슈퍼는 1층에 문방구와 분식집, 약국이 있는 건물의 반지하에 위치하고 있었다. 천천히 계단을 내려가면서 만약 태오가 거기 있다면 뭐라고 말할 것인가를 생각해보았다. "어머. 여기서 만나네?

근처에 왔다가 우연히 들렀는데." 아니다. "그렇게 나가니까 좋니? 우리 집에 있는 네 짐, 얼른 가져가." 이것도 아니다. "미안해. 내가 다 잘못했어." 모르겠다. 나는 그를 놓고 싶은가, 놓고 싶지 않은가.

가게 안으로 한 발을 들여놓으면서야, 대체 여기까지 찾아온 이유가 무엇인지 나조차도 모르고 있음을 참혹하게 깨달았다. 진절머리 나도록 무모한 짓이었다. 다행히 태오는 그곳에 없었다.

"어서 오세요."

무성의하게 의례적 인사를 던졌을 뿐, 카운터의 중년 사내는 나에게 관심이 없었다. 그는 텔레비전에 시선을 고정시키고 있었다. 화면 속에서는 스키대회가 한창이었다. 알록달록한 경기복으로 온몸을 휘감은 스키어가 슬로프를 쏜살같이 활강해 내려왔다. 입을 반쯤 벌리고 화면에 몰두해 있는 그의 옆모습은, 태오와 놀랍도록 닮아 있었다. 슬프고 평화로운 유전자의 질서. 왜 자꾸 눈가가 흐려지는지 모를 일이다.

가게는 짐작보다 넓고 규모 있게 꾸며져 있었다. 저 샴푸들을 키대로 가지런히 정리해놓은 게 태오의 솜씨일 것만 같다. 태오의 아버지가 텔레비전에서 내 쪽으로 고개를 돌렸다. 당황한 나머지 손이 가는 대로 아무 물건이나 집어 들었다. 카운터 앞에 쑥 내밀고 보니 내 손에 들려 있는 것은 수세미였다. 태오의 아버지가 사람 좋은 미소를 지었다.

"요놈 말고 저기 저쪽에 노란 놈으로 사가요. 2백 원 차인데 그게 훨씬 나아요."

그가 시키는 대로 노란 수세미로 바꿔들고 계산을 치렀다. 그리고 도망치듯 그곳을 빠져나왔다.

비밀번호를 누르고 205호의 문을 잡아당기는 순간, 태오가 돌아와 있음을 직감했다. 태오의 신발을 눈으로 확인하자, 안도감과 불안감이 빠르게 교차했다. 태오는 내게서 등을 진 자세로 창밖을 내려다보고 있었다. 수세미가 담긴 비닐봉투를 흔들며 터덜터덜 걸어 들어오는 내 모습을 다 보았을 것이다. 납처럼 무거운 고요가 실내를 휘감았다. 결국 참지 못하고, 그의 등을 향해 소리를 질렀다.
"어떻게 된 거야?"
입 밖에 내는 동시에 한없이 남루한 질문임을 깨닫는다. 태오는 대답이 없다. 그가 나를 무시한다고 생각하니 핏대가 휙 솟구쳤다.
"여기가 여관인 줄 알아? 너 가고 싶을 때 가고, 오고 싶을 때 오고."
태오가 몸을 돌렸다. 얼굴이 까칠하다. 그의 존재감으로 내 좁은 방 안이 꽉 찬다.
"잘 지냈어요?"
"전화를 해야지. 사람 걱정하는 거 몰라?"
"미안해요. 걱정하게 해서."
"맘대로 다 해놓고 미안하다면 끝이야?"
"……미안해요."
"미안할 일을 왜 하는데? 내가 그렇게 만만해? 진짜 헤어지고 싶어?"

"그런 거 아니에요. 그냥 머릿속 좀 정리하느라고."

"어, 그러셨어? 너 정리하는 동안에 나는 입 벌리고 너 기다리라고? 어디서 죽었는지 살았는지 안달복달 걱정하면서?"

"……정말 나를 걱정한 거였어요? 걱정하고 있다는 그 느낌이 싫었던 게 아니고?"

맥이 탁 풀렸다. 사랑이 저무는 느낌은 어떻게 오는가. 누군가와 이별할 순간이 도래하면 엉뚱하게도 오래전 운동회 때가 생각난다. 줄다리기 시합. 청군과 백군이 동아줄 하나를 마주 잡고 팽팽히 대립하고 있다. 그때 불현듯 한쪽에서 동아줄을 휙 놔버린다. 아무렇지도 않다는 듯. 모든 것이 덧없다는 듯. 그럼 다른 한쪽은 어떻게 될까. 게임의 승자가 되겠지만 그걸 진짜 이겼다고 말할 수 있을까. 게임이 끝나버렸는데 누가 승리자이고 패배자인지를 가르는 것이 무슨 의미가 있을까. 적어도, 지금은 아니다. 이대로 줄을 놓쳐버리기에는, 나는 지금 너무 힘겹다.

나는 태오를 등 뒤에서 안았다. 커다란 그의 등이, 자그마한 나의 가슴에 오롯이 안긴 채 꼼짝하지 않았다. 손바닥으로 그의 길고 섬세한 등뼈를 쓰다듬었다. 태오의 몸을 돌려 그의 입술에 키스했다. 처음에 입술을 오므린 채 움직이지 않던 태오는 곧 주춤주춤 입술을 열었다. 그러고는 이내 격정적으로 나를 파고들기 시작했다. 우리는 침대 위로 쓰러졌다. 이대로 몸과 몸의 경계 없이 서로 스미고 뒤섞이면 태오와 나는 다시 예전으로 돌아갈 수 있을까? 내가 그의 귓바퀴에 혀를 밀어넣는 순간, 그러나 태오가 슬그머니 몸을 일으켰다. 나는 홀로 남겨졌다.

고약한 열패감으로 온몸이 홧홧하게 달아올랐다. 나는 지금 무슨 짓을 하려고 했던가. 무엇을 내던져 무엇을 돌이키고 싶었던가. 나는 그를 망연히 노려보았다. 태오가 내 눈을 피했다.

"연락할게요."

왔을 때 그랬던 것처럼, 태오는 '짐'이라 부르기도 민망한 중형 등산용 배낭을 짊어지고 205호를 떠났다.

5부 연인들의 비밀

1

 서투른 윙크처럼 커서가 깜빡인다.
 인생의 슬럼프를 극복하기 위한 방법은 저마다 다를 것이다. 어떤 이는 마라톤 클럽에 가입할 것이고, 어떤 이는 정신과 전문의를 찾아갈 것이며, 또 다른 이는 머리 꼭대기까지 이불을 뒤집어쓴 채 꺽꺽대며 울다 잠들 것이다. 나는 한글2002 프로그램을 띄우고 모니터를 노려본다. 자, 이제 정리해보자. 시시각각 숨통을 조이며 내 인생을 피폐하게 만드는 그것들을.
 一. 회사. 내가 아는 진실은 단 하나뿐이다. 회사도 나를 싫어하고 나도 회사를 싫어한다는 것. 직장생활을 하다 보면 누구나 위기에 봉착한다. 대개는 참고 버티거나, 아니면 그만둬버리겠지. 나는. 나는 어떻게 하면 좋을까. 그만두고 나면 당장은 속이 편하겠지만 아무런 대책도 없었다. 미래를 걸 만한 딱 부러진 꿈을 가진 것도 아니다. 회사에 대한 최고의 복수는 독립하여 편집대행회사를 차리는 것이리라. 뛰어난 창의력과 타고난 성실성, 저돌적 추진력(이런 게 있을 리 만무하지만 까짓 거 가졌다고 치고) 등을 바탕으로 승승장구, 이놈의 회사를 꿀꺽 집어삼켜버리는 거다. 상상만으로도 통쾌하다. 어쩌면 안이사도 그 판타지를 이루기 위해 출사표를 던졌는지도 모른다. 어쨌든 조만간 안이사를 한번 찾아가긴 해야겠다.

一. 엄마. 난들 왜 모르겠는가. 우리 아버지 같은 사람과 삼십 년 넘도록 같이 살아왔다면 세상의 모든 외간 남자들이 다 멋있어 보일 거라는 사실을. 엄마도 나약한 한 인간일 뿐이니 이해하라는 충고 또한 고맙게 받겠다. 그 엄마가 '나의 엄마'가 아니라 '남의 엄마'라면 나 역시 기꺼이 그렇게 생각해드릴 용의가 있다. 그러나 다른 사람이 아닌, 바로 우리 엄마의 일이다. 새언니라도 아는 날엔 지독한 집안 망신일 것이며, 아버지가 아는 날에는 상상만으로도 몸서리쳐지는 일이 기다리고 있을 것이다. 내 휴대폰에 고이 저장되어 있는, '김포아줌마'를 가장한 '김포아저씨'의 전화번호. 발신번호를 숨긴 채 문자메시지를 보낸다. '다 알고 있습니다. 부끄러운 짓 그만하세요.' 심장이 벌렁거리지만 이상하게 마음은 착 가라앉는다.

一. 태오. 태오와의 만남은 끊어질 듯 이어지고 있다. 우리 둘 사이에 싸움은 없었다. 그러나 관계의 밑바닥으로부터 미세한 균열이 일어나고 있음을 적어도 나와 태오, 단 둘만은 극도로 예민하게 인식하고 있었다. 둘 사이에 가로놓인 이별의 그 스멀스멀한 예후들에 대해 우리는 애써 모르는 척하고 있을 뿐이다. 나를 대하는 태오의 태도가 어쩐지 예전 같지 않다고 느낄 적마다, 우리 사이가 뒤틀린 책상다리처럼 삐꺼덕거릴 적마다, 이대로 그를 잃을 것 같다는 섬뜩한 확신에 사로잡힌다. 사랑의 한 시절이 이렇게 어이없게 저물어가는 것을 그저 바라만 봐야 하는 심정은 말로 표현하기 어렵다.

나는 여전히 태오를 사랑한다. 그 사람과의 이별을 받아들이고 싶지 않은 마음이 사랑이 아니라면, 사랑이 대체 뭐란 말인가. 우리의 근본적인 문제가 무엇인지 나는 알고 있었다. 우리가 함께하는 미래에 대한 막연한 불안감. 왜 태오와 평생을 함께할 수 없을 거라 지레짐작해버린 걸까. 왜 우리에게 낙관적 미래가 없을 거라고 지레짐작하며 마음의 간격을 띄우려 동동거린 걸까.

현재의 사랑과 안정된 미래를 동시에 가질 수 없다면, 타협을 선택하는 건 어떨까. 다리가 길쭉길쭉한 망아지를 준수한 명마로 만들면 어떨까. 실낱같은 희망의 힘에 간곡하게 의지하여 나는 입술을 앙다물었다.

태오는 이제 내 방에 오지 않았다. 우리는 동거하기 전처럼 밖에서 만나서 밥을 먹고 차를 마셨다. 여관에도 가지 않았다. 4,000원짜리 순두부 백반으로 이른 저녁을 먹고 나서 나는 그를 근처 작은 공원으로 이끌었다. 편의점에서 따뜻한 캔 커피 두 개와 비스킷을 사고, 해가 지는 방향의 벤치에 나란히 앉을 때까지도 품 안의 종이에 대해 말하지 않았다.

"좋다. 편안해요."

그는 부스러기가 떨어지지 않도록 한 손을 접시처럼 받치고 비스킷을 먹었다. 얼어붙은 잔디들이 그의 운동화 바닥 아래 숨죽인 채 누워 있었다.

한참을 망설이다 나는 그에게 A4 사이즈의 백지를 내밀었다.

"숙제야."

종이를 보고서 그는 좀 웃었다.

"나 그림 잘 못 그리는데."

"누가 그림 그리래? 그러니까. 음, 말하자면, 계획표를 한번 짜보라는 거야."

그는 커피가 담긴 일회용 알루미늄 캔을 양손으로 감싸 쥐고서 허공을 바라보았다.

"자기가 영화 일 하는 거, 반대 안 해. 하고 싶은 일을 해야 성공하는 세상이니까. 하지만 이대로 무턱대고 앉아서 아까운 시간만 보낼 수는 없잖아. 그쪽도 유학 갔다 오고 공부 많이 한 사람들 천지일 텐데."

"······"

"그러니까 계획을 한번 세워보라는 거야. 구체적으로. 내년에 어떤 시나리오 공모에 도전하겠다, 몇 살까지 입봉을 못 하면 그만두겠다, 하는 식으로."

그 텅 빈 종이를 그는 잠자코 내려다보았다.

"아, 꼭 여기다 써 오라는 건 아냐."

고집스럽게 다문 그의 입술 때문일까. 나도 모르게 한발 물러섰다.

"말로 해도 돼. 아니. 나한테 얘기하기 싫으면 그냥 자기 마음속으로 구체적인 의지를 한번 세워봤으면 좋겠어."

"자기 눈에는 내가 그렇게 하나하나 다 못 미더워요?"

그가 직격탄을 날렸다. 나의 마지막 노력이 무참한 실패로 돌아갔음을 알겠다.

"비약하지 마. 그런 뜻이 아니고……"

그가 내 말을 가로막았다.

"자기가 보험설계사예요? 어떻게 이런 발상을 할 수가 있어?"

나는 모가지가 비틀린 오리처럼 꽥 소리 질렀다.

"네가 한 번이라도 내 입장을 생각해봤어? 내가 지금 몇 살인지, 너랑 만나는 게 내 인생에서 어떤 의미인지."

태오는 대답하지 않았다. 어느새 저녁놀이 져버린 조그만 공원 안에서 우리는 어둠 속으로 서서히 잠겨들었다.

"우리 시간을 좀 갖자. 그래야 될 것 같아."

그 말은 내가 먼저 했다. 태오가 205호에서 짐을 뺐을 때, 이미 누군가 했어야 했던 말이다.

"그러길 바라요?"

그 역시 충분히 힘들어하고 있다는 사실은 위안이 되지 않았다. 나는 고개를 젓지 않았다.

"……그럴게요, 그럼."

우리는 그렇게 헤어졌다.

이별의 슬픔을 다스릴 성황노 없이, 또 하나의 대형 선물이 도착했다. 회사가 나에게 2개월 감봉 결정을 내린 것이다. 믿어지는가, 정녕? 미안하지만, 나는 도저히 믿을 수가 없다. 징계사유라는 것 또한 가관이었다. 회사에 중대한 손해를 입혔다니. 이 병아리 콧구멍만 한 회사에 그런 사규가 있었다는 것도 몰랐거니와, 도저히 타당한 이유라고 인정할 수 없었다. 징계위원회가 열렸다는 소식을 못 들었으니 사장 혼자 결정한 일이 뻔했다. 이건 아무리 봐도, 누가 뭐래도, 명명백백한 노동법 위반이었다. 이 와중에, 황부장과 이민정 역시 나와 같은 처분을 받았다는 사실만이 약간의 안도감을 주었다.

내 힘으로 할 수 있는 복수는 둘 중 하나였다. 노동청에 고발하거나, 사표를 던지거나. 오전 내내 고발장을 썼다 지웠다 했고, 오후 내내 사직서를 썼다 지웠다 했다. 나라는 인간의 우유부단함에 치가 떨렸다.

"안이사는 환송회도 없이 나가나 봐?"

"그런가 봐. 하긴 사장이랑 원수지고 나가는 건데."

장선배와 디자인팀 김과장이 소곤거리는 소리가 내 자리에서 고스란히 다 들렸다.

"그럼 오은수는 언제 따라가는 거야?"

장선배가 내 눈치를 살피며 김과장의 팔뚝을 꼬집었다. 안이사의 이름을 듣자 차라리 마음이 가벼워진다. 모두들 퇴근하기를 기다려 나는 안이사에게 전화를 걸었다.

"이사님, 꼭 드릴 말씀이 있어요."

"흐음. 지금 식구들하고 저녁 먹는 중인데."

"저, 잠깐이면 되거든요."

이거야 원, 밀회를 즐기다가 슬슬 몸을 빼려는 직장 상사에게 눈치 없이 매달리는 가련한 여직원 모드였다. 안이사는 큰 선심이라도 쓴다는 듯, 딸내미를 학원에 데려다주고 와야 하니 한 시간 뒤에 보자고 했다. 사람은 누구나 여러 가지 사회적 역할을 수행하며 살아간다. 아무리 그래도 그렇지, 안이사가 누군가의 자애로운 아버지라는 것은 영 실감나지 않는다.

건너편 빌딩의 창문에 하나둘 불이 꺼지고 있었다. 턱을 괴고 앉아 안이사에게 해야 할 말들을 차근차근 예습해보려다 그만둔다. 생각을 쥐어짜느라 안간힘을 쓰는 일도 이젠 정말 지친다. 이미 정해진 운명이라는 게 있다면, 어떻게든 벗어나려고 발버둥 치는 인간의 이성이란 참으로 무기력할 뿐이지 않겠는가. 나는 아프게 입술을 깨문다. 그럼에도 불구하고, 계속 가야 하겠지. 삶을 이대로 멈추게 할 용기는 없으므로.

안이사와 마주 앉고서야 첫마디를 어떻게 뗄지 전혀 준비하지 않았음을 깨달았다. 에라, 모르겠다. 그냥 확 질러버리기로 했다.

"이사님. 정말 독립하시는 건가요?"

"독립? 독립이라…… 글쎄, 어쨌거나 홀로서기를 궁리 중이긴 하니까 그렇게 볼 수도 있겠구먼."

"……그럼, 저는요?"

너무 직설적이었다. 안이사는 난감한 표정을 감추지 않았다.

"제가 이사님을 따라 나간다고, 회사 안에 그런 소문이 파다해요."

"엥. 왜?"

왜라니. 내가 묻고 싶은 말이다. 안이사는 아예 소문 자체에 대해 처음 듣는 눈치였다. 몰래 귀띔해주는 사람 한 명 없었다니, 역시나 우리 회사 내의 비공식적 왕따가 분명했다. 그와 나를 둘러싼 소문들, 내가 처한 곤경들에 대해 더듬더듬 구차하게 설명했다. 안이사가 담배에 불을 붙였다.

"이것 참. 여러 가지로 내가 미안하네."

"……"

"오대리 회사생활이 힘들었겠구먼."

그 한마디에 콧등이 시큰해진다. 여기서 눈물을 보이면 진짜 우스워지는 거다. 나는 억지로 미소를 지었다.

"꼭 그것 때문은 아니지만, 저도 이참에 한번 옮겨볼까 심각하게 고민 중이에요."

"오호, 그래? 어떤 쪽으로?"

지금이야말로 솔직하게 말할 타이밍이었다.

"이사님이 준비하시는 회사에는, 사람 필요 없으세요?"

아아, 너무 노골적인 추파로는 들리지 않았으면 좋겠다. 안이사가 내게 바짝 얼굴을 가까이 가져다 댔다. 귓가에서 운명의 종소리가 먹먹하게 메아리치는 것만 같다. 안이사가 숨을 내쉴 때마다 어금니 썩어가는 냄새가 옅게 풍겼다.

"혹시 우거지 좋아하나?"

잘못 들은 줄 알았다. 안이사가 계획하고 있는 사업은, 우거지 비즈니스였다. 매형과 동업으로 우거지 전문 식당을 개업할 것이며, 부속사업으로 가칭 '우리 우거지 바로 알리기 운동본부'를 열고, 격월간 잡지 '우거지'의 발간도 추진할 예정이라고 했다.

"누구한테나 가슴에 품고 있는 필생의 아이템이 있잖아. 나한테는 그게 바로 우거지였던 것 같아. 어릴 때 우리 어머니, 우거지찌개 끓이는 솜씨가 국보급이셨거든. 새우젓 넣고 보글보글 끓이면, 캬, 정말, 그 구수하고 깊은 맛은 필설로는 다 못하지."

"……"

"이십 년 동안 억지로 밥벌이했으면 됐잖아? 처음에야 좀 힘들겠지만 하고 싶은 걸 하고 살면 속은 편하겠지. 그리고 이 우거지라는 거, 잘만 하면 세계시장에서도 충분히 승산이 있다고."

안이사의 눈빛에서 반짝거리는 것은 희망이었다. '격월간 우거지 취재기자 오은수.' 꽤나 도발적이다. 참았던 눈물이 찔끔 났다.

캭 죽으라는 법은 없나 보다. 격월간 잡지 우거지의 창간 멤버가 될 수도 있으니까. 안이사가 편집장이라는 직함은 달아주겠지? 그의 말대로 우거지 비즈니스가 대박난다면 나는 일등 공신이 되는 거다. 마음만 달리 먹으면, 선택의 폭은 넓을지도 모른다. 2개월 감봉의 치욕을 감수하고 그냥 주저앉을 수도 있고(감수하기엔 치욕이 너무 크지만), 이 기회에 평소 자나 깨나 염원해왔던 우아한 백조의 길에 들어설 수도 있으며(우아하기엔 무슨 돈을 쓰고 살아야 할지 대책 없지만), 이도 저도 아니라면 아예 새로운 길을 모색할 수도 있다.

대학 졸업 후 줄곧 편집 일로 잔뼈가 굵어왔다. 내 힘으로 한 권의 책을 묶어내는 데에 특별한 애정이 있는가를 묻는다면 부정하지는 않겠다. 한 달 내내 고생한 끝에 만들어진, 인쇄 냄새 물씬 풍기는 책을 손바닥으로 쓸어보면 뿌듯함이나 성취감이 꿈틀대는 것도 사실이다. 그렇게 팔 년을 살아왔다. 팔 년. 목도 못 가누는 갓난아기가 초등학생이 되는 시간이다. 아직도 열정적인 에너지로 충만하다면 그게 더 이상한 일 아닐까?

이 바닥이 아닌 다른 곳에서 밥벌이를 하고 살아갈 수 있을지 나도 궁금하다. 지금껏 쌓아온 노하우와 인맥을 깨끗이 버리고, 전혀 다른 필드에서 초보자가 되어 처음부터 새로 시작하는 것이 가당키나 할는지. 위기는 찬스라는 말이 허튼 위로가 아니라면 사면초가의 궁지에 몰린 지금이야말로 마지막 기회일지도 모른다. 과연?

정답 없는 고민으로 며칠을 보냈다. 내가 밥을 먹고 다니는지 생쌀을 씹고 다니는지도 모르는 채 시간이 흘렀다. 퇴근길, 오랜만에 동네 반찬가게에 들렀다. 손바닥만 한 용기에 포장된 반찬 서너 종류를 샀다. 우거지나물을 집어 들었지만, 내가 어릴 때부터 줄곧 우거지를 싫어해왔다는 걸 새삼 깨닫고는 조용히 내려놓았다. 인간으로 태어난 이상 양심이 있지. 아무래도 우거지 잡지의 편집장이 될 수는 없을 듯하다.

비닐 랩만 겨우 벗긴 반찬용기를 테이블에 쭉 늘어놓고 전자레인지에 햇반을 돌린다. 햇반을 발명한 사람은 노벨평화상을 받을 충분한 자격이 있다. 혼자 밥을 먹을 때는 평소보다 훨씬 빨리 먹게 되거나 아니면 아주 더디게 먹게 된다. 꾸역꾸역 젓가락질을 하고 있는데 갑자기 초인종이 울렸다. 누구지? 태오의 얼굴이 퍼뜩 스치고 지나갔다.

"막내야, 나다."

방문객은 엄마였다. 요 며칠 엄마의 전화를 가볍게 무시해주었다는 데 생각이 미쳤다. 내 방에 성큼 들어선 엄마의 첫번째 행동은, 혀를 차는 것이었다.

"어이구. 이걸 지금 밥이라고 먹는 거냐?"

내 소박한 밥상이 별안간 처량하고 초라하게 전락하는 것 같아 화가 치솟는다.

"이게 방이냐, 짐승 우리냐. 저 방바닥에 머리카락 굴러다니는 것 좀 봐. 이렇게 먼지가 풀풀 날리는 데서 어떻게 목구멍에 밥이 넘어가니."

"여긴 왜 오셨어요?"

내 목소리가 한겨울 얼음장처럼 냉랭하게 들리기를 바란다.

"걱정돼서 왔지. 연락도 안 되고, 요새 계속 꿈자리도 사납고."

엄마 때문에 내 꿈자리가 사나워요,라고 내뱉고 싶어서 혓바닥이 옴찔옴찔했다. 엄마는 양손 가득 밀폐용기가 담긴 쇼핑백을 들고 왔다. 황폐한 냉장고를 열어본다면 또 한바탕 잔소리를 퍼부을 게 분명했으므로 엄마가 화장실에 들어간 사이 재빨리 냉장고를 열고 그것들을 아무렇게나 대충 집어넣었다.

"세상에. 너, 이게 뭐니?"

엄마는 세면대 앞에 멍하니 서 있었다.

"여기 칫솔이 왜 두 개야?"

치약과 칫솔꽂이로 사용하는 투명 유리컵 안에는 두 개의 칫솔이 사이좋게 머리를 맞대고 있었다. 태오의 것이 아니라, 얼마 전 유희가 자고 갔을 때 새로 꺼내놓은 것이다.

"왜? 내가 남자라도 끌어들였을까 봐 무서워요?"

엄마는 내 말의 내용이 아니라 오만하게 빈정대는 말투 때문에 충격을 받은 것 같다. 나는 작은 악마처럼 송곳니를 드러내고 웃었다.

"그러면 좀 어때서? 엄마가 나한테 뭐라고 할 자격이 있다고 생각해요?"

누가 나를 건드려주기만을 기다리고 있었나 보다. 솜털만 닿아도 확 달려들어 물어뜯어버리고 싶었나 보다.

"애가 왜 이래?"

엄마가 나를 노려본다. 나 역시 엄마의 시선을 피하지 않는다. 엄마는 스물다섯에 나를 낳았다. 서른두 살에 그녀는 꼬물거리는 두 아이를 둔 어미였고, 학부형이었으며, 결혼생활 십 년이 다 되어가는 주부였다. 엄마의 서른두 살에 대해 내가 아는 건 그게 전부다. 공평하다. 엄마 또한 지금의 나에 대해 아무것도 모르니까. 쉰여섯 살의 엄마가 한숨을 내쉰다.

"휴우, 관두자. 밥은 다 먹은 거야? 어리굴젓 무쳐 왔는데 좀더 먹지?"

상대가 남자였다면 아마 그쯤에서 접었을 것이다. 하지만 상대는 엄마다. 자궁 밖으로 나를 밀어내는 순간 나에게 맹목을 약속한 사람, 오로지 나만을 당신 인생의 고갱이로 여겨야 할 사람, 숨이 끊어질 때까지 나를 배신할 수 없는 사람. 그래서 나는 소리친다.

"그러니까 앞으론 연락 없이 오지 말아요. 남의 집에 오면서 그 정도는 기본 아니야?"

"내가 남이니?"

"당연히 남이지. 엄마가 나예요? 아니잖아. 엄마는 엄마. 엄마 몸을 가지고 엄마 하고 싶은 대로 사는 거고. 나는 나. 내 몸을 가지고 나 하고 싶은 대로 살면 되고."

유치하고 치졸하다. 이유 없이 반항하는 여중생의 입에서나 나올 만한 대사라는 걸 나는 잘 알고 있다. 아릿한 통증이 가슴에 번진다. 엄마도 더는 참지 않는다.

"알아. 나도 아는데, 나도 너 같은 딸 어떻게 사는지, 어디서 무슨 짓을 하고 다니는지 무심하고 싶어죽겠는데, 그게 안 되니까 어쩔 수가 없어. 네가 참아."

엄마의 콧구멍이 벌름거린다. 종종 닮았다는 말을 듣곤 하는 엄마와 나의 얼굴. 작고 동그란 코의 모양새는 틀로 찍어낸 것처럼 똑같다.

"아무리 그래도 상대방의 인생에 마음대로 개입해도 되는 건 아니잖아요. 칫솔이 몇 개든, 누가 와서 자고 가든, 내가 엄마 사생활에 간섭하지 않듯이 엄마도 그랬으면 좋겠어요."

"……"

엄마는 고통을 받고 있을까. 그랬으면 좋겠다고 나는 입술을 깨물며 소망했다.

"……내가 어쩌다가 우연히, 그래요, 우연히 엄마의 어떤 비밀을 알게 되었다고 쳐요. 그래도 난 엄마한테 따져 묻지 않을 거야."

엄마의 눈동자가 와락 흔들리는 것을 나는 아프게 지켜보았다.

입속의 혀 때문에 질식해버릴 것만 같았다.

"……네가 지금 무슨 말을 하는지 잘 모르겠다."

그 짧은 문장을 엄마는 아주 천천히 말했다.

"무슨 말인지 진짜 몰라요? 이렇게 힌트를 줬는데?"

우리는 한국어로 대화를 나누고 있지만 서로 다른 이방(異邦)의 언어를 허공에 뱉어내고 있는지도 모른다. 엄마가 먼저 고개를 돌린다. 엄마는 대답 없이 가방을 들고 일어선다. 돌아서는 엄마의 딱딱한 등 너머로 거센 물결이 위태로이 일렁이는 것 같다. 이대로 보내면 안 된다는 본능적인 예감이 고개를 든다. 나는 참았던 말을 뱉었다.

"나한테는 다 얘기해도 되잖아요. 나한테는."

그 말을 하는 순간, 엄마에게 느끼고 있는 배신감의 정체를 비로소 알게 된 기분이었다. 엄마는 아주 잠깐 동작을 멈추었으나, 곧 뒤도 돌아보지 않고 황황히 내 방을 빠져나갔다. 반쯤 먹다 남은 식은 밥과, 공기 중에 뻐드러져 이미 삭아가기 시작한 초라한 반찬들과 함께 나는 홀로 남겨졌다. 탁자를 주먹으로 탕탕 내리쳤다. 모두들 나를 떠나가고, 나는 모두를 떠나게 한다. 무너지듯 탁자에 이마를 붙었다. 엄마에게 왜 터무니없이 못되게 굴었는지 모르겠다. 왜 뛰어나가 엄마를 잡지 못하는지, 나는 왜 이렇게 못나게 태어났는지, 아무것도 모르겠다. 손끝 하나 까딱할 수도 없는 무기력한 자책감이 가슴을 후려친다.

누군가에게 나의 불행을, 그 불쾌한 진실을 남김없이 폭로하고 싶어서 숨이 막힌다. 힘겹게 몸을 일으킨다. 가방을 뒤져 전화기를 찾아 든다. 태오에게 문자메시지를 쓴다.

―잘 지내니? 나는 잘 못 지내. 너는 지금 어디에 있는 거야?

전송버튼을 누를 수 있을까. 이토록 못난 내가.

태오는 나에게 답장을 보내오지 않았다. 오래 망설이다 마침내 내 손을 떠난 문자메시지는 후라보노 껌처럼, 마블링 잘된 꽃등심처럼, 얄밉게 구는 친구처럼, 그에게 장렬히 '씹힌' 것이다. 어리병병한 후회가 가슴을 후려쳤다. 내가 먼저 손을 내밀기만 하면 태오는 허겁지겁 그 손을 붙잡으리라 믿었는지도 모른다. 그 근거 없는 오만은 대체 어디서 비롯되었던 것인가. 몸으로 몸을 때리는 것만이 폭력은 아니었다. 내가 무례라는 손바닥을 휘두르자 태오는 침묵이라는 검으로 맞받아쳤다. 칼날이 예리하게 내 손금을 벴다.

2

표면적으로 일상은 조용히 흘러갔다. 태오가 해주던 콩밥이 떠오를까 봐 전기밥솥을 열지 않았고, 엄마가 만들어 온 반찬들이 눈에 띨까 봐 냉장고 근처에도 가지 않았다. 유준은 시범 강의를 했던 중학생 전문 보습학원에 출근하고 있다는 소식을 전해왔다. 그는 "하루에 여섯 시간 강의야. 여섯 시간 동안 서서 줄기차게 떠든다고. 못 믿겠지? 실은 나도 그래"라고 너스레를 떨었다. 어린이집에 입학한 조카를 바라보는 것처럼 불안하기도 하고 대견하기도 했다. 그의 목소리에 실린 장난기는 여전했지만 그래도 제법 의젓

한 기운이 묻어나서 마음이 놓였다.

"사회생활이 원래 이렇게 빡센 거냐? 일단 적응 좀 하고 정신 좀 차린 다음에 본격적으로 오은수 관리 모드 들어갈 테니까 딱 그때까지만 딴 놈들 만나고 다녀라. 오빠가 태평양 같은 마음으로 이해해주지. 네가 태오씨랑 헤어졌대서 하는 말은 아니지만, 사실 이 오빠가 백수생활 청산한 게 다 너를 위해서 아니겠냐."

"고마워서 눈물 난다, 야. 월급 받는 대로 다 쓰지 말고 정기적금 먼저 들어. 아무리 금리가 바닥이라도 은행에 꼬박꼬박 넣는 게 젤 안전한 거야."

그것이 내가 해줄 수 있는 어쭙은 충고의 전부였다. 인생은 허술한 우연들로 이루어져 있다. 유준에게 은행 얘기를 한 덕분에 오랜만에 은행에 들러야겠다는 생각이 들었고, 점심시간의 은행이 몹시 붐벼 대기자가 스무 명에 가까웠으므로 소파 한끝에 엉덩이를 붙이고서 지난달 여성 잡지를 들춰보게 되었다. 유명 정치인의 숨겨둔 딸 추적, 영화배우 부부의 파경 소문 밀착 취재, 남편 스태미나 증강을 위한 특별 보양식 따위의 지면들을 성의 없이 넘기다가 깜짝 놀라 시선을 멈추었다.

'신세대 유기농 먹거리 내집합'이라는 꼭지의 기사였다. 유기농 식재료를 유통시키는 몇 개의 업체가 소개되어 있었고, 기사 하단의 박스 안에 CEO 인터뷰가 실려 있었다. 그린캣 대표이사 김영수. 사진은 나오지 않았지만, 그 남자의 직함과 이름을 충분히 알아볼 수 있었다. 튀지 않음을 모토로 살아가는 남자, 블루클럽에서 갓 나온 헤어스타일을 한 남자, 만 원권 지폐가 인쇄된 식당 방석에 흐뭇해하던 남자, 김영수씨. 나도 모르게 주위를 돌아보았다. 그리고 그 페이지를 북 찢어 가방 속에 집어넣었다.

그날 밤, 나는 아주 오래도록 잡지에 인쇄된 그의 이름을 들여다보았다. 김영수. 예민하고 순수하며 매력적인 태오와는 정반대인, 동아줄처럼 신경이 튼튼하고 매사에 무덤덤하며 불타는 열정 같은 것은 원천적으로 결여된 남자. 이 남자라면 서로에 대한 감정적 기대 지평을 극도로 좁히고, 상대방에게 온 마음을 던지지 않으며, 피차 상처를 주지도 받지도 않는 그런 관계를 맺을 수도 있을 것 같다. 서로에게 거창한 기대도 바람도 환상도 환멸도 없는 사이. 남편과 아내라는 기능적 역할을 묵묵히 수행하면서 피차 '정상적 인생'의 알리바이가 되어주는 사이.

한 남자와 헤어진 지 얼마나 되었다고 다른 남자에게 구조 요청을 하려는 나는 누가 봐도 나쁜 여자겠지. 손가락질받아도 싸겠지. 그러나 서른두 살이 되었으며, 같이 살던 어린 남자애는 떠나갔고, 회사에서는 고립무원의 상태에 처해 있을뿐더러, 애인과 목하 열애 중인 모친의 비밀까지 알게 된 한 여자의 구구절절한 사연에 대해 듣는다면 아무리 냉정한 신이라도 눈물을 찍으며 너그러이 용서해주실 것 같다. 두 번 생각하지 않기로 한다. 나는 전투적인 동작으로 전화기의 버튼을 꾹꾹 눌렀다. 신호음이 천천히 울렸다. 하나, 두울, 세엣.

"여보세요?"

김영수의 목소리가 놀랄 만큼 선명하게 들려왔다.

다시 태어난다면 여자는 되지 않겠어.

생리가 시작되는 아침이면 어금니를 깨물며 다짐한다. 물론 이 풍진 세상 별로 다시 태어나고 싶은 생각도 없지만 말이다. 탱크가 지나가는 것처럼 아랫배가 와락와락 쑤신다. 플라스틱 생수병 주둥이에 입을 대고 진통제 두 알을 꿀꺽 삼킨다. 그 와중에 세 가지 아이섀도를 섞어 눈두덩에 바르고 아이라인까지 꼼꼼히 그리고 있는 내가 징글징글하다.

점심시간을 아껴 미용실에서 드라이를 했다. 네일 케어는 이틀 전에 미리 받아두었다. 청록색 매니큐어를 권하는 네일 아티스트를 뿌리치고 투명핑크를 선택했다. 약속 시간을 기다리는 기분은 나쁘지 않았다. 그 남자의 얼굴을 떠올려보려 애썼으나 거짓말처럼 눈, 코, 입의 생김새가 하나도 생각나지 않았다. 아마 그쪽도 그렇겠지? 김영수가 나를 다시 만나면 어떤 반응을 보일 것인지 은근히 두근거렸다. 멍청하게도, 그의 얼굴을 마주하고 느낄 나의 감정에 대해서는 생각해보지 않았다. 아니다. 모르는 척하고 싶었던 거다.

드디어 그의 얼굴을 마주한 순간, 0.1초 만에 꿈에서 깨났다. 이 남자는 근사한 왕자님이 아니었다. 전에 봤을 때와 똑같은, 아저씨일 뿐이다. 해물탕은 더디게 끓었다. 비등점에 다다르기 위해 뭉근히 끓는 그 순간이 가장 곤혹스럽다. 언젠가 팔팔 끓어오르기는 하는 걸까? 침묵을 견디지 못하고 나는 불쑥 말했다.

"제 전화받고 많이 놀라셨죠?"

"아, 아닙니다."

"사실은 그게, 제가 번호를 잘못 눌렀었나 봐요. 원래 친구한테 걸려고 했었는데."

할 수만 있다면 이놈의 입을 재봉틀로 드르륵 박아버리고 싶다.

"그래도 반가웠어요. 저도 연락 한번 드려야지라고 생각하고 있었는데 그렇게 우연히 통화가 되어서요."

"……"

담담한 배려였다. 치졸한 변명이나 늘어놓는 나 자신이 부끄럽다. 이 사람이 적어도 '나쁜 놈'은 아니라는 확신이 들었다. 아니, 지구상의 인간들을 선악의 카테고리로 구별해야 한다면 확실히 좋은 나라 사람일 것이다. 나? ……말을 말자.

영원히 끓어오르지 않을 것 같던 해물탕 국물이 어느새 보글거리고 있었다.

"와, 시원하다!"

김영수가 커다랗게 감탄사를 뱉었다. 립스틱이 지워지지 않도록 조심하며 나는 입술을 오므려 국물을 떠먹어보았다. 들큼한 인공조미료 맛이 입안 가득 퍼졌다.

"네. 참, 맛있네요."

태오에게는 단 한 번도 이런 부드러운 말투로 대답한 적이 없다. 복잡한 생각을 지우기 위해 나는 활짝 웃었다. 김영수는 밥알을 씹을 때 쩍쩍 입을 크게 벌리는 스타일이었지만, 슬그머니 외면하기로 한다. 서른두 살 미혼녀의 내공이란, 그 정도쯤은 애교로 받아넘기는 것이리라.

식사 후엔 차라리 다방이라고 하는 것이 어울릴 만한 근처 커피숍으로 자리를 옮겼다. 그는 주로 자신이 하고 있는 사업에 대해 이야기했다. 처음에는 스스로도 반신반의했지만 일이 점점 본 궤도에 올라가는 것 같아 다행이라고 했다. 무조건 많은 수익을 얻기보다는, 만드는 이와 먹는 이가 한마음으로 좋은 먹을거리를 나누는 데에 자그마한 다리 역할을 하고 싶다고도 했다. 잡지 인터뷰에서 다 보았던 내용이었지만, 그 얘기는 하지 않았다. 작정하고 덤벼든 여자로 비쳐지는 건 내키지 않는다.
 그를 찬찬히 뜯어본다. 아무리 봐도 나무랄 데가 없는 남자다. 객관적으로 판단하건대 나보다 여러모로 나은 조건의 남자다. 나와 이 남자가 결혼정보회사에 각각 남녀 회원으로 가입한다면, 서로 다른 클래스에 소속될 것이 분명하다. 뜬금없이 걸려온 전화에 당황하지 않고, 저녁식사를 제의한 걸로 보아 그는 내게 어느 정도의 호감은 가지고 있는 듯싶다. 착각하지 말라고? 뭐, 적어도 '별로 깊게 사귀어볼 마음은 없지만 연락 끊기에도 아쉬운 여자 명단'의 한 귀퉁이에 내 이름도 당당히 올라 있다고 우겨보기로 하자.
 "부모님이 외국에 계신다고 하셨죠? 그립지 않으세요?"
 별 의도 없이 던진 질문이었는데 김영수의 눈동자에 얼핏 당황의 빛이 스쳐 지났다.
 "아니요. 아닙니다. 그렇지 않아요."
 너무 완강히 부정했기 때문에 도리어 이상하게 느껴졌다.

 "부모 얘기를 안 하는 남자라고? 흠, 그거 둘 중 하난데. 당장 붙잡아야 될 남자, 아니면 엄청난 고단수."
 재인이 시큰둥하게 분석했다. 벌레 씹은 표정으로 우리를 바라보던 그녀의 시부모가 떠올랐다. 그날 별일 없었느냐는 질문은 차마 하지 못하겠다. 어쩐지 약 올리는 것 같을 테니까.

"은수야. 넌 지금 네가 얼마나 행복한지 모르지?"

푸핫. 입속에 가득 든 국수 가닥들을 그대로 뿜어버릴 뻔했다.

"그게 무슨 망발이냐? 허허, 참, 관두자, 관둬."

"너한텐 아직 무한한 선택권이 있잖아."

"얘가 지금 장난하나. 서른두 평짜리 아파트에 거주하는 의사 사모님께서 그런 소릴 하시면 원룸 구석에 찌그러져 사는 가난뱅이 노처자는 혀 깨물고 죽으란 거냐?"

나는 다소 과장되게 반박했다. 친구의 눈동자에 짙게 드리워진 청회색 그림자가 아까부터 줄곧 마음에 걸리던 참이었다. 그녀의 얼굴색은 마치 폭설 경보가 발효되기 직전의 서울 하늘 같았다. 내 몸을 던지는 눈물겨운 노력에도 아랑곳없이 재인은 유효기간 간당간당한 크림빵처럼 위태로워 보인다.

"그린캣이라고 했지? 그 회사 요즘 잘 나가나 봐? 우리 동네에도 체인점 생긴다고 인테리어 공사하더라."

"그래?"

"전도유망한 사업가에다가, 별로 효자도 아닌 것 같다고 하고, 인물도 멀쩡하다면, 뭐 하나 빠지는 게 없네? 결혼 상대자로 더할 나위가 없긴 하다."

더할 나위 없는 결혼 상대자 김영수씨와 나는 결혼이라는 단어를 주제로 심도 깊은 논의를 나눈 적이 없었다. 어쨌거나 우리의 만남은 계속 이어져오고 있기는 했다. 알코올을 전혀 입에 대지 않는 남자와 같이할 만한 일은 별로 많지 않았다. 밥을 먹고 차 한잔을 마시고 나면 '집에 가서 아홉 시 뉴스 중간부터 볼 수 있겠네'라는 생각이 자연스레 드는 것이다. 그의 자동차 라디오는 늘 교통방송에 주파수가 고정되어 있었다. 징그럽도록 꽉 막혀 있는 성산대교를 건너면서 올림픽대교나 한남대교의 원활한 소통 상태를 실시간으로 전해 듣는 것만큼 비현실적인 것도 없다. 삼십을 훌쩍 넘은 남녀가 데이트하면서 결혼의 '기역' 자도 안 꺼낸다는 것 역시 그다지 현실적인 상황은 아니었으므로 굳이 남에게까지 밝히고 싶지는 않다.

"뭐, 그 비슷한 얘기를 하긴 하는데……"

대충 얼버무렸다. 내 새빨간 거짓말을 알아챈 걸까, 별안간 재인이 정색을 했다.

"그래도 그냥 연애만 해라. 결혼은 하지 마. 너니까 특별히 말해주는 거야."

"……"

"결혼하고 보니까, 사는 게 참 내 마음 같지 않다. 아니야, 내 마음이 비뚤어진 건지도 모르지만."

내 놋의 쌀국수가 국물까지 싹 비워질 동안, 재인의 그릇은 거의 변화가 없었다. 젓가락을 쥔 그녀의 손가락이 겨울나무의 가지처럼 앙상했다. 빈 나뭇가지는 가만히 있어도 휑휑 바람 소리를 내며 흔들리는 것처럼 느껴진다.

"은수야. 사람을 잊는 데 사람이 최고라는 말. 나도 어느 정도는 수긍하거든. 하지만 단지 결혼을 하고 싶다는 이유로 누군가를 만

나는 건 절대 반대야. 서두르지 마. 알았지?"

 재인의 충고에는 어떤 간절함이 깃들어 있었다.

 "나도 알아. 아는데, 맘대로 안 된다. 있지, 요샌 그런 생각이 많이 들어. 내가 남들처럼 정상적으로 결혼해서 살려면 지금이 마지막 기회가 아닌가 하는. 일찍 결혼한 동창들은 벌써 학부형이 되기도 했잖아. 넌 결혼이라도 했지. 난 언제 걔들을 쫓아갈 수 있을까. 점점 열등생이 돼가는 기분이야."

 "다들 각자 자기 몫의 인생 사는 거지. 우등생이 어디 있고, 열등생이 어디 있니."

 "그건 네가 꼴등으로 살아보지 않아서 하는 말이고."

 "정말 우습지? 울 엄마, 나 어릴 때부터 항상 입에 달고 살던 말이 '공부해!'였다. 왜 그렇게 공부, 공부 했는지 몰라. '너처럼 그렇게 공부 안 하면 대학 못 간다. 대학 못 가면 시집도 못 간다.' 결국 그렇게 결론 나곤 했지. 그게 얼마나 모순적인 말인지 인식도 못했을 거야. 당신 결혼생활도 별로 행복하지 않았으면서 말이야."

 "어, 울 엄마도 그랬는데. 이제 알겠다. 내가 지지리 공부를 안 해서 시집을 못 가는 건가 봐."

 "바보야. 그깟 결혼에 연연하지 말라니까."

 다시 도돌이표다. 재인은 팔을 높이 쳐들어 맥주를 주문했다.

 "낮술 한잔 안 하면 밤에 잠을 못 자."

 그녀의 눈가에는 다크서클이 짙고 둥글게 드리워져 있었다.

3

　김영수는 바쁜 남자였다. 평일 퇴근 시간도 들쑥날쑥했고 주말에도 출근하는 경우가 많았다. 그는 특별한 일이 없는 한 매일 오후 12시 30분부터 1시 사이, 즉 점심식사를 하고 난 뒤에 문자메시지를 보내왔다. 내용은 나쁘게 표현하면 천편일률적이고, 좋게 표현하면 일관성이 있었다.
　— 점심 맛있게 드셨나요? 저는 설렁탕 먹었습니다. 오후에도 일 열심히 하세요.
　가끔씩 '시간 괜찮으면 오늘 저녁 같이하실래요?'라는 내용이 덧붙으면, 오늘 자기 시간이 날 것 같으니 데이트하자는 뜻이 담겨 있는 것이었다. 나 또한, 딱 적당한 강도의 답장을 보내곤 했다.
　— 저는 떡만둣국 먹었어요. 비가 올 것 같네요. 운전 조심하시고요. ^^
　그날의 점심 메뉴와 일기예보가 아니라면 도무지 성립되지조차 않는 문장들의 교환이었다.
　토요일 오후, 오래간만에 시간이 난 김영수를 만났다. 늦은 점심 겸 저녁을 먹고 나자, 언제나와 마찬가지로 마땅히 할 일이 없었다. 그는 근처의 대학 캠퍼스 주차장에 자동차를 세워두었다고 했다. 우리는 터벅터벅 걸어 캠퍼스로 올라갔다. 멀리서 축구를 하는 사람들이 보였다.
　"저 사람들 춥지도 않나 봐요?"
　내가 그쪽을 가리키자 김영수가 걸음을 멈추었다.

"날이 많이 풀렸잖아요. 그리고 겨울철일수록 몸을 많이 움직여야 혈액순환에 좋대요."

"축구 좋아하시나 봐요?"

"그냥 남들만큼이요."

괜히 물어봤다. 무엇이든 '남들만큼'인 남자이니 당연할 텐데 말이다. 군데군데 잔설이 남아 있는 운동장의 가장자리를 우리는 말없이 걸었다. 그가 몇 발짝 앞서 걷고 내가 뒤를 따랐다. 내가 한 발자국 전진하면 그의 딱딱한 등짝도 그만큼 멀어졌다. 등은 연기(演技)하지 않는다. 타인의 등을 본다는 행위는 눈을 마주 보는 것과는 다르다. 그건 어쩌면 그 사람 내면의 더욱 깊은 곳을 훔쳐보는 순간이다. 이 순간, 나는 이 남자의 무엇을 훔쳐볼 수 있을까?

그때였다. 축구공이 맹렬한 속도로 이쪽을 향해 날아왔다. 나는 본능적으로 눈을 감았다. 아주 가까이에서 퍽 소리가 들렸다. 김영수가 꺾이듯 쓰러져 있었다.

119 구급차는 곧 도착했다. 구급차에 실려 가는 동안 나는 스스로를 자책했다. 평소 꽉 막힌 도로에서 경광등을 켜고 삐뽀삐뽀 질주하는 앰뷸런스들을 괜스레 의심스런 눈초리로 바라봐오던 일을 이제라도 용서받을 수 있다면 좋겠다. 토요일 오후, 서울 도심의 거리는 자동차들로 가득했다. 날개를 펴고 창공으로 날아오르지 않는 한 119 구급차라도 꼼짝없이 갇혀 있을 수밖에 없었다. 쌔고 쌘 게 대학부속병원이던데 왜 하필 의과대학이 없는 학교에서 사고가 난 건지, 별게 다 원망스러웠다.

김영수는 죽은 듯이 누워 있었다. 진짜로 죽었을지도 몰랐다. 아직 죽지 않았다 해도 서서히 죽어가고 있을지도 몰랐다. 가슴이 터질 것 같았다. 눈물을 멈출 수가 없었다. 주황색 제복을 입은 구급대원이 나를 위로했다.

"너무 걱정하지 마세요. 확실치는 않지만 외부 충격에 의한 일시적인 기절 상태일 가능성이 큽니다."

콧물을 훌쩍이며 고개를 들었다. 어라, 구급대원은 제법 해사한 인상에 콧날이 날렵한 미남자다. 나는 흠흠 헛기침을 하고 아무렇게나 흘러내린 머리칼을 살그머니 귀 뒤로 넘겼다. 남자친구——아니, 뭐, 어쨌거나, 나와 같이 있다 봉변을 당한 남자——가 급작스레 날아든 축구공을 맞고 기절하여 응급실로 실려 가고 있는 이 긴급 상황에서 외간 남자의 미모에 현혹되다니. 나는 정말 어쩔 수 없는 구제불능 아메바인가 보다. 멈췄던 눈물이 다시 솟구쳤다. 김영수에게 내 마음을 들켰을까 봐 죄스러웠다. 미안해요, 영수씨, 깨어나기만 해요, 제발.

119 대원들이 김영수를 응급실 침상까지 데려다 뉘어주었다. 흰 가운을 입은 여자 의사가 다가왔다. 요즘엔 왜 똑똑한 여자들이 예쁘기까지 한 걸까. 나보나 네댓 살은 어려 보이는, 맑고 총명하게 생긴 의사 앞에 서자 어쩐지 주눅이 들었다. "그러니까 이 사람, 축구공에 맞았다고요"라고 더듬더듬 설명하는 내가 무슨 명랑만화 속 주인공처럼 느껴졌다. 의료진 몇이 달라붙어 그의 눈동자를 까뒤집어보고 맥박과 혈압 등을 체크했다. 정신이 육체를 제어하지 못하는 상황은 상상해본 적도 없다. 낯모르는 사람들이 제 몸에 이

리 손대고 저리 굴리는 것을 김영수는 나무인형처럼 누운 채 고스란히 받아내고 있었다.

"일단 저쪽에 가서 접수 먼저 하세요. 환자분 주민등록번호 쓰시고."

"주민등록번호요?"

부모의 주민등록번호도 외우지 못하는 나에게 지나치게 무리한 요구였다.

"환자 지갑 안에 신분증 있을 거 아니에요?"

김영수의 코트 안주머니에 조심스레 손을 넣어보았다. 반들반들한 촉감의 검정색 남성용 가죽지갑이 잡힌다. 김영수답게 몹시도 평범한 물건이다. 지금 이 병원 로비에 앉아 있는 남성들 중 열에 여덟은 이와 비슷하게 생긴 가죽 지갑을 몸속 깊은 곳 어딘가에 소중히 품고 있을 것 같다. 지갑 내부는 깔끔하게 정리되어 있었다. 어렵잖게 주민등록증을 찾아냈다. 아는 이의 신분증을 들여다보고 있으면 마치 책꽂이 한구석에 오랫동안 방치되어 있던 지리책을 꺼내든 기분이 된다. 우리 동네가 축약된 페이지를 딱 펼쳤더니 암호 같은 선과 점만 가득할 뿐 오시오슈퍼마켓이나 럭키약국, 가나안안경점은 흔적도 없을 때 느껴지는 당혹감 말이다.

성명 김영수(金永洙). 한자까지도 참으로 평범하다. 증명사진 속의 김영수는 지금보다 조금쯤은 젊고 또 피로해 보였다. 눈앞에서 터지는 카메라 플래시에 긴장했었는지 눈가와 입매가 딱딱하게 굳은 것 같기도 하다. 접수 창구에서 직원이 알려주는 대로 간단한 서류를 작성하고 그의 주민등록증을 맡겼다. 응급실에 다시 한 발을 들여놓는 순간 꼬마가 숨넘어갈 듯 울어젖히는 소리가 긴박하게 들려왔다. 듣는 이의 피부 세포를 바늘 끝처럼 곤두서게 하는 소리였다. 여기가 어떤 곳인지 새삼 환기되었다.

김영수의 침상 앞으로 돌아와 엉거주춤 섰다. 이제 어쩌면 좋지? 이 남자가 영원히 깨어나지 않는다면, 만약 그렇다면 나는 어쩌지? 누구에게 제일 먼저 연락을 해야 하지? 그때, 김영수의 눈꺼풀이 바르르 떨렸다. 그는 아주 천천히 눈을 떴다. 내 입에서 저절로 비명이 터져 나왔다.

"정신이 들어요? 내가 누군지 알겠어요? 여기가 어딘지 알겠어요?"

한꺼번에 쏟아부어대는 질문에 넋이 나간 걸까, 그는 눈만 끔뻑끔뻑하며 나를 바라보았다. 내가 손에 들고 있는 가죽 지갑에 시선이 머무나 싶더니 갑자기 그것을 홱 낚아챘다. 테러 용의자의 증거를 발견한 FBI 비밀요원처럼 그는 자신의 지갑을 정신없이 뒤졌다.

"아무것도 안 건드렸어요. 정말이에요."

강력히 부인하며 손바닥을 휘휘 내젓고 있으니 꼭 진짜 용의자가 된 것 같아 얼굴이 화끈거렸다. 김영수가 손동작을 멈추고 나를 쏘아보았다. 작실에 뒷덜미를 찍힌 어린 짐승의 표정이 저럴까. 그 남자의 내부에서 지금 무언가가 절박하고 불안하게 요동치고 있었다. 그것을 본능적으로 알아챘지만 나로서는 어쩔 도리가 없었다. 단기기억상실증인가 하는 증상에 대하여 텔레비전에서 본 기억이 났다.

"나예요, 나. 알죠? 내 이름은 오은수. 그쪽 이름은 김영수. 영수씨 좀 전에 나랑 같이 걸어가다가 머리에 축구공 맞았잖아요. 기억 나요?"

"……"

"여긴 응급실이고요. 영수씨 공 맞고 쓰러져서 여기 실려 온 거 예요."

김영수의 이마가 움찔 떨렸다.

"접수하려면 신분증 필요하다고. 그래서 지갑 꺼낸 거고요. 주민 등록증 말고 딴 건 보지도 않았어요."

사실 현금이 얼마나 있나 슬며시 들여다보기는 했지만 고의는 절대로 아니었다. 억울함이 복받쳐 목이 메어왔다. 내 말이 끝나자마자 그는 급박히 몸을 일으켰다. 응급실을 가로질러 경중경중 달려가는 그 남자의 뒷모습을 나는 그저 멍하니 바라보았다. 건너편 침상에서는 술에 잔뜩 취한 소녀가 손가락에서 피를 뚝뚝 떨어뜨리면서도 해롱해롱 천진난만하게 웃어대고 있었다. 이 도시에는, 내 알량한 상식으로는 차마 가늠하기 벅찬 일들이 예사로 일어난다. 헐레벌떡 주민등록증을 찾아온 김영수가 내게 다가와 허리를 으스러지게 껴안고 입술을 쭉쭉 빤다고 해도, 나는 더 이상 놀라지 않겠다.

물론 그런 일은 벌어지지 않았다. 조금 뒤, 그는 아까보다 훨씬 정돈된 표정으로 나타났다. 세수를 하고 온 듯 얼굴에 물기가 남아 있었다.

"이제, 가죠."

그가 조그맣지만 또렷하게 말했다.

"그래도 몸이 아직…… 뇌 사진도 찍어봐야 된댔어요."

"괜찮아요. 내 몸, 내가 제일 잘 알아요. 아무렇지도 않아요."

그의 말투가 부자연스러울 만큼 필사적이었으므로, 나는 잠자코 가방을 챙겨 일어섰다. 뻣뻣이 누운 채로 이동침대에 실려 들어갔던 그는 두 발로 걸어서 응급실을 나왔다.

"미안해요. 은수씨. 오늘은 못 데려다줄 것 같아요. 조심해서 들어가세요."

택시 뒷좌석의 문을 열어주며 그는 덧붙였다. 호되게 앓고 난 사람처럼 그의 눈은 때꾼하고 얼굴색은 맑갰다.

"오늘 정말 고마웠어요."

택시 뒷유리창 너머로 김영수의 모습이 점점이 뭉개지듯 사라져갔다. 짧고 이상한 꿈을 꾸고 난 기분이었다. 우리의 관계가 오늘을 계기로 조금 다른 층위로 접어들게 될지도 모른다는 서늘한 예감이 들었다.

그날 이후 김영수는 달라졌다. 무엇이 특히 변했느냐고 묻는다면 콕 집어서 설명하기는 힘들다. 그렇지만 확실히 무언가가 변하긴 했다. 굳이 비유하자면 평양과 도쿄만큼이던 거리가, 평양과 베이징 정도로 단축되었다고 할까. 구급차 안에서 펑펑 울어젖히던 내 모습을 그의 무의식이 기억하고 있는지도 몰랐다.

"이번 일요일, 시간 어때요?"

김영수가 물어왔을 때 나는 어설프게 "특별한 일이 없긴 한데"라고 말끝을 흐렸다.

"같이 일하는 직원 하나가 대전에서 결혼식을 하거든요. 혼자 가기 심심한데 은수씨가 친구 해주면 고마울 것 같아요."

잠시라도 고향을 떠날 일이 생긴다는 건 언제나 대환영이다. 짧은 여행 제의를 나는 흔쾌히 받아들였다. 일요일 오전, 그가 집 앞으로 나를 태우러 왔다. 여느 때처럼 양복에 노타이 차림이다. 나는 무심코 물었다.

"넥타이 되게 싫어하시나 봐요?"

"아, 예. 답답해서."

"하긴. 저도 안 매봤지만 답답하긴 할 거 같아요. 그래도 남의 결혼식엔 하고 가야 하는 거 아닌가?"

"……그런가요?"

"아, 사실은 저도 잘 몰라요."

나는 눈가의 주름이 도드라져 보이지 않도록 애쓰며 웃었다.

경부고속도로의 사정은 별로 좋지 않았다. 서울요금소를 지나면서부터 차는 가다 서다를 반복했다. 자동변속기에 무방비로 올려두고 있는 김영수의 오른 손등을 지그시 훔쳐보았다. 우리 사이에 아직 아무런 스킨십도 없었다는 걸 이 남자도 의식하고 있겠지? 그의 손 위에 돌연 내 손을 포갠다면 어떤 일이 벌어질까 불쑥 궁금해졌다.

"재미없는 얘기 하나 해드릴까요?"

김영수가 갑자기 입을 열었다. 평소 재미있는 얘기라고는 한 적이 없는 이 남자가 '재미없다'고 강조하다니, 그 수준이 궁금해서 귀가 쫑긋 섰다.

"며칠 진 출근하는데 차가 유난히 막혔어요. 오늘보다 더요. 꽉 막힌 도로 한가운데 속수무책으로 서 있다가 아무 생각 없이 룸미러를 보게 됐죠. 뒤차 운전자는 여자였는데, 거울을 꺼내 들고 화장을 고치더라고요. 잇새에 뭐가 끼지 않았나 살펴보기도 하고, 립스틱도 다시 바르고, 뺨에 분칠도 하고요. 그래도 차가 꼼짝을 않는 거예요. 이번엔 그 여자, 전화기를 높이 치켜들었어요. 전화기 액정을 보면서 한 손으로 브이 자를 그리기도 하고 활짝 웃기도 하고…… 첨엔 뭘 하는지 몰랐었지만 곧 알게 됐죠. 혼자 셀카를 찍고 있다는 걸. 그 여자는 앞차 룸미러에 자기 행동이 적나라하게 들여다보인다는 사실을 전혀 몰랐을 테죠. 그 여자 눈에 보이는 건 운전석 위로 조금 튀어나온 내 뒤통수와, 내 차의 브레이크 등뿐이었을 테니까. 어이없어서 허허 웃다가 가만 생각해보니, 이거 남일이 아닌 거예요. 그럼 10분 전부터 지루하게 서 있던 내 앞차 운전자는 룸미러 속으로 내 행동 하나하나를 낱낱이 다 보고 있었던 거잖아요."

어쩐지 으스스해지는 얘기였다.

"그래서 내가 어떻게 했는지 알아요?"

"글쎄요."

"얼른 선글라스를 써버렸어요."

이 남자에게 처음으로, 동질감이 느껴졌다. 나 역시 그랬을 테니까. 의외로 우리 사이엔 비슷한 부분이 많을지도 모른다고, 천사인지 악마인지 분간 가지 않는 신이 내 귀에다 속삭였다. 결혼식장은 대전 시내 한가운데에 있었다. 예식장 주차장에서 그는 "늦겠어요.

얼른 들어가요"라고 재촉했다.

"같이 들어가자고요, 여길?"

"안 그러면 뭘 하려고요? 앞으로 한 시간은 족히 걸릴 텐데."

"어디 PC방이라도 가 있거나 아님 근처 커피숍에서 기다릴게요."

"시장하지 않아요? 들어가서 같이 밥 먹어요. 남의 잔칫집에 일부러 와서 축하해주기도 하는데."

김영수가 부드럽게 권했다. 여기까지 쫄레쫄레 따라와놓고선 굳이 안 들어가겠다고 우기는 것도 매우 촌스러워 보이긴 한다. 식장 안에 들어갈까 말까 망설이는 이유는 단순했다.

(1)나는 미혼 여성이다. (2)김영수와 나의 앞날이 어떻게 될지 아무도 모른다. (3)잘 안 될 가능성이 높다. (4)세상은 좁다.

이렇듯 너무도 자연스럽게 피해의식의 연쇄 반응이 일어나는 거다. 이럴 때 내가 뼛속까지 한국 여자로 사회화되었다는 자각이 들어 섬뜩해진다.

"좋아요. 신부 얼마나 예쁜지 한번 봐야겠다."

쿨해지기로 한다. 하려면 못 할 것도 없다. 김영수의 표정이 일순 환해졌다. 로비에서 김영수가 신랑과 악수를 나누고 축의금을 접수시킬 동안 나는 그의 뒤편에 멀찌감치 떨어져 선 채 주위를 둘러보았다. 서울이나 대전이나, 부산이나 광주나 똑같다. 아마 제주도 역시 마찬가지일 테지. 대한민국 방방곡곡마다 천편일률적으로 똑같은 것은 세븐일레븐 같은 편의점 간판만은 아니었다. 결혼식장 입구에 일렬로 늘어서 있는 알록달록한 화환들. 분홍 리본에는 'XX중학교 재경 동문회 일동'이나 '△△유통 대표이사' 따위의 글씨가 요란한 궁서체로 씌어 있다. 한 무리의 사람들 속에 섞여들어 이야기를 나누고 있던 김영수가 손짓으로 나를 불렀다.

"은수씨, 인사해요. 여긴 우리 회사 직원들. 나한테는 가족 같은 분들이에요."

호기심으로 반짝이는 시선들이 일제히 내 얼굴에 꽂힌다. 바로 이런 순간을 염려했다. 나는 상냥한 볼우물을 만들며 생긋 웃었다. 기왕 이렇게 된 것, 다소곳하고 참하게 보여 나쁠 건 또 무엇이랴.

"말씀 많이 들었습니다. 미인이세요."

마흔쯤으로 보이는 남자가 말했다. 호리호리한 체격에 차분한 표정을 가진, 이마가 살짝 벗겨질락 말락 하는 그는 김영수와 동업자인 '홍이사'라고 했다. 우리 회사의 우거지 마니아 안이사와 비교해본다면 놀랍도록 핸섬했다. 말씀 많이 들었다니. 예의상 해보는 말 같지는 않다. 김영수는 부인하기는커녕, 수줍어 보이기까지 하는 미소를 만면에 머금었다. 머릿속에 거품이 부글댔다. 어떻게 된 일일까. 김영수가 총에 맞지 않은 이상, 회사 직원을 붙들고 쓸 데 없이 아무 여자 얘기나 늘어놓았을 리는 없다고 사료된다. 그러니까 결국 나를 아주 진지하게 생각하고 있었다는 의미가 된다. 의외지만 기분은 전혀 나쁘지 않다.

식당에서 습관적으로 갈비탕에 밥을 말고 나서야 후회가 되었다. 국에 만 밥을 퍼먹는 것보다, 밥 따로 국 따로 먹는 것이 조금이라도 더 나아 보였을 터다. 입을 조그맣게 오물거리면서 깍두기도 곁들이지 않고 식사를 했다. 마치 '젊은 사장의 조신한 약혼녀' 역할을 맡은 연극배우가 된 것 같다. 무대에 올라 연기를 하는 것처럼 보이는 사람은 나 혼자만이 아니었다. 김영수 역시 '약혼녀를 동반한 젊은 사장'의 역할을 맡아 공연을 무사히 끝내기 위해 안간힘을 쓰고 있는 것처럼 보였다. 타인의 눈에 스스로가 '정상적이고 반듯한 커플'에 속해 있다고 여겨질 때 나는 미묘한 자긍심을 느낀다. 저 사람도 그럴까?

"저희는 사장님이 여자를 싫어하시는 줄 알았어요."

화장실에 함께 가게 된 여직원 하나가 제 딴엔 농담이라는 듯 소곤거렸다.

"네?"

"아니, 결혼할 생각도 없으신 것 같고, 통 여자분도 안 만나시고 그래서 다들 걱정했거든요. 그런데 아까 홍이사님이 오늘 사장님 여자친구분도 같이 오신다고 해서 깜짝 놀랐어요. 두 분 너무 잘 어울리세요."

돌아오는 길엔 고즈넉한 정적이 흘렀다. 고속도로의 소통이 원활했지만 김영수는 시속 100킬로미터를 넘지 않았다. 그는 항상 규정속도를 엄격하게 준수하는 남자였다. 집 앞에 도착하여 조수석에서 내리려는 나를 향해, 그 남자가 오른손을 쑥 내밀었다. 나는 그 손을 향하여 내 오른손을 뻗쳤다. 우리의 오른손들은 공중에서 굳건하게 서로 만났다. 섹시한 접촉은 아니었다. 그것은 뭐랄까, 동지적인 악수였다. 공연을 무사히 마친 것을 축하하기라도 하는 듯한.

겨우 손을 잡았을 뿐이다. 남자와 손을 잡은 것이 난생처음도 아니다. 저음이라니. 친애하는 나의 옛 연인들이 들으면 뒷목을 부여잡고 쓰러지겠다. 그런데 묘하다. 내 손을 김영수의 손 안에 파묻었을 때 느꼈던 그 단단한 감촉이 다음 날까지도 뚜렷하게 남아 지워지지 않았다.

— 좀 이상하지 않아?

메신저에서 만난 유희는 대뜸 뜨악해하는 눈치였다.

— 뭐가?

— 너희 혹시 잤니?

자기 일에는 어설픈 주제에 남의 일에 관해서라면 항상 예리하게 정곡을 찌르는 그녀. 나는 깨끗이 승복한다.

— 아니.

— 그럴 줄 알았어. 진도 전혀 안 나갔지?

— 꼭 그런 건 아니야. 손은 잡았고, 또 아주 빠르진 않지만 그런대로……

— 장난하냐? 요즘엔 초등학생들이 연애해도 손은 다 잡거든. 아니다. 그 이상도 할걸.

슬슬 기분이 상하려고 했다.

— 그 사람, 함부로 행동하는 스타일 아니야. 신중하고 생각이 많아서 그래.

— 어머, 역성드는 것 좀 봐. 아니라더니, 은근히 좋아하나 봐?

— 아, 씨. 그런 거 아니라니까. 그냥 만나는 거야. 안정되고 싶지만 사랑에 빠지긴 싫어서.

내가 뱉어놓고도 참으로 이율배반적인 얘기였다. 지금 그를 놓치면 내 인생에 다시는 이만한 남자는 등장하지 않을 것 같아 불안하다는 고백은 차마 하지 못하겠다. 유희는 김영수의 행동이 수상하다는 주장을 굽히지 않았다. 아직 별 사이도 아닌 여자를 일부러 지방까지 데려가 대외적으로 공개하는 것이, 꼭 자기도 여자 만날 수 있다고 시위하는 모습으로 비춰진다는 거였다.

— 그 남자 혹시 게이 아니야? 오은수, 소원 성취했네. 너, 전에 영화 보면서 편한 게이 친구 하나 있었으면 좋겠다고 했잖아.

동성애자에 대한 편견은 가지고 있지 않다. 나와 다른 취향을 가진 사람들일 뿐이라고 생각해왔다. 미국 영화나 시트콤드라마에 나오는 여주인공은 대개 게이 남자 친구들을 곁에 두고 있다. 그들은 남자이지만 다정하고 사려 깊은 성품을 가진 것으로 묘사된다. 밤새워 수다를 떨 수도 있으며, 한 남자를 사이에 두고 잠재적 경쟁자가 될 가능성도 없을뿐더러, 갑작스런 사랑 고백을 해 우정을 카오스에 빠뜨릴 염려도 없고, 같이 잘 놀다가 어느 날 결혼 제도 속으로 홀연히 뛰어들어 남아 있는 자에게 지독한 배신감을 선사할 우려도 없었다. 그런 측면에서 싱글 여성의 베스트 프렌드로 더할 나위 없이 완벽해 보이는 것이다. 물론 실제 '그들'은 그 모든 것이 '그녀들'의 판타지일 뿐이라고 불쾌해할 수도 있겠지만 말이다.

그런데 만약 김영수가 동성애자라면, 그렇다면, 나는 꿈꿨던 것처럼 그를 '좋은 친구'로 삼을 수 있을까. '반짝반짝 빛나는'이라는 제목의 일본 소설을 읽은 적이 있다. 게이인 남편과 알코올 중독자인 아내가 계약 결혼을 하고 한 집에서 살아가는 이야기였다. 상호 이해관계만 맞아 떨어진다면 그런 관계가 나쁠 것도 없을 터였다. 하지만 소설 속의 아내는 결국 게이 남편을 사랑하게 되고 말았다. 아무튼 언제나 그놈의 사랑이 자기기만의 덫을 놓아 발목을 잡는다.

유희는 며칠 전 대낮에 재인이 급작스레 전화를 걸어와 만나자고 했는데, 보컬 레슨을 받으러 가느라 만나지 못했다는 이야기를 전했다. 그 뒤로 아무리 전화를 해도 연락이 닿지 않아 걱정스럽다고 했다. '어머, 정말?'이라고 대꾸는 했지만 '김영수 게이설'의 충격이 워낙 강렬했으므로 귀에 쏙 들어오지 않았다. 메신저를 종료하고 나서야 정작 유희의 현안에 대해서는 하나도 듣지 못했다는 것을 깨달았다. 용가리와의 관계는 요즘 어떤지, 뮤지컬 수업은 잘되어가고 있는지 등등을 나도 묻지 않았고 유희도 말하지 않았다. 점점, 내 손톱 밑의 가시가 세상에서 제일 중요한 인간이 되어간다.

4

월요일 아침은 사채 이자 불입 날짜처럼 어김없이 돌아온다. 요란하게 울리는 전화벨 소리에 잠을 깼다.

"잤어?"

재인이다. 나는 눈을 비볐다. 여섯 시 반. 아직 20분은 더 이불 속에서 미적거릴 여유가 있었지만, 재인의 목소리를 듣자마자 후딱 정신이 들었다.

"무슨 일, 있는 거야?"

"응."

겁이 덜컥 났다.
"엉? 뭔데?"
"전화로 말하긴 좀 그렇고, 지금 빨리 밖으로 나와봐."
그녀가 무채색 음성으로 또박또박 말했으므로 한층 더 불안해졌다. 산발이 된 머리는 고무줄로 질끈 묶고, 입고 있던 추리닝에 카디건을 걸쳤다. 지갑 하나만 달랑 들고 뛰어나가면서 내 친구에게 닥쳐온 불행이 부디, 껌을 씹다 혓바닥을 함께 씹었거나 아니면 길을 걷다 느닷없이 새똥을 맞은 정도이기를 기도했다. 이른 아침의 맵싸한 공기가 코끝에 닿았다. 재인의 자동차는 골목 입구에 세워져 있었다. 운전석 창문이 쓰윽 내려가면서, 알이 노란 선글라스를 쓴 재인이 얼굴을 내밀었다.
"일단 타."
조수석의 문을 여는 순간, 좌석을 뒤로 젖히고 있던 유희가 획 몸을 일으켰다.
"서프라이즈!!"
"어휴, 깜짝이야. 어떻게 된 거야?"
"애 떨어지는 줄 알았지? 호호."
유희의 짓궂은 웃음소리를 들으면서도, 이게 지금 꿈인지 현실인지 도무지 오리무중이었다. 뒷자리에는 제법 큼지막한 보스턴백이 실려 있었다.
"얘들이 꼭두새벽부터 쌍으로 미쳤나? 가출이라도 했어?"
대답 대신, 재인은 조용히 차를 출발시켰다.
"야, 어디 가는 거야? 나 출근해야 돼!"

유희가 힐끔 뒤돌아보며 한마디 던졌다.

"매일 가는 회사 어쩌다 하루쯤 쉬어주는 것도 예의야."

기가 막히고 코가 막힐뿐더러 오장육부가 뒤집어지는 얘기였다.

"야, 빨리 내려줘. 나, 얼른 들어가서 머리 감아야 돼. 사흘째 안 감았다고. 아, 진짜, 계속 가면 어떡해? 전화기도 안 갖고 왔는데…… 지각하면 진짜 잘린단 말이야!"

내 절규 소리에 아랑곳없이 재인의 자동차는 동네 어귀를 빠르게 벗어났다. 재인은 오직 앞만 보고 운전했다. 유희가 슬그머니 고개를 뒤로 돌리더니 물고기처럼 소리 없이 입술을 뻐끔거렸다.

'이,옹,앙,대.'

'뭐?'

'이,혼,한,다,고.'

역사의 모든 중대한 결정들은 아주 짧고 엉뚱한 한순간에 내려졌을지도 모른다. 지금 이 순간, 내가 출근을 포기하고 재인의 곁을 택한 것처럼. 남들 눈에는 우스꽝스러워 보일 테지만 내게는 카이사르를 찔러야 했던 브루투스의 칼끝처럼 고뇌에 찬 결단이었다. 자, 다시 한번 말하겠다. 오늘 나는, 회사를 제낄 것이다! 월요일 아침 일곱 시, 서울특별시 안에서 일어나고 있는 몇 가지 사건 중에서 아마도 가장 쇼킹한 내용이리라. 물론 회사가 나에게 '오은수, 너 마저!'라고 바르르 떨지는 알 수 없었다.

서해안 고속도로 한가운데에서 유희가 우리 회사에 전화를 걸었다. 아침 회의 준비로 한창 분주할 시간이었다. "저, 여기는 오은수 씨 집인데요"라고 말하는 유희의 목소리가 꿈결처럼 들려왔다.

"은수가 몸이 좀 아파서 병원에 들어갔어요. 네, 걱정은 하지 마시고요. 글쎄요, 한 이틀 걸릴 것 같은데요."

허허허. 전화를 받은 직원이 누구인진 모르지만, 얼이 빠져 대꾸도 못하고 있을 모습이 눈에 선했다. 내 방 침대에 아무렇게나 던져두고 나온 휴대폰이 곧 열심히 울어댈 터였다.

"우리 꼭 옛날에 자율학습 땡땡이치던 거 같지?"

유희가 의기양양하게 소리쳤다. 재인이 작게 웃었다. 이 차에 탄 뒤 처음 듣는 그녀의 웃음소리였다. 나도 따라 웃었다. 웃지 않으면 다른 방법이 없었기 때문이다. 그래, 이혼에도 숙려기간이라는 게 있다지 않던가. 이 돌발적인 상황이, 회사나 나나 서로의 존재에 대해 깊이 생각해보는 기회가 되었으면 좋겠다는 생각이 들었다.

"야, 어쨌든 나오니까 너무 좋다. 꼭 「델마와 루이스」, 그 영화 같아."

유희가 나른하게 기지개를 켜며 조잘댔다. 유리 차창 밖으로 흰 구름들이 뭉게뭉게 우리를 따라 흘렀다.

"우리는 세 명인데 어떻게 델마와 루이스냐?"

"왜애? 나는 델마, 재인이가 루이스, 은수 너는 '와' 하면 되겠다. 델마, '와', 루이스."

우리가 달려가는 곳이 설마 절벽은 아니겠지? 재인은 서해안의 이름 모를 해변으로 차를 몰았다. 봄이 당도하지 않은 해변은 황량했다. 바다로 나가는 길목에 누가 나무 장승을 세워놓았을까. 다섯 살짜리 사내아이 키 높이의 장승은 물이 밀려들 때는 바다에 잠긴 채, 물이 쓸려갈 때는 몸을 드러낸 채 온종일 알 듯 모를 듯한 미소를 짓고 있었다. 바람이 횡횡 불어 머리칼이 휘날렸다. 버려진 검정색 비닐봉지도 춤추듯 나부꼈다. 바다 앞에 한 줄로 서서 우리는 아무 말도 나누지 않았다. 때론 어떤 언어도 침묵을 압도하지 못한다. 서해안의 이름 모를 작은 해변 풍경 속으로, 우리들은 낡은 표지판처럼 묵묵히 잠겨들었다.

차 안에 돌아와 언 몸을 녹이고 있는데 유희가 돌연 제안했다.

"우리 이런 데 내려와 사는 건 어때? 셋이 같이."

"여기서 뭘 하고 사니?"

재인의 목소리는 너무 작아서 잘 안 들렸다.

"설마 할 게 없겠어? 그래. 횟집 열면 되겠다. 서울처녀횟집! 이름, 죽이지?"

내가 자못 씩씩하게 말했다. 정말로 그렇게 살지 못할 이유도 없어 보였다.

"으아, 너무 좋아. 미인계로 일단 동네 아저씨들부터 공략하고……"

유희가 신나서 맞장구쳤다. 맨 먼저 눈에 띄는 횟집의 유리문을 드르륵 밀면서도 우리는, 사전 조사 차원이야,라고 진담 같은 농담을 주고받았다. 식당 주인은 사십대 대 부부였다. 앞치마 두른 아내가 밑반찬을 날라오고, 고무장화 신은 남편이 회를 쳤다. 열두어 살쯤 돼 보이는 그 집 아들아이는 홀 한구석의 테이블에 수학 문제집을 활짝 펼쳐놓고는 열심히 풀고 있었다. 그곳은 한 식구들의 생활터였다. 유희도, 나도, 그쯤에서 입을 닫았다.

화장실에 가는 길에 유희의 전화를 빌려 음성사서함을 확인했다.

사서함에는 아무것도 남겨져 있지 않았다. 나 하나 없다고 뒤집어질 만큼 허투른 서울이 아닌 줄은 알지만 이건 좀 너무하다. 거대하고 완벽한 도시 서울에서 나는 시청 앞 광장의 잔디 한 포기보다 못한 존재였음이 자명했다. 김영수에게 전화를 걸어 내 부재를 알릴까 하다가 그만두었다. 회사에 멀쩡히 잘 출근해 있을 줄 아는 사람을 실망시키는 것도 예의는 아니다. 또한 내 예고 없는 일탈을 그 반듯한 남자가 어떻게 받아들일지 몰라 걱정스럽기도 했다. 늦은 점심 겸 저녁을 먹고 나니 뼈마디가 혼곤해져왔다.

"저, 서울 가려면 지금 출발하는 게 낫지 않아? 내일은 진짜 출근해야 된단 말이야."

이렇게 말할 수밖에 없는 내가, 나도 싫었다. 재인이 짧고 깊은 숨을 내쉬었다.

"오늘만 같이 있어주면 안 될까? ……실은, 나, 이틀째 전혀 못 자고 있거든. 이젠 낮술도 안 통하고 수면제도 안 들어."

식당 주인남자가 근처에 멋진 펜션이 있다며 친절하게 약도를 그려주었다. 그러나 근처를 아무리 빙빙 돌아봐도 폭 좁은 일차선 도로는 또 다른 도로와 이어질 뿐 우리가 찾는 곳은 쉽게 발견되지 않았다. 족히 한 시간은 헤맨 것 같았다. 우리가 도착하려는 곳이 혹시 지상에 없는 곳은 아닐까 의심이 들기 시작했을 때, 유희가 마침내 차창 밖 먼 곳을 가리켰다.

"저기다!"

외벽을 크림색으로 칠한 아담한 2층짜리 건물이었다. 2층 베란다에 서면 먼바다가 한눈에 잡힐 것 같았다. 마치 그래야 할 의무가 있는 사람들처럼 우리는 꺄아, 비명을 질러대며 차 밖으로 깡충 깡충 뛰어나갔다.
"죄송합니다. 예약을 주셨어야죠. 오늘은 단체 손님들이 오시기로 해서 방이 없습니다."
우리는 패잔병처럼 조용히 물러나왔다. 재인이 갑자기 건물 옆쪽으로 빠르게 걸어갔다. 건물의 흰 벽을, 그녀는 발로 뻥 걷어찼다. 우리를 받아주지 않는 벽 앞에 차례로 선 우리 셋은 오줌을 갈기듯 힘껏 발바닥을 던졌다. 퍽 퍽 퍽. 우리의 검은 발자국들이 불에 달군 낙인처럼 아로새겨졌기를 바란다.

멀지 않은 곳에 모텔이 있었다. 전형적인 러브호텔이었다. 텐트 천으로 만든 휘장이 펄럭이며 주차장으로 들어서는 차들의 프라이버시를 보호해주었다. 해도 지기 전에 웬 여자 셋이 들이닥치자 카운터의 아저씨는 설핏 당황하는 눈치였다. "주무시고 가신다고요?"라고 거듭 확인했다. 엘리베이터에서 내린 한 쌍의 중년 남녀가 열쇠를 반환하며 우리 쪽을 힐끔댔다. 방 안은 전형적인 B급 러브호텔 분위기였다. 옆방에서 여자의 교성이 들려왔다.
"허, 참, 저 언니 꽤나 오버하시네."
민망함을 감추기 위해 나는 심드렁한 척 중얼거렸다. 유희가 강하게 반박했다.
"야, 진짜 좋아죽는지 또 아냐? 짐작만으로 아는 척하지 말 것. 그 입장이 돼보지 않고는 어느 누구도!"
"하기야 몇 달 전만 해도, 지금의 나 같은 여자가 나한테 조언을 구해왔으면 당장 정리하라고 했을 거야. 자존심도 없느냐고, 여자 망신시키지 말라고 악담을 퍼부었을지도 모르지."

"하재인. 진짜로 왜 그래? 그 정도로 많이 힘든 거야?"

"그래. 재인아. 털어놔봐."

재인이 숨을 커다랗게 몰아쉬었다.

"……그만두려고."

그 침울한 언어의 무게에 눌려 유희도 나도 꿈쩍하지 못했다. 우리는 겨우 눈망울을 굴려 낮게 가라앉은 이 방의 공기를 만지작거리기만 했다. 재인은 오늘 새벽, 남편과 합의를 마쳤다고 했다.

"나보고 뭐라는 줄 아니. 고맙대. 먼저 말해줘서. 그 남자도 나랑 똑같았다니 정말 황당하지. 그 사람이 그러더라. 아무려면 어떠랴 했대. 나이 차면 누구나 결혼을 하고 또 대충들 맞추며 사니까 자기도 그럴 수 있을 줄 알았대. 그렇지만, 막상 닥쳐보니 그게 아니더래. 결혼하고 한 달이 지나니까 자기가 인생을 아무렇게나 던져버렸다는 걸 알았다나. 허, 참, 죽어도 이해할 수 없어서 죽이고 싶었던 그 남자가 그제야 이해되더라. 내 입장에선 일방적인 가해자라고만 여겼던 남편인데, 이 남자도 나름대로 그동안 참 힘들었겠다 싶더라고."

"그런 마음으로 다시 서로를 이해해보면 안 되는 거야? 이건 그냥 사귀다가 헤어지는 거하곤 다르잖아."

내가 이렇게 말하는 이유가 그녀를 진심으로 사랑하기 때문이라는 것을 내 친구가 알아주리라 믿는다. 재인은 곧바로 고개를 저었다.

"그러기엔 너무 멀리 왔어. 글쎄 그 남자 마지막 멘트가 뭐였는지 아니? 기왕 헤어질 거, 끝으로 한 번만 하재. 이별을 기념하면서."

"……"

"대체 뭘 믿고 그렇게 낙관적이었는지 몰라. 결혼 준비할 때 분명히, 이건 아닌 것 같다고 신호등이 깜빡였거든. 그런데도 멈추지 못했어. 에라, 모르겠다, 그냥 풍덩 뛰어들었지. 다른 사람들도 다들 멀쩡히 잘 사니까 어디 하나 모자란 데 없는 내가 불행해질 이유 따위 없으리라 생각했나 봐."

"……"

"신혼여행 가는 비행기 안에서, 내가 잠깐 졸았었나 봐. 그날 워낙 피곤했으니까. 나도 모르게 옆자리에 앉은 남편 어깨에 기대는 자세가 되었는데, 글쎄 이 남자 제 어깨를 신경질적으로 휙 빼더라. 자기도 힘들었겠지. 그런데 갑자기 소름이 쫙 끼쳤어. 내가 무슨 일을 저질러버린 건지 똑똑히 실감이 난 거야. 난 결혼을 해버린 거야. 웨딩드레스를 입고 있는 내 모습을 어릴 때부터 줄곧 상상해왔고, 결혼에 대해서도 남들만큼은 진지하게 고민해온 줄 알았는데, 그동안 결혼에 관한 내 고민은 온통 결혼식 자체에 쏠려 있었단 걸 깨달았어. 정작 결혼식 뒤에 하루하루 어떻게 살아야 할지는 온통 깜깜하고."

"에이 씨, 잘했어, 재인."

유희가 별안간 재인의 어깨를 와락 껴안았다.

"솔직히 부러워죽겠다. 앞으론 왜 시집 안 가느냐는 각계각층의 오지랖에 들볶이지 않을 거 아니야? 한 번 갔다 왔는데요, 하면 다들 깨갱하고 나가떨어질 테니까."

친구의 이혼 발표장이 아니라 약혼 발표장에 온 걸로 착각했는지 유희는 명랑함을 과장하여 높은 옥타브로 떠들었다.

"사실 결혼이라는 게 별거니? 이혼은 또 대수고? 어차피 인간이 만들어낸 제도인데, 정작 인간들은 그 속에서 몸을 한껏 웅크리고 꼼짝달싹 못 하는 모양새가 너무 우스워."

누가 이혼남과 사귀는 중 아니랄까 봐 유희는 이혼의 당위성을 격렬히 논증하며 재인의 선택을 옹호하고 나섰다.

"아니다 싶으면 한시라도 빨리 발 빼는 게 상책이야. 어영부영하다가 애 생겨버리면 그담엔 바로 신파극 찍는 거야. 무지하게 촌스러워진다고."

신랄한 자기 고백이었다.

"나도 사실 용가리랑 냉전이야. 선택하라고 했거든. 나냐 아니면 아이냐. 나 참, 기가 막혀서. 내 평생 나냐 그 여자냐, 아니면 나냐 술이냐를 결정하라고 다그친 적은 있어도 이런 한심한 꼴을 보게 될 줄이야 알았겠냐."

"좀 심하다. 그래도 자식을 어떻게 버리라고 하니?"

방금 전 유희가 자신을 미친 듯이 격려해준 사실은 잊어버린 양, 재인이 화를 냈다.

"버리라는 게 아니야. 좀 거리를 두라는 거지. 어차피 갈라선 이상 각자 새로운 인생을 살아가야 되잖아. 안 그래? 이건 꼭 내가 훼방꾼 같다고. 나만 사라지면 그 세 식구 다시 붙어서 옹기종기 잘 살 것만 같아. 내가 뭘 잘못했다고 이런 더러운 기분을 느껴야 되는데?"

"너 정말 못됐다. 어쩜 철저하게 네 입장에서만 생각하니? 그런 가정에서 자라게 된 아이가 불쌍하지도 않아?"

"아, 글쎄, 내가 그렇게 만들었냐고!"

나는 무기력하게 친구들의 언쟁을 듣기만 했다. 나는 그녀들의 어깨를 토닥여줄 수도 있고, 함께 눈물 흘려줄 수도 있었다. 어깨를 흔들며 정신 차리라고 할 수도 있었다. 그러지 않는 까닭은 그녀들의 고독한 의지를 믿기 때문이다. 행동의 근원이 되는 힘. 한 땀 한 땀 외롭게 꿰매어가는.

하지만 철없고 개념 없고 바보 같고 이기적이라며 누군가 그 애들을 손가락질한다면, 그 손가락을 막아줄 수밖에 없으리라. 그것이 내가 친구들을 사랑하는 방식이다.

"뭘 하더라도 상처는 받지 않았으면 좋겠어. 그럴 수 있겠니?"

끝내 입 밖에 내지 못한 그 말은 어쩌면 나 스스로에게 들려주고 싶은 것일지도 몰랐다. 서해안의 밤이 속절없이 깊어갔다. 밤바다의 파도치는 소리는 모텔 외벽 너머 이곳까지 들려오지 않았다. 두터운 암흑이 물러나고 곧 날이 밝을 터였다. 우리는 다시, 두고 온 도시로 돌아가야 했다.

5

서울은 안녕했다. 나만 제외한다면 언제나 안녕한 도시였으므로 별로 놀라울 것도 없었다. 그 한 귀퉁이에 숨겨진 내 작은 방도 어디로 사라지지 않고 거기 그대로 있었다. 전화기는 던져두고 간 대로 이불 속에 파묻혀 있었다. 액정화면에 '부재중전화 10통'이라는 글자가 선명했다. 회사, 김영수, 회사, 회사, 회사…… 천장 벽지가 누렇게 바래가고 있었다. 무단결근 이틀째. 처리해야 할 일들이 첩첩이 쌓여 있을 터였다. 나도 모르게 눈을 감았다. 나, 어쩌지? 마음에 대고 가만가만 묻는다. 마음이 반문한다. 넌, 지겹지도 않니?

왜 아니겠는가. 지겹다. 지겨워서 까무러칠 것만 같다. 새로 산 하이힐을 절뚝이며 첫 직장에 출근한 이래, 한 달도 쉬어본 적이 없었다. 일요일 밤에는 과음을 삼갔고, 월요일 아침에는 지구의 자전이 멈추기를 바랐으며, 월요일 오후에는 아침에 바라던 게 무엇이었는지도 까먹을 정도로 바빴다. 아침 아홉 시와 밤 아홉 시 사이에는 대변도 마렵지 않았다. 몸의 사이클조차 컨베이어 벨트의 나사처럼 팽팽히 조여져 살아왔다.

누구라도 그렇겠지만 내 어릴 때의 꿈도 이렇게 지지한 사무원으로 늙어가는 것은 아니었다. 그렇다고 딱히 특별한 꿈이 있었던 기억도 나지 않는다. 꿈. 간절히 이루고 싶은 미래, 헤엄쳐 닿고 싶은 기슭. 사람들은 모두 다 한 가지씩의 꿈을 가슴에 품고 살아가는 듯하다. 영화감독이 되고 싶은 태오, 뮤지컬배우가 되고 싶은 유희. 우거지 왕국을 세우겠다는 희망으로 부풀어 터질 것 같은 안 이사도 있다. 꿈은, 인간을 생에 가뿐히 헌신하도록 만드는 기적의 동력처럼 보인다. 단 한 사람, 나의 경우를 빼면 말이다. 도무지 되고 싶은 것도, 하고 싶은 것도 없이 내 청춘은 끝나가고 있었다. 아니, 애저녁에 벌써 종 쳐버린 건가?

해가 지자, 비가 추적추적 내리기 시작했다. 김영수와 늦은 저녁으로 칼국수를 먹었다.

"어딜 가면 간다고 말하지 그랬어요? 그 정도는 할 수 있잖아요."

김영수는 짐짓 화를 억누르는 것 같다. 이 남자가 나를 '특별'하게 생각하고 있다는 사실에 가슴이 두방망이질 쳐야 정상일 텐데 별 감흥이 일지 않는다. 시뻘건 고춧가루로 범벅된 김치를 뽀얀 면발 위에 척 얹어 입속에 밀어 넣고 있는 남자를 나는 새삼스런 상념에 잠겨 바라보았다. 나에 대한 이 남자의 마음은 어떤 빛깔일까? '남들처럼!'을 인생의 캐치프레이즈로 높이 치켜들고 살아가는 사람이었다. 혹시 그는 오은수라는 여자가 보유한 평범하기 그지없는 외적 조건들에 편안함을 느끼는 건 아닐까? 키 보통, 몸무게 보통, 얼굴 보통, 가슴 크기 보통, 옷 입는 센스 보통, 학벌 보통, 집안 사정 보통. 어딜 내놔도 튀지 않고 인파 속에 파묻히는 여자라는 점 때문에 안심하는 건 아닐까? 피장파장이었다. 나 역시 바로 그런 이유로 이 남자에게 호감을 품고 있으니까.

나에게 바람난 모친이 있다는 사실도, 얼마 전까지 일곱 살 연하의 남자와 같이 살았다는 사실도, 회사에서 감봉 처분을 받았다는 사실도 나는 그에게 영원히 말할 수 없을 것이다. 내 평범함 뒤에 숨겨진 남루한 비밀들에 대해 알게 된다면 이 남자의 호의가 어떻게 변할지 두려웠다.

"영수씨는 어릴 때 꿈이 뭐였어요?"

그는 허리를 곧추세웠다. 첫 몽정의 추억을 질문받은 것처럼 당황하는 기색이 역력하다.

"남자아이들 꿈이란 게 대개 대통령이나 과학자, 아니면 우주 비행사. 맞죠? 영수씨도 그중 하나였어요?"

"아, 뭐, 그렇죠."

꿈이 없었다는 것 또한 나와 닮은꼴인가. 반사적으로, 태오가 떠올랐다. 그는 여덟 살 때부터 만화영화 감독이 되고 싶었다고 말하곤 했다. 새 남자를 앞에 두고 옛 남자를 떠올리는 건 바람직한 자세가 아니다. 나는 세차게 고개를 저었다. 새로 시작하고 싶다. 그럴 수만 있다면 몸속의 피를 몽땅 교체하고 싶다. 육체만이 아니라 아예 나라는 존재 자체를 바꾸고 싶다. 애타는 열망이 강렬하게 솟구쳐 영혼을 뒤흔들었다. 시작하려면 먼저 그만두어야 할 것이다.

그날 밤, 나는 사직서를 썼다.

'상기 본인은 개인 사정으로 인해 사직코자 하오니 재가하여주십시오.'

도장에 입김을 하, 불어넣어 꾹 내리찍는다. 대학에 입학했을 때 아버지가 파준 상아 도장이다. 이 물건이 이런 용도로 쓰이리라곤 아버지도 나도 짐작지 못했다. 당시의 어림으로 헤아리지 못한 일은 그밖에도 많았다. 서른두 살이라는 나이에 요 모양 요 꼴로 제도권의 변두리를 두리번거리고 있을 줄을 갓 스물에 어찌 알았으랴. 하긴 그땐 서른두 살이라는 흐리멍덩한 나이까지 살아 있을 줄도 몰랐다.

그동안 몇 차례의 실패한 연애들을 겪었다. 나의 옛 연인들은 제각각 다양한 결격 사유들을 치질처럼 숨기고 있었다. 그런데, 나와 헤어진 뒤 그들 대부분이 결혼하여 멀쩡한 결혼생활을 영위하고 있다는 사실을 어떻게 받아들여야 할까. 내게는 치명적이었던 그 남자들의 문제를, 다른 여자들은 둥글게 감싸 안고 살아가고 있는 거다. 나의 연애들이 무위로 돌아간 것은 그 남자들의 사정 때문이 아니라 나의 사정 때문임을 이제는 알겠다. 선혈처럼 붉은 인주 자국을 내려다보며 나는 가느다랗게 몸을 떨었다. 이 사직서 한 장에 연루되어 있는 내 과거와 현재, 그리고 미래가 해일처럼 밀려들었다. 그 모두를 혼자서 감당해야만 했다.

냉혹한 표정으로 휙 내던지리라 각오했건만, 막상 황부장과 눈이 마주치자 어깨가 오그라들었다. '사직서 재중'이라고 쓴 흰 봉투를 공손히 내밀었다. 오래지 않아, 사장이 찾는다는 전갈이 왔다. 사장은 흰 종이를 골똘히 들여다보고 있었다. 내 사표가 틀림없었다. 나는 시선을 아래로 내리깔았다.

"흠, 어려운 결정했네."

어려운 결정이라는 말은 너무 어렵다. 세상엔 좋은 결정과 나쁜 결정만 있을 뿐이다. 나는 아주 작게 고개를 끄덕였다. 내 움직임이 너무 작아서 사장은 알아채지 못했을지도 몰랐다. 임금을 체불한 석도 없고 성희롱을 자행한 적도 없으니, 그는 그다지 악독한 사업주는 아니었다.

"이유는 묻지 않을게. 그동안 오대리도 여러 가지로 힘들었겠지."

사표를 수리하겠다는 건지 아니면 반려하겠다는 건지 헷갈렸다. 사장이 내 사직서를 착착 접어 도로 봉투 안에 넣었다.

"권고사직으로 하지. 실업급여 받아야 하잖아."

대단한 인심이라도 쓴다는 말투다.

"고맙습니다."

꾸벅 고개를 숙이면서 내가 참 바보 같다고 생각했다. 형식적 절차는 허무하도록 쉽고 간단하게 끝났다. 흥건한 이별은 원하지 않았다. 마지막 출근 날, 팀 사람들과 점심 회식을 겸해 간소한 송별식을 했다.

"업계 안팎으로 조용하던데 안이사는 언제 움직인대? 자기 그쪽으로 합류하는 거지?"

장선배가 도저히 더는 못 참겠다는 눈치를 뚝뚝 떨어뜨리며 귀엣말로 물어왔다. 우거지 프로젝트는 아직 소문이 나지 않은 모양이었다. 우거지라는 단어를 듣는 순간 장선배는 바닥을 구르며 웃어젖히겠지? 안이사의 꿈이 저잣거리의 코미디 취급을 받는 건, 어쩐지 싫다.

"당분간 좀 쉬려고요. 그러면서 내가 진짜 하고 싶은 일이 뭔지 천천히 찾아봐야죠."

진심으로, 정직한 말이었다. 대각선에 앉은 이민정이 나를 물끄러미 바라보고 있었다. 그녀를 향해 담담한 미소를 보냈다. 남겨지는 자보다야 떠나는 자가 우월한 법이라고, 그렇게 주장하련다. 사무실, 내 책상 서랍 속에는 가지고 나올 만한 변변한 물건이 없었다. 꼬질꼬질 때가 끼고 군데군데 커피 얼룩이 묻어 있는 키보드를 손바닥으로 쓸어보았다. 이 년여 동안 꼬리뼈가 저리도록 엉덩이를 붙이고 앉았었던 초라한 의자와도 짧은 작별 인사를 나누었다.

회사 앞 큰길에 선다. 매일 다니던 길이 참으로 낯설다. 버스를 타고 명동의 백화점으로 간다. 평일 대낮의 백화점에 사람이 너무 많아서 어리둥절해진다. 평소 들어갈 엄두도 내지 못하던 티파니 매장으로 보무도 당당히 걸어 들어간다. 목걸이를 골라 든다. 하트 모양의 펜던트가 옆으로 기우뚱 쓰러져 있는 이 목걸이의 이름은 '오픈하트'다. 기울어진 하트가 내 목에 달랑달랑 매달려 있다.

레스토랑에 들어서자, 웨이트리스가 "몇 분이세요?"라고 물어왔다.

"혼잔데요. 저 혼자예요."

나는 가만히 되뇌었다. 안심스테이크가 포함된 디너 코스를 주문하고, 하우스와인도 한 잔 시켰다. 나를 위해 이 정도의 작은 선물은 해줄 수 있었다. 비통할 것도 없고 죄책감을 가질 것도 없다. 오랫동안 나는 온전한 내 힘으로 나를 벌어먹였다. 그저 쉬고 싶었을 뿐이다. 그리고 마침내 쉴 수 있게 되었다. 모든 것은 내 자발적 의지의 산물이다.

와인은 향긋했고 스테이크의 육질은 보드라웠다. 나는 태연한 포즈로 고기를 꼭꼭 씹었다. 눈물 같은 것은 나지 않았다. 불행하지는 않다고, 간신히 생각했다.

6부 돌이킬 수 없는

1

"오늘, 뭐 했어?"
 이렇게 묻는 당신. 당신에게 악의가 없다는 사실은 나도 알고 있다. 그것이 "밥은 먹었어?"라거나 "요즘 감기 무섭더라" 따위의, 별 뜻 없는 안부 인사와 다를 바 없는 말이라는 것도 잘 안다. 다만 내가 바라는 것은, 당신의 무심한 질문이 누군가에게는 순식간에 면도날로 턱을 베인 느낌일 수도 있음을 기억해달라는 것뿐이다. 이를테면 오늘 내가 한 일이 바로 이것이라고 당당히 밝히기 어려운 나 같은 사람에게는 말이다. 아, 오해는 하지 마시라. 오늘 한 일이 무어라고 자랑스레 떠들어대지 못한달 뿐이지, 그렇다고 해서 오늘 한 일이 아무것도 없다는 의미는 결코 아니니까.
 생체 리듬은 거짓말을 하지 않는다. 회사를 그만둔 다음 날 아침, 나는 여섯 시 사십 분에 눈을 떴다. 맨발을 휘적휘적 끌며 욕실로 걸어갔다. 좌변기에 앉는 것과 동시에, 이제 더 이상 이 시간에 깨날 필요가 없다는 현실을 벼락처럼 깨달았다. 황급히 다시 이불 속으로 기어 들어갔지만 이미 잠이 다 깨버린 뒤였다. 겸연쩍게 다시 침대를 내려왔다. 출근할 일도 없고, 남의 출근 준비를 도와야 할 일도 없는 사람이 이른 아침 시간에 할 수 있는 행동은 별로 많지 않았다.

텔레비전을 켰다. 꽃샘바람이 매서우니 단단히 입고 출근하라고 겁을 주는 기상캐스터의 좁은 이마를 멀뚱히 응시했고, 10분 만에 모든 줄거리를 죄다 파악할 수 있는 아침드라마를 보았으며, 결혼한지도 몰랐던 여자 탤런트가 출연하여 경마장처럼 넓어 보이는 신혼집의 인테리어를 자랑하는 토크쇼를 시청했다. 어제저녁에 먹다 남은 김치찌개를 데워 '아점'을 때운 다음, 인터넷에 접속해 간밤의 뉴스와 그 밑에 딸린 리플들을 샅샅이 훑었고, 재인과 유희에게 '난 이제 자유다!'라는 문자메시지를 보냈으며, '옥션'에 들어가 두 시간 동안 청바지 하나를 골랐다. 저녁으로 삼선짜장면을 시켜 먹으면서 「여섯시 내 고향」을 보았다. 「인간극장」을 기다리면서, '공중파엔 정말 볼 게 없군. 아무래도 스카이라이프를 달던지 해야겠어'라고 불평했다. 자정뉴스를 보다가 흠칫 놀랐다. 문밖으로 한 발자국도 내딛지 않고 이렇게 하루가 가버린 것이다.

백수, 아니 '자연인'의 24시간은 너무 빠르거나 너무 더디게 흐른다. 시간의 소비라는 행위만큼 주관적인 것이 또 있을까. 눈에 보이는 생산을 하지 않는다고 해서 시간을 그저 버리고 있다고 말할 수 있을까. 오늘의 계획이 '이효리 새 음반 듣기'거나 '이번 주 『씨네21』 읽기'가 전부라면 왜 안 되는가. 냉정한 가치로 환원되지 않는 시간은 진정 무의미한가. 한 치의 오차도 없이 규칙적인 시계 초침 소리가 째깍째깍 방 안 가득 울려 퍼졌다. 이런 생활을 조금만 더 하다가는 현대인의 시간 관념에 대한 매우 독창적인 논문을 쓰게 되거나 아니면 폐인이 되거나, 둘 중 하나일 것만은 분명했다.

두번째 날 역시 똑같은 시간에 잠을 깼다. 방 안은 어둑했다. 무기력하게 기지개를 켜다가 문득 밖으로 나가야겠다는 생각이 들었다. 출근할 필요가 없다고 해서 아침에 집을 나설 필요도 없다고 믿는 것이야말로 지독히 편협한 시각이었다. 그래, 일단 나가보는 거다. 바람 부는 거리 한복판에 서서 내가 어디로도 갈 수 있는 자유의 몸임을, 소리 높여 목청껏 외치는 거다. 출근할 때는 절대로 입을 수 없던 형광 핑크색의 모자 달린 봄 점퍼를 걸치고 머리에는 야구 모자를 깊숙이 눌러썼다.

여느 때처럼 전철은 만원이었다. 무채색 외투 속에 몸을 숨긴 채 일터로 출근하는 사람들 속에 납작하게 끼어 있으니 안도감과 이물감이 어색하게 교차했다. 문가에 서 있다가, 우르르 움직이는 인파를 따라 얼떨결에 충무로역에 내렸다. 나와 같은 열차에서 내린 수많은 사람들이 계단을 향해 개미 떼처럼 일제히 진군했다. 저 높은 곳, 지상의 어딘가에 그들의 목적지가 있을 것이다. 지금 이 공간 안에 있는 모든 사람들에게 다 목적지가 있다는 것에 문득 소름이 돋는다. 열차 한 대가 반대편 선로로 막 진입하는 중이었다. 저 객차 안에 꽉꽉 들어찬 이들 역시 모두들 '시간에 맞추어 서둘러 가야만 하는 곳'을 가지고 있을 터였다. 그곳은 어쩌면 내가 도망쳐 나온 세상, 나를 밀쳐내버린 세상이었다. 돌아갈 수 없을지도 모른다. 다시 받아주지 않을지도 모른다. 영원히 이 도시의 국외자가 되어 살아가야 할지도 모른다. 미세먼지들이 허공을 아득하게 날아다녔다. 커다랗게 심호흡을 하고 싶은데 목구멍이 자꾸만 간지러웠다. 내 낡은 운동화는 그 자리에 멈춘 채 한동안 움직이지 못했다.

종일 빈둥대다가 어스름 해 질 무렵 목욕재계를 하고 남자랑 놀러나가는 여자에 대하여 어떤 견해를 가지고 있는가. 예전의 나였다면 곧바로 혀를 차주었을 것이다. 그러고는 "오호, 팔자 좋은데. 진정 부러운 삶이로군!"이라는 코멘트를 날려주었을 것이다. 그 속에 다량의 비아냥거림이 내포되어 있음은 물론이다. 진짜로 성실한 여자들이 들으면 기가 막혀서 입도 못 다물겠지만, 나는 내심 스스로를 꽤 성실한 부류의 여성이라고 규정해왔었다. 그 말 속에는, 남자에 매달리지 않는 여자, 경제적 부분을 포함한 모든 영역에서 자립적인 여자 등등의 의미가 들어 있었다.

나도 모르는 사이, '성실한 여자'의 반대편에는 '한심한 여자'가 있다고 생각했었나 보다. 거기엔, 남자밖에 모르는 여자, 경제적 부분을 포함한 모든 영역에서 의존적인 여자 등등의 의미가 들어 있었다. 적어도 나는 그런 여자들과는 다른 방식으로 살아가고 있다고, 내 인생의 주인공은 바로 나라고, 은근한 자부심을 가졌었다. 한마디로, 너무 교만했던 거다. 이제 나는 그토록 경원해 마지 않던 '한심한 여자'가 된 것인가.

 김영수와의 약속 시간은 일곱 시였다. 화장을 끝내고 마지막으로 링 귀걸이를 꽂고 있을 때 전화벨이 울렸다. 그는 약속을 한 시간 늦추자고 말했다.

 "오늘 안에 꼭 보고받아야 할 사안이 있는데 담당자가 좀 늦네요. 정말 미안해요."

 "아니에요. 천천히 오세요."

 다소곳하게 대답하는 내 목소리가 내 귀에도 가증스럽게 들렸다. 보석함을 뒤엎고는 거기 있는 모든 귀걸이들을 죄다 한번씩 귓불에 밀어넣었다 뺐다 하며 시간을 때웠다. 며칠 전, 회사를 그만두었다는 말을 어렵사리 꺼냈을 때, 김영수가 보였던 반응은 의외였다. 그의 첫마디는 "왜 의논 안 했어요?"였다. 비난의 기미는 없었다. 오히려 좀 섭섭해하는 기색이 묻어났기 때문에 나는 멍해졌다.

 "아니. 너무 갑작스럽게 결정한 일이고, 또……"

 "은수씨한테 중요한 일이잖아요. 내가 큰 도움은 못 돼도 이런 저런 답답한 얘기들은 들어줄 수 있었을 텐데. 어쨌든 잘했어요. 은수씨가 어렵게 내린 결정일 테니 틀림없이 좋은 일만 있을 거예요."

 텅 빈 위장에 흰죽을 흘려보낸 것처럼 마음 한구석이 뜨뜻하게 젖어왔었다. 그런데 이 남자, 설마 며칠 만에 변한 건 아니겠지? 내가 백조라고 슬슬 무시하기 시작한 건 아니겠지? 하는 일 없이 오직 남자만을 바라보는 여자＝만만한 여자. 이것은 남녀관계의 오래된 불가지론이었다. 일 때문에 바쁜 남자를 하염없이 기다리는 구차한 신세로 전락하고 싶지는 않다. 나는 최대한 느릿느릿 약속 장소로 나갔다. 인파로 북적이는 커피숍에 들어서는 순간, 다시 전화가 왔다.

"정말 미안해요. 지금 출발하니까 30분만 기다리면 될 거예요."

구석 자리에 홀로 앉아 지난달 패션지를 절반 가까이 읽을 동안 김영수는 도착하지 않았다. 그는 결국 아홉 시 가까이 되어서야 헐레벌떡 뛰어 들어왔다. 나는 화를 내지는 않았다. 그저 입술을 꼭 다물고 그의 시선을 외면했을 뿐이다. 토라진 여자 열 명 중에 일곱 명 정도가 자신의 심경을 표출하는 방법이었다. 일부러 늦지 않았다는 사실을 번연히 알면서도 쉽게 기분을 풀 수가 없는 것은 내 알량한 자격지심 탓일지도 모른다.

"배 많이 고프죠? 맛있는 거 먹으러 가요."

"괜찮아요. 오늘은 그냥 들어갈래요."

"은수씨……"

"……그럼 술이나 한잔하든지요."

입에서 나오는 대로 뱉었는데 막상 내 귀로 듣고 보니 현재의 내 심정을 고스란히 드러내는 것 같다. 그가 나를 데리고 간 곳은 언젠가 함께 간 적이 있는 '무제한 15,000원' 참치집이었다. 세종대왕의 용안을 방석 커버로 사용하여 김영수의 감탄을 자아낸 그곳 말이다. 그사이 조금쯤 더 꼬질꼬질해진 것 같기도 했으나 어쨌든 방석은 거기 그대로 있었다.

그는 메뉴판에서 제일 비싼 스페셜 정식 2인분을 주문했다. 그러면 내 기분이 좀 풀리리라고 머리를 굴렸나 본데, 그의 판단은 어긋나지 않았다. 선홍색 참치 뱃살 몇 점을 집어먹고 나자 기분이 훨씬 나아졌다. 투명한 술이 목구멍을 아릿하게 타고 넘어갔다. 나는 언젠가 그가 했던 말을 흉내 냈다.

"이 빨간 쪽이 비싼 부위니까 빨리 먹어야 하는 거 맞죠?"

"어, 기억하시네."

그를 향해 희미하게 웃어 보였다. 기억하는 건 또 있다. 여기서 이 남자와 밥을 먹는 동안, 태오가 계속 전화를 해댔었다. 몹시 추운 날이었고, 태오는 집 앞에서 나를 기다리고 있었다. 그리고 손에 들려 있던 장미꽃 두 송이…… 그때의 나도 내가 아닌 것 같고, 지금 여기 있는 나도 내가 아닌 것 같다. 현재는 언제나 부서질 것처럼 허약하다. 소멸해버리고 말 한순간이라면, 영원히 유한하도록 뼛속에 각인시키고 싶다는 공격적인 욕망이 샘솟는다. 아, 벌써 취했나 보다.

"같이 마셔주면 안 돼요? 딱 한 잔만."

김영수는 곤란해하는 기색이 역력하다. 아니나 다를까, 그는 술잔을 입술에 살짝 댔다가 그대로 내려놓았다.

"홍이사님 부를까요? 술은 그 형이 잘 마시는데."

그 호리호리한 체격의 남자. 문득 유희의 말이 떠오른다.

"홍이사님하고는 각별한 사이인가 봐요?"

"각별하죠. 나한테는 여러 가지 의미에서 고마운 분이에요. 사석에선 형이라고 하는데, 그 형이 없었다면, 아마 지금의 나는 없었을 테니까."

김영수가 누군가에 대해 이렇듯 애틋한 음색으로 말할 수 있는 사람인 줄 처음 알았다. 동시에 내 가슴에서 요동치는 이 감정은 무엇인가. 만약 그가 게이라면, 여기서 접는 편이 나을 것 같다.

"그럼 저도 사석에선 오빠라고 불러도 돼요?"

나사가 풀린 척 농담을 건넸다. 불시에 어퍼컷 펀치를 맞은 복서처럼 그는 어벙한 표정으로 나를 바라보았다. 혀를 쏙 내밀고 '장난이었어요'라고 얼버무려야 하는 걸까. 그러기엔 이미 타이밍이 늦었다. 나는 입술로만 미소 지으며 말했다.

"오늘은 우리 둘이 있었으면 좋겠어요."

그가 갑자기 제 앞의 소주잔을 들더니 쭉 들이켰다. 빈 술잔을 내려놓는 그의 얼굴에 담배 한 모금을 빨아들이고 난 무기수의 회한 같은 것이 스쳐 지났다. 식당에서 나와 그의 차에 올랐다. 그는 우리 집 방향으로 차를 몰았다. 가방 속에 들어 있던 휴대폰을 무심코 확인했다. 부재중 전화가 찍혀 있었다. 그리고 문자메시지 한 통. 태오였다.

— 좀 아팠어요. ……보고 싶다.

"중요한 연락인가 봐요?"

신호등 앞에 정차한 김영수가 묻고 있었다. 나는 전화기 폴더를 덮었다.

"저, 집에 가기 싫어요."

지금 집에 가면, 그 집에 같이 살던 남자가 그리워서 혀를 깨물지도 몰라요.

"아…… 그럼 어디로?"

이유 따위를 집요하게 캐묻지 않는 것, 그것이 이 남자가 가진 첫번째 장점이다. 과거를 돌이킬 수 없다는 후회보다 더 당혹스러운 것은 눈앞의 미래조차 알 수 없다는 불안감이다. 그러나 그것은 인간만이 가지는 매혹적 특권이다. 아무것도 모른다는 듯 나는 천연히 입을 열었다.

"음, 가양동은 어때요?"

어쩔 줄 몰라 하는 김영수의 눈빛은 일단 외면하련다. 가양동은 그의 집이었다. 과거와 미래 사이에서 나는 미래를 택했다. 유령의 날개처럼 허물어져버린 과거를 지닌 사람이라면, 아마 누구라도 그랬을 것이다.

현관 안으로 발을 디디는 순간, 내가 이 집에 들어온 첫번째 여자이리라는 근거 없는 확신이 들었다. 그저 그렇다는 얘기다. 그것은 기분이 좋다거나 나쁘다거나 하는 문제는 아니었다.

실내는 밋밋했다. 심플하다기보다는 휑뎅그렁하다는 부연 설명이 어울릴 듯하다. 좁지 않은 거실에 덩그러니 놓인 진회색 헝겊 소파에 엉거주춤 엉덩이를 붙였다. 소파의 쿠션은 딱딱했다. 벽에는 그 흔한 장식장 하나 놓여 있지 않다. 집주인의 은밀한 취향을 나타내주는 물건이라고는 전혀 없다. 방문객에게는, 집주인의 무엇을 판단해야 할지 감이 안 잡히는 불친절한 공간이었다.

대체 왜 이곳에 오고 싶어 했던 것인가. 김영수는 유리컵 가득히 찬물을 담아 내왔다. 마치 냉수나 마시고 속 차리라는 뜻 같아 손바닥에 식은땀이 났다. 조금 전, 차 안에서 그는 "정말, 꼭, 가야겠어요?"라고 반복해서 물었었다. 주차장에 도착했을 때까지도 "나중에 내가 정식으로 초대할게요. 지금은 집도 지저분하고……"라며 말꼬리를 흐렸다. 그때, 나는 뭐라고 충고했던가.

"영수씨는 왜 꼭 1 다음에 2가 와야 된다고 생각해요? 사는 게, 그렇게 딱 떨어지는 거 아니잖아요."

김영수는 말없이 나를 응시했다. 나는 온 힘을 다해 그의 눈동자를 마주 보았다. 시선과 시선이 뒤얽히며 교접하기에는 어둠이 너무 짙었다. 이윽고 그는 아파트 건물 안으로 뚜벅뚜벅 걸어 들어갔다. 경비실 앞을 통과할 때, 반쯤 졸고 있던 경비원을 향해 목례를 건네는 것을 잊지 않았다.

물을 두어 모금 마셨을 때, 김영수가 몸에 달라붙는 면 티셔츠로 갈아입고 나왔다. 젖꼭지의 윤곽이 어렴풋이 드러난다. 눈앞의 이 남자가 내가 아는 김영수가 아니라 다른 사람인 것만 같이 느껴진다. 하긴, '내가 아는 김영수'라는 남자는 원래부터 존재하지 않았는지도 모른다. '김영수가 아는 나'라는 여자가 어떤 모습인지 내가 결코 알 수 없는 것처럼 말이다.

"어릴 때 앨범 같은 건 없어요?"

"……그런 건 없어요."

어색함을 씻어볼까 싶어 던진 질문에 그가 고요히 고개를 저었다. 다시 할 말이 없어졌다. 지금 불쑥 일어나 '그만 가볼게요'라고 말하면 이 남자는 어떤 반응을 보일까? 그러나 입에 머금은 것과는 전혀 다른 말이 툭 튀어나왔다.

"혼자 사는 거, 어때요?"

"……글쎄요."

그는 단 한 번도 생각해보지 않은 질문을 받았다는 듯 골똘한 표정을 지었다.

"외롭지 않아요?"

"음, 솔직히 말하면, 외로운 게 뭔지 잘 모르겠어요. 심심한 거랑 외로운 거랑 많이 다른가? 누구랑 같이 있다고 해서 꼭 외롭지 않은 건 아니잖아. 은수씨는 외로워요, 혼자라는 게?"

"아니요. 꼭 그런 건 아니지만."

그 말을 신호 삼아, 눈물 한 방울이 손등 위로 툭 떨어졌다. 남아 있던 술기운이 머리 꼭대기로 확 치받혀 올랐다. 아무렇게나 떠들어대기 시작한 건, 예고 없이 쏟아지려는 눈물을 숨기고 싶어서였을 것이다.

"예전엔 내 주변에 사람이 참 많다고 생각했거든요? 아니, 사랑하는 사람들이 늘 곁에 있는 줄 알았어요. 내가 아무리 큰 잘못을 해도 우리 엄마, 엄마만은 옆에 있어줄 거라고 생각했어요. 되게 웃기죠? 그런데 이젠 진짜, 혼자인 것 같아요."

김영수가 크리넥스 통을 내 앞에 슬그머니 밀어줄 때까지 내가 울고 있다는 사실을 깨닫지 못했다.

"인생이 어디로 가는지 정말 모르겠어요."

김영수가 티슈를 뽑아 손에 쥐여주고, 등을 가만가만 쓸어주었다.

"은수씨만 그런 거 아니에요. 나도 그래요, 항상."

그것은 어른의 위로였다. 걷잡을 수 없는 눈물이 뺨을 타고 흘러내렸다. 그의 어깨에 머리를 기댄 건 맹세코 유혹하기 위해서는 아니었다. 다만 그의 위로에 대한 나의 신뢰를 증명하고 싶었을 따름이다. 허공에서 조금 머뭇대던 그의 입술이 내 이마를 찍고 천천히 아래로 내려왔다. 그의 입술은 부드럽고 촉촉했다. 그의 키스는 아주 고전적이었다.

고전적인 키스를 하는 남자가 대개 그렇듯 그는 쭈뼛쭈뼛 내 블라우스 속으로 손을 집어넣었다. 빗장뼈 부근에서 잠시 멈추었던 그의 손바닥은 이내 왼쪽 가슴을 더듬었다. 조금 작은 오른쪽이 아니라 왼쪽이라 다행이었다. 그는 절대로 브래지어 아래까지 파고들지는 않았다. "바보야. 결정적인 걸 확인했어야지." 유희는 여전히 의심할 테지만, 이미 그런 건 상관없다는 생각이 들었다. 내가 간절히 원하는 건 단단한 나무둥치에 내 발목을 칭칭 붙들어 매는 것. 그리하여, 여기를 견디는 것뿐이니까.

2

"퇴근했냐?"

오빠였다. 피를 나눈 나의 친오빠. 회사를 그만뒀다는 말을 하면 5분 안에 부모님 귀에 들어갈 것이다.

"으응."

오빠와 나는 하늘 아래 단 둘뿐인 남매였지만, 자랄 때부터 그다지 살가운 사이는 아니었다. 워낙에 성정도 다르고 호오도 달랐다. 오빠가 MBC청룡의 팬이라면 나는 OB베어스의 팬이었고, 오빠가 가족 외식으로 불고기를 먹자고 하면 나는 탕수육을 먹으러 가자고 했다. 안 좋은 사이라기보다는 심심한 사이라는 표현이 더 어울리겠다. 오빠가 결혼하여 분가하고, 나 역시 집을 나온 뒤로는 얼굴 한번 보는 일이 교황 폐하 알현하기만큼 힘들어졌다.

간혹 저 인간이 어떻게 처자식을 거느리고 사는지 불가사의할 때가 있기도 하지만, 현재 나보다 여러 모로 '정상적인' 사회적 역할을 수행하며 사는 건 확실했다.

"요새도 바쁘냐? 아무리 그래도 그렇지 너 분당 집에 간 지 너무 오래된 거 아니야? 엄마 아버지가 이만저만 걱정이 아니셔."

혀로 입술을 축인다.

"집엔 별일 없지?"

"어휴, 몰라. 별일인지 아닌지. 엊그제 갔다 왔는데 지호 엄마한테 아주 쪽팔려죽을 뻔했어. 노친네들 나이 드셨으면 좀 적당히 하시지. 아무리 싸웠어도 며느리 앞에선 연극이라도 좀 하던가."

"왜? 부부 싸움이라도 난 거야?"

"그게 뭐 새삼스럽냐. 근데 이번엔 좀 다른 것 같기도 하고. 아버지 얘기는 '느이 엄마가 늙으니 뵈는 게 없나 보다. 이혼하자는 소리를 다 하고. 그런다고 누가 겁낼 줄 아냐.' 뭐 그러시던데. 저다 진짜 뭔 일 나는 거 아닌지 몰라."

가슴에 먹먹한 통증이 번진다.

"혹시 너. 뭐 아는 거 있냐?"

나에게 전화한 용건이 결국 이것이었나 보다. 아무렇지 않은 척 묻고 있지만 오빠가 속으로는 꽤나 예민해져 있음을 단박에 알아챘다. 그것이 혈육이다. 나는 냉정하게 태연을 가장한다.

"아니. 없는데."

"하긴, 집에도 안 오는 주제에 네가 뭘 알겠냐. 엄마도 참 답답해. 아버지 성질 모르나? 좀 참으시지. 삼십 년 넘게 참아놓고 그걸 조금 더 못 견뎌서 집안 시끄럽게 하고 말이야."

"오빠. 말, 되게 이상하게 한다."

"뭘?"

"그렇잖아. 그 긴 세월 동안 엄마가 얼마나 힘들었는지 알면서 그런 소리가 나와? 아버지가 원인 제공한 거지. 두 분 잘못돼도, 엄마 잘못 없어."

나는 미친년이다. 이 와중에 바람난 엄마 편을 들고 있다니. 엄마와 나 사이를 얄궂게 얽어매고 있는 쇠사슬의 정체는 무엇일까. 무심결에 거울 앞에 섰다가 내 낮은 코뼈의 모양을 보고 화들짝 놀랄 때가 있다. 엄마 것과 똑같이 생긴 내 코를 나는 아주 싫어한다. 외증조할머니로부터, 아니 어쩌면 그 윗대로부터 시작된 이 납작하고 동그란 코의 대물림은 외할머니를 거쳐 엄마에게로, 엄마를 거쳐 나에게까지 유구히 이어져 내려왔다. 얼굴 한복판에 당당히 자리 잡은 채 모계 유전자의 끈질긴 생명력을 입증하고 있는 것이다. 코 하나를 바꿔 내 인생을 쪼아대는 모든 문제들을 일거에 해결할 수 있다면, 콧등에 실리콘이 아니라 분필이라도 넣고 다닐 수 있을 것 같다. 오빠와 전화를 끊고 집 번호를 누르려다 손가락을 멈춘다.

오빠와 통화를 한 뒤로 계속 속이 편치 않았다. 주말에 만난 김영수가, 바깥 거리가 환히 바라다 보이는 커피숍 창가로 내 손을 이끌었다.

"기분 전환에는 햇빛이 제일 좋대요."

우울하다고 언질을 준 적도 없는데, 조용히 배려해주는 태도가 고맙다. 그가 주문하러 간 사이 스툴에 앉아 창밖을 바라보았다. 잘게 쪼개진 한낮의 햇살이 이마 위로 쏟아져 들어왔다. 김영수가 플라스틱 쟁반에 머그잔 두 개를 받쳐 들고 왔다. 카페모카 위에 올려진 흰 휘핑크림에 입술을 살짝 가져다 댔다. 보드랍고 달콤했다. 그가 상체를 조금 내 쪽으로 기울였다. 떨리지는 않지만 불편하지도 않다. 언제부턴가 이 사람과 함께 있으면 따뜻한 물에 맨발을 담그고 찰랑이는 것처럼 소소한 평화가 느껴진다. 삼십대 남녀의 만남에, 그 정도면 충분하지 않겠는가.

갑자기 선뜩한 시선이 느껴져 고개를 들었다. 한 남자가 유리창 너머에 꼿꼿이 서 있었다. 머리에 노란 안전모를 쓴 젊은 사내였다. 근처 공사장에서 일을 하다 점심밥을 먹으러 가는 길인 것 같았다. 그가 물끄러미 바라보고 있는 사람은 내가 아니라, 나를 보며 웃고 있는 김영수였다.

"저기 밖에, 아는 사람이에요?"

그때, 창밖의 사내가 주먹을 동그랗게 말아 쥐고 유리 창문을 똑똑 두들겼다. 조심스러운 노크였다. 김영수의 눈동자가 아주 조금 흔들렸다가 빠르게 정지하는 것을 나는 보고 말았다. 사내가 출입문 쪽으로 걸음을 움직였다. 그러나 김영수의 동작이 더 빨랐다. 그는 의자에서 스프링처럼 튀어 일어났다. 조급한 몸짓으로 유리문을 밀고 밖으로 나서는 그의 뒷모습을 나는 그저 멀거니 바라볼 수밖에 없었다. 문은 곧 힘없이 닫혔다.

노란 안전모를 쓴 사내와 김영수는, 얼굴을 맞대고 무슨 이야기인가를 나누었다. 안전모 사내는 다소 흥분한 듯 계속하여 무어라 떠들어댔지만, 창문 안쪽에 앉은 나에게는 그들의 대화 내용이 전혀 들리지 않았다. 내가 앉아 있는 위치에서는 김영수의 뒤통수만 보일 뿐이었다. 나는 하릴없이 그의 뒤통수를 응시했다. 물음표나 느낌표, 말줄임표가 아니라 단정한 마침표가 어울리는 범상한 뒤통수였다. 요즘 바빠서 블루클럽에 갈 시간이 없었던지, 언제나 바짝 치켜 깎곤 했던 뒷머리칼이 더부룩이 자라 있었다. 그런데, 저 사람은 대관절 누구일까?

5분은 긴 시간이 아니다. 아니, 체감 시간이 그 정도일 뿐 실제로는 2, 3분도 채 지나지 않았는지 모른다. 그러나 그동안에도 김영수의 커피 잔은 싸늘히 식어가고 있었다. 창밖의 두 남자는 악수도 하지 않고 헤어졌다. 안전모 사내는 뒤돌아서 제 길을 갔고, 김영수는 느릿느릿 안으로 들어왔다. 별일 아니라는 제스처일까, 그는 스툴에 엉덩이를 붙이며 내 쪽을 향해 싱긋 미소 지어 보였다. 평소보다 입꼬리가 지나치게 말려 올라가서 좀 어색했다.

"누구예요?"

결국 성질 급한 내가 먼저 물었다. 그는 커피로 입술을 축였다.

"아무도 아니에요. 예전에 알던 친구."

"동창?"

"네. 뭐."

"그런데 그렇게 그냥 보내도 돼요? 오랜만에 만난 거 같은데."

"……그럴 만한 사이 아니에요."

그는 커다랗게 팔을 뻗어 기지개를 켰다.

"아, 배고프다. 은수씨, 점심 뭐 먹을래요?"

그 사내에 대해 더 이상 얘기하고 싶어 하지 않는 눈치다. 이럴 때, 다른 여자들은 어떻게 할까? 다른 남자와 사귀고 있던 예전의 나라면 여기서 추궁을 중단하지는 않았을 것이다. 언제 적 동창인지, 왜 내게 인사시켜주지 않았는지 못내 의아한 점들을 꼬치꼬치 따지고 들었을 것이다. 적어도 사귀는 사이라면 그쯤은 마땅히 행사할 수 있는 권리라고 생각했을 것이다. 그렇지만 2006년 3월, 오은수는 그러지 않기로 했다.

"스파게티 어때요?"

치밀어 오르는 궁금증을, 그렇게 애써 접었다. 왠지 그것이 예의일 듯싶었고, 어쩌면 나의 자존심에 관한 문제이기도 했다. '그래, 어른들의 연애란 이런 거야.' 진정제를 삼키듯 혼잣말을 삼켰다. 내가 변한 건지 아니면 세월이 나를 변하게 한 건지 잘 모르겠다.

우리는 근처의 이탈리안 레스토랑으로 자리를 옮겼다. 그는 토마토소스의 해산물 스파게티를, 나는 크림소스의 까르보나라를 시켰다. 이유는 알 수 없지만, 뭔가 아주 느끼하고 뜨거운 음식을 목구멍에 욱여넣고 싶은 기분이었다. 음식을 기다리는 동안 우리는 몇 가지 시답잖은 주제로 이야기를 나누었으나 평소와 달리 대화가 자주 끊겼다. 막상 음식 접시를 대하자 식욕이 일지 않았다. 면을 포크로 집어 스푼에 대고 돌돌 말았다 놓았다 하기만을 반복했다. 김영수는 뻘뻘 땀을 흘리며 포크질을 했다. 마치 '빨리 먹기 대회'

에 억지로 출전한 사람 같았다.

"아아……"

그가 갑자기 짧고 돌연한 탄식을 뱉어냈다. 놀라서 고개를 들어보니, 토마토소스가 셔츠 앞자락에 점점이 튀어 있었다. 붉은 얼룩은 흰 옷감 속으로 핏물처럼 차츰차츰 스며들었다. 김영수의 미간이 예민하게 일그러졌다. 혹시, 정말 맨살에서 배어나온 피가 셔츠를 붉게 물들이고 있는 건가. 그는 셔츠 앞섶을 손으로 움켜쥔 채 화장실로 갔다. 혼자 남겨진 나는 굳어가는 면발을 입속으로 꾸역꾸역 밀어 넣었다.

― 지금 들어온 거야? 오늘은 데이트 일찍 끝났네?

집에 들어와 컴퓨터를 켜자마자, 메신저의 유희가 말을 걸어왔다. 언제나 변화무쌍한 그녀의 대화명은 이번엔 '환멸과 그리움 사이'였다.

― 그러네.

― 잘돼?

― 그냥저냥. 넌 요즘 어때? 그때 본다던 뮤지컬 오디션은?

― 떨어졌어. 어차피 단역인데, 뭐. 나보다 얼 살 어린 애가 붙었어. 가슴도 두 배는 크고.

― 어쩌냐.

― 어쩌긴 뭘. 가슴수술을 하든지, 나이를 줄이든지, 아니면 이 짓을 한시라도 빨리 때려치워버려야겠지.

나비처럼 팔랑이며 오랜 꿈을 좇아 떠난 유희의 현실은 그리 녹

록지 않은가 보았다.

　— 용가리랑 냉전은 끝났고?

　— 지가 어쩌겠어. 포기하겠대.

　— 아이를?

　— 응.

유희는 덤덤하게 말했지만, 덤덤하지만은 않은 눈치다. 하지만 미안하게도 지금은 타인에게 객쩍은 위로를 선사할 기운이 없었다. 나는 대답 없이 인터넷 익스플로러를 클릭했다. 포털 사이트의 메인화면에 새로 뜬 뉴스들을 건성으로 훑어보았다. '삼십대 미혼 여성 실업자 대폭 증가. 해결책은 정녕 결혼뿐?' 같은 분석 기사는 눈에 띄지 않았다. 습관적으로 이메일을 확인했다. 새로운 편지 한 통이 도착해 있었다.

　보내는 사람의 이름은, 실명이 아니라 'blue'였다. 제목 없음. 그 텅 빈 문장의 무게가 묘한 불안감과 함께 가슴을 짓눌렀다.

　'나예요.'

　그것이 첫 문장이었다. 나는 북극에 납치된 기린처럼 그 자리에서 얼어붙었다. 나예요,라고 말하던 누군가의 목소리가 불현듯 귓가에 부서졌기 때문이다. 떨리는 손으로 마우스 휠을 아래로 내렸다.

　'날이 많이 풀렸어요. 벌써, 아니, 이제야 봄인가 봐요. 잘 지내고 있는지. 바쁘다고 밥도 잘 안 챙겨 먹는 건 아니죠?'

　그런 말투로 내 밥걱정을 할 사람은, 지구상에 딱 하나뿐이다. 태오. 나는 눈꺼풀을 껌뻑였다. 읽지 않은 척, 지금이라도 얼른 메일을 닫아버릴까. 그러나 이메일에는 '수신 확인'이라는 잔인한 기능이 있었다. 발신자는 자신이 보낸 메일을 상대방이 읽었는지 아닌지 직접 확인할 수 있는 것이다. 그 기능을 처음 고안해낸 이는, 객관적으로 증명 가능한 것만을 믿는 슬픈 실증주의자임에 분명했다. 태오의 편지는 담담하게 이어졌다.

'나는 그럭저럭 살아요. 요즘엔 이상하게 일찍 일어나게 돼요. 아침마다 강아지를 데리고 동네 뒷산에 다녀오고, 낮엔 재미없는 시나리오를 쓰고, 저녁에는 부모님 가게에 나가 요구르트나 치약 같은 걸 팔기도 해요. 참, 그때 말했던 새 영화의 크랭크인 날짜가 잡혔어요. 연출부로 참여하게 되어서 이제부터는 많이 바쁠 거예요. 차라리 잘됐다는 생각이 들어요……'

모니터가 자꾸만 뿌예 보여서 나는 손등으로 눈가를 지그시 눌렀다. 다행이다. 정말 다행이야. 평온하게 지내고 있어서.

'언제나 자기 생각을 하는 건 아니에요. 그런데 밤에 잠이 들기 전에는 꼭 아파요. 내가 너무 못났었다는 자책감 때문에. 돌이켜보면 정말이지…… 자기한테 고마운 일밖에 없어요. 그리고…… 미안해요……'

말줄임표들이 문장 군데군데 여백을 만들어내고 있었다. 미안해요…… 하고 밀하는 태오의 목소리가 바로 옆에서 들리는 듯했다. 그는 알까. 미안하다는 말도 차마 하지 못하는 가난한 내 마음을.

'부질없는 욕심일지도 몰라요. 하지만 촬영 들어가기 전에 딱 한 번만 보고 싶어요. 답장 기다릴게요.'

찬물을 한 잔 들이켰다. 냉장고에 기대선 채, 내 작은 방 안을 둘러보았다. 태오가 이곳에 살았다는 흔적은 이제 아무 데도 남아 있지 않았다. 그의 배낭이 놓였던 자리에는 빨랫감들이 아무렇게나 쌓여 있었고, 영원한 사랑이라는 의미가 새겨진 그의 선물은 진즉에 옷장 속 어둑한 곳으로 치워졌다. 하트 무늬 쿠션은, 드라이클리닝하여 넣어둔 겨울 코트들 사이에서 몸을 잔뜩 웅크린 채 닳아가고 있을 터였다.

우리는 이미 헤어졌다. 그러므로 내가 답장을 쓰지 않는다 해도 문제될 것은 전혀 없었다. 수신 확인이 대수인가. '100퍼센트 무이자 신용 담보 대출'이나 '신비의 약초 무상 판매' 따위의 광고 메일을 실수로 열어보았을 때처럼, 손가락을 까딱하여 그의 편지를 삭제해버리면 그만이었다. 물론 최소한의 휴머니즘을 발휘한다면, 간단한 답신을 보낼 수도 있을 것이다.

미안하다. 행복해라.

아무래도 좋다. 그 비슷한 내용의 답장을 보낸다면, 태오에게서 다시 연락이 오는 일은 아마 없을 것이다. 최소한의 가능성조차 잘라버리고 싶다면 새로운 남자친구가 생겼다는 정직한 고백을 할 수도 있었다. 심장에 날카로운 스크래치가 남겠지만, 태오는 분노에 치를 떨며 점퍼 속주머니에 칼을 품고 찾아올 남자는 아니었다.

컴퓨터 의자에 돌아와 앉았다. '메일 쓰기' 화면을 띄워놓고 두 손바닥을 오래도록 비볐다. 커다랗게 심호흡을 한 다음, 그에게 답장을 쓰기 시작했다.

'잘 지내는구나. 나도 그래.'

키보드 누르는 소리가 예의 바른 노크 소리처럼 또각또각 울려 퍼졌다. 나에게 문을 열어주는 곳이 천국일까, 지옥일까. '보내기'

버튼을 누르자마자, 콜타르처럼 검고 끈끈한 후회에 사로잡혔다.

　연인들은 어떻게 이별하는가. 이별이 결국 '과정'의 문제라면 세상의 연인들은 다양한 방식으로 헤어진다. '자, 이제부터 각자의 길을 가자'는 합의에 도달하는 커플도 있겠고, 어느 한쪽이 일방적으로 연락을 끊을 수도 있을 것이며, 제삼자가 끼어들어 머리칼을 쥐어뜯는 드잡이를 벌이고서야 끝을 보는 경우도 적지 않다.
　하나의 사랑이 완성되었다는 말은, 누군가와 영원을 기약하는 순간이 아니라 지난한 이별 여정을 통과하고 난 뒤에야 비로소 입에 올릴 수 있는 게 아닐까 하는 생각이 들기도 한다. 아이로니컬하게도 사랑할 때보다 어쩌면 헤어질 때, 한 인간의 밑바닥이 보다 투명하게 드러나기 때문이다. 가끔은 행복하게 사랑하는 연인들보다 평화롭게 이별하는 연인들이 더 부럽다.
　그러나, 그렇다고 해서, 헤어진 남자와 다시 만나는 일이 정당화될 수 있을까?
　더구나 나에게는 이제, 새로운 남자가 있지 않은가!
　께름칙한 혼란이 엄습한다. 시간을 돌이켜보겠다는 불순한 의지 같은 것은 없었다. 언제였던가, 영수와 함께 있을 때 태오가 보낸 문자메시지를 무시했던 일이 떠올랐다. 그래. 그때 나는 이미 태오에 대한 마음을 확실히 접었던 거다. 그런데 왜 태오의 메일을 거절하지 않았는가. 그것은 최소한의 의리에 관한 문제였다.
　우리는 한때, 몹시 친밀한 사이였다. 상대방이 씹고 있던 껌까지 입으로 받아 씹을 수 있었다. 어쩌다 보니 흐지부지 멀어졌을 뿐,

서로에게 나쁜 감정을 품고 돌아선 것이 아니었다. 지금, 내가 만약 그의 청을 차갑게 뿌리친다면, 그는 얼마나 실망할 것인가. 한 번만. 딱 한 번만 만나는 것이 그리 큰 죄가 될까? 과거의 회한을 깨끗이 털어버리고, 앞으로의 나날들을 축복해주고 오면 되는 게 아닐까?

내가 승낙의 메일을 보낸 약 2분 후에, 그가 수신 확인을 했다는 알림이 떴다. 곧이어 답장이 도착했다.

'정말 고마워요. 그럼 내일 저녁 어때요?'

'괜찮을 것 같아.'

실시간으로 메일을 주고받고 있으니 이 방에 함께 살 때보다 태오라는 존재가 한층 더 가깝게 여겨졌다.

다음 날은 일요일이었다. 일요일 아침, 눈을 뜨는 순간부터 이상하게 가슴이 쿵쿵 뛰었다. 회사를 그만둔 뒤 벌써 몇 번의 일요일이 왔다 갔다. 일주일이 '평일/주말'로 나눠져 있을 때는, 일요일의 무력감에 대해 알지 못했다. 매일을 일요일처럼 보내는 사람에게, 일요일은 탕수육과 짜장면을 시키면 함께 따라오는 군만두처럼 느껴진다. 맛은 없으면서, 아무리 먹어도 줄어들지 않는 것이다.

오전 내내 아무 일도 손에 잡히지 않았다. 빈속으로 「도전 맛 대맛」을 보다가, 목욕 용품을 챙겨 무거운 엉덩이를 일으켰다. 한창 붐빌 시간인데도 동네 사우나 안에는 손님이 몇 없었다. 오랜만에 뜨거운 쑥탕 속에 들어가 앉았다. 머리꼭지에서부터 땀이 비 오듯 뻘뻘 흘러내렸다. 나는 입술을 앙다물고 숨을 참았다. 찰랑거리는 물 밑으로 몸이 한없이 까부라질 것 같기도 했고, 허공으로 붕 떠오를 것 같기도 했다. 시간은 영 앞으로 흐르지 않았다. 태오를 보고 싶다는 마음과, 약속 장소에 나가지 말아야 한다는 마음이 어지러이 교차했다.

점심 대신 목욕탕 앞에서 사 온 호떡으로 요기를 하고 있는데 김영수에게서 문자메시지가 왔다.

— 회사에 일이 생겨서 출근했어요. 일요일 잘 보내요.

나는 설탕물 묻은 손가락을 움직여 '수고하세요. 저는 이따 저녁 약속이 있어요.'라고 답했다. 누가 뭐래도, 분명히, 거짓말은 아니었다.

약속 시간보다 좀 서둘러 집을 나섰다. 돌이켜보면 나는 그를 항상 기다리게 했다. 그는 항상 웃는 얼굴로 나를 기다리곤 했다. 마지막까지, 기다리게 하는 사람으로 남고 싶지는 않았다. 그러나 역시 태오가 먼저 도착해 있었다. 문을 열고 들어서는 내 모습을 발견하고 그는 천천히 자리에서 일어섰다. 나도 모르게 오른손을 치켜들었다. 무릎이 조금 떨렸다.

어리석다. 너무 어리석다. 자책감으로 머릿속이 덜컹댔다. 태오와 얼굴을 마주하는 순간, 무참한 속도로 흔들릴 것을 식성 몰랐단 말인가? 그동안 그는 좀 야윈 것 같고, 피부도 더 하얘진 것 같다.

"어디 아파?"

나도 모르게 첫마디를 뗐다. 태오가 입술을 벌리지 않고 미소 지었다. 내 기억 속에 저장되어 있는 것과 똑같은 미소였다.

"그냥 조금."

마지막으로 그가 보내왔던 문자의 내용이 그제야 떠오른다. 그래, 아팠다고 했지. 나의 무심하고 어둔한 질문이 그를 섭섭하게 만들었을 것이다. 나는 입술을 질끈 깨문다.

"어디가?"

"위가 조금. 걱정 말아요. 심한 거 아니에요."

"어쩌다가?"

"별거 아니에요. 스트레스 때문이라던가…… 일은 안 하고, 먹기만 해서 그런가 봐요."

태오는 웃었지만 나는 따라 웃지 않았다. 그가 스스로에 대해 이렇듯 냉소적인 농담을 던지는 모습이 처음이라 더욱 가슴이 아렸다.

"자기는 더 예뻐졌어요. 뭐랄까, 편안해 보여요."

"……"

"나 안 보니까 맘 편했나 보다. 회사는 여전히 바쁘죠?"

"회사, 그만뒀어."

그는 깜짝 놀라는 눈치다. 내가 마치 재벌 총수의 숨겨진 딸이라고 고백이라도 한 것처럼 눈을 둥그렇게 치켜떴다. 언제인가 이 아이를 앞에 두고 미친 여자처럼 소리를 질러댔던 것이 기억난다. "회사가 무슨 학교인 줄 알아? 으휴, 정말, 아무것도 모르면서!" 그때의 말들은 허공으로 갈기갈기 흩어졌다. 우리는 침묵 속에 잠겨 각자의 눈꺼풀을 아래로 내리깔았다. 웨이터가 메뉴판을 가져왔다. 맨 뒤 페이지를 열어 음료 메뉴들을 훑어보고 있는 나를, 태오가 물기 어린 시선으로 응시했다.

"밥 먹어요. 맛있는 거 사주고 싶어."

그 말을, 그는 아주 또박또박 했다. 뜨거운 돌멩이를 삼킨 것처럼 목구멍이 홧홧해졌다. 이 아이는 알고 있었던 거다. 고작 데이트 비용 몇 푼을 자존심으로 치환해, 내심 주판알을 굴려대던 내 궁색한 이유들을. 그 부박한 핑계들을. 이제 알겠다. 변명은 필요 없다. 나는 그 사랑에, 전부를 걸지 않았을 뿐이다.

안심스테이크 35,000원, 연어스테이크 32,000원, 바닷가재와 새우 구이 39,000원.

"자기, 위 안 좋다며? 쌀로 된 거 먹어야겠다."

나는 밝은 음성을 꾸며 재잘거렸다. 아직도, 어쩌면 영원히, 나는 구제불능의 속물일지 모르지만 그것은 속물로서 할 수 있는 최대한의 초라한 배려였다. 오므라이스 두 개. 이별한 두 연인의 마지막 만찬으로 과하거나 모자람 없이 수수하다고 애써 자위해본다.

"점심으로 또 라면 먹은 거 아니에요?"

"아니야. 밥 먹었어."

나는 과장되게 고개를 흔들었다. 거짓말임을 뻔히 안다는 듯 태오가 미간을 살짝 찌푸렸다.

"난 다른 걱정은 안 했어요. 자기 씩씩하잖아요. 그렇지만 혼자 있을 땐 워낙 안 챙겨 먹는 성격이니까, 오늘은 뭘 좀 제대로 먹었을까. 그것만 항상 맘에 걸리더라."

오므라이스가 나왔다. 밥은, 샛노란 계란 지단으로 완전히 덮여 있었다. 계란 지단 위에 브라운소스가 하트 모양으로 뿌려져 있었다. 태오 것과 내 것. 갈색 하트가 두 개였다. 숟가락 등으로 쓱 문지르자 하트는 물감이 번지듯 스르르 뭉개졌다. 태오는 하트 무늬를 건드리지 않으며, 접시 바깥쪽부터 밥을 조심조심 허물어가고 있었다. 나는 숟가락을 내려놓고 얼음물을 들이켰다.

"참, 재인이, 이혼했어."

"정말?"

"응. 결국 그렇게 되더라."

"그렇구나. 많이 힘들겠어요. 유희 누나는?"

"그럭저럭 지내나 봐. 일이 생각만큼 잘 안 풀리는 것 같고."

친구들 안부를 전하고 나니 더 할 말이 없었다. 나는 사족처럼 중얼거렸다.

"자기도 하는 일 다 잘됐으면 좋겠다."

태오가 문득 고개를 들었다.

"우리 끝났다는 생각, 한 번도 해보지 않았어요."

나는 웃었다. 비겁하게. 웃지 않는다면 대체 뭘 하겠는가. "정신 차려. 우린 끝났어"라고 쐐기를 박을 수도 없고, "사실은 나도 그래"라고 그를 부둥켜안을 수도 없다. 곤란한 질문에 맞닥뜨렸을 때, 대답 대신 쑥스러운 미소로 국면을 전환시키는 잔머리. 아무런 입장도 표명하지 않음으로써 결국 아무것도 잃지 않으려는 술수. 그게 나였다.

태오가 조그맣게 한숨을 쉬며 말을 돌렸다.

"요새도 술 많이 마셔요?"

"아니. 마실 일이 별로 없네."

요즘 만나는 남자는 술을 입에도 대지 않는다고 고백할 수는 없는 노릇이다. 정적이 다시 우리를 감쌌다.
"자기, 술 먹으면 참 귀여워지는데……"
"왜애. 취하면 다른 사람 같아지잖아."
"그건 평소에 너무 억누르고 살아서 그래요. 착해서. 앞으론 그러지 말아요."

세상에 어느 누가, 나라는 인간에 대해 그런 견해를 가지고 있을 것인가. 그는 나를 몰라도 너무 모른다. 눈가가 뜨뜻해져왔다.
"오랜만에 한잔 어때요?"

태오가 넌지시 제안했다. 술 한잔? 헤어진 연인들의 허망한 에필로그에 썩 잘 어울리는 소품이었다. 오뎅 바에서 보글보글 끓는 국물을 앞에 두고 정종을 한 모금 마시고 싶다는 욕망이 솟았다. 하지만 이내 고개를 저었다. 내가 두려운 건, 그가 아니라 나였다. 알코올의 위력 뒤에 숨어 책임지지 못할 행동을 반복하게 될지도 모른다는 공포가 엄습했다. 나는 마지막 절제력을 쥐어짜 말했다.
"아니. 오늘은 좀 그렇고."

태오의 입술에 핏기가 사라졌다. 나는 황급히 덧붙였다.
"다음에 하자."
"그래요. 다음에."

그가 혼잣말처럼 중얼거렸다. 레스토랑에서 나와 우리는 잠자코 거리를 걸었다. 스산한 바람이 불고, 잔뜩 흐린 저녁이었다. 나는 고개를 살짝 아래로 기울인 채 걸었다. 태오는 반 발자국 뒤에서 나를 따라왔다. 지하철역까지는 멀지 않았다. 지하철 역사 계단 앞에서 우리는 동시에 걸음을 멈추었다.

"나, 갈게."

그때, 태오의 손이 내 왼팔을 잡았다. 강한 완력은 아니었지만 왠지 얼얼하게 느껴졌다. 그에게 한 팔을 맡긴 채, 나는 한참 동안 꼼짝하지 않았다. 이대로 도망치듯 스륵 몸을 빼내고 싶지는 않았다. 나는 자유로운 오른손으로, 내 왼팔 위에 놓인 그의 손등을 감쌌다. 태오의 손등이 내 손바닥 아래에서 꿈틀 움직였다. 우리는 서로의 눈을 쳐다보지 않았다. 내가 그를 놓는 순간, 그도 나를 놓아주었다. 나는 지하도 계단을 천천히 걸어 내려갔다.

"잘 가요."

등 뒤에서 태오의 목소리가 들려왔다. 나 대신, 나의 뒷모습이 대답했을 것이다.

열차 안은 한산했다. 빈자리가 간간이 눈에 띄었지만 자리에 앉지 않고 문가에 기대섰다. 창 너머는 암흑이었다. 그 안에서 정처 없이 흔들리는 한 여자의 그림자를 나는 환영 보듯 응시했다.

지하철역 밖으로 올라서는 순간 깜짝 놀랐다. 눈이 내리고 있었다. 봄눈이 거짓말처럼 거리에 흩날렸다. 싸락눈은 땅바닥에 닿지 못하고 바람이 부는 방향으로 맥없이 휘날려댔다. 어떤 시에서였나, 봄눈은 '단념하듯 내린다'는 구절을 읽은 기억이 났다. 행인들은 휴대폰을 귀에 대고 어디론가 전화를 하며 걸었다. 나는 재킷 주머니에 손을 넣어 전화기를 만지작거렸다. 김영수는 한참 만에 전화를 받았다. 수화기 너머로 왁자지껄한 소음이 전해져왔다.

"무슨 급한 일이에요?"

"아니. 그런 건 아니고요."

"미안해요. 잘 안 들려요."

"네······"

"지금 좀 바빠서. 나중에 내가 다시 걸게요."

"저······ 저기요."

나는 왜 그를 기어이 불러 세웠을까?

"에?"

"저, 지금 눈이 와요."

"눈이요? 어, 희한하네."

"······"

"그럼 조심해서 들어가요."

평소와 다를 바 없는 예의 바른 목소리였다. "네, 그럴게요" 하고 대답하는데 전화가 뚝 끊겼다. 김영수에게는 아무런 잘못도 없었다. 모든 것은 나의 문제였다. 나는 눈 속을 휘적휘적 걸었다. 봄눈이 어깨 위에 허술하게 쌓여갔다. 편의점에 들러 참이슬 한 병과 허쉬초콜릿을 샀다. 쓰라리고 또 달콤한 양식들을 비닐봉지에 넣어 품에 그러안고 집 앞에 도착했다. 그곳에, 태오가 있었다.

"눈이 와서요."

나직하지만 힘이 담긴 음성이었다.

소주와 초콜릿, 그리고 한때 같이 살았던 남자. 부조화를 예술의 경지로 승화시킨, 절묘한 조합이다.

태오는 이 집의 전직 살림꾼답게 싱크대로 가더니 소주잔과 접시를 척척 꺼내왔다.

"초콜릿 안주로 소주를 마시겠다는 아방가르드한 생각은 어떻게 한 거예요?"

뚜껑을 따지 않은 소주와, 포장을 까지 않은 초콜릿을 나는 물끄러미 내려다보았다. 특별한 의도는 없었다. 그저 편의점 진열대를 둘러보다가 눈에 꽂히는 두 가지를 연이어 집어 들었을 뿐이다. 술안주의 새 장을 열어보려는 전위적인 계획 따위는 없었다. 내 인생이 언제나 그래왔던 것처럼.

"나쁘지 않아요. 의외의 매력이 있을 것 같아."

그는 내 앞의 잔에 술을 가득 따랐다. 병을 넘겨받은 내가 태오의 잔을 채웠다. 두 개의 자그마한 유리잔은 서로 맞부딪치며 맑게 쨍 울었다. 태오가 초콜릿 은박지를 벗기고 먹기 좋도록 조각냈다.

"근데, 속 아프다며? 이거 둘 다 위염에는 쥐약일 텐데."

"괜찮아요."

태오가 싱긋 웃었다.

"사람이 살면 얼마나 산다고. 난 나중에 어떻게 될까 봐 지금 당장을 포기하는 짓은 안 할래요."

우산 꼭지로 배꼽을 꾹꾹 누르는 것처럼 괜스레 찔렸다. 나는 말없이 초콜릿 한 조각을 입에 넣고 원 샷으로 잔을 비웠다. 쓰디쓴 소주가 목구멍을 흘러 넘어간 뒤에도 다디단 초콜릿은 혀뿌리에 남아 아주 천천히 녹아갔다.

"잠깐만 기다려 봐."

갑자기 일어서는 나를 그가 의아한 눈빛으로 쳐다보았다. 냉장고를 열어 김치 통을 꺼냈다. 며칠 전에 넣어둔 두부의 유통기한은 다행히 오늘까지였다. 평소와 달리 재게 손을 놀리느라 이마에 땀이 송골송골 맺혔다. 볶은김치와 두부부침 몇 조각뿐인 시시한 음식을 감히 '두부김치'라고 명명해도 될지 모르겠지만, 어쨌든 무엇인가가 완성되기는 했다. 태오를 위해 내 손으로 만든 처음이자 마지막 요리였다.

우리는 어설픈 두부김치를 앞에 두고 소주 반 병씩을 정확히 나눠 마셨다. 어찌된 영문인지 취기가 오르지 않았다. 태오도 마찬가지인 듯했다. 허리를 곧추세운 자세로 방바닥에 앉아 있는 태오는 왠지 모르게 불편해 보인다. 그는 늘 추리닝바지 아니면 박스팬티 차림으로 이 방을 활보하곤 했다. 스타킹도 벗지 않고 있는 나 역시, 그의 눈에는 몹시 낯설어 보일 것이다. 손을 뻗기만 하면 서로를 품에 안을 수 있는 거리에서 우리는 상대방의 털끝 하나 건드리지 않았다.

"자고 가겠다고 하면 안 되겠지?"

태오가 소리 죽여 말했다. 내가 아연 긴장하는 낌새를 눈치 챘는지 그는 얼른 덧붙였다.

"농담이에요. 물론, 진심을 가득 담은."

"......"

"실은 지금 기분이 좀 이상해요. 항상 이 공간이 그리웠거든요. 여기서 정말 행복한 추억이 많았잖아요. 여기만 생각하면 아련하고 뭉클하고 복잡했어요. 그런데 막상 이렇게 와 있으니까, 으음, 꼭 오늘 처음 온 것 같아요. 내가 진짜 여기 살았었나, 실감이 안 나요."

그가 하는 말을 전부는 아니지만 어느 정도는 이해할 수 있을 것 같았다. 태오는 결심하듯 몸을 일으켰다.

"마지막 눈, 같이 볼 수 있어서 좋았어요."

나는 그를 잡지 않았다. 건물 앞 현관까지 내려가는 동안, 우리는 한마디도 나누지 않았다. 그사이 눈이 그쳐 있었다. 눈치 없는 사람이라면, 기습적인 봄눈이 왔다 갔다는 것도, 거리가 미묘하게 젖어 있다는 것도 알아채지 못할 터였다.

"다음 주부터 지방 로케 들어가요."

"어디로?"

"강원도 홍천이래요."

"그렇구나."

"가기 전에 한번 더 만나자는 말은 안 할게요. 그렇게 뻔뻔한 놈이 되기는 싫으니까."

"……"

"그렇지만, 정말 못 견디게 힘든 일이 있을 때, 전화 한번 해도 되죠?"

나는 어렴풋이 웃었다.

"얼른 들어가요. 문단속 잘 하고."

"아니야. 먼저 가."

그가 조금 머뭇거리더니 악수하듯 내게 오른손을 내밀었다. 나는 그 손을 잡았다. 그는 내 손등에 살포시 입을 맞추었다. 순하고 어슴푸레한 입맞춤이었다. 돌아서 멀어져가는 태오의 뒷모습을 나는 오래 바라보았다.

3

"오은수, 정말 너무 이기적이야!"

내 얘기가 끝나기 무섭게 유희가 고함에 가까운 소리를 질렀다.

나, 퇴직금을 걸고 말할 수 있다. 인간은 누구나 이기적이다. 나더러 이기적이라고 핏대를 세우는 유희 역시, 이 사회의 평균적 시각(설마 이런 게 없다고 생각하는 건 아니겠지?)에서 볼 때 몹시 이기적인 여자였다.

"넌 지금 네 욕심 때문에 태오를 힘들게 하는 거야!"

내 속내에는 아랑곳없이 유희는 목소리를 낮추지 않았다.

"왜? 은수가 태오랑 다시 잘해보겠다는 것도 아닌데."

재인이 내 편을 들고 나섰지만 유희는 코웃음을 쳤다.

"야. 쟤 속을 진짜 모르냐? 저 먹기는 싫고 그렇다고 버리기는 아깝고, 딱 그거잖아. 너, 솔직히 말해봐. 태오 진심 알면서 딱 자르지 못하는 거, 보험 가입하는 심리랑 비슷하지? 걔랑 완전히 헤어졌다고 생각 안 하지? 옆에 영수씨 놔두고 있으면서도?"

나의 무반응을 긍정의 표시라고 받아들였는지 그녀의 음성은 더욱 커졌다.

"정말이지 친구로서 충고하는데, 딴 건 몰라도 양다리는 하지 마라. 그건 너무 나쁜 거야."

'양다리'라는 원초적이고 적나라한 표현까지 등장하다니. 유희는 거기서 그치지 않았다.

"은수, 네 문제가 뭔지 알아? 네 인생에 등장하는 남자들을 사랑하지 않는다는 거야."

"뭐?"

"잘 생각해봐. 넌 항상 안정된 관계를 꿈꾸는데 그게 안 된다고 불평하잖아. 근데 그 이유는 남자들이 저마다 하나씩 결격 사유가 있기 때문이지? 태오는 스위트하지만 장래성이 없고, 또 영수씨는 부족한 게 없어 보이지만 사실 결정적인 매력 한 방이 없고."

반박할 수 없는 분석이었다.

"넌 그 남자들 단점은 다 버리고 장점만 뽑아서 하나로 모으고 싶지? 근데 사랑은 그런 게 아니지 않냐? 진짜 사랑한다면 망설이지 않을걸. 절실하게 사랑하지도 않는 남자들 쭉 늘어놓고 문방구에서 연필 고르듯 하는 거, 난 너무 비윤리적이라고 봐."

속사포처럼 다다다 쏘아붙이는 유희의 공격을 웬만하면 참으려고 했는데, 마지막 구절에 이르러 그만 폭발하고 말았다.

"야! 말 너무 함부로 한다. 비윤리적이라니. 다른 사람은 몰라도 너는 그런 말 하면 안 되는 거 아니야?"

유희의 눈썹이 꿈틀 움직였다. 순간, 내가 실수했을지도 모른다는 것을 깨달았다. 재인이 유희를 달랬다.

"기분 나빠하지 마. 은수는 그런 뜻으로 한 말 아닐 거야."

"그래. 부모자식 간의 천륜을 갈라놓은 나 같은 년이 윤리가 어쩌고저쩌고한다는 게 웃긴다는 거지?"

"그런 뜻 아냐."

"괜찮아. 난 적어도 이 남자 저 남자 저울질은 안 하니까. 나는 최소한 나 자신한텐 정직해. 내가 원하는 상황을 상대한테 분명히 밝히고, 내가 받아들일 수 있는 가이드라인을 확실히 선언해. 그것만 지켜지면 돼. 그다음엔 아무 대가도 바라지 않아. 그럼 된 거 아니야? 사랑의 윤리에서, 솔직한 사랑 말고 또 뭐가 필요하니?"

할 말은 태산이었지만, 나는 아무 말도 하지 않았다. 유희가 왜 이렇게 예민하게 구는지 막연하나마 짐작할 수 있을 것 같았기 때문이다. 그러나 반박하지 않는다고 해서 그녀에게 동의한다는 뜻은 아니었다.

어쩌면 우리들은 사랑에 대해 저마다 한 가지씩의 개인적 불문율을 가지고 있는 건 아닐까 싶다. 문제는 자신의 규칙을 타인에게 적용하려 들 때 발생한다. 자신의 편협한 경험을 토대로 만들어진 기준을, 타인에게 들이대고 단죄하는 일이 가능할까. 사랑에 대한 나의 은밀한 윤리감각이 타인의 윤리감각과 충돌할 때, 그것을 굳이 이해시키고 이해받을 필요가 있을까. 유희가 만나는 남자가 이혼남이든 유부남이든 수도승이든 내가 터치하지 않는 것처럼, 내가 한 다스의 남자를 만나든 한 두름의 남자를 만나든 유희식의 윤리로 재단되고 싶지는 않았다.

"나 먼저 갈게. 다른 약속이 있어."

유희가 가방을 들고 일어섰다. 그녀가 나가자마자 재인이 한숨을 쉬었다.

"쟤 어쩌니? 요즘 일도 안 풀리고 여러 가지로 힘든가 봐. 넌 어때? 쉬는 것도 슬슬 지겹지 않아?"

내 자존심을 건드리지 않으려는 듯 재인은 조심스럽게 말했다. 그래도 주눅 비슷한 감정이 드는 건 어쩔 수 없다.

"아직은 심심하지는 않네. 이제 좀 움직여봐야지."

"그럼 혹시 면접 하나 안 볼래?"

재인이 소개해준 것은 전자사보 전문회사의 콘텐츠 기획직이었다.

"신생 회사야. 옛날 거래처에 있던 분이 그쪽으로 갔거든. 실무 경험 있는 사람 좀 추천해달라고 부탁하는데, 네 생각이 나더라고. 일단 네 얘기는 대충 해놨어. 자기네는 딱 좋대."

"그래?"

반가운 표정을 지었지만 솔직히 썩 내키지는 않았다. 내가 발 벗고 알아보지 않아서 그렇지, 그 정도 일은 내 힘으로도 어렵잖게 구할 수 있을 것 같았다.

"너, 만약 재취업할 거면 서두르는 게 낫다. 너무 오래 쉬면 감각이 녹슬어. 또 막상 찾아보면 생각만큼 자리도 없고."

재인의 충고가 틀리지 않다는 건 나도 알고 있었다. 결혼과 동시에 일을 그만두었던 그녀는, 이혼과 동시에 다시 직장을 구했다.

"첨엔 솔직히 망설여지더라. 이 좁은 업계 바닥에 복귀하면 뭐라고들 수군댈까. 이참에 아예 유학이라도 가버릴까. 별별 생각 다 했어. 하지만 그렇게 해서 해결될 일이 아니잖아? 내가 무슨 죄졌니?"

재인은 사랑니를 뽑기 위해 치과 진료대에 누운 소녀처럼 결연한 미소를 지어 보였다.

다음 날 오전, 늦잠을 자고 있는데 전화가 울렸다. 재인이 말한 그 회사였다. 오늘 중으로 면접을 보러 올 수 있느냐는 질문을 받고서야 비몽사몽간에 시계를 확인했다. 열 시가 넘어서고 있었다. "오늘이라니. 좀 심한 거 아니에요? 어차피 오늘은 곤란해요. 선약이 있다고요"라고 당차게 대꾸하고 싶은 마음 굴뚝 같았으나 내 입에서는 "네. 몇 시까지 갈까요?"라는 말이 먼저 흘러나왔다. 아, 이놈의 지긋지긋한 노예근성.

　면접은 정말 오랜만이었다. 의상 콘셉트 잡기가 맞선 볼 때보다 몇 배는 더 어려웠다. 다른 여자들도 옷장을 열 때면 늘 한숨부터 날까? 벗고 다니지는 않았으니 무언가 몸에 걸치고 다녔음이 분명할 텐데 왜 옷이 없을까? 대체 매일매일 무슨 옷으로 연명하고 있는지 불가사의할 뿐이었다. 목둘레를 레이스로 장식한 블라우스를 꺼내들었다가 도로 집어넣었다. 드라마 속의 프로페셔널 커리어우먼이라면 절대 선택하지 않을 아이템 같았다. 계절에 어울릴 만한 검은색 스커트 정장을 입고 거울 앞에 섰다가 황황히 지퍼를 내렸다. 핏기 없는 얼굴색과 어우러져 자칫 장례식장에서 곧바로 나타난 것처럼 보일지도 몰랐다.

　중견의 경력을 가진 삼십대 여성이라면 뭐니 뭐니 해도 깔끔하고 단정하면서도 자신감 넘치는 모습을 어필하는 게 나을 것이다. 골똘히 궁리한 끝에, 도톰한 봄 재킷에, 살짝 주름이 잡힌 플레어 스커트를 받쳐 입었다. 그러나 장고 끝에 악수 둔다던가. 거리에는 꽃샘바람이 윙윙 불어대고 있었다. 치마가 홀러덩 뒤집어질까 봐 한 손으로 치맛자락을 붙든 채 잰걸음을 놀려야 했다.

　핸드백 속에는 이력서가 들어 있었다. '이력서(履歷書)'라는 단어를 한자의 뜻 그대로 풀면 '신발의 역사를 담은 종이'쯤 되려나? 출생, 입학, 졸업, 입사, 퇴사로 이어지는 한 인간의 인생 여정. 그 여정이란 그동안 신발로 꾹꾹 밟고 지나온 길을 의미할 터이니 어쩌면 참 무서운 표현이었다. 오늘 내가 신고 나온 것은 아무런 무늬가 없는 7센티미터 굽 검정 하이힐이었다.

  이 세상의 여자들을 두 부류로 나눌 수 있을지도 모른다. 알록달록 화사한 색깔과 과감한 디자인의 구두를 선뜻 고르는 여자, 그리고, 그 색색의 구두에 동경의 시선을 던지면서도 결국엔 언제나 무채색의 평범한 구두를 선택하는 여자. 나는 후자에 가까웠다. 내 검은 소가죽 구두를 내려다본다. 긍정적인 성격의 사람이라면 무난하다고 평가할 것이고, 부정적인 사람이라면 진부하다고 말할 만한 구두였다. 매장에 전시되어 있던 형형색색의 구두들 가운데 이걸 집어 든 이유는 아마도 심리적 안도감을 느꼈기 때문일 것이다. 무난하고 진부한 형식 속에 맨발을 깊숙이 밀어넣으면, '진짜 나'를 꽁꽁 은닉할 수 있을 것 같았기에······

  과연 이 구두는 어떤 옷에 매치시켜도 그럭저럭 80점은 되어주었다. 100점 아니면 0점인 극적인 인생을 두려워하는 나는, 평균점의 인생을 살 수밖에 없는 운명을 타고난 건가? 이를 악물며 사표를 던진 것이 얼마나 되었다고, 또다시 고만고만한 회사의 고만고만한 사무원이 되기 위해 길을 떠나고 있는 스스로가 우습고 또 안쓰러웠다.

  "희망 연봉을 안 쓰셨네요?"

  내 이력서를 훑어보다 말고 중년의 면접관이 물었다.

"아, 예."

안 그래도, 급하게 이력서를 꾸미면서 그 부분을 어떻게 해야 하나 망설였었다. 하지만 뭐라고 써야 하는지 감이 안 잡혔으므로 아예 기입을 하지 않기로 했었다. 이것이 바로 결정적인 순간에 나타나는 나의 아마추어적인 면모였다.

"본인 생각이 있을 거 아니에요? 자신이 대충 어떤 수준이라는."

어디서 들어본 적 있는 소리였다. 고3 때, 내 모의고사 성적표를 펼쳐놓으며 담임이 물었었지. "너도 생각이 있을 거 아니냐?" 한심해죽겠지만 억지로 참고 있다는 듯한 뉘앙스도 똑같았다. 대답을 재촉하는 표정으로 남자가 나를 빤히 쳐다본다. 차라리 전 직장에서 얼마를 받았느냐는 질문이면 훨씬 편할 것 같다. 객관화된 수치를 제시하면 그만이니까. 하지만 마음속의 숫자를 고백하라는 요구는 영 난처하다.

나는 달달한 자판기 커피를 한 모금 삼켰다. 아무리 단도직입적인 형식이 미덕인 시대라지만, 그래도 그런 민감한 문제는 이 커피 한 잔을 다 비운 뒤에 물어봐주었더라면 휴머니즘적 측면에서 더 좋을 뻔했다. 하긴, 면접을 보러 와서 휴머니즘 타령을 하고 앉아 있는 내가 제정신이 아닌 거겠지. 어차피 이 남자와 나는 노동력을 사고팔기 위해 마주앉은 사이였다. 가장 노골적인 것이 가장 인간적인 것일지도 몰랐다.

그래. 만만해 보이면 끝장이야. 나는 허리를 꼿꼿이 곧추세웠다. 머릿속에 모스 부호 같은 숫자들이 빠르게 스쳐 지나갔다. 기회는 잡는 자의 몫이다! 아니, 거기서 왜 별안간 그런 생각이 들었을까?

내 입에서 흘러나온 액수를 듣는 순간, 남자가 짧게 헛기침을 했다.

"흐음, 그렇군요."

바로 후회가 되었다. 그가 놀라는 것도 이상한 일은 아니었다. 내가 말한 금액은, 저번 회사에서 받았던 연봉의 약 1.5배에 달하는 것이었기 때문이다. 남자가 눈가의 근육을 풀며 허허 웃었다. 나도 따라서 어정쩡한 미소를 머금었다.

"본인의 커리어가 그 정도는 된다고 생각하나 봐요?"

성공적인 면접의 첫번째 노하우는 면접관의 숨은 의도를 명확히 파악하는 것이다.

"글쎄요. 대단한 경력을 쌓아온 것은 아니지만 제 분야에서 일하는 동안에는 최선을 다해왔어요."

눈앞의 상대방이 지금 내가 하는 말을 비웃고 있을지도 모른다는 짐작만큼 비참한 것도 별로 없다. 그보다 더한 건, 그럼에도 불구하고, 하던 말을 지속해야 하는 경우.

"……그러니까, 음, 그 정도는 적당한 권리라고 생각합니다."

아아, 아무래도 '권리'라는 단어가 너무 강했다. 그러나 남자는 그 앞의 형용사가 더 마음에 들지 않는 눈치였다.

"적당하다고 했나요? 그런 건 원래 본인이 판단하는 게 아니지 않나?"

"……"

"이건 딴소리지만, 구직자들 불러서 얘기해보면 참 가관이에요. 어쩜들 그렇게 하나같이 자기 능력을 과신하는지. 포트폴리오나 이력서 보면 우리는 사실 딱 견적이 나오잖아요? 이 사람은 얼마짜리고 또 저 사람은 얼마짜리다. 근데 정작 본인들은 그걸 몰라요. 남들은 모르는 자기만의 숨겨진 잠재력이 있다고 착각한다고. 물정 모르는 신입도 아니고 사회생활깨나 해봤다는 사람들이 그렇게 나오면 진짜 할 말이 없어요. 아, 오해는 하지 말아요. 오은수씨한테 하는 얘기는 아니니까."

내 이력서를 거기 두고 돌아 나오면서, 지독한 가뭄 끝의 밭뙈기처럼 가슴속이 쫙쫙 갈라졌다. 그 남자의 말은 몹시 재수 없었지만, 한마디만은 반박하기 힘들었다. "본인들은 그걸 몰라요." 24시간 함께 지내지만 정말이지 나는, 나에 대해 너무 모르고 있다. 객관적이고 가차 없는 시선으로 바라보는 삼십대 여성 오은수는 어떤 모습일까.

가진 것──입가의 팔자주름, 알량한 통장 잔고, 깔고 앉은 원룸 전세금, 반 의절 상태인 부모, '한심하게 살기 대회' 대표 선수 같은 친구들, 사랑에 관한 몇 가지 실속 없는 추억들.

못 가진 것──남편, 아이, 직장.

겨우 세 가지가 부족할 뿐인데, 왜 이렇게 처참한지 모를 일이었다.

4

엄마가 집을 나갔다.

"아버지, 이러고 있을 때가 아니에요. 빨리 실종 신고를 해야 된다니까요."

오빠는 당장 전봇대에 전단이라도 붙일 기세였다.

"좀더 기다려봐라. 네 엄마가 그럴 사람이 아니야."

아버지가 매가리 없는 음성으로 대꾸했다.

"무슨 사고가 난 게 분명하다고요. 요즘 세상이 얼마나 험한지 모르세요? 납치, 아니면 뺑소니. 아무튼 별별 일이 다 일어난단 말이에요."

오빠의 말과 아버지의 말은 미묘하게 어긋났다. 오십대 가정주부가 집에 들어오지 않고 있는 이 상황에 대해, 그녀의 아들은 '실종'이라고 주장하고 있는 반면 그녀의 남편은 내심 '가출'이라고 짐작하고 있는 것이다. 이래서야 경찰서에 신고하러 갔다가 '가족끼리 의견 통일해서 오세요'라는 충고를 듣고 쫓겨날 지경이었다.

"야, 너는? 넌 생각 없어? 엄마 어디 간 거 같아?"

오빠가 소파 구석에 웅크리고 앉아 있는 나를 채근했다.

"몰라! 내가 어떻게 알아."

"으휴, 저걸 그냥. 넌 걱정도 안 되냐? 엄마가 이틀째 소식이 없는데."

오빠가 험하게 눈을 흘겼다. 역시, 안 되는 집구석에서는 힘을 합쳐 일을 해결하기도 전에 내분 먼저 일어난다. 나는 굼뜬 몸을 일으켜 부엌으로 들어갔다. 반질반질 엄마의 손때가 묻은 낡은 주방 기구들은 그 자리에 그대로 붙박여 있었다. 개수대에 지저분하게 쌓여 있는 설거지감을 보자 한숨이 절로 나왔다. 냄비 세 개와, 세 벌의 수저. 그것들은 엄마의 부재를 요란하게 증거하고 있었다.

냄비 바닥에 눌어붙은 찌꺼기는 차례로, 신라면, 생생우동, 짜파게티의 흔적이었다.

엊저녁, 외출에서 돌아온 아버지는 집에 엄마가 없는 것을 알고 투덜대면서 신라면 하나를 끓여 드셨다고 한다. 그리고 텔레비전을 보다가 소파에 누워 잠이 들었다. 아침에 등산회 모임이 있어 부랴부랴 외출했다 들어와 보니 엄마가 없었다는 거다.

"밥통에 밥은 없고 별수 있냐. 우동 하나 끓여 먹었지."

아버지가 변명하자 오빠가 탄식했다.

"오 마이 갓. 그럼 엄마가 언제 나갔는지도 정확히 모른다는 거 잖아요."

"아니. 나는 밤에 들어왔다가 또 어딜 나갔나 보다 했지. 요새 어디 집에 붙어 있어야 말이지."

어스름 해가 진 뒤에도 엄마에게서 아무런 연락이 없자 아버지는 은근히 불안해지기 시작했다. 그제야 엄마에게 전화를 걸어보았지만(버튼을 누르면서 "이게 돌았나"를 약 열 번가량 중얼거렸음이 틀림없다) 전화기가 꺼져 있다는 안내음만 되풀이되었다. 드디어 사태의 심각성을 깨닫게 된 아버지, 장남에게 연락을 취했다. 오빠가 달려오기를 기다리는 동안, 어쨌든 저녁밥은 먹어야 했으므로, 짜파게티를 해 드신 거다.

나는 팔소매를 걷고 설거지통에 손을 담갔다. 고무장갑도 끼지 않은 채 수세미를 들고 냄비 바닥을 벅벅 문질러댔다. 흰 거품 속으로 풍덩 뛰어들고만 싶었다. 콸콸 떨어지는 수돗물 소리 너머로 거실의 대화가 들려왔다.

"그러니까 엄마를 마지막으로 본 게 어제 아침이네. 그때 별일 없었어요? 또 싸우신 거 아니에요?"

"싸움은 무슨. 네 엄마가 기어오른 거지."

그래도, 일단은 다행이었다. 실종보다야, 본인의 자발적인 의지가 개입되어 있는 가출 쪽이 남겨진 자들을 좀 덜 막막하게 만든다. 아버지의 표현에 의하면, 사단은 콩자반으로부터 일어났다. 어제 아침, 콩자반이 반찬 그릇에 따로 덜어지지 않고 밀폐용기 그대로 식탁에 올라 있었다고 한다.

"난 딱 한마디 했을 뿐이다. 이걸 지금 먹으라는 거냐고. 그런데 네 엄마, 갑자기 뚜껑을 확 닫더니 그냥 조용히 냉장고에 넣어버리는 거야. 세상에, 그깟 콩자반 때문에 집을 나갔다는 게 말이 되냐?"

아버지 입장에서야 '그깟 콩자반'일 터였다.

"어디 전화해볼 만한 데 없나? 강릉 삼촌네는 안 가셨을 거고, 엄마 친구 누구 없어? 아, 그래. 김포아줌마한테 한번 해볼까? 전화번호부 어딨지?"

오빠 입에서 '김포아줌마'라는 말이 나오다니.

"안 돼!"

나는 비명을 지르며 거실로 뛰어나갔다. 내 손에서 물이 뚝뚝 떨어졌다.

"뭐 좋은 일이라고 동네방네 소문을 내? 근처 찜질방에 갔을 거야. 뻔하지, 뭐. 엄마가 갈 데가 어디 있어? 좀 있음 들어올 거야."

의뢰인의 무죄석방을 위해, 서투른 거짓말을 늘어놓는 얼뜨기 변호사가 된 것 같다.

엄마는 다음 날 아침에도 돌아오지 않았다. 전화기도 계속 꺼져 있었다. 엄마가 가 있을 만한 곳을 떠올려본다. 강릉의 외삼촌? 토론토의 이모? 고개를 절레절레 젓는다. 머릿속을 뱅뱅 도는 이름은 오직 하나뿐이다. 설마 두 사람……

"이따가 몇 시에 올 거냐?"

출근하는 척, 집을 나서는 내 뒤통수에 대고 아버지가 소리쳤다.

"여기로 퇴근하라고요? 힘들어서 안 돼요."

양심이 콕콕 찔렸다. 하지만 퇴직했다는 사실이 밝혀지게 되면 나는 바로 아버지의 전속 가정부로 옭매이게 될 것이다. 엄마가 사라진 마당에 이 따위 계산이나 하고 앉아 있다니, 나라는 인간의 이기심에 기가 질린다. 내 이기적인 유전자의 대부분은 부계로부터 온 것이 확실했다.

"그럼 내 밥은 어떡하고? 계속 라면만 먹으란 말이냐?"

아아, 밥. 아버지의 거룩하신 밥. 더 이상 말해 뭐 하랴. 조금 전 내가 급히 차려낸 아침 밥상 앞에서조차 국이 없다는 둥, 계란프라이 대신 계란말이를 해 오라는 둥 반찬 타박을 자행하던 분이 우리 아버지다. 어디 가서 굶고 있을지도 모르는 엄마에 대해서는 한마디도 하지 않은 채 말이다.

막상 나오긴 했지만 갈 곳이 없었다. 무작정 광화문행 버스에 몸을 실었다. 며칠 전 아침, 짐을 들고 집을 나섰을 엄마의 모습이 머릿속에 그려졌다. 엄마의 기분도 이랬을까. 많이 막막하고 조금 홀가분하고 또 하염없이 외로웠을까. 엄마의 모든 것을 이해할 것 같다는, 책임지지 못할 감상에 사로잡혔다. 어쩌면 '김포아줌마'의 존재까지도.

자동차가 분당에서 광화문에 도착할 때까지 나는 망설이고 또 망설였다. 그러나 지금으로서는 다른 방법이 없어 보였다. 세종문화회관의 돌계단 위에 서서 나는 엄마의 남자친구에게 전화했다.

"여보세요."

나직한 중년 남자의 목소리. 나는 빠르게 말했다.

"안녕하세요. 저, 이정례씨 아시죠?"

"예에…… 압니다만."

당황하는 기색이 역력하다.

"저는, 딸 되는 사람인데요."

나는 서른두 해 동안 쌓아온 교양을 총동원하여 찬찬히 말을 이으려고 노력했다.

"알고 계신지 모르겠지만, 저희 어머니가 지금 집에 안 들어오고 계세요."

내 입에서 나온 말을 내 귀로 전해 듣는 순간 예기치 못한 모멸감이 치받쳐 올랐다. 수화기 너머에서는 침묵이 흘렀다.

"저희 엄마, 지금 어디 계신지 혹시 아세요?"

"글쎄."

그는 천천히 입을 열었다.

"미안해요. 처음 듣는 이야기라 좀 당혹스럽네요. 이상하다, 그럴 사람이 아닌데……"

"……"

이번에는 내 쪽에서 침묵할 수밖에 없다. 남자가 거짓말을 하고 있지 않다는 것이 본능적으로 감지되었다.
"네. 잘 알겠습니다. 실례했습니다."
나는 공손하고 무기력하게 중얼거렸다.
"저기, 잠깐만요. 은수양."
남자는 내 이름을 정확히 불렀다. 엄마의 거취를 모른다는 말을 들었을 때보다 더 세찬 속도로 가슴이 내려앉았다.
"시간 괜찮으면 잠깐 좀 봤으면 싶은데."

나는 그의 얼굴을 모른다. 아는 것은 그의 뒷모습과, 목소리뿐이다. 그쪽에서 먼저 나를 알아보았다.
"어머니 젊었을 때하고 아주 똑같네. 빼다 박았어."
나는 이마를 조금 찌푸렸다. 엄마를 닮았다는 소리야 워낙 많이 들어 새삼스러울 것도 없다. 하지만 이 아저씨의 감탄에는, 우리 엄마의 젊은 시절 모습을 잘 알고 있다는 뉘앙스가 들어 있다. 둘 사이의 역사가 대체 얼마나 되었기에.
흰색이 더 많은 머리칼, 검버섯이 피어오르기 시작한 피부, 셔츠 안에 감춘 묵직한 아랫배까지. 엄마의 남자친구는 특별한 구석이라고는 한 군데도 없는 평범한 초로의 남자였다. 소파에 누워 리모컨을 이리저리 돌리고 있을 우리 아버지와 별로 큰 차이도 없어 보였다. 아버지보다 더 핸섬하지도 않고, 세련되지도 않았다. 그런데 엄마는 왜? 지금 이 순간, 엄마 남자친구의 숨겨진 매력을 발견하고자 안간힘을 쓰고 있는 나보다 더 가엾은 사람은 서울 하늘 아래 없을 것이다.

"은수양을 한번 보고 싶다는 생각은 쭉 했어요. 그런데 살다 보니, 이렇게도 만나게 되네."

대답 대신 나는 콧물을 훌쩍 들이마셨다.

"정례하고는, 한 고향에서 자랐어요."

수십 년에 걸친 서글픈 러브스토리를 들어주고 싶은 생각은 없다. 남녀 사이에 우정이 가능한가라는 해묵은 주제로 논쟁을 벌이고 싶지도 않다. 우리 엄마의 고향 친구라고 주장하는, 정체 모를 아저씨와 마주 앉아 있는 것만으로도 나는 충분히 숨이 찼다. 그러나 그분은 하고 싶은 이야기가 무척 많은 듯했다.

"아주 예전에, 그러니까 서로 까까머리와 갈래머리로 학교에 다닐 적에는, 어쩌면 희미하게 연정 비슷한 걸 품었을 수도 있겠지. 하지만 다 어린 시절 얘기예요. 나중에 종로통 한복판에서 우연히 만났을 때, 그때 정례는 요만한 아들을 데리고 걷고 있었는데, 그렇게 반가울 수가 없는 거라. 잃어버린 사촌누이 만난 기분이었지."

"......"

"나도 알아요. 남들 눈에는 요상해 보일 수도 있다는 걸. 어떻게 남자하고 여자하고 그렇게 오랫동안 순수하게 친구로 지낼 수 있느냐고, 헛소리 집어치우라고들 할 거예요. 그런 사람들을 일일이 다 이해시키지는 못하지만 이 세상엔 꼭 집어서 뭐라고 정의할 수 없는 그런 사이도 있거든. 그저 마음을 나누는 사이, 그 사람이 거기 있는 것만으로 의지가 되는 사이, 욕심내지 않는 사이. 그런 관곌 꼭 뭐라고 이름 붙여야 하나?"

나는 아무것도 납득할 수 없다는 표정을 감추지 않은 채 그를 바라보았다. 알았다고, 그쯤이야 너그럽게 이해하고 넘길 수 있다고 거짓말을 할 수도 있었다. 그러나 구태여 그러고 싶지 않다. 이 아저씨 말대로 한 점 의혹이 없는 관계라면, 왜 엄마는 무려 삼십 년 동안 가족들에게 사실을 말하지 않았을까? 김포아줌마라는 가상의 존재를 만들어 눈속임을 했을까? 켕기는 바 없이 당당하다면, 하늘 아래 아무것도 부끄럽지 않다면……

"나한테 이런 말 해도 될 자격이 있는지 모르겠어요. 그렇지만 아무래도 얘기를 해야 할 것 같아서, 그래서 은수양을 보자고 했어요."

"……"

"얼마 전에, 정례가, 아니, 은수 어머니가 나한테 앞으로는 따로 만나지 않았으면 좋겠다는 뜻을 전했어요. 이유를 물었더니 머뭇머뭇 얘기를 하는데, 혹여 아이들이 오해할 만한 일은 하지 말아야겠다는 생각을 했대요. 본인 마음이야 떳떳하더라도 행여나 아이들이 상처를 받게 된다면 그건 어미로서 차마 해서는 안 될 일이라면서."

"……"

"은수양도 알겠지만, 그 사람, 천성이 참 밝은 사람이에요."

"……"

"밝고 활달한 사람이 세월 속에서 조금씩 지쳐갔을 거야. 가족이 전부인 줄 알고 살아왔는데 자기 자리가 어디인지 점점 더 모르겠다는 소리를 한 적이 있어요."

나는 차게 식은 커피를 입속에 들이부었다. 솔직히 말하면, 더 듣고 싶지 않다. 식구들에게도 하지 않은 내밀한 속 이야기를, 엄마는 타인에게 털어놓은 것이다. 배신감이랄 수도 없고 불쾌감이랄 수도 없는 감정이 목울대로 차올랐다. 아저씨는 마지막 인사 대신 "어머니를 많이 이해해드려요"라고 했다. 나는 깍듯이 허리 숙여 인사했다. 엄마의 베스트 프렌드에 대한 최대한의 예의였다.

멀어져가는 아저씨의 그 구부정한 뒷모양을 한참 동안 바라보았다. 그 위로 교복 입은 까까머리 시골 고등학생의 모습을 겹쳐보려 애썼으나 잘 되지 않았다. 사십 년의 세월은 모든 것을 바꾸어놓았을 테지만 쓸쓸하거나 덧없다고 해서 무엇도 되돌릴 수는 없을 것이다. 밝고 활달하고 명랑하던 엄마가 본성과 달리 점차로 시들어 팩 꼬부라져버렸다 해도 그것 역시 엄마였다.

엄마에게 연락이 온 것은 김영수와 함께 있을 때였다.

차가 사거리 신호등에 걸렸을 때 전화기가 울렸다. 031로 시작하는 낯선 번호였다.

"엄마야."

김영수와 같이 있다는 것을 잊고서 나도 모르게 소리쳤다.

"엄마! 거기 어디야? 지금 어디 있어?"

"걱정할까 봐 전화한 거야. 별일 없으니까 걱정 말라고."

공중전화인 듯 엄마의 목소리가 뚝뚝 끊어져서 들렸다.

"엄마……"

할 얘기는 너무 많은데 말이 되어 나오지 않았다. 김영수가 차를 갓길에 세우더니 비상등을 켜고 밖으로 나갔다. 편히 통화하도록 자리를 피해주는 것 같았다.

"엄마가 미안해. 우리 딸한테."

그리고, 전화가 끊겼다. 망연자실해 있는 내 표정을 보고 궁금했을 텐데도 김영수는 이유를 꼬치꼬치 캐묻지 않았다. 큰 미덕이었다. 그래서였을 것이다. 나는 액정화면을 그의 눈앞에 내밀었다.

"혹시 이 번호가 어느 지역 국번인지 아세요?"

"흐음. 잠깐만요."

그가 경기 지역 114에 전화를 걸었다.

"포천 지역이라는데요."

"포천."

머릿속에서 수십 개의 고장 난 백열등들이 느릿느릿 교대로 껌뻑였다.

"현실적으로 어머니 혼자 며칠씩 묵으실 만한 데가 흔하지는 않을 거예요. 기도원이나 사찰이 아니라면, 혹시 콘도미니엄 같은 곳이 아닐까 싶은데."

엄마에게는 종교가 없었다. 그는 고개를 갸웃하며 다시 114를 눌렀다. 포천 근처 대형 숙박 시설 몇 곳의 전화번호를 알아내더니 차례로 전화를 돌려 "손님 중에 이정례씨가 몇 호에 계십니까?"라고 정중하게 물었다. 5분여 만에 그는, 산정호수 근처의 리조트를 찾아냈다.

그러고 보니 언젠가 엄마와 함께 그곳에 갔던 기억이 났다. 근처의 부대에서 복무하던 오빠를 면회하고 오던 길이었으니 십 년이나 된 일이었다. 그것은, 엄마와 나의 처음이자 마지막 여행이었다. 바보같이, 그렇게 나가서 겨우 거기 가 있단 말인가. 이 넓디넓은 세상 천지에 갈 만한 데가 그다지도 없었나. 안도의 한숨이 나오는 동시에 안쓰러운 연민으로 가슴이 저몄다.

"이제 어떻게 해야 되죠?"

그것은 나 스스로에 대한 물음이었다.

"어머니가 어디 계신지도 알았고, 별일 없으시다는 것도 알았잖아요."

"그렇긴 하지만."

"은수씨도 혼자서 자기 자신을 고요하게 들여다보고 싶은 때 있지 않아요? 지금 어머니는 그런 시간을 보내고 계시지 않을까 싶은데."

"그래도, 가봐야겠어요."

"그러고 싶어요?"

그가 내 눈을 들여다보며 물었다. 갑자기 이 사람과 확 가까워진 것 같은 기분이다.

"진짜 거기 있는지 내 눈으로 확인하고 싶어요. 얼굴만 보면 돼요."

"정말 지금 가고 싶어요?"

"네."

"자, 안전벨트 매요."

"어, 사무실 들어가봐야 되지 않아요?"

그가 한쪽 눈썹을 찡긋했다.

"일에는 우선순위라는 게 있잖아요."

한 번 갔었던 길인데도 초행의 느낌이었다. 근처에 거의 다다른 것 같았으나, 목적지는 쉬이 나타나지 않았다. 김영수는 국도 변에 차를 세우고 지도를 골똘히 들여다보았다.

"이럴 때 내비게이션 있으면 편한데."

내가 무심코 중얼거리자 그가 말했다.

"그거, 나는 왠지 무섭더라고요. 하늘에서 내가 움직이는 방향을 내려다보면서 왼쪽으로 가라, 오른쪽으로 가라 지정해준다는 게 말예요."

뉘엿뉘엿 해가 지고 있었다. 일차선 국도는 한적했다. 자동 기어 변속기 위에 무방비로 걸쳐놓은 김영수의 손등에 시선이 머물렀다. 크고 단단한 손이었다. 얼마 전 친구들과 같이 서해안의 펜션을 찾아 헤맬 때와는 달리, 불안하다는 마음이 들지 않았다. 이 사람은 결국 목적지를 찾아내어 나를 데려다줄 것 같다. 정말로, 오래지 않아 그는 콘도를 발견했다.

"여기서 기다릴게요."

로비의 엘리베이터 앞에서 김영수가 내 어깨를 툭툭 털어주었다. 엄마는 방에 있었다. 엄마는 순순히 문을 열어주었다. 엄마와 마주서는 순간 그 자리에서 도망쳐버리고 싶다는 절실한 열망에 사로잡혔다.

"엄마, 제정신이야?"

그러고 싶지 않았는데, 말이 날카롭게 튀어나왔다. 엄마는 대답이 없다.

"집에 가요, 이제."

나는 엄마의 팔을 잡아끌었다. 가족이 누군가의 희생을 동력 삼아 이루어지는 관계라면, 희생자는 언제나 엄마의 역할이었다. 그렇다면 엄마를 그 안에 꽁꽁 얽매는 것이 나의 역할인가.

"안 가면 어쩔 건데? 이혼이라도 하려고요?"

"안 되니, 왜?"

왜? 말문이 턱 막힌다. 엄마가 이혼을 하면 안 되는 이유는 또 뭐란 말인가.

"여태 참고 살다가 뒤늦게 꼭 그러고 싶어요? 창피하지도 않아? 새언니도 있고, 지호도 있는데."

궁색한 변명을 주절대는 나는 지금 엄마를 볼모로 잡아두고 싶은 걸까? 엄마의 육체와 영혼을 또다시 쥐어짜며 그 위대한 희생정신을 조금만 더 발휘하라고 종용하고 있는 걸까?

"그래. 그러면 안 되는 거겠지."

엄마가 입술을 깨문다. 나는 고개를 돌린다. 엄마의 체념 어린 표정은 보고 싶지 않다. 똑딱똑딱거리는 시계 소리가 유난히 커다랗게 방 안에 울려 퍼진다. 우리 모녀 사이에는 황량하고 너른 바다가 가로놓여 있는 것 같다. 세찬 물살 위를 엄마도 나도 맨발로 건너려 하고 있다.

"늦겠다. 그만 가라."

엄마는 나를 따라 나설 생각이 눈곱만큼도 없는 듯했다. 엄마를 이곳에 그대로 놔두고 돌아가야 하다니.

"엄마 마음 이해해요."

나는 눈을 부릅뜨고 외쳤다.

"그렇지만 지금 관둔다고 해서 돌이킬 수 있는 건 아니잖아!"

엄마의 어깨는 꼼짝도 하지 않았다.

"이제 와서 뭔가를 다시 시작할 수 있다고 생각해요? 너무 늦었어."

잔혹하지만 그것이 사실이다. 그렇지 않은가. 자유를 찾겠다고 무작정 뛰쳐나가봐야 기다리는 것은 별 볼 일 없는 현실뿐임을 엄마도 알아야 한다. 현관 문고리를 잡아당기는데, 엄마의 무거운 음성이 등 뒤에 날아와 꽂혔다.

"이 상태로 끝나버리는 것보다는 낫지 않을까."

얼음 송곳에 심장을 찔린 것처럼 차디찬 냉기가 온몸으로 퍼졌다. 아무렇지 않은 듯, 나는 조용히 문을 닫았다.

김영수와 나를 태운 자동차는 왔던 길을 되짚어 달려나갔다. 사위는 어둑했다. 진회색 하늘이 우리가 탄 자동차를 빨아들일 듯했다. 김영수가 가속페달을 밟을 때마다 차체의 진동으로 엉덩이가 들썩였다. 나는 터무니없는 두려움에 휩싸였다. 이대로 집에 돌아가 이력서를 쓰고 아버지의 밥을 차릴 수 있을까. 누군가와 결혼을 하고 아이를 낳아 키우고 이 사회의 건전한 시민 노릇을 하며 살아가야 한다는 것이 오싹한 농담처럼 느껴졌다.

"가기 싫어."

입속으로 웅얼거렸다.

"어, 지금 뭐라고 했어요?"

"……가기 싫다고요, 집에."

빛이 없는 공간에서 김영수가 흘낏 나를 일별했다. 그에게는 진심으로 고마웠다. 평일 오후와 저녁 일정을 갑작스레 취소하고 여기까지 따라와준 것은 보통 일이 아니었다. 어머니의 가출 사유가 뭐냐고 따지고 들지도 않았다. 이만하면 그는 복잡한 가정 환경을 가진 한 여자의 남자친구로서의 소임을 충실히 수행했다.

"아니. 그냥 한번 해본 말이에요. 겁이 나서."

나는 의기소침하게 욕망을 거두었다. 그가 갓길에 차를 세우고 실내등을 켰다. 그가 펼친 것은 전국 도로 안내서였다. 잠시 후 자동차가 출발했을 때, 우리는 아까와는 다른 목적지를 향해 떠나고 있었다. 서울로 가는 느낌과 서울이 아닌 곳으로 가는 느낌은 확연히 달랐다. 그는 어디로 가는지 말하지 않았다. 우리 어디로 가는 거예요,라고 나 역시 김영수에게 묻지 않았다. 그곳이 어디든 상관없다는 심정이었으므로.

라디오를 켰다. 그가 항상 고정시켜놓는 교통방송은 여기서는 잡히지 않는 모양이었다. 늘 교통방송을 틀어놓고 다니는 남자가 왜 내비게이션을 무서워할까, 문득 궁금해졌다. 길은 끝없이 뻗어 있는 듯 보였다. 지직지직, 뜻을 알 수 없는 노이즈만 어리둥절하게 우리를 따라왔다.

7부 그림자 도시

1

관광호텔의 룸은 낡고 을씨년스러웠다. 넓다면 넓고 좁다면 좁은 더블베드만이 단단하게 뿌리내린 채 방 안을 점령하고 있었다. 요즘 서울 웬만한 모텔 방의 근사한 시설에 비교하면 너무하달 만큼 쇠락한 방이었지만 그 말을 이 남자에게 할 수는 없다. 김영수는 방 한구석의 소파에 살며시 엉덩이를 붙였다. 허리를 꼿꼿이 세우고 앉은 자세가 남북 군사회담 테이블에 착석한 북한군 장성을 연상시켰다.

"와, 되게 어색하다."

나는 일부러 명랑한 목소리로 말했다. 김영수의 얼굴에 살짝 미소가 번졌다.

"은수씨 많이 피곤해 보여요. 금방 쓰러질 것처럼."

욕실 거울에 비친 내 모습은 정말 가관이었다. 창백한 뺨과, 빨갛게 충혈된 눈동자, 부스스하고 윤기 없는 머릿결. 참으로 긴 하루였다. 그러고 보니 아침에 회사에 출근한다며 집을 나왔다는 데 생각이 미쳤다. 엄마 없는 집에서 아버지 혼자서 하루를 보냈을 것이다. 저녁으론 컵라면을 끓여 먹었을 테지. 아버지가 걱정되는 동시에, 아버지 걱정을 하고 있는 내가 짜증스럽다. 변기에 걸터앉은 채 집에 전화를 걸었다.

"어디냐? 왜 안 와?"

이마가 와락 찌푸려진다. 역시 효녀 심청 코스프레는 아무나 하는 것이 아니다.

"야근하고 들어가는 길이에요. 서울에서 자야 할 것 같아요. 내일 일찍 갈게요."

용건만을 빠르게 내뱉고 전화를 끊으려는데 아버지가 급히 불러 세웠다.

"엄마는?"

전에 없이 어눌한 음색이다.

"그걸 왜 나한테 물으세요. 나 때문에 나간 것도 아니잖아요."

싸가지 없는 말투에 버럭 성을 내야 우리 아버지다운데, 아버지는 아무런 대꾸가 없다. 찜찜한 마음을 다스리지 못하며 샤워를 했다. 겨드랑이 털이 어느새 소복이 자라 있었다. 팔뚝과 허벅지에도 언제 이렇게 통통하게 살이 오른 거지? 확실히 지속적인 '파트너'가 있는 경우와 없는 경우는, 육체에 대한 일상적 긴장의 정도가 다르다. 태오와 헤어진 뒤로는 목욕하고 나서 보디로션을 생략하는 경우도 많았고, 속옷을 새로 구입한 기억도 까마득했다.
　욕실 밖으로 나가기 전에 어느 선까지 옷을 입어야 하나 심히 고민스러웠다. 원래대로 원피스에 카디건까지 갖춰 입고 나가자니 아무래도 오버일 성싶었고, 그렇다고 에로영화의 여주인공처럼 흰 목욕 타월만을 맨몸에 칭칭 감고 나갈 수도 없다. 브래지어는 또 어떻게 한담? 마침 캐미솔을 입고 온 것이 불행 중 다행이었다. 캐미솔 위에 원피스를 입고 카디건은 손에 들었다. 브래지어는 하지 않고 카디건으로 감추었다. 하나, 둘, 셋. 심호흡을 하고 문을 열었다.
　김영수는 둥그렇게 몸을 웅크린 채 소파에 누워 있었다. 설핏 얕은 잠이 든 것 같았다. 내가 기침 한 번만 커다랗게 하면 곧 눈을 껌뻑이며 일어나 앉을 것이다. 숨소리가 새어 나가지 않도록 애쓰며 나는 가만히 그의 얼굴을 들여다보았다. 그의 이목구비에 이미 친근해져버린 줄 알았는데 이렇게 가까이 보니 영 낯설다.
　손에 들고 있던 카디건을 그의 어깨에 살그머니 덮어주었다. 불을 끄고 침대 위에 홀로 누워, '자다'라는 동사에 몇 가지 의미가 포함되어 있는지 헤아려보았다. 어쩌면 '자다'라는 말은 동사가 아니라 형용사인지도 모른다. 무엇인가의 움직임이나 작용, 행동을 나타내는 말이 아니라, 성질이나 상태 그리고 존재와 감정을 나타내는 말. 자다, 혹은 함께 잠이 들다.
　김영수와 나는 함께 잠드는 것은 아니지만, 따로따로 잠드는 것도 아니었다. 나는 까무룩 깊은 잠 속으로 빠져들었다.

　눈을 뜨자 어제와 다른 내일이 펼쳐졌다,라고 말하고 싶다.

하지만 그럴 리 없지 않은가. 그 전날과 완전히 다른 내일이란 어디에도 없다는 체념을 받아들이면서 사람은 나이를 먹어간다. 결론적으로 간밤 우리에게는 아무 일도 없었다. 남들이 침을 꼴깍 삼키며 기대하는 그런 내용은 더욱. 잠을 깨운 것은, 이마에 와 닿는 로맨틱한 입술의 감촉이 아니었다. 이글이글 불타오르는 욕망의 눈길도 아니었다.

김영수는 어느새 양치와 세수, 면도까지 다 마치고 여느 때처럼 흐트러짐 없는 매무새로 다리를 꼬고 앉아 회사 직원과 통화를 하고 있었다.

"아직 결정된 거 없어요. 그래. 점심시간 전까지는 출근할 테니까, 어쨌든."

유리창 너머로 둥글고 넓은 아침 햇빛이 쏟아져 들어오고 있었다. 세상에는 여러 가지 종류의 평화로운 아침이 있을 것이다. 왠지 이것이야말로 진짜 현실적으로 평화로운 아침이라는 생각이 들었다.

서울에 돌아오자마자 두어 가지 소소한 일들이 일어났다. 얼마 전 면접을 본 회사에서 연락이 왔다. '귀하와 함께 일할 수 없어 진심으로 유감스럽게 생각합니다'라는 내용의 이메일이었다. 안이사, 아니 우거지월드의 안대표에게서도 연락이 왔다. 두 달 뒤로 예정된 식당 개업일에 맞추어 우거지의 과거와 현재, 미래를 담은 얇은 기념 책자를 발간할 예정인데, 맡아서 진행해줄 수 없겠느냐는 요청이었다. "오대리라면 안심할 수 있을 것 같아서, 잘 부탁해"라고 말하는 그에게 거절 의사를 밝힐 수는 없었다.

아버지와 함께하는 생활에 대해서는, 길게 얘기하고 싶지 않다. 어찌된 영문인지 아버지는 엄마에 대한 말을 삼가는 눈치였다. 두 해 전 퇴직한 아버지는 일주일에 한두 번 낮 외출을 하는 것 말고는 종일 집에서 비비적대고 지냈다. 비비적댄다는 표현이 너무 적나라하고 불경스러운가. 글쎄, 낮잠을 자지 않으면 리모컨을 움직여 케이블 채널을 섭렵하는 일을 나는 달리 표현할 재주가 없다. 저녁에 집에 들어오면, 아버지는 아침과 똑같은 포즈로 오래된 가죽 소파에 누워서 나를 맞았다. 혹시 소파 쿠션에 엉덩이가 찍 눌어붙어버린 건 아닐까 염려스러웠다.

먹고 난 반찬 통을 냉장고에 넣는 것은 바라지도 않는다. 하다못해 신문지만 덮어놓는대도 감격의 눈물을 흘릴 것 같다. 전기밥솥의 뚜껑을 열어보았다. 딱 한 그릇 분량의 밥만 없어져 있었다. 그리고 플라스틱 주걱이 그 안에 얌전히 들어앉아 있었다. 주걱을 꺼내다가 너무 뜨거워서 손가락을 델 뻔했다. 주걱을 설거지통 속에 넣고 거실로 뛰어나갔다.

"아버지!"

뉘 집 개가 짖느냐는 듯 아버지가 맥없이 쳐다보았다.

"너무 심하잖아요. 언제까지 이렇게 사실 거예요?"

스무 살이 넘은 뒤부터 아버지와 싸운 적은 한 번도 없었다. 싸움이라는 것은 모름지기 상대방을 변화시키고 싶을 때 하는 것이다. 그 사람이 나를 어떻게 생각하는지가 중요할 때, 잘못된 관점을 교정하고 싶을 때 하는 것이다. 저 사람을 내 힘으로는 죽어도 바꿀 수 없다는 확신이 들 때는 싸움 대신 외면을 택하는 것이 훨씬 편하다고, 오랫동안 나는 그렇게 생각해왔다.

"엄마가 왜 나갔는지 모르겠어요? 엄마, 영원히 안 들어와도 아버지는 이렇게 살 거죠?"

끙, 들릴락말락한 신음을 목울대로 삼키며 아버지가 돌아누웠다. 딸에게 아버지는 최초의 남자이고, 아버지에게 딸은 최후의 여자라고 했던가. 내 인생 최초의 남자는, 신문에 나오는 '나쁜 아버지'와는 거리가 멀었다. 어디서 배다른 동생을 낳아오지도 않았고, 식솔들로 하여금 커다란 경제적 곤궁을 맛보게 하지도 않았다. 육체적 폭력을 사용한 일도 없다. 그것이 전부일까. 그렇다면 '좋은 아버지'인가. '좋은 아버지'와 '나쁜 아버지' 사이에는 얼마나 수많은 현실의 아버지들이 있는가. 나는 설거지통의 주걱을 꺼내 들어 부엌 벽에 패대기쳤다. 별로 위협적이지 않은 소리와 함께, 흰 벽에 뿌연 물기가 주르륵 흘러내렸다.

다음 날 저녁 집에 들어서자 장작 태우는 것 같은 훈훈한 냄새가 났다.

엄마 냄새였다. 엄마가 돌아왔구나. 아침 나절 위장 출근해 공공도서관과 PC방을 전전하며 우거지에 대한 자료 조사를 하다 오는 길이었다. 무거운 발을 끌고 주방으로 갔다. 싱크대 앞에 서 있는 엄마의 뒷모습이 보였다. 손바닥만 한 부엌 창문 너머 이미 적막한 저녁이 몰려와 있었다. 내가 들어온 줄 모르는지 엄마는 뒤를 돌아보지 않고 도닥도닥 기계적인 리듬으로 도마질을 했다. 엄마가 부재했던 지난 며칠의 시간이 꿈이었나 싶을 만큼 일상적인 손놀림이었다.
 긴 외출에서 돌아오자마자, 원래 자리가 거기였다는 듯 그 앞에 묵묵히 버티고 선 엄마. 이럴 줄 알았으면 아침에 국이라도 하나 끓여놓고 나가는 건데, 요리 사이트를 다 뒤져서라도 엄마가 좋아하는 김치고등어조림을 해놓는 건데 그랬다. 나는 엄마의 등을 와락 껴안지도 못하고, 허리에 매달리지도 못하고, 멀찍이 떨어져 선 채 눈 속에 담았다.
 엄마가 식탁에 올린 음식은 냉이가 듬뿍 들어 있는 된장찌개였다. 맛이 있는지 없는지는 잘 모르겠다. 엄마가 만든 된장찌개의 맛을 평가하기에 내 혀는 이미 너무나 익숙해져버렸으니까. 지금껏 엄마가 만든 된장찌개를 모두 몇 번이나 먹었을까. 헤아릴 수 없는 그 숫자들의 무게만큼 세월이 흘렀다. 이제는, 세월이 속수무책으로 흘러가는 것이 아니라 어딘가 우리 눈에 보이지 않는 공간에 차곡차곡 쌓인다는 걸 알겠다. 아버지와 엄마, 그리고 나. 식구(食口)라는 무시무시한 이름의 구성원 셋은 한 톨의 대화도 없이, 오직 끼니를 때우기 위해 모인 사람들처럼 열심히 밥을 먹었다.
 김치를 집다가 엄마 쪽을 보았다. 엄마는 무엇인가를 어금니로 오래오래 씹고 있었다. 눈 아래 거뭇한 기미가 번져 있었다. 눈은 깊고 고요했다. 인정하지 않을 도리가 없다. 되돌릴 수 없는 것이 엄마의 몸 밖으로 빠져나갔다.
 식사가 끝나자, 빈 그릇들이 도굴당한 촌로의 무덤처럼 식탁 위에 가차 없이 널브러졌다.
 "내가 치울게요."

"아니야. 얼른 서울 가. 내일 출근하려면 힘들 텐데."

"괜찮아. 나, 회사 관뒀어."

엄마의 입매가 아주 잠깐 경직되었다가 곧 풀어졌다. 그뿐이었다. 어떻게 된 일이냐고 캐묻지 않는 엄마는 낯설고 서먹하다. 이제는 진실로, 내가 부모로부터 독립해야 할 시점이 왔다는 걸 받아들여야 했다.

집을 나서는 나를 위해 엄마가 현관 앞에서 배웅해주었다. 발걸음이 안 떨어졌다. "엄마. 여기 있지 말고, 차라리 나랑 같이 우리 집에라도 갈래요?"라고 하려다 입을 다물었다. 순간적인 위선으로 책임지지 못할 짓을 저질러 엄마에게 또 한 번 상처를 주고 싶지 않았다. 그리고 무엇보다, 이것은 결국 아버지와 엄마의 일이었다. 당사자인 그들이 직접 해결해야 했다. 결론이 어떤 방식으로 내려지든 나는 그저 인정하고 따르면 될 뿐, 애초부터 나에게는 선택권이 없었다. 내 인생은 나의 것이라고 사춘기 때부터 주야장천 주장해왔으면서, 왜 부모의 인생이 그들의 것임을 몰랐을까.

암흑 같은 원룸의 스위치를 올리면서 갑자기 외로워졌다. 혼자 살기 시작한 뒤 이런 심란한 기분은 처음이다. 사회를 구성하는 최소단위는 가족이라고 배웠다. 하지만 세상에 무수히 많은 1인 가족이 있다는 건 교과서에 나오지 않는다. 그들에게 사회의 최소 단위는 명백히 자기 자신일 뿐이다. 개인과, 개인과, 개인과, 개인으로 이루어진 세계.

나라는 개인은 제도 안에서 비켜나 홀가분하고 자유로워지기 위해 안간힘을 쓰며 노력해왔다. 하지만 한편으론 고독이라는 허기를 참지 못하고 체온을 나눌 누군가를 찾아 주파수를 곤두세운다. 개인과 개인이 영원을 약속하는 순간, 제도가 탄생하는 그 모순을 뼛속 깊이 겁내면서도.

서른두 살 봄밤. 나는 '스노우 펠리스' 205호에 홀로 누운 채 천장을 응시하고 있다. 저 천장을 방바닥으로 쓰던 여자, 몇 달 전 쓰러진 채 발견되었던 305호 여자는 죽었을까, 살았을까. 그녀의 인생도 나처럼 까끌까끌했을까. 언제부턴가 삶은, 아래로 쭉쭉 미끄러지기만 한다. 서울시 마포구에 거주하는 1975년생 여성들을 무작위로 추출하여 '현재 가진 것'과 '장래성'의 항목을 중심으로 심사한 뒤, 순위에 따라 한 줄로 쭉 세우는 상상을 해본다.

더는 물러설 자리가 없을 때, 사람들은 결단을 내리나 보다.

2

오 년 전만 해도 이렇지 않았다. 친구들을 따라 점을 보러갔을 때, 점쟁이는 동쪽으로 가면 귀인이 나타난다고 했다. 솔깃해지는 동시에 아쉽기도 했다. 동쪽으로 가면 서쪽 남쪽 북쪽은 어떡하라는 거지? 기회란, 동서남북 사방에 모래알처럼 그득그득 널려 있는 건 줄로만 알았으므로 나는 오만하게 투덜거렸다.

반드시 지금 선택할 필요는 없잖아? 그렇게 말하는 내 목소리에 묻어나던 자신감의 그림자를 기억한다. 골라야 할 품목이 너무 많아 질식해버릴 것 같다고, 선택을 미루는 것이 나의 선택이라고 지껄여댈 때에도 역시 그 말들 속에는 세상이 나를 중심으로 돌고 있다는 확고한 암시가 전제되어 있었다.

그러나 착각의 거울이 와장창 깨져버린 지금, 사방이 가로막힌 광장 한가운데 갇혀 있는 느낌에 나는 부르르 몸을 떤다. 이대로 조금 더 지체했다가는 안주머니 가장 깊숙한 곳에 감춰둔 마지막 패 하나마저 시효를 잃을 것이다. 꽁꽁 숨긴 그 마지막 패의 이름이 정말로 '결혼'인지는 묻지 마시라. 인생이란 어차피 불분명한 게임이니까. 과감히 질러야 할 순간을 헤아리는 것만으로도 머릿속이 터질 것 같다.

— 아무래도 이번엔 꼭 해치워야겠어. 배꼽으로 넣는 게 낫겠지? 좀 비싸긴 해도 부작용도 없고 회복도 빠르대.

메신저에서 만난 유희는 가슴확대수술에 관한 정보를 읊어댔다. 그녀도 이대로 더는 안 되겠다는 절박함으로 안달이 난 모양이다.

— 결혼 말이야. 결국 타이밍의 문제겠지?

나도 슬쩍 속내를 털어놓았다.

— 그걸 이제 알았니. 나랑 용가리를 봐. 인생의 결정적 타이밍을 절묘하게 비껴서 만나면, 딱 요 모양 요 꼴이 되는 거야.

애인의 어린 딸과의 경쟁에서 승리한 유희는 요즘 자신의 내면과 싸우고 있었다. 그녀의 말에도 일리가 있었다. 태초에 한 몸이었던 잃어버린 반쪽과 천신만고 끝에 조우했다 치자. 그런데 그때 나이가 열다섯 살이거나 마흔아홉 살이라면 어쩔 것인가. 여자에게는 의처증 남편이 있고 남자에게는 부양해야 할 다섯 자식이 있다면? 신의 장난은 종종 짓궂고 잔인하다.

─ 그럼 결혼을 위한 결정적 타이밍은 언제일까?

─ 여러 가지 연때가 맞을 때겠지. 마침 결혼이 하고 싶어지는 순간에 결혼할 만한 조건의 남자가 나타난다든지. 딴 애들 결혼하는 거 보면, 꼭 가장 사랑했던 남자랑 결혼하는 건 아니더라. 연때가 맞는 남자랑 하지.

혹시 모든 선택의 기회를 박탈당한 기분이 드는 지금 이 순간이야말로, 역설적으로 나의 운명적 연때인 것은 아닐까. 나는 희망을 담아 빠르게 타이핑했다.

─ 여러 가지 상황이 맞아 떨어지는 남자와 평화롭고 무난하게 사는 결혼생활도 괜찮지 않아?

─ 오은수. 너 설마 결혼이라는 제도에 아직도 판타지를 품고 있는 거야? ㅋㅋ

문장 뒤에 붙은 'ㅋㅋ'가 나를 비웃고 있음을 안다. 하는 수 없다. 나한테는 제도를 거스를 만한 용기가 없는걸. 용기를 쥐어짤 건더기가 있어야 말이지.

─ 아냐. 결혼이 현실이라는 것, 잘 알아. 그래서 그러는 거야. 내가 갈 수 있는 제일 현실적인 길이 뭔지를 생각하는 거라고.

─ 재인이 결혼이 그렇게 빠그라지는 거 보고도 그래?

─ 그건 어떤 남자를 만나느냐에 따라 다른 거 아닐까.

─ 너, 결혼하고 싶구나?

─ 응.

나의 욕망을 까놓고 인정하는 최초의 순간이다.

─ 영수씨가 결혼하재?

─ 아직 구체적인 얘기를 한 건 아니고.

― 뭐야, 그럼? 또 너 혼자 김칫국 먼저 마시고 있구나?

유희의 분석은 자주 옳다. 김영수라는 남자. 피차 처음부터 열정적인 사랑에 홀딱 빠진 것은 아니지만 창호지 문살에 은은히 스며드는 햇살처럼 우리 관계는 온화하게 유지되어왔다. 그러나 곰곰이 생각해볼수록 이상했다. 김영수는 지나가는 말로라도 결혼 비슷한 화제를 꺼낸 적이 없었다. 우리가 맞선을 통해 만났으며, 둘 다 이른바 결혼 적령기를 지나가고 있는 나이임을 상기해볼 때 더욱 의문스러웠다.

당장 프러포즈를 받겠다는 것은 아니다. 다만 결혼에 대한 그의 본심을 확인해볼 필요가 있었다.

"엄마 집에 들어오셨어요."

"와아, 잘됐어요."

김영수가 콧등에 세 줄의 가로주름을 만들며 웃었다. 이 남자, 자기 일처럼 기뻐하고 있다. 만일 이 사람을 놓치면 나는 정말 멍청이라는 생각이 들었다. 별안간 안달복달해지려고 폼을 잡는 내 마음 때문에 와락 겁이 난다.

"영수씨 친구들은 많이들 결혼했죠?"

슬쩍 운을 띄워보았다.

"친구들?"

의외의 단어를 들었다는 듯 그가 멀뚱히 되물었다. 그 썰렁한 반응에 굴하지 않고 나는 의연하게 계속했다.

"올해 유난히 결혼 소식이 많아요. 영수씨 친구들은 안 그런가 싶어서. 이미 거의들 했죠?"

"그렇죠."

영 맥 빠지는 대답이다. 그는 평소 친구에 관한 이야기를 거의 하지 않았다. 다른 사람에 관한 이야기를 하는 것은, 정호형이라고 부르는 홍이사가 유일했다.

"왜, 언젠가 우연히 만났던 분 있잖아요. 동창이라던."

"누구?"

"커피숍 창밖에서 우릴 보고 있던 분 말예요. 안전모 쓰고. 그분은, 했어요?"

"글쎄, 잘 모르겠네. 안 물어봤어요. 은수씨, 커피 더 할래요?"

나는 고개를 저으며, 농담처럼 툭 물었다.

"혹시 친구가 하나도 없는 거 아니에요?"

"어, 눈치챘어요?"

그도 농담인 양 툭 받았다. 나는 잠시 동안 머릿속을 정리했다. 그는 내가 보낸 암시를 못 알아들은 것일까, 아니면 못 알아들은 척하는 것일까. 여기까지 온 김에 딱 한 발만 더 나가보기로 한다.

"부모님이 걱정 안 하세요? 늦었다고. 아, 결혼 말예요."

"아니요."

저런. 그의 목소리는 필요 이상으로 너무 크다. 본인도 알아챘는지 음성을 낮추며 부연했다.

"꼭 그렇진 않아요."

그는 호흡을 잠시 멈추고 나를 흘긋 바라보았다.

"은수씨네 집에선 어때요?"

나는 어금니를 지그시 깨물었다. 결국 이런 거였구나 하는 뒤늦은 자각과, 어쩔 수 없는 유감이 두서없이 밀려왔다. 됐다. 알겠다. 비참할 만큼 충분히 잘 알겠다. 이 사람은 하나도 급하지 않다. 급하기는커녕, 내 쪽에서 조급하게 굴까 봐 몸을 사리고 있는 거다. 나는 눈살을 쨍그리며 싱긋 미소 지었다.
"아니. 우리 집도 별로 안 그래요."
마지막 자존심을 지키겠다는 스스로의 처절한 노력이 눈물겨웠다. 결혼에 대한 아무런 비전이 없는 삼십대 남녀가, 구태여 만남을 지속할 필요가 있을까. 피차 영혼과 육체가 으스러지도록 사랑하는 것도 아닌데?

몹시 이상한 일이라고는 생각하지 않는다. 내가 특별히 매력 없는 여자이거나, 김영수가 특별히 나쁜 남자여서 벌어진 사태는 아닐 것이다. 결혼에 관한, 한 남자와 한 여자의 플랜이나 스케줄이 정확히 일치하는 것이 오히려 이상하겠지. 그럼에도 불구하고, 나는 다음 날 걸려온 영수의 전화를 연거푸 받지 않았다.
시위의 의미는 아니었다. 그러니까 '나 지금 삐졌거든. 알아서 해!'라고 에둘러 티 내는 것 말이다. 그런 방법을 작전으로 사용할 만큼의 여유가 나에게는 없었다. 그렇다고 지금 당장 헤어지겠다는 뜻도 아니었다. '좋아. 결혼 안 해? 그럼 끝이야'라고 냉큼 이별을 고하고 돌아서는 적극적 행위야말로 더없이 유치하게 보일 것이며, 그것은 결국 나의 자존감에 치명적인 스크래치를 입힐 것이다. 내 쪽에서 먼저 그를 찾지 않는 것, 더 나아가 그쪽에서 나를 찾을 때 조용히 무시하는 것 정도가 내가 할 수 있는 소심한 저항의 전부였다.

—통화가 안 되네. 무슨 일 있어요?

의문 부호로 끝나는 문자메시지는, 상대방에게 최소한의 자신감을 가지고 있음을 드러내준다. 나는 그 물음표를 오랫동안 들여다보았다. 엄지손가락을 움직여 답장하고 싶은 욕망이 꿈틀거렸다. 그러나 '잘 생각해봐요' 이상의 문장은 떠오르지 않았다. 정신이 산란할 땐 몸을 움직이는 것이 최고다. 오랜만에 침대 시트커버를 벗겨 먼지를 털고 진공청소기로 방바닥을 밀었다. 방 안을 굴러다니던 잿빛 먼지들과, 내 몸에서 떨어져 나온 것이 틀림없는 각종 터럭들이 요란한 소리와 함께 흡입구로 빨려 들어가 재빨리 사라졌다. 그 비인간적인 스피드에 기묘한 불쾌감이 일었다.

청소기를 팽개치고 노트북 가방을 챙겨 집을 나섰다. 고만고만한 콘크리트 건물들이 다닥다닥 붙어선 이 골목에도 봄빛이 환하게 내리쬤다. 길 건너편 이층집 담장 너머에서는 벚나무의 흰 꽃들이 조심스레 망울을 터뜨리고 있었다. 곧 흐드러지게 피어날 꽃 무더기가 반갑다는 마음보다 애틋한 슬픔이 먼저 솟는 것은, 눈부시게 아름다운 봄날도 곧 져버리고 만다는 비밀을 잘 알고 있기 때문이리라.

노트북을 떠메고 간 곳은 큰길의 커피전문점이었다. 노트북은 유준으로부터 빌린 것이었다. 자신의 인생에 기나긴 백수생활이 언제 있었냐는 듯, 유준은 대한민국에서 가장 바쁜 학원 강사가 되어 정신없이 지내고 있었다. 노트북 좀 빌릴 수 있느냐는 부탁에, 그는 "당근이지! 야, 근데 지금 수업 들어가니까 나중에 전화할게"라고 급히 전화를 끊었다. 이런 식의 소외감을, 예전에 유준은 나에게 수도 없이 느꼈을 터였다. 그리고 한 시간 만에 퀵서비스 배달원이 벨을 눌렀다. 노트북 가방 안에는 쪽지도 들어 있었다. '시험 기간이라 너무 바빠. 밥 먹을 시간도 없다니까. 은수도 힘내라.' 동글동글하고 납작납작한 유준의 필체가 반가웠다.

멸치 다시로 국물을 낸 잔치국수처럼 사심 없이 담백한 내용이었다. 한때 그가 나에게 프러포즈 비슷한 걸 했던 기억이 떠올랐다. 그때 내가 얼버무리지 않고 오케이 했다면 우리의 관계는 어떻게 달라졌을까. 그러나 역사에는 가정법이 통용되지 않는다. 미묘하게 어긋났다가 다시 '친구'로 정착하는 것이 나와 유준 사이의 운명인가 보았다. 한때 조금 어색해진 적도 있었지만 우리의 우정은 금세 회복되었다. 한번 삐거덕하면 결코 예전으로 돌이킬 수 없는 남녀관계에 비해, 우정이라는 이름의 관계는 얼마나 유연한가.

한글2002 창을 띄우고 우거지해장국의 효능에 관한 아티클을 작성해나갔다. 집중하려 애썼지만 마음자리가 한없이 어수선했다. 결혼에 대해 안달하는 여자는 꼴불견이라고 생각해왔다. 철저한 독신주의자도 아니었다. 남들이 다 하는 거라면 언젠가는 나도 하게 되지 않을까, 막연히 짐작했다. 그리고 그때까지 그저 오래 버티고 싶었다. 버티기가 가능할 때까지, 남들 눈에 추해 보이지 않을 시점까지 자유로운 상태를 유예하고 싶었다. 빛보다 빠른 속도로 막다른 길이 닥쳐올 줄을 모르고서……

"의외다. 넌 결혼 조급하게 생각하지 않는 줄 알았는데."

재인아, 잘못 짚었다.

"그래 보였니? 하지만 이젠 결혼 말고는 할 게 없다고! 내 인생 너무 어정쩡해."

"영수씨 사람 괜찮다며? 일단 연애를 좀더 해보면 안 돼?"

"연애라. 좋지, 연애. 그렇지만 이젠 연애를 하더라도 말이야, 나를 단순히 연애 상대자로만 보는 남자랑은 하고 싶지 않다. 미래를 기약하고 싶어 하지 않는 남자하고는 어쩐지 현재를 불태울 수 없을 것 같은 기분이 들어."

"어휴, 어렵다. 하지만 뭐 이해는 되네."

"내가 원하는 건 결정적인 변화인 것 같아. 스무 살에도 하던 연애, 서른두 살에도 똑같이 하고 있는 거 생각하면 섬뜩해져. 혹시 십 년 뒤에도 이러고 있을까 봐서. 이제 내 인생에도 뭔가 새로운 출발이 필요할 때 아니니?"

"그래. 어떤 마음인지 알아. 나도 비슷했으니까. 하지만 인위적인 변화는 오히려 화를 부를지도 몰라. 당장 나를 보면 알잖아."

이제 재인은 자신의 이혼을 화제에 올리면서 냉소와 농담을 버무려 넣을 수 있을 정도로 의연해졌다. 물론 깊은 속이야 알 수 없지만 어쨌거나 겉으로는 이혼의 상처를 많이 극복한 모습이다. 뭐랄까, 그 일을 겪고 나서 그녀는 그전에 비해 훨씬 차분하고 진솔해졌다. 죽을힘을 다해 하나의 세계를 통과하고 나면, 감정 호르몬에 영향을 미치는 뇌하수체에 어떤 변화가 생기나 보았다.

"네 맘이 그러면, 영수씨한테 왜 솔직하게 털어놓지 않아?"

재인의 말이 가슴에 출렁한 파동을 남겼다. 나는 블라인드 너머 펼쳐진 하늘을 바라보았다. 중국 내몽고에서 날아온 황사가 서울의 온 하늘을 뒤덮고 있었다. 허공을 휘돌아 떠다니는 뿌연 미세먼지가 내 가슴속에서도 소용돌이를 일으키고 있었다. 그래. 한 번. 딱 한 번은 나 자신을 던질 필요가 있을 것이다. 어차피 더 물러설 데도 없었다. 이래도 끝, 저래도 끝, 어차피 끝이라면 말이다.

3

남산 타워는 1975년 개통되었다. 내가 태어난 해였다. 일반인에게 관광 전망대가 개방된 것은 1980년대 초반. 우리 가족 역시 유행에 뒤질세라 어느 일요일, 그곳으로 나들이를 갔었다. 젊은 아버지와 젊은 엄마, 장난꾸러기 사내아이였던 오빠, 토실토실한 부끄럼쟁이 꼬마였던 나, 이렇게 네 명이서 말이다.

그때나 지금이나, 속내를 알고 보면 곪아가는 바나나 같은 집구석이지만 어쨌거나 남들 눈에는 중산층 도시 핵가족의 행복한 나들이로 보였을 것이다. 그 전날 밤 중간 규모의 부부 싸움을 치렀던 부모가 무슨 이유에서 오빠와 나를 데리고 집을 나섰는지는 모를 일이었다. 포니 투 택시 뒷좌석에 실려 가면서, 혹시 고아원에 버려지는 건 아닐까 가슴을 졸였던 기억만 흐릿하다. 택시가 꼬불꼬불한 산길을 지나 당도한 곳은, 멀리서 올려다보기만 하던 남산 타워 앞이었다. 그날 찍힌 사진 속에서 양 갈래로 머리를 묶은 나는 한 손에 솜사탕을 든 채 어설프게 웃고 있다.

전망대 5층의 레스토랑은 모던한 모습으로 바뀌어 있었다. 몇 가지 안 되는 메뉴들은 다 값이 비쌌다.

"이거 지금 돌고 있는 거, 맞죠?"

김영수의 천진한 질문에 웨이터가 웃으며 설명해주었다.

"예. 한 바퀴 도는 데 48분 걸립니다."

"아무 노력 안 해도 알아서 조심조심 한 바퀴 돌고 또 제자리로 데려다주기까지 하다니. 사는 게 이 회전판만 같다면 참 좋겠죠?"

김영수의 말이 씁쓰레하게 와 박혔다. 통유리창 너머 서울의 야경이 벌판처럼 펼쳐져 있었다. 벌판은 온통 주황색 불빛들로 가득하다. 이렇게 높은 곳에 올라, 내가 살고 있는 도시를 내려다보면 내가 저 속에서 태어나 자라왔다는 것이 믿어지지 않는다. 사랑하고 이별하고 울고 웃고 절망하고 기뻐하고 망각하며 하루하루 살아가고 있다는 것이 죄다 거짓말 같다. 저 무수한 불빛들은 누군가의 집이고 일터겠지. 그런데 왜 여기서는 저 건물들의 그림자가 하나도 보이지 않을까?

그림자는 빛이 만들어낸 허상이다. 세상의 모든 실체들이 저마다 하나씩의 그림자를 드리우고 살듯이, 세상의 모든 그림자들은 저마다 하나씩의 실체를 가지고 살아간다. 그림자가 없는 것은, 그림자뿐이다.

그렇다면 바로 저기, 그림자 없이 반짝반짝 빛나는 도시 서울은 어쩌면 거대한 그림자 그 자체인 것은 아닐까. 내가 이 그림자 도시 귀퉁이에 빛 없이 숨어 사는 한 뼘 그림자인 것처럼.

"은수씨 덕분에 좋은 델 와보네요. 매일 지나다니면서도 이렇게 멋진지 몰랐어요."

"저, 영수씨."

"예, 말해요."

"나하고……"

내 입술에서 흘러나오고 있는 말에 나는 소스라쳐 놀랐다.

"……결혼할래요?"

명치에 얹혀 있던 묵직한 체증이 한꺼번에 밀려 내려가는 것 같다. 시원하고 짜릿하다. 나는 다시 한번 반복해서 말했다.

"결혼할래요?"

그가 찬물을 벌컥 들이켰다. 나는 그림자 없는 불빛의 도시를 묵묵히 내려다보았다. 이 정도면 그럴듯한 프러포즈의 범주에 속하는지 잘 모르겠다. 남자에게 근사하게 청혼하는 방법에 대해 어디서 배운 적이 있어야 말이지.

"아, 음, 미안해요. 너무 갑작스러워서."

그는 내 예상보다 훨씬 더 당황해했다.

"괜찮아요. 놀라시는 게 당연하죠."

"은수씨 뜻 잘 알았어요."

이 남자는 지금 완곡한 거절 의사를 표현하고 있는 건지도 모른다.

"……그런데, 음, 나한테 시간을 좀 줄래요?"

이것은, 동서고금을 통틀어 남자의 청혼을 받은 여자의 대사가 아니던가. 힘들게 지은 내 미소가 가식적으로 보이지 않았으면 좋겠다.

집에 돌아와 방바닥에 너부러진 다음에야 내가 해치워버린 일의 무게가 어렴풋 실감 났다. 대관절 무슨 짓을 저지른 거지? 오늘 일어난 사건의 요점은 의외로 간단했다. 오은수가 한 남자에게 청혼했다. 청혼을 받은 그 남자는 대답을 뒤로 미루었다. 오만 가지 빛깔의 상념들이 교차했다. 결론은 한 가지였다.

나는 최선을 다했다는 것. 이제 공은 그의 손으로 넘어갔다. 김영수라는 남자는 오은수라는 여자가 자신의 결혼 파트너로 적합한지를 곰곰이 따져볼 권리가 있었다. 그것이 게임의 공정한 규칙이다.

시간은 감질나게 흘렀다. 휴대폰의 벨이 울리면 느릿느릿 액정화면의 발신자 번호를 확인했다. 김영수에게서는 연락이 없었다. 하루 그리고 이틀이 지났다. 원래 차분한 사람이니까 생각을 깊게 하는가 봐, 라고 이해하고 넘어가야겠지만 슬금슬금 약이 올랐다. 화가 나기도 했다. 차라리 그 자리에서 아니라고 말할 것이지, 비겁하게. 벽을 보고 혼자 중얼거렸다.

사흘째가 되던 날 밤, 그가 집 앞으로 찾아왔다. 우리는 제각각의 그림자를 아스팔트 위에 길게 늘어뜨리며 인기척 없는 골목길을 걸었다. 나는 일부러 반보 앞서서 걸어갔다. 그가 내 등을 바라보며 말했다.

"생각해봤어요."

나는 걸음을 멈추었다. 그림자의 윤곽이 이지러졌다.

"은수씨가 그날 한 말, 실은 내가 먼저 했어야 되는데. 말하기 어려웠을 텐데 먼저 해줘서 고마워요. 은수씨 참 예쁜 사람이에요."

노란 가로등이 눈을 깜빡거리지도 않고 우리를 내려다보았다. 가슴이 저릿저릿하지는 않다.

"나, 은수씨한테 어울릴 만큼 멀쩡한 놈은 못 돼요."

그는 잠시 호흡을 골랐다.

"그래도 괜찮다면……"

김영수는 나의 프러포즈를 받아들였다. 이럴 때, 고맙다고 말해야 하는가. 조금 혼란스러웠다.

"그럼 이제 뭐부터 해야 하는 거죠?"

그가 물어왔다.

"글쎄요."

어이없이, 내가 대꾸했다.

대한민국 미혼 남녀의 일반적인 결혼 준비 과정은 다음과 같다고 한다. 부모 허락-상견례-날짜 잡기-예식장 예약-신혼여행 예약-한복 및 예물 구입-야외 촬영-청첩장 인쇄-예단 전달-함 들이-결혼식.

대략 세번째 과정까지는 당사자들과 그들의 부모가 합의하여 결정하고, 그 나머지는 웨딩 컨설턴트에게 대행을 맡기는 것이 요즈음 추세란다. 재인이 "내 담당자 소개해줄까? 일 처리 꼼꼼하게 잘하더라"고 제의했지만 차마 그럴 순 없었다. 친구에게 미안하기도 했거니와, 한편으론 친구의 전철을 밟으면 안 된다는 비밀스런 노파심이 들었던 탓이다.

우리 부모의 허락을 얻는 과정은 비교적 수월하리라 예상되었다.

삼십대 무직 미혼녀라는 나의 사회적 위치에 비해, 김영수의 객관적인 조건이 한 수 위라는 것을 부모라고 모르지 않을 테니까. 엄마와 아버지는 한집에 거주하고 있을 뿐, 주민등록상 동거인 그 이상도 이하도 아닌 관계를 유지하고 있었다. 주로 부엌과 안방을 생활 공간으로 삼는 엄마와, 거실과 작은방을 중심으로 활동하는 아버지를 한 자리에 모았다.

"저, 결혼할까 해요."

영하 30도로 얼린 얼음과자처럼 차갑고 깔끔하게 선언하고 싶었건만, 기어 들어가는 목소리가 흘러나왔다. 약속이나 한 듯 두 분은 짧은 기침을 컹 내뱉었다. 단체로 사레라도 들린 것 같다. 카타르시스까지는 아니어도 왠지 통쾌한 복수의 느낌은 들 줄 알았다. 하지만 어림없다.

"나한테 과분한 사람이에요. 음, 성실하고 반듯하고 직업도 괜찮고. 뭐 지금 결혼 안 하면 내가 딱히 할 일이 있는 것도 아니고……"

새로 사귄 날라리 친구를 변명하는 아이처럼, 나는 중얼중얼대고 있었다. 아버지의 첫번째 질문은 황당함의 극치였다.

"성이 뭔데?"

"김씨예요."

"본이 있을 거 아니야?"

"몰라요. 그런 건."

"양반이야?"

"아버지!"

내가 사귀었던 거의 모든 남자들을 못마땅해했던 엄마는, 웬일로 중립을 지켰다. "잘 생각한 거니?"라고 한마디 던졌을 뿐 사윗감의 신상에 대해 구구절절 탐문하려 들지 않았다.

"한번 데려올게요."

말은 그렇게 했지만, 부모와 김영수가 한 공간에 앉아 있는 장면을 상상하자 오금이 저렸다. 부모가 김영수를 어떻게 볼지보다, 김영수의 눈에 우리 부모가 어떻게 비춰질지가 더 심각한 걱정거리였다.

"그렇죠. 부모님을 뵈러 가야 하는군요."

김영수는 중대장의 명령을 받아든 신임 훈련병처럼 표정이 심각해졌다. 대수롭지 않은 일이라는 듯 나는 가볍게 웃어보였다.

"전혀 까다로운 분들 아니에요."

곧 들통 날 거짓말이었다.

"영수씨 부모님은 어쩌죠? 미국에서 언제쯤 나오세요?"

"그쪽 일이 바쁘셔서 당장은 어려워요."

"그럼 어떡해요? 절 마음에 들어 하지 않으실 수도 있잖아요."

"아니. 그럴 리 없어요. 신경 쓰지 말고 그냥 준비하면 돼요."

"그래도 어떻게 그래요?"

"……절 믿으시니까 괜찮아요. 내 말대로 해요."

시부모의 간섭 없이 준비하는 결혼…… 전국의 예비 신부들이 가자미눈을 만들어가며 질투할 일이었다. 홍부네 박 터지듯 오은수 인생에 바야흐로 늦복이 터진 건가.

가족식사 자리에 김영수를 초대하기로 했다. 물론 김영수를 선보이기 위해 급조된 가족식사였다. 둘이 같이 있으면 질세라 각각 쌩한 냉기를 뿜어내는 부모님이 걱정스러워, 오빠네 식구까지 불렀다. 내가 예약해둔 한정식집의 룸에 들어서면서 오빠는 "이런 집 비싸기만 하고 먹을 거 있냐? 차라리 중국집이 낫지 않아?"라고 하나 마나 한 타박을 했다. 다림질이라도 할 것이지, 등판이 구깃구깃한 티셔츠도 눈에 걸렸다. 새언니는 언제나처럼 뚱한 표정이고, 지호는 졸린지 제 엄마 치마꼬리를 잡고 연신 칭얼댔다. 나는 미리 카운터로 가 "어려운 자리니까 음식 무조건 빨리 넣어주세요, 빨리빨리요"라고 거듭 부탁했다.

김영수는 약속 시간에 정확히 맞추어 나타났다. 신라호텔 커피숍에서 처음 맞선을 보았을 때와 똑같이 감색 양복과 흰 와이셔츠 차림이다. 역시 넥타이는 매지 않았다. 그가 웃어른을 대하는 광경을 직접 본 적은 없지만 서글서글하고 예절 바르리라고 예상해왔다. 지나치게 긴장한 탓인지 그는 묻는 말에 짧게 대답하는 외에는 입을 여는 일이 거의 없고, 덥지 않은 날씨임에도 땀을 무척 많이 흘렸다. 의외의 모습이었다.

까탈 맞기로 따지면 서울 장안에서 내로라할 만한 성품의 우리 아버지는 김영수에게 그리 궁금해하던 "본이 어딘가?"라는 질문은 하지도 않고, 애꿎은 음식 간 타령만 해댔다. 그것도 "이 갈비찜에다 사카린을 쏟아부었는지 너무 달다. 에미야, 이거 지호 먹이지 마라"하는 식이었다. 오빠는 감지덕지하다는 속내를 노골적으로 드러냈다.

"만난 지 얼마나 된 거지, 그럼?"

김영수보다 두 살 어린 주제에 은근슬쩍 말끝을 흐리며 묻는다.

"예. 지난가을입니다."

김영수가 냅킨으로 이마의 땀을 찍어내며 대답했다.

"꽤 오래됐네. 오은수, 그동안 감쪽같이 속이고 말이야."

테이블 아래로 발등을 밟아줄까 하다가 참았다.

"그렇게 안 보이는데 눈이 낮으신가 봐. 쟤 데려다가 어따 쓰려고요."

오빠 딴엔 썰렁한 분위기를 반전시켜보려는 눈물겨운 노력이다. 하지만 모두들 쥐 죽은 듯 조용하다. 오빠는 주책없는 제 언사를 황급히 주워 담았다.

"아, 농담입니다. 허허. 내 동생이어서가 아니라 쟤가 알고 보면 근본은 착해요."

어째 욕으로 들린다.

"그런데 말이 나왔으니 얘기지만 은수 어디가 좋아서 결혼하려는 거예요?"

군말 없이 젓가락질을 하는 둥 마는 둥 하던 엄마가 고개를 쳐들었다. 나 역시 밥알 세는 것을 멈추고 김영수 쪽으로 시선을 돌렸다. 이 남자에게서 '당신이 왜 좋다'는 말을 들어본 적 있던가. 이제 와서 들먹이고 싶진 않지만 결혼하잔 얘기도 내가 먼저 꺼냈다.

김영수는 단정히 모아 깍지 끼고 있던 두 손을 풀어, 아래로 내려뜨렸다. 짧은 순간이었다. 나는 겁이 났다. 바로 그때였다.

"피! 피! 피!"

지호의 목소리였다. 지호가 손가락으로 김영수의 얼굴을 가리키며 외쳐대고 있었다. 그의 왼쪽 콧구멍에 흘러내리고 있는 것은 한 줄기 코피였다. 피는 토마토케첩처럼 진하고 붉었다. 급하게 머리를 뒤로 젖혔지만, 언젠가 스파게티 소스가 묻었을 때처럼 그의 흰 셔츠 앞자락에 피가 뚝뚝 떨어졌다.

김영수는 밖으로 달려 나가 응급 처치를 하고 돌아왔다. 그가 허둥허둥 사과했다.

"죄송합니다. 아픈 데가 있는 건 아니고요. 긴장하면 아주 가끔 이렇습니다."

"아, 뭐 어때요. 코피, 나도 툭하면 잘 나는데. 아버지, 저 코피가 말예요. 몸이 건강하지 않아서 나는 게 아니라요. 콧속 점막이 평균보다 좀 얇은 사람이 있는데……"

군대 의무병으로 복무했던 오빠가 코피를 주제로 한 너스레를 길게 떠벌렸다. 나는 내 약혼자를 슬쩍 일별했다. 한쪽 콧구멍을 휴지로 틀어막은 그의 옆모습을 희극적이라 해야 할지 비극적이라 해야 할지 판단이 서지 않는다. 왜 나와 결혼하려는지, 그 답변은 결국 듣지 못했다.

1

일은 차근차근 준비되어갔다.

예식장 문제를 포함, 결혼식에 관한 제반 사항은 웨딩 컨설팅 업체 몇 곳을 둘러본 뒤 그중 저렴한 곳에다 맡겼다. "나는 다 좋으니까 은수씨 하고 싶은 대로 해요"라는 것이 김영수의 일관된 자세였다. 그는 공교롭게도 갑자기 회사 일을 확장하게 되어 몹시 바쁘다고 했다. 담당 웨딩플래너는 양실장이라 불리는 마흔 줄의 여자였다. 웨딩 업계에서만 십 년 넘게 근무한 베테랑이었다.

"그동안 별의별 경우를 다 겪었어요. 신부님이 결혼식 전날 다른 남자하고 도망친 일도 있었고, 어떤 신랑님은 초혼할 때랑 재혼할 때 다 제가 도와드린 적도 있고요. 어찌나 요지경인지, 내년쯤엔 책을 한 권 써볼까 한다니까요."

그녀는 신랑 신부 뒤에 꼭 '님' 자를 붙였다.

"김영수 신랑님, 오은수 신부님 두 분 예식 날짜를 평일로 받아 오셨네요. 특별한 이유라도 있으세요?"

"그날이 좋대요."

그렇게 어물쩍 넘겼다. 날짜를 잡으러 갔을 때가 생각났다. 김영수와 같이 가기로 했지만, 갑자기 회사에 손님이 찾아왔다며 나오지 못하는 바람에 나 혼자서 가야 했다. 먼저 내 사주를 넣고, 그다음에 김영수의 생년월일을 넣었다. 유난히 입술이 얇은 점쟁이 아저씨가 볼펜으로 책상을 톡톡 두드렸다.

"신랑 사주 내놔야지."

"이게 그건데요."

"흠? 그래?"

그는 고개를 갸웃하더니 우리 둘의 사주가 적힌 노트를 골똘히 들여다보았다.

"왜, 궁합이 안 좋아요?"

나는 초조하게 물었다.

"아니, 그게, 흠…… 기본적으로 영리한 사람이야. 공부하는 두뇌가 아주 좋지는 않은데, 그에 비해서 세상 살아가는 방법은 조금 안다고."

"남자가요?"

"아니. 아가씨말이야. 그래도 꿍꿍이가 없고, 맑아. 그러니까 자기 자신을 믿어. 좀 진득하게."

좀 진득하게. 그 말의 기운이 너무 강해서, 앞의 말들은 깡그리 잊어버리고 말았다.

"그럼, 저희 날짜는요?"

점쟁이는 연분홍색 미농지에 무언가를 갈겨쓴 뒤 내 앞에 밀어놓았다. 굉장히 삐뚤삐뚤한 글씨체로 '六月 伍日'이라고 씌어 있었다. 어쩐지 별로 깊이 고심한 흔적으론 느껴지지 않았다.

"왜, 마음에 안 들어?"

"좀 촉박한 것 같아서."

"빠른 게 좋지. 차라리."

나중에 그 종이를 읽어본 김영수는 아무 말도 하지 않았다.

결혼은 정신의 약속일뿐더러 육체의 결합이다. 그런데 나의 약혼자는 나와는 다른 견해를 가지고 있는 것 같다.

나는 비교적 키스를 좋아하는 편이다. 키스를 하고 있는 동안, 나 자신에 대해 한층 더 잘 알게 되는 기분이 들기 때문이다. 타인의 혀가 내 입안을 가득 채우고 있는 순간에야말로 나라는 존재가 태곳적부터 오롯이 혼자였음을 부정할 도리가 없다. 타인의 혀로부터 오는 쾌락의 감각을 느끼고 있으면, 원래의 나는 반쪽의 불완전한 존재에 불과했다는 걸 비로소 깨닫게 되는 것이다.

그런데 이 남자, 진도가 느려도 너무 느리다. 결혼 날짜까지 받아놓은 사이이건만, 나의 몸과 김영수의 손 사이에는 아직도 얇은 헝겊 한 장이 가로 놓여 있었다. 준법정신이 투철한 그는 브래지어 위로 가슴을 더듬는 것과 브래지어 속으로 손을 쑥 밀어넣는 것 사이에 엄청난 간극이 존재한다고 믿는가 보다. 요즘처럼 험한 세상에 상당히 바람직한 자세다. 그러나 이거야 원, 질금질금 감질나서 못 견디겠다.

맨 먼저 입술을 조심스레 갖다 댄 다음, 천천히 상대의 입술을 열고, 곧이어 혓바닥을 살살 돌리면서 밀어넣는 것이 김영수 표 키스의 전형이었다. 만약 'HOW TO KISS'라는 교본이 있다면 모범적인 예시라고 소개될 수도 있을 것 같다. 나 역시 모범 커플의 여성 파트너 역할에 충실하면서, 그의 예의 바른 딥 키스를 성실하게 맞받았다. 차 안에서의 스킨십은 꽤 오랜만이었다. 본격적인 결혼 준비를 시작한 시기와 맞물려, 제대로 데이트하기도 어려울 만큼 그는 바쁜 생활을 하고 있었다.

슬쩍 실눈을 뜨고, 키스에 열중한 그의 얼굴을 훔쳐본다. 그는 눈을 아주 꽉 감고 있다. 조금 웃음이 난다. 어렸을 땐 키스할 때 눈을 감지 않는 남자는 전형적인 바람둥이라고 생각했다. 하지만 이젠 오히려 사랑의 행위를 할 때에 절대로 눈을 뜨지 않는 남자를 의심하게 되었다. 이 사람, 혹시 내 입술을 빌려 다른 여자와의 키스를 상상하는 건 아닐까 하는 어처구니없는 걱정이 드는 것이다. 간혹 내가 현실의 남자를 통해 강동원이나 비, 조인성의 입술을 상상하곤 하는 것과 마찬가지로 말이다.

골목 맞은편에서 환하게 전조등을 밝힌 차 한 대가 빠른 속도로 다가왔다. 우리는 서로에게서 황급히 몸을 뗐다. 키스의 끝은 냉혹하다. 피아 구분 없이 혀가 얽히고 타액을 교환했을지라도 입술을 떼고 나면 또다시 각자의 존재 안으로 되돌아가야 하는 것이다. 여기서 3분만 더 가면, '스노우 펠리스'가 있었다. 그가 아직 한 번도 발을 디디지 않은, 내 방······

나는 손등으로 제 입술에 번진 침을 닦고 있는 김영수를 흘끔 바라보았다. 그는 좀더 호젓한 장소로 이동하는 대신 카 오디오의 전원을 켰다.

'거리에 가로등 불이, 하나둘씩 켜지고……'

"어머, 「거리에서」다. 나 동물원 좋아하는데."

내가 반색을 하자, 그가 빙긋이 웃음을 머금었다.

"내가 제일 좋아하는 노래예요."

그는 허밍으로 노래를 따라 불렀다. 유리에 비친 내 모습은 무얼 찾고 있는지 뭐라 말하려 해도 기억하려 하여도 허한 눈길만이 되돌아와요. 우리는 가만히 어깨를 맞댄 채 음악 속에서 가늘게 흔들렸다.

"시간 참 빨라요. 이 노래 첨 나왔을 때 나 중학생이었는데. 영수씨는 한 스무 살 정도?"

그는 대답이 없다. 왠지 이 남자의 스무 살이 쉽게 상상되지 않는다. 나는 무심결에 되물었다.

"가끔은 돌아가고 싶지 않아요? 그때로."

그가 딱 한 번 고개를 저었다.

"아니. 싫어요."

"왜요? 너무 어려서?"

"……그땐 아직 진짜 내가 아니었던 것 같아서."

알 듯 모를 듯한 얘기였다.

"아, 맞다. 그때는 유학 중이었겠네요?"

"은수씨."

그가 내 이름을 나직하게 불렀다.
"네?"
"미안해요."
"뭐가요?"
"전부 다요. 그리고 고마워요."
그의 입술은 더 이상 내 입술 위로 포개지지 않았다.

결혼에 이르는 길은, 결정의 연속이다. 예식장과 신혼여행지, 하다못해 청첩장의 무늬까지도. 나처럼 선택에 젬병인 사람에겐 여간 곤혹이 아니었다. 늦은 아침, 연약하고 불투명한 꿈속을 헤매다가 "식장은 언제까지 잡으시면 돼요?"라는 양실장의 전화를 받고서 깨날 때, '식장'이라는 단어의 의미가 금세 파악되지 않아 당황스러울 때, 내가 지금 무슨 짓을 벌이고 있는지 실감 나지 않고 멍해지곤 했다.
그러나 적어도 일상이 심심하거나 지루하지는 않다. 급히 새로운 일자리를 구하려 절치부심하지 않아도 되고, 늙은 백수라는 자격지심에 사로잡히지 않아도 된다. 엘리자베스 테일러 같은 결혼 중독자들의 내면이 조금은 이해되기도 했다. 다섯 번의 결혼과 이혼을 거듭한다면 하루하루가 도무지 무료할 틈이 없고, 항상 발이 땅에서 붕 뜬 상태로 느껴질 것이다.
그렇다면 다섯번째 성형 수술을 앞두고 있는 여자의 심경은 어떨까. 가슴확대수술을 위해 유희는 두어 군데의 성형외과를 후보에 올려놓고 저울질 중이라고 했다.

"신사동은 국 대접 엎어놓은 모양이고, 청담동은 표주박 스타일이래."

"진짜 꼭 해야 돼? 너 그렇게 작은 건 아니잖아."

"큰 것도 아니야. 그리고 요즘 인생이 완전 슬럼프라고. 아주 바닥을 박박 기고 있어. 가슴수술이라도 안 하면 헤까닥 돌아서, 머리에 꽃 달고 길거리 헤매 다닐 거 같아."

'가슴수술'이 아니라 '결혼'으로 살짝 바꾸면, 남유희가 아니라 오은수의 현재 심경 고백으로 착각할 가능성이 농후하다. 유희의 자기 처방전이 성형이듯 나의 처방전은 결혼인가. 아니, 그쯤에서 급브레이크를 밟는다. 더 깊이 생각해서 득 될 것 하나 없으므로.

유희와 먹은 밥값은 내가 냈다.

"오옷, 돈 많은 남자한테 시집간다고 한턱 쏘는 거냐?"

"실업 수당이야."

"윽."

유희가 배를 잡고 쓰러지는 시늉을 했다.

"이제 일은 더 이상 안 할 거야?"

"……해야지."

이마를 찡그리며 대답했다. 여자의 인생에서 결혼과 직업은 전혀 별개의 사안이라고, 계몽적인 나의 이성은 물론 내게 그렇게 가르쳤다. 그러나 '결혼 준비 중인 예비 신부' 역할 뒤로 나의 온 존재를 숨기고 싶은 욕구는, 이성이 아닌 다른 호르몬의 작용 탓일 것이다. 유희와 함께 근처 백화점의 가전제품 매장을 둘러보기로 했다.

"나중에 혼자 와도 되는데."

괜히 겸연쩍어서 한 말에 유희가 나를 밉지 않게 째려보았다.
 "애가 진짜 맘 상하게 구네. 너 좋으라고 따라온 거 아니야. 내가 원래 쇼핑이라면 자다가도 벌떡 일어나잖니."
 "나중에 너 할 때도 내가 많이 도와줄게."
 "훗. 어느 세월에."
 "용가리하곤 결혼 얘기 안 해?"
 "걔? 끝났어. 디 엔드!"
 대수롭잖다는 듯한 말투지만 그녀의 말꼬리가 미미하게 떨리고 있다는 걸 눈치챘다.
 "어쩌다가……"
 "지 새끼 만나는 일까지 겁을 만큼 날 사랑한다는데, 이상하지? 점점 겁이 나 죽겠더라. 용가리가 자기를 포기하는 만큼, 나는 나에 대해 포기가 안 되니까. ……뭐 이번 기회에 다시 한번 확인한 거지. 남유희가 죽도록 사랑하는 건 오직 남유희뿐이다!"
 유희의 그 빈틈없는 자기애가 안쓰럽기도 하고 부럽기도 하다. 유희가 노트북 판매장의 모퉁이를 빠르게 돌며 중얼거렸다.
 "그리고 솔직히 무서웠어. 그 사람 페이스 따라서 나도 맹목적으로 푹 빠졌다가, 옛날처럼 또 뒤통수 맞을까 봐."
 디지털 펌으로 둥글게 부풀린 친구의 뒤통수를 나는 망연히 바라보았다.
 식기세척기가 진열된 코너 앞을 지나다가 불쑥 태오 생각이 났다. 태오네 슈퍼마켓에서 사 온 노란색 수세미는, 내 방 개수대의 설거지통에서 그릇을 닦으며 닳아가고 있었다. '스노우 펠리스'를 떠나는 순간에는 아마도, 다 버리고 가야 할 것이다. 기억의 두려움을 떨쳐내지 못하고 갈팡질팡하다가 결정적 순간에 도망치는 삶을 살 수는 없으니까 말이다.

"야, 저런 대형 벽걸이 티브이 걸어놓고 살려면 집이 얼마나 돼야 하는 거냐."

유희가 소곤거리는 바람에 현실로 돌아왔다.

"참, 너희 살 집은 정한 거야?"

"그 사람 지금 사는 집 있잖아."

"거기 들어가려고?"

"그럴 거 같은데."

그 부분에 대해 구체적인 얘기를 나눠본 적은 없다. 구태여 확인하지 않아도 그러려니 해온 것이다.

"집 커?"

"그냥. 한 30평 넘으려나?"

평수를 밝히면서 내가 너무 속물스럽게 비춰지진 않을까 조금 염려되었다.

"이야, 멋진데. 영수씨가 산 거야?"

"응?"

"영수씨 소유냐고."

"글쎄. 아마 그럴걸."

"아마라니? 자가, 전세, 월세 중에 어디다 동그라미 쳐야 되는지 네가 모르면 누가 알아?"

혀로 윗입술을 훑는 내 꼬락서니를 보며 유희가 쐐기를 박았다.

"치사해도 그런 기본 문젤 확실히 해놔야지. 맹추야. 그럼 넌 그것도 모르고 결혼하려던 거니?"

김영수를 만난 건 그로부터 일주일이 지난 후였다. 저녁 늦게야 설렁탕집에 마주 앉았다. 그는 몹시 지쳐 보였다. 희뿌연 고기 국물에 만 밥을 입안으로 천천히 떠 넣었다. 윗입술에 동그란 물집이 잡혀 있었다. 나는 마음이 급했다. 의논할 일도 쌓여 있었다.
"양실장이 그러는데요. 예식장 확정하는 게 제일 먼저래요."
내 말을 못 들은 걸까. 그는 묵묵히 밥을 먹었다.
"이번 주말엔 몇 군데 돌아다녀보고 얼른 정해야겠어요."
그는 대답이 없다.
"영수씨!"
"아, 미안해요. 잠깐 다른 생각하느라……"
어딘가 먼 곳을 더듬고 있다가 황급히 되돌아왔는지 그의 눈동자에 희미한 경련이 일렁였다.
"요즘 일이 그렇게 바빠요?"
말이 퉁명스럽게 나갔다.
"예. 좀."
"회사 사정이 어려워진 거예요?"
"그런 건 아니에요."
목소리가 가라앉아 있다.
"예식장 말이에요. 주말에 정하자고요."
"음, 조금 나중에요."

"나중에, 언제요?"

그는 한참 후에 대답했다.

"미안해요. 요새 정신이 없어서."

그는 나의 눈동자 대신, 내 국밥 속에 직각으로 꽂힌 스테인리스 숟가락을 말끄러미 바라보고 있었다. 혹시 그는 이것이 '오은수만의 결혼'이라고 생각하는지도 모른다. 단도직입적으로 묻기로 한다.

"집 말예요. 우리 결혼하면 영수씨 지금 사는 데로 들어가는 거죠?"

"그렇겠죠."

'그렇죠'가 아니라 '그렇겠죠.'……마치 남의 일이라는 투다. 안 그래도 좋지 않던 속이 팍 상했다. 조금 더 거칠게 물었다.

"한번 물어보려고 했는데, 지금 그 집 전세예요?"

결혼할 사이에 이 정도의 궁금증은 당연한 게 아닌가. 그런데 나는 왜 구차한 변명을 덧붙이는가.

"아니, 그 정도는 나도 알아야 할 것 같아서요."

그는 눈길을 아래로 떨구고 애먼 손가락뼈만을 만지작거렸다.

"전세는 아니고요…… 음, 그거, 정호형 명의예요."

"홍이사님? 왜요?"

"음, 말하자면 좀 복잡해요."

"이해가 안 돼요."

"……이해해야 할 일은 아니고…… 그냥 그렇게 됐어요. 복잡한 문제가 좀 있어서."

"그럼 실소유자는 영수씨란 거예요?"

그가 아주 작은 동작으로 고개를 끄덕였다.

"그럼 명의 변경을 하면 되잖아요."

"……어차피 마찬가지예요."

"어떻게 마찬가질 수가 있어요? 세상에는 상식이라는 게 있는데."

까끌거리며 내지르는 내 목소리를, 그는 처음 들었을 것이다. 그의 얼굴이 붉게 물들었다.

"도저히 바꿀 수는 없는 거예요?"

"음, 나중에. 나중에 그럴게요."

그는 더듬거리고 있었다.

"또 나중이래. 항상, 나중에, 나중에, 나중에. 그 나중이 대체 언젠데요?"

"은수씨……"

"영수씨 나랑 결혼하는 거 맞아요? 우리 둘이, 진짜 결혼해요? 그런데 왜 나는 자꾸 혼자서 맨땅 파헤치는 느낌이 들죠?"

"……"

나의 약혼자 김영수는 오래도록 고개를 들지 않았다.

2

처음에는 그저, 그가 조금 화가 났을 뿐이라고 생각했다. 자존심이 상하거나 불쾌했을 수도 있겠지. 그렇다고 해서 내가 특별히 심했다고 보지는 않는다. 결혼 준비 과정에서 얼마든지 일어날 수 있는 의견 다툼이었다. 그리고 집 문제는, 누가 봐도 비정상이지 않은가?

그렇게 헤어진 뒤 김영수에게서는 전화가 오지 않았다. 연락이 끊어진 지 이틀이 넘어서자 슬슬 걱정이 되었다. 그의 전화기는 꺼져 있었다. 회사로 전화를 걸어보았다.

"사장님, 지금 안 계십니다."

여직원이 사무적으로 답했다.

"어디 멀리 가셨나요? 아, 저는, 그러니까, 여자친구인데요."

"저, 출장 가신 것 같은데, 잘은 모르겠어요."

영 찜찜한 대답이다. 그가 정말 사무실에 없는지, 출장을 갔는지, 아니면 일부러 내 전화를 피하는지 짐작하기 힘들었다. 무언가 심상찮은 예감들이 늙은 바퀴벌레 떼처럼 스멀대며 등줄기를 타고 올랐다. 나흘째 되던 날 저녁, 가양동 아파트에 찾아갔다. 아파트 입구에서 경비원의 제지를 받았다. 약혼자라고 신분을 밝히자 경비원은 반신반의하는 표정을 숨기지 않으면서 "그분 요새 통 안 보여요. 자동차도 없고"라고 말했다. 정말로, 멀리 급작스런 출장이라도 떠난 것일까. 그렇다 해도 왜 나에게 통보하지 않은 거지? 내가 걱정하리라는 것을 안다면 이런 식으로 행동할 리는 없었다. 내가 알고 있는 김영수는, 여자에게 입안의 혀처럼 말캉말캉하고 다정다감하게 구는 남자는 아니지만 겨우 그만한 일로 이런 태도를 보일 만큼 매몰찬 남자도 아니었다.

내가 살기로 예정되어 있는 집에 들어가지 못하고 몸을 돌려 나오면서, 자연스레 홍정호 이사의 이름이 떠올랐다. 아파트 명의를 빌릴 정도로 가까운 관계라면 김영수의 행방에 대해 누구보다 잘 알고 있을 것이다. 내 전화를 받은 홍이사는 적잖이 당황해하는 듯했다. 커피숍에서 그와 마주 앉았다. 몇 달 전 회사 직원의 결혼식장에서 딱 한 번 보았을 뿐이지만, 그동안 김영수로부터 많은 이야기를 들었기 때문인지 왠지 썩 잘 아는 사이처럼 느껴졌다. 그쪽에서 먼저 입을 열었다.

"혹시 연락 왔습니까?"

아주 쉬운 문장인데, 한 번에 알아듣기가 어려웠다. 그는 지금 김영수에게 연락이 왔는지를 내게 묻고 있는 것이다. 그 말은 곧 김영수가 현재 어디 있는지 이 사람도 모르고 있다는 의미가 된다. 불가해한 수학 문제 앞에 정통으로 맞닥뜨린 것처럼 뒷골이 지끈거렸다.

홍이사는 눈치가 빠른 사람이었다. 내 얼빠진 표정을 보자마자 나 또한 아무런 정보가 없음을 단박에 알아차렸다.

"이거 괜한 말씀을 드렸군요. 너무 걱정하시 마십시오. 곧 돌아오겠죠."

잔인한 확인사살이나. 김영수가 '사라졌다'는 것이, 이로써 명확해졌다. 나는 고개를 절레절레 흔들었다.

"몰랐어요, 전혀. 좀 다퉜거든요. 그래서 전화를 안 한다고만 생각했어요. 어디 갔을까요? 무책임하게 그럴 사람이 아닌데."

"그렇지요."

홍이사가 냅킨으로 꾹꾹 이마를 눌러 닦았다.

"저, 혹시 말입니다. 사장님이 요즈음 뭔가 다른 얘기를 한 적은 없나요?"

이 사람이 나에게 원하는 대답이 어떤 것인지 감이 안 잡혔다.

"아, 본인의 요즘 고민이라든지, 미래 계획이라든지 뭐 그런 깊은 얘기 말입니다."

무언가를 탐색하려 든다는 느낌이 강하게 들었다. 김영수가 나에게 자신의 '깊은 얘기'를 털어놓은 적이 있었던가. 나는 필사적으로, 단서가 될 만한 것을 기억해내려 애썼다. 곧, 절망이 찾아왔다.

"아니요. 잘 모르겠어요. 저번에 만났을 때 유독 피곤해 보인 것 말고는…… 그 사람, 원래 자기 얘기를 남한테 떠벌리는 스타일 아니잖아요."

변명처럼 덧붙이며, 귓바퀴가 달아올랐다. 무난하고 괜찮은 남자라 판단하고 청혼까지 감행했건만, 그의 팔짱을 끼고 예식장에 서기 위하여 동분서주 준비하고 있건만, 나는 김영수라는 인간의 내면에 대해 딱히 아는 것이 없었다. 그의 고민, 그의 미래, 그의 부재에 대하여, 아무것도.

"그럼, 혹시…… 영수씨가 자발적으로 사라졌다고 생각하시는 건가요?"

남자는 대답하지 않았다.

"그럴 리가 없어요…… 준비할 것도 많은데, 요새 회사일도 바쁘다고 했는데, 이렇게 무책임하게 잠적할 사람이 아니에요. …… 사고예요."

내 입에서 나온 단어에, 내가 깜짝 놀라게 되는 순간이 있다. 사고. 납치, 뺑소니, 퍽치기. 떠올리는 것만으로도 오싹해지는 범죄들이 무시로 일어나는 데가 바로 내가 사는 이곳, 서울이었다. 불의의 사고가 분명하다는 확신이 왔다. 나는 허둥허둥 전화기를 꺼내 들었다.

"당장 신고부터 해야 돼요."

"잠깐만요."

남자는 당혹의 빛을 얼굴에 고스란히 드러냈다.

"아직 일러요. 조금만, 조금만 더 기다려봅시다."

"그래도……"

"금방 돌아올 거예요. 그냥 답답해서 바람 쐬러 간 게 틀림없어요. 경찰에 신고하거나 일을 크게 벌이면 돌아와서 아주 싫어할 겁니다."

홍정호의 적극적인 만류에는 어쩐지 석연치 않은 구석이 있었다. 일단 헤어져 집에 돌아오기는 했으나 내내 심장이 오그라드는 것처럼 불안했다. 그날 밤, 김영수가 복면을 쓴 괴한들에게 쫓기고 있는 꿈을 꾸었다. 도망치는 사내의 얼굴은 커다란 선글라스로 가려져 있었지만 그가 김영수라는 것을 나는 본능적으로 알 수 있었다.

잠에서 깨나니 성황이 한층 명료하게 파악되었다. 김영수는 자발적으로 잠적한 것이 아니다. 그럴 리가 없다. 아무에게도 무사안위를 알리는 전언을 보내오지 않은 것이 그 사실을 증명한다. 포천으로 가출을 감행했던 우리 엄마만 해도 나에게는 짧은 연락을 해오지 않았던가. 나는 점쟁이 아저씨에게서 받은 연분홍색 미농지를 꺼내보았다. 이제 남아 있는 것은 '六月 伍日'이라고 쓴 삐뚤삐뚤한 글씨뿐이다. 김영수는 그날 나와 결혼하기로 한 남자다. 애간장이 녹아들어 갔다.

공권력의 도움을 받아야겠다고 생각했다. 아무렴. 바로 이럴 때를 대비하여 꼬박꼬박 세금을 납부해온 것이 아니겠는가. 나는 용감하게 수화기를 들었다. 신호음이 울리자 심장이 공연히 벌렁거리기 시작했다. 수줍은 여중생도 아니면서 왜 아직도 관공서에 전화를 하면 한없이 소심해지는지 모를 일이다. 여경으로 추정되는 상대방은 나긋나긋하고 친절한 목소리를 가지고 있었다.
"저, 실종 신고를 하려고요."
"관계가 어떻게 되십니까?"
"네?"
"신고인과 피신고인이 어떤 관계시냐고요."
불현듯 막막해졌다. 김영수와 나. 우리 둘의 관계를 무어라 규정할 수 있을까. 그리고 그 규정으로 타인들을 납득시킬 수 있을까.
"결혼할 사이예요. 날도 잡았고요."
"혼인 신고를 안 하셨으면 불가능합니다. 가출 신고는 가족 아니면 하실 수 없으니까요."
"네? 이건 가출이 아니라 실종이고요. 그 사람 가족은 다 외국에 있는데요."
"원칙이 그렇습니다. 범죄 행위에 연루되지 않았으면 일단 가출 신고로 들어갑니다. 가족임을 증명할 수 있는 서류와 사진 두 장 지참하고 나오세요."

예상치 못한 투명 강화 유리벽 앞에서 손발이 오그라들었다. "이 봐요. 심각한 범죄 행위에 연루됐는지 당신이 어떻게 알아요?"라고 따지지도 못했다. 이대로 절망하기엔 일렀다. 재인의 사촌 형부가 경찰관이라는 사실을 어렵사리 기억해냈다.

"형부가 절대 안 된다는 거야. 공권력을 사적으로 남용하면 안 된다나 뭐라나. 그래서 내 위자료 떼먹고 도망간 놈이라고 했어. 그제야 일단 조회는 한번 해주겠대. 영수씨 주민등록번호가 어떻게 돼?"

그가 알려준 자신의 생일은 9월 9일이었다. 그가 태어난 해는 1970년이니 주민번호의 앞자리는 700909일 터였다. 그러나 뒤에 이어지는 숫자는, 캄캄했다. 누구나 하나씩 가지고 있는 주민등록번호. 그 열세 자리의 숫자가 김영수의 피와 살과 뼈의 행방에 대해 단서를 제공해줄 수 있을까. 홍이사에게 물어보려다 주춤했다. 그토록 강경하게 신고를 말렸던 사람이다. 적어도 그는 이 사태에 대해 나보다는 많은 정보를 가지고 있을뿐더러 내가 개입하는 것을 바라지 않고 있었다.

홍이사 대신 우거지 안이사를 찾아간 건 지푸라기라도 잡는 심정에서였다. 애초에 나와 김영수의 맞선을 주선한 사람이 바로 안이사 아닌가. 또 다른 중매쟁이였던 안이사 와이프의 친구는 김영수네 아파트의 부녀회장이기도 했다. 안이사는 금세라도 놀라 자빠질 것 같았다.

"그때 그 청년하고 이렇게 잘되고 있었단 말이야? 이거 그냥 넘길 일이 아닌데. 우리 부부 옷 한 벌씩, 절대 잊으면 안 돼. 아니야,

상품권으로 받아야 되나?"

제길. 우선 당사자가 살아 돌아와야 옷이든 상품권이든 사줄 것이 아니겠는가. 참았던 눈물이 뺨을 타고 흘러내렸다.

"아이구, 오대리, 찔러도 피 한 방울 안 나올 것처럼 생겨서는 맘이 그렇게 약해서 어쩌나. 걱정일랑 붙들어 매. 까짓것 내가 알아다 줄게. 대한민국에 안 되는 게 어디 있니?"

안이사가 안 어울리는 개그맨 흉내를 내며 한쪽 눈을 찡긋했다.

이래봬도 법치국가의 국민으로 태어나 고등 교육을 받았다. 국민윤리 과목의 점수는 그럭저럭 80점대. 성인이 되어서도 그렇다. 무단횡단을 비롯한 몇 차례의 자잘한 경범죄를 저지른 것은 사실이지만 즉결 재판에 회부되지도 않을 정도의 미미한 내용이었다. 말하자면 나는 대한민국의 반듯한 시민으로 지금껏 특별한 범법 행위 없이 이 땅의 법질서에 순응하며 살아온 셈이다.

그런 내가, 남자 하나 때문에 물불 안 가리고 몇 번의 불법을 자행하는 것인가. 나는 안이사가 알아다 준 김영수의 주민등록번호를 한참이나 들여다보았다.

"부녀회장이라도 입주자 카드를 맘대로 볼 수는 없다나 봐. 그래도 어렵게 알아봤나 보더라고. 청춘남녀 결실 맺는 것보다 더 중요한 게 어디 있겠어? 이렇게 많은 사람들이 응원하는데 꼭 화촉을 밝혀야 돼!"

안이사의 너스레가 귀에 쟁쟁했다. 그는 이 난리굿의 원인이 얽히고설킨 치정 문제 때문이라고 지레짐작하는 눈치였다. 그에게는 미안하고 또 고마웠지만, 한편으론 의문스럽기도 했다. 우리가 사는 세상에는 확고부동한 '선(線)'이라는 것이 있다. 선을 밟는 행위는 반칙이다. 선을 밟거나 선을 넘다가 걸리면 찍 소리도 못 하고 금 밖으로 질질 끌려 나가야 한다. 그런데 때론 정말 궁금하다. 그것이 언제부터 존재했는지.

규칙은 사람보다 늦게 왔다. 사람들이 사회를 이루고 모여 살기 시작하면서, 시스템을 유지하기 위해 무엇인가를 강제적 약속으로 정해둘 필요가 있었을 것이다. 그렇다면 합법과 불법의 경계는, 결국 한 시대 속의 인간이 임의적으로 정한 일일 뿐이다. 하지만 그것은 마치 태곳적부터 지엄하고 마땅한 윤리였던 것처럼 마술을 부린다.

아무리 선량하게 살더라도 재수가 없으면 별별 막다른 경우에 처하는 게 우리네 인생이 아니던가. 개인의 힘으로 도저히 옴짝달싹할 수 없는 상황이 닥쳤을 때, 생존을 위해 죽을힘을 다해 꿈틀댈 때, 그 몸짓이 법이 정한 경계선과 충돌한다면 어떻게 되지? 법은 당연히 그를 단죄하겠지. 그것이 법의 의무이니까. 그러나 피눈물을 흘리며 선을 밟은 그는 죄인일까, 죄인이 아닐까.

재인에게 김영수의 주민등록번호를 알려주며 슬며시 고민을 토로했다.

"정말 모르겠다. 이렇게까지 해야 되는지. 나, 이래도 되는 거니?"

"야, 사랑하는 사람이 실종됐는데 이보다 더한 걸 못 하겠냐?"

사랑, 하는, 사람. 재인이 발음한 문장이 물수제비 뜨는 것처럼 담방담방 마음의 강물에 파문을 일으켰다.

처음부터 그를 사랑했던 건 아니다. 내가 가진 평범함과 지루함만으로도 숨이 막혀, 그가 가진 평범함과 지루함을 돌아보려 하지 않았다. 경계선은 내 안에도 존재하고 있었나 보다. 완강한 줄로만 알았던 내 안의 굵은 선이, 어느 순간부터 차츰차츰 흐려져갔다. 그래. 선을 넘는 것이 불법이라면, 차라리 선을 없애면 되는 건지도 모른다. 어떤 사랑은 부재를 통해 증명되기도 한다. 그런데 정말 사랑일까? 그의 행방을 찾고 싶어 안달복달하는 나의 이 마음이.

"은수야. 좀 이상해."

이상해,라는 문장을 듣는 순간, 왜일까, 가슴 한쪽에서 쌓여 있던 돌무더기가 와르르 쏟아져 내렸다. 나는 간신히 입술을 달싹여 "왜?"라고 물었다.

"이미 가출 신고되어 있다는데?"

"누가 벌써 신고를 했다고? 언제?"

"아니. 그게 말이야."

재인은 몹시 쭈뼛거리고 있었다.

"말해봐, 빨리."

"오래전에 신고된 거래."

재인의 목소리가 아득하게 울려 퍼진다.

"미안해. 무슨 말인지 못 알아들었어. 재인아, 그게 무슨 뜻이야?"

재인이 자그맣게 한숨을 내쉬었다.

"혹시 영수씨 고향이 부산이야?"

김영수의 억양에 부산 사투리의 흔적은 없다.
"아니. 아니야. 아닐걸."
나는 두서없이 뇌까렸다.
"그래? 아무튼 영수씨 주소지가 부산시 동래구로 되어 있고, 1994년에 가출 신고되어 있는 상태래."
'그럴 리가 없어. 부모님은 미국에 계시고, 한국에는 아무도 없다고 했다고!'
나는 힘껏 소리쳤다. 그 외침은 말이 되어 입 밖으로 나오지 않았다.

3

서울에서 부산까지, KTX 왕복 요금은 9만 원이 조금 못 된다. 9만 원으로 레이스가 찰랑거리는 블라우스를 살 수도 있고, 친구들을 불러내어 근사한 밥 한 끼를 쏠 수도 있다. 한 중국 남자가 경매 사이트에 매물로 내놓은 '영혼'이 낙찰된 가격도 우리 돈 9만 원이다.
김영수의 부산 주소가 적힌 쪽지를 손안에 틀어쥔 채 나는 용산역 로비 한복판에 우두커니 섰다. 티켓을 끊어야 할지 말아야 할지 판단이 서지 않았다. 내 눈으로 확인하고 싶은 것이 무엇일까. 만약 그곳에서 무엇인가를 알게 된다면 그땐 그것을 믿을 수 있을까. 아니, 믿지 않을 도리가 없다는 데에 내 공포의 기원이 존재했다.

이럴 줄 알았으면 아예 처음부터 파헤치지 말걸 그랬다. 김영수가 어디 가서 죽었든 살았든 오지랖 넓게 참견하지 말걸 그랬다. 하지만, 어쩌면 좋으랴. 여기까지 와버리고 만 것을. 상자 뚜껑은 열렸으며, 어서 안을 들여다보라고 운명의 여신이 내 등을 떠민다. 나는 창구에 신용카드를 내밀었다. 블라우스, 왁자지껄한 우정, 중국인 사내의 영혼 대신 9만 원어치의 말똥말똥한 진실을 택한 것이다.

부산 날씨는 서울보다 따스했다. 입고 간 긴팔 티셔츠의 소매를 걷어 올렸다. 역 광장 한구석에서 기타를 둘러멘 남자들이 노래를 부르고 있었다. '불우 이웃을 도웁시다'라고 쓰인 현수막이 고요한 미풍에 살랑살랑 흔들렸다. '아아 나는 살겠소. 태양만 비친다면 밤과 하늘과 바람 안에서. 비와 천둥의 소리 이겨 춤을 추겠네. 나는 행복의 나라로 갈 테야.' 하모니카로 이어지는 간주 부분을 들으며 나는 느릿느릿 발걸음을 뗐다. 이 남쪽 도시가 천국보다 낯설게 느껴졌다.

택시는 좁고 꼬불꼬불한 도로를 가다 서다 반복했다. 한때 서울이 아닌 다른 도시에서 살고 싶다고 간절히 바란 적이 있었다. 한번도 가보지 않은 골목들은 동경의 대상이었다. 아무도 나를 모르는 곳에서라면, 지겨운 내 본모습을 버리고 완전히 새로운 인간으로 다시 태어날 수 있을 것 같았다. 그러나 택시 뒷자리에 실린 채 미로 같은 길들을 통과하는 동안, 다 속절없는 꿈임을 알겠다. 여기든, 거기든, 다 똑같다. 인간은 제 누추한 육체가 머무는 곳에 환멸을 느끼도록 세팅된 존재다.

김영수의 주민등록상 주소지는 살림집과 붙어 있는 작은 규모의

식당이었다. 삼겹살, 된장찌개, 콩나물국밥 등등의 이름을 써넣은 종이들이 유리문에 다닥다닥 붙어 있었다. 미닫이문의 손잡이에 살그머니 손을 댔다. 문이 드르륵 열렸다. 손님은 하나도 없었다. 중년 여자가 카운터에 앉아 반쯤 졸고 있었다. 나는 그녀에게 다가가 아주 조심스럽게 물었다.

"저, 혹시 여기가, 김영수씨 집인가요?"

여자가 천천히 숨을 들이쉬었다.

"……그란데요? 와요?"

왜라니. 나도 궁금하다. 나는 왜, 여기에 왔는가.

"……지금 계신가 해서요."

입 밖에 내는 순간, 그것이야말로 내가 여기 온 진짜 이유일지도 모른다는 생각이 들었다. 나는 그가 여기 있는지 확인하고 싶을 뿐이다. 여자는 내 말을 못 알아들었다는 듯 연신 눈만 껌뻑였다.

"아, 저는 서울에서 왔고요. 영수씨 친구예요."

차마 약혼녀라고 밝히지는 못하겠다.

"그라모 우리 도련님이 지금 서울에 있능교? 참말로?"

'1994년에 가출 신고되어 있는 상태래.' 재인의 목소리 위로, 여자의 놀란 목소리가 겹쳐져 마구 흔들렸다.

"연락 끊긴 지가 십 년도 넘었어예. 에휴, 이젠 얼굴도 몬 알아볼 것 같네."

나는 가방 안에서 전화기를 꺼냈다. 휴대폰 앨범 어딘가에 김영수의 사진이 저장되어 있을 터였다. 내가 폴더를 뒤지는 동안 여자는 혼잣말처럼 중얼거렸다.

"워낙 아 때부터 집에 붙어 있지를 몬해 가지고…… 어무이가 마이 기다리셨는데 고마 임종도 몬 보고."

찾았다. 내가 폰카를 가져다 대자 그는 짐짓 장난스럽게 브이 자를 그리며 포즈를 취해주었다. 우리의 평화롭던 시간이 거기 박제되어 있었다. 나는 액정화면을 여자 앞에 내밀었다. 미간을 찌푸리며 그것을 들여다보는 동안 여자는 말이 없었다. 시간이 얼마나 지났을까. 여자는 자리에서 조용히 일어나 안채로 들어갔.

조금 뒤 그녀가 손에 들고 나온 것은 A4 크기로 확대된 컬러 사진 한 장이었다. 누군가의 결혼식에서 찍은 가족사진이었다. 그녀가 검지 끝으로 가리킨 사람은, 앞에서 두번째 줄 제일 가장자리에 서 있는 군복 차림의 젊은 남자였다.

"이게 영수 도련님이라예."

김영수의 얼굴은, 내가 아는 그 얼굴이 아니었다.

세상에 같은 얼굴은 없다. 사람의 얼굴엔 눈, 코, 입, 세 가지뿐인데 어떻게 전 세계 수십억 인구가 제각각 다른 얼굴을 가질 수 있는 걸까? 수학적 확률의 개념을 훌쩍 뛰어넘는, 얼굴의 그 지독한 고유성과 개별성이 나를 전율시킨다. 이 세상은 내 얄팍한 지혜로는 짐작할 수 없는 불가사의한 일들로 가득 차 부글부글 끓어오르고 있다.

나는 김영수의 형수님에게 고개 숙여 인사하고 그곳을 떠났다. 서울로 돌아오는 길은, 멀고 막막했다. 눈에 보이는 것을 그대로 믿어서는 안 된다고, 표면 뒤엔 숨겨진 실체가 있는 법이라고 되뇌어보아도 그 말은 나에게 아무런 힘도 발휘하지 못한다.

김영수는, 김영수가 아니다.

그 유일하고 순수한 사실만이 아가리를 벌려 나를 집어삼킨다. 어느새 날이 저물고 있었다. 고속 열차의 투명한 유리창 너머 어슴푸레한 석양이 집요하게 뒤를 쫓아왔다.

아무도 만나고 싶지 않았지만, 집 앞으로 찾아온 친구들을 마다할 힘도 없었다.

"전산망 오류일 거야."

재인이 나를 위로했다.

"그런 일, 있을 수 있어. 김영수라는 이름은 바닷가 모래알처럼 흔하니까. 안 그래?"

재인이 유희 쪽을 보고 동의를 구했다. 유희는 한심해죽겠다는 표정을 감추려들지 않았다.

"참 이젠 별 희한한 일을 다 겪어보네. 바보야, 너 지금 사기 결혼당할 뻔한 거야. 그걸 몰라?"

"그 사람이 은수한테 무슨 사기를 쳤다고 그래?"

"그럼 이게 사기가 아니면, 강도냐, 강간이냐. 하긴 그거보다 더 나빠. 평생을 속아 살았으면 어쩔 뻔헸이."

"자꾸 왜 그래? 아직 확실한 거 아무것도 없잖아."

"어유, 아주 쌍으로 맹하게 구네. 원래 그런 인간들은 평소엔 양의 탈을 쓰고서 적당한 기회를 노리는 거야. 그러다 결정적인 순간에 한탕 크게 치고 도망가는 거지. 오은수, 너 돈 빌려준 건 없냐?"

"야, 조용히 해. 은수 속상하잖아."

"속 좀 상하라고 말하는 거야. 쟤는 좀 느껴야 돼."

친구들이 맥주잔을 주거니 받거니 하며 되는대로 지껄여대는 소리는, 미안하지만 내 귀에는 전혀 들어오지 않았다. 연거푸 잔을 비웠지만 전혀 취기가 돌지 않았다. 나는 오직 단 하나의 의문에 파묻혀 있었다.

김영수가 김영수가 아니라면…… 나와 결혼하기로 한 남자는 도대체 누구란 말인가?

유희의 주장대로 이것이 거대한 사기극이고, 내가 이 사기극의 피해자라고 치자. 그는 나를 속여 어떤 이득을 보려고 했을까. 아니. 그가 속인 것은 내가 아니라 차라리 이 세상 전부였다. 대한민국에서 두번째로 흔하다면 서러울 이름 김영수. 그에게 무슨 일이 일어난 것일까.

하루 24시간은 언제나 똑같이 왔다 간다.

내가 머무는 지구가 그런 식의 규칙적인 운동성에 의해 움직이는 별이라는 사실이 새삼 징그러웠다. 김영수도 이 규칙적인 시간의 자장 안에서 눈을 뜨고 이를 닦고 밥을 먹고 하늘을 보며 살고 있을까. 밤에는 잠을 이루지 못했다. 방 안의 불을 다 켠 채 몸을 옹송그리고서 겨우 눈을 붙여보아도, 얕은 잠 속을 헤매다 몇 시간 만에 후딱 깨어나곤 했다. 일주일이 천천히 지났다. 그사이 웨딩 컨설턴트 양실장에게서 여러 번 연락이 왔다. 그녀는 지금 식장을 잡아두지 않으면 큰일이라고 호들갑을 떨었다. "조금 이따 할게요"라고 대꾸했다. 신랑이 사라졌다는 말 같은 것은 하지 않았다.

이른 아침마다 근처 초등학교 운동장을 달리기 시작했다. 희뿌연 새벽녘, 방 안에 얼빠진 채 홀로 앉아 있는 것보다는 여러모로 그게 나았다. 운동화 끈을 조여 묶고서 나는 힘껏 달렸다. 아무리 달려도 숨이 차지 않았다. 혹시 계발되지 않은 내 진짜 적성이 마라토너의 길인지도 모른다는 생각이 들어 픽 웃음이 난다. 마라톤이 인생을 닮았다는 말은 새빨간 거짓말이다. 42.195킬로미터. 마라톤에는 예정된 결승점이 있다. 인생과는, 정반대였다.

아침 달리기를 마치고 들어오다가 우편함에 쌓여 있는 우편물들을 꺼냈다. 신용카드 대금 청구서와 화장품 회사의 광고장 사이에 하얀색의 사각 봉투가 끼어 있었다. 겉봉에는 아무런 주소가 없었고, '은수씨에게'라는 글씨가 검정색 볼펜으로 씌어 있었다. 왼쪽으로 살짝 기운 그 남자 중학생 같은 필체가 누구의 것인지 나는 직감했다.

봉투를 천천히 개봉했다. 안에서 나온 것은, 농구 경기의 티켓이다. 내일 저녁 여섯 시, 잠실 실내 체육관. 티켓은 한 장뿐이다.

관중석은 거의 찼다. 나는 티켓에 지정된 자리를 찾아 앉았다. 코트가 멀찌감치 내려다보였다. 아주 높은 자리가 아니었음에도 시야가 빙글빙글 돌았다. 나는 눈을 가늘게 떴다. 옆자리는 비어 있었다. 나는 프로 농구에 별 관심을 두지 않고 살아왔다. 이것은 나에게 파란 옷을 입은 팀과, 흰 옷을 입은 팀의 경기일 뿐이다. 그러나 실내의 모든 사람들은 반으로 나뉘어 각각의 팀을 응원하기 위해 여기 모인 것 같았다. 그들과 나는 서로에게 이방인이었다.

흰 옷이 쏜 중거리 슛이 바스켓에 깨끗하게 내리꽂혔다. 흰 풍선을 든 관중들이 일제히 환호성을 질렀다. 그때, 비어 있던 내 옆자리에 한 남자가 조용히 들어와 앉았다. 눈이 안 보이도록 모자를 깊게 눌러 쓰고 진회색의 점퍼를 입은 그 남자. 늘 흰색 셔츠와 양복 재킷을 입던 평소 차림새와는 사뭇 달랐지만, 무슨 옷을 입는대도 나는 그를 단숨에 알아볼 수 있었다. 내가 고개를 돌리려는 순간, 그가 나지막이 중얼거렸다.

"그냥 농구 봐요. 내 얼굴, 보지 말아요."

그 음성은 작았고 꽉 잠겨 있었다. 나도 모르게 코끝이 맹맹해졌다. 그가 시키는 대로 나는 그의 얼굴을 보지 않았다. 농구 코트에서 두 눈을 떼지 않았다. 심판이 반칙을 선언했다. 흰 옷이 거칠게 항의했다. 그와 나는, 어깨를 맞댄 채 나란히 앉아 같은 방향을 바라보고 있었다. 여기, 체육관을 가득 메운 수많은 타인들과 함께. "잘 지냈어요?" 같은 의례적인 인사말은 서로 나누지 않았다.

"시간을 되돌릴 수 있다면, 돌아가고 싶은 순간이 있어요. 은수씨가 나한테 결혼하자고 했던 순간, 그때로 돌아갈 수 있다면……"

세상에는 듣기 싫어도 반드시 들어야만 하는 고백이 있을 것이다. 나는 이를 악물었다.

"그렇다면…… 이렇게 말할 거예요. 정말 미안해요. 나, 은수씨와, 결혼하지 못해요."

파란 옷이 쏜 첫번째 자유투가 링을 맞고 튕겨 나갔다.

"은수씨 얼굴을 볼 자신이 없었어요. 어쩌면 영원히……"

"……"

"하지만 이젠 고백이라는 것이 꼭 누군가를 이해시키기 위해서 하는 건 아닐지도 모르겠다는 생각이 들어요."

두번째 자유투가 아름다운 포물선을 그리며 골대로 날아갔다.

"재미없는 얘기일 테지만 잠깐만 들어줄래요?"

수직으로 낙하하여 그물 속으로 빨려 들어가는 공의 궤적을 멍하니 좇느라 나는 대답하지 못했다.

"……나는 공장이 많고 작은 강이 흐르는 도시에서 태어났어요. 아주 어릴 때부터 자주 강가에 나갔어요. 그러면 숨통이 좀 트이는 것 같았거든요."

"……"

"열일곱 살 때였어요. 아주 더운 밤이었고, 친구들 여럿이 뒤섞여 강가에서 술을 마셨어요. 다들 취했고, 이유도 모르는 싸움이 일어났어요. 그리고 사고가…… 있었어요."

흰 옷이 공을 빠르게 드리블하며 코트를 가로질러 질주했다.

"깡마르고 키만 멀대같이 큰 아이였어요. 농구부 센터였는데, 한 게임 뛰고 나면 쿵쾅쿵쾅 심장이 춤추는 느낌이 참 좋다던…… 그런 녀석이었어요."

파란 옷이 그를 따라 전속력으로 뛰었다. 그는 잠시 말을 멈추었다.

"……그날, 어쩌다가 그 녀석을 밀치게 되었는지, 잘 모르겠어요."

나는 그의 얼굴을 쳐다볼 용기가 없다.

"스무 살을, 갇혀서 맞았어요. 몇 해 만에 나왔을 때, 사실은 밖이 더 큰 감옥이라는 걸 알았어요. 원래의 이름으론 어떤 정상적인 생활을 할 수 없다는 것도."

짧은 찰나, 공이 흰 옷의 손에서 파란 옷의 손으로 넘어갔다.

"세상의 시선들. 아니, 그보다 훨씬 더 끔찍했던 건, 나를 용서할 수 없다는 것. 아니, 내 존재를 스스로 인정할 수 없다는 거였어요. ……찾아가서 빌고 싶었는데 그 녀석, 무덤도 없었어요."

"……"

"죽으려고 목을 맨 적도 있는데…… 숨이 막혀오는 순간, 목을 맸던 손으로 필사적으로 줄을 끊었어요. 인간은 그렇게 참담한 존재니까…… 어쩌면 그때 나, 진짜로 죽어버렸는지도 몰라요."

파란 옷이, 불가능해 보이는 곳에 서서 3점 슛을 쏘았다. 흐트러짐 없는 동작이었다.

"할 수만 있다면 머리끝에서부터 발끝까지 바꿔버리고 싶었어요. 존재 자체를, 핏속까지 비워버리고 갈아 치우고 싶었어요."

공은 목표점을 향해 정확히 날아갔다.

"길을 떠돌 때 만난 형이 자기를 버리고 싶다고 말했어요. 세상 속으로 다시는 돌아가지 않을 거라고 했어요. 그때, 그러면 안 되었는데…… 욕심을 참지 못했어요."

관중들의 함성 때문일까, 바로 옆에 앉은 그의 말이 까마득히 먼 곳으로부터 들려오는 것 같다.

"십 년. 그렇게 십 년을 살았어요. 언제부턴가 차츰차츰 스스로가 진짜 다른 존재가 되었다고 믿게 된 것 같아요. 다시 태어났다고 생각했어요…… 멈춰야 했는데, 그럴 수가 없었어요, 도저히."

"……"

"눈에 띄지 않는 사람이 되려고 했어요. 아무한테도 피해 주지 않으려고 했어요. 세상을 다 속이고 있지만, 진심으로만 아무도 속이지 않으면 그건 죄가 아닌 줄 알았어요."

심판이 길게 휘슬을 불었다.

"……끝이 다가오는 걸 알면서도…… 너무 욕심을 부렸어요."

"……"

"더 이상 나가서는 안 된다는 걸 알고 있으면서도."

"……"

"은수씨와 함께라면, 나도 은수씨처럼 건강한 사람이 될 줄 알았나 봐요."

환호성과 열기, 야유와 박수의 세계에서 오로지 우리 둘만 투명한 유리벽 안에 고립된 채 침묵했다. 이윽고 그가 천천히 입을 뗐다.

"내 이름은 김영수가 아니에요."

시야가 뿌옇게 흐려왔다.

"용서해달라는 말, 안 할게요. 정말 미안해요."

그기 몸을 일으키는 기척을 나는 무기력하게 느끼고 있었다.

"……그래서요?"

나는 마지막 힘을 짜내 겨우 중얼거렸다. 나에게도 질식할 것처럼 낯설기만 한 내 목소리가 그의 귀에는 어떻게 들렸을지 모르겠다. 그러나…… 날더러 뭘 어쩌란 말인가. 그는 이제 와서 무엇을, 왜, 파괴하려고 드는가.

"영수 형이, 진짜 김영수가, 돌아왔어요."

부산에서 사진으로 본 남자, 김영수. 얼굴 윤곽이 전혀 떠오르지 않는다.

"……이제 다시 자기 이름을 찾고 싶대요."

목구멍에서 뜨거운 것이 울컥 치밀었다. 아주 잠시 눈을 감았다 뜬 찰나, 그는 사라지고 없었다. 경기가 끝날 때까지 나는 자리에서 일어나지 못했다. 어느 팀이 승리했는지는 끝내 알 수 없었다.

인파에 떠밀려 출구를 빠져나왔다. 낯선 사람들에게 이리 밀리고 저리 밀리는 동안 숨을 꼭 참았다. 지하철과 버스를 갈아타고 돌아왔다. 집 앞 편의점에 들어가 냉장고에서 500밀리리터짜리 생수를 꺼냈다. 계산도 하지 않고 병째 들이켰다. 반쯤 비웠을 때 입속의 물을 훅 내뿜었다. 차갑고 투명한 액체가 편의점 바닥에 유리 파편들처럼 후드득 튀었다.

이제 대체 뭘 할 수 있을까. 경찰서에 전화를 걸어 고발할까. 사회 정의를 위해? 나는 돌연 깨닫는다. 이것이 범죄든 사기극이든 그런 건 아무래도 상관없다. 그가 살인범이든 복면강도든 무슨 상관이람? 결국 내게 들이닥친 것은 또 한 번의, 사랑의 종말일 뿐이다. 모든 것은 또다시, 붕괴되었다.

이 세상 거의 모든 사랑은 해피엔딩 아니면 배드엔딩, 결혼 아니면 이별이다. 그리고 이 세상 거의 모든 결혼에는 사랑이라는 그럴듯한 증거가 필요하다. 서른두 살, 봄. 내 인생에는 절실한 돌파구가 필요했다. 그는 부유하는 먼지처럼 하찮은 나를 가장 튼튼하고 안전한 곳으로 데려가줄 유일한 남자로 보였다. 그에 대한 나의 사랑은 반듯한 세계에 무사히 도착하기 위한 최소한의 알리바이였다. 내 입으로 결혼이라는 말을 뱉은 뒤, 그를 더욱 사랑할 수밖에 없었던 역설이 거기 있었다.

'김영수'를 기준점 삼았으나, 그 기준 자체가 헛것일 수 있다는 가능성은 죽었다 깨나도 상상해보지 않았던 거다.

살아가는 일을 너무 만만하게 생각했다. 그리하여 나는 지금 생에게 잔인하게 복수당하고 있었다. 내가 지금 불행하다면, 배신감과 혼란에 진저리치고 있다면, 그건 그의 거짓말 때문이 아니다. 마지막으로 기댔던 아주 견고한 무엇인가가 별안간 흔적도 없이 스르르 녹아내렸기 때문이다.

그의 이름이 김영수이든 김수영이든 홍길동이든, 그는 나보다 키가 한 뼘 반 크고, 웃으면 반달눈이 되고, 오른쪽 뺨에 세 개의 점을 가진 한 인간이다. 한 인간의 모든 외형적 조건이 사라지고 난 뒤에도, 그에게 전과 같은 감정을 느끼는 일이 가능할까.

낭만주의자는 충고할 것이다. "그 사람이 누구라는 게 그렇게 중요하니? 그 사람이 갑자기 다른 사람이 된 건 아니잖아." 현실주의자는 비웃을 것이다. "이건 진실의 문제야. 앞으로 그 사람을 의심하지 않을 수 있어? 너는 악마에게 영혼을 팔거나 지옥 속에 살게 될 거야."

뒤늦게, 무릎이 부들부들 떨려왔다. 겹겹의 심연에 잠겨 나는 텅 빈 허공을 맨발로 걷는다.

9부 정거장, 서울, 2006

1

2006년 6월 5일까지, 많다면 많고, 많지 않다면 많지 않은 일들이 일어났다.

부모님은 본격적인 별거에 극적으로 합의했다. 두 분이 같이 살던 40평짜리 아파트는, 20평짜리 두 개로 나누어졌다.

"그래도 이혼까지 가지 않은 게 천만다행 아니냐. 만약 법정에라도 갔다고 생각해봐. 진짜 쪽팔려서 어쩔 뻔했어."

어떤 사태에 대한 오빠의 판단 기준은 오로지 남에게 쪽팔리거나 쪽팔리지 않거나, 그 두 가지뿐인 모양이었다. 오빠가 무안할까 봐서 나는 부러 커다랗게 고개를 끄덕였다.

"짜식. 암튼 성격도 좋아요. 엄마 아버지가 그렇게 됐다고 해서 네가 주눅 들 건 하나도 없어. 당당히 어깨 펴고, 밥 잘 먹고. 혹시 그런 걸로 상처 주거나 하는 놈들 있으면 오빠한테 끌고 와. 내가 죄다 밟아버린다."

오빠는 주먹을 휘둘러 보였다. 쌀을 씻어 전기밥솥에 안치는 방법을 아버지에게 가르쳐드렸다. 아버지는 "아니, 이 쉬운 걸 하면서 여자들이 그렇게 생색을 냈단 말이냐"고 흥분했다. 엄마에게는 그런 말을 전하지 않았다. 김포아저씨와 다시 만나는지도 물어보지 않았다. "결혼, 다시 천천히 생각해 보려고요"라고 내가 어렵게 운을 떼자 엄마는 "우리 딸은 코가 참 이뻐"라며 엉뚱한 이야기를 했을 뿐, 더 이상의 곡절을 캐묻지 않았다. 엄마는 마치 그 결혼이 성립되지 않으리라는 것을 애초부터 알고 있었던 사람처럼 보였다.

엄마와 헤어져 지하철을 탔다. 안이사의 우거지월드 개업식에 참석하기 위해서였다. 이틀 전부터, 제대로 먹은 것도 없는데 속이 뒤집힐 듯 미식거리는 증세가 계속되고 있었다. 처음에는 오른쪽 관자놀이가 아팠다. 심술궂은 딱새 한 마리가 머릿속에 들어앉아 쪼아대기라도 하는 듯 콕콕 쑤셨다. 그다음엔 왼쪽 엄지발가락이었다. 비스듬히 깎은 엄지발톱 끝부분이 생살을 파고드는 것처럼 불쾌하게 욱신거렸다. 곧이어 등뼈로, 무릎으로, 젖꼭지로, 통증은 실핏줄을 타고 몸 구석구석으로 퍼져나갔다. 조그만 내 몸 전체에 수백만 개의 통점이 있다는 것을, 고통을 감각하는 그 점들이 모두 하나의 선으로 연결되어 있다는 것을, 저절로 알게 되었다.

인간의 육체는 얼마나 연약한가. 부서지기 쉬운가. 그리고 육체와 영혼은 얼마나 치밀하게 필연적으로 얽혀 있는가. 나의 영혼은 나의 육체에게 자꾸 이런저런 신호를 보내어, '오은수'라는 유기체가 무사히 작동되고 있는지 확인하려 들었다. 이번 차례는 헛구역질인가 보았다. 지하철 안에서 손바닥으로 입을 틀어막고 진땀을 흘리고 있는데 의자에 앉아 있던 아주머니가 벌떡 일어났다. 아주머니는 내 손목을 붙들어 자기 자리에 앉혔다.

"원래 애 처음 설 때는 그런 거야. 안 그러고서야 어찌 꼬물꼬물한 내 새끼를 안아볼 수 있겠어."

나도 모르게 찔끔 눈물을 지렸다. 공연한 죄의식을 느끼며 나는 입덧 심한 임산부로 위장하여 의자 위로 허물어졌다.

안이사의 식당은 깔끔하고 세련된 젠 스타일의 인테리어로 꾸며져 있었다. 우거지 전문 식당이 아니라 이탈리안 레스토랑쯤으로 착각할 만했다. 오랫동안 쥐고 있던 우거지 책자 원고의 최종 필름을 간신히 인쇄소에 넘기던 날이 떠올랐다. 책의 제호는 '우거지홀릭'이라고 뽑았다.

"독립하셨나 봐요?"

안면 있는 인쇄소 직원이 물어왔다.

"예, 뭐."

대충 얼버무리며 머리를 긁적였다.

"명함은요?"

"아직."

"저런. 에잇, 창업 기념 선물이다. 서비스로 제가 파드릴게요. 회사명이 뭐예요?"

불시의 습격이었다. 얼떨결에 대답했다.

"오은수, 오은수 편집회사요."

"히야, 거 좋네. 자신감이 뚝뚝 떨어져요."

자신감? 민망하지만, 그런 것은 약에 쓸래도 없다. 오은수 편집회사가 아니라 오은수 문어발 기업을 차린대도 내 인생은 여전히 시시하기 짝이 없을 것이다.

"오은수 편집회사, 대표 오은수. 맞죠?"

그가 다시 한번 되물었다. 신기하게도 나는 천천히 고개를 끄덕이고 있었다. 『우거지홀릭』은 우거지월드의 개업식 장소에 택배로 배달되었다. 교정을 꼼꼼히 본다고 봤는데 7페이지 열두번째 줄에 오자가 있었다. '고향 어머니의 손맛처럼 깊은 맛을 내는'이라는 부분이 '고향 어머니의 손맛처럼 갚은 맛을 내는'으로 인쇄되어 있었다. 고민했지만 안이사에게 순순히 고백하지 않을 수 없었다. 어쨌거나 누군지 모를 '오은수'를 사칭해서 벌이는 이 첫번째 프로젝트를 찜찜하게 마무리하고 싶지는 않았다.

안이사가 실눈을 떴다.

"갚은? 돈을 갚았다는 건가, 은혜를 갚았다는 건가?"

"죄송합니다."

"흠. 뭐 할 수 없지. 약속했던 액수에서 좀 깎는다?"

"네? ……네."

"아니. 그렇게 풀 죽은 얼굴을 하면 내 맘이 약해지잖아."

"……"

"그것만 빼면 다 괜찮네. 오사장, 기대했던 것보다 더 똑 부러져."

처음 듣는 오사장이라는 호칭에 황홀해지기는커녕 오들오들 닭

살이 돋았다.

"개업집에 왔는데 해장국 한 그릇 먹고 가야지?"

거절할 새도 없이 그가 나를 붙들어 앉혔다. 남의 영업집에서 "사실은 제가 우거지를 별로 안 좋아해서"라고 거절할 수는 없는 노릇이었다. 속이 안 좋다는 핑계를 댈 새도 없이, 김이 모락모락 나는 우거지해장국이 나왔다. 눈을 딱 감고 국물 한 숟가락을 떴다. 뜨끈하고 구수한 국물이 입안을 보드랍게 휘감았다…… 맛있다!

이게 어떻게 된 일이지? 언제부터였을까, 나는 항상 우거지를 싫어한다고 생각해왔다. 우거지된장국, 우거지갈비탕, 우거지나물 등등 우거지가 들어간 음식을 일부러 시켜 먹어본 적은 한 번도 없었다. 어쩌면 그래서 우거지의 참맛을 알 수 있는 기회를 스스로 차단한 채 살아왔는지도 모른다. 오늘부로, 싫어하는 음식 리스트에서 우거지를 슬며시 빼야겠다. 사람은 이렇게 조금씩 변해가는 걸까.

"어때?"

안이사의 표정에 조바심이 그득하다. 나는 엄지손가락을 치켜 올렸다.

"최고예요."

안이사가 아이처럼 환히 웃었다.

"참, 어떻게 됐어? 그때 그 청년하고는."

어떤 대답도 하지 못하겠다. 그는 대충 알 만하다는 듯 혀를 찼다.

"지금 그러고 있을 때가 아니잖아. 가만 있어봐. 저기 저쪽에 안경 쓴 친구 보이지? 여기 인테리어 맡아 해준 사람인데, 나이가 서른 몇이라더라? 어때, 관심 있으면 한번……"

안이사가 턱짓으로 가리키는 곳에는 한 남자가 앉아 있었다. 얼핏 보기에 반듯하고 단정한 인상이다. 냅킨으로 입가를 넌지시 눌러 닦았다. 그런 내 행동에 쿡 실소가 났다. 어떤 방식으로든 꼬리에 꼬리를 물고 시간은 지난다. 불모의 헛구역질이 어느덧 가라앉아 있었다.

안이사가 입금해준 돈으로는 자동차를 샀다. 1999년 12월식 마티즈. 빨간색이고, 주행 거리 십만 킬로미터를 갓 넘긴 녀석이다.

중고차를 사면 선택의 범위가 좁아 결정이 수월할 줄 알았는데, 이것저것 골라야 할 것이 많기는 매한가지였다. 매매상은 그보다 연식이나 주행거리 면에서 더 나은 차를 권했지만, 왠지 이 녀석에게 마음이 꽂혔다. 이제 뭔가를 좋아하는 데 이유 같은 것은 따지지 않기로 했지만, 굳이 따지자면 2000년대가 아닌 1990년대의 마지막에 태어난 아이라는 점에 특히 정이 갔다.

급하게 도로 연수를 몇 번 받기는 했어도, 처음 차를 받아 집까지 몰고 오는 길은 당연히 미숙했다. 천신만고 끝에 '스노우 펠리스' 골목에 도착해서야 마땅한 주차 공간이 없음을 깨달았다. 동네를 빙빙 다섯 바퀴나 돌다가 간신히 차 한 대가 들어갈 만한 자리를 찾아냈다. 처음 독립하여 '스노우 펠리스' 205호에 입성했을 때, 이 거대하고 광활한 서울에 오직 나 하나를 위한 장소가 있다는 사실이 실감나지 않았다. 싱글베드는 작았지만, 내 몸을 누이면 꼭 맞았다. 그때의 내가 그랬던 것처럼, 녀석을 흰 선 안에 평화로이 뉘어주었다.

시동을 끄면서 내비게이션은 달지 않겠다고 결심했다. 하늘에서 내가 움직이는 방향을 일일이 내려다보고 있다는 상상만으로도 까무러칠 듯 무서우니까. 그 남자 '김영수'가 옆에 있었다면 동감의 미소를 보내주었을 것이다.

2

지도만 보고 찾아가는 길은 멀고 멀었다. 첫 장거리 드라이브의 목적지를 정하지 않고 출발했다면 거짓말일까. 집을 나설 때부터 내가 홍천이라는 지명을 염두에 두고 있었는지는 밝히지 않겠다.
"못 견디게 힘든 일 있을 때, 전화 한번 해도 되죠?"
사소하고도 사나운 고통들 속에 시달릴 무렵, 줄곧 그 목소리가 환청처럼 귓가를 울렸었다. 힘들 때 나를 찾겠다는 태오의 말은 곧 내가 힘들 때 자신을 찾아도 된다는 의미가 아니겠느냐고 맘대로 해석하고 싶기도 했다. 하지만 그럴 수는 없었다. 결혼을 꿈꾸던 남자와의 관계가 어그러진 뒤, 쪼르르 옛 남자를 찾아가 위로받는 여자가 되기는 싫었다. 박수받을 만한 일이 못 되어서가 아니다. 자칫 태오를 다시 만나 시간을 되돌려보려는 꼼수를 부리게 될까 봐 스스로에게 겁이 났기 때문이다.
이젠 어느 정도 괜찮지 않을까. 콧날을 찡그리게 하던 몸 구석구석의 통증도 스러져버렸으니. 적어도 그의 가슴팍에 이마를 묻고 무턱대고 울음을 터뜨리지 않을 자신은 있었다. 이렇게 하면서까지 절실하게 그 아이를 보러가고 싶은 까닭은 나도 잘 모른다. 아마도 나는 확인하고 또 확인받고 싶은가 보다. '윤태오'라는 실존이 어디론가 증발해버리지 않고 내가 알던 그 모습 그대로 거기에 잘 있는지를 말이다.

양평을 지나면서 전화를 걸었다. 태오는 무척 놀라워했다.

"무슨 일, 있어요?"

"아니야. 그냥 우연히, 근처에 들른 김에."

"진짜로 오는 길이란 말예요?"

"으응."

"어떡하지. 여유 시간 얼마나 있어요?"

"……조금. 많지는 않아."

"어쩌나. 지금 촬영이 속개되려고 해서 여길 떠날 수가 없는 상황이거든요. 아, 자기가 이쪽으로 올래요?"

홍천에 들어서 30여 분을 달려야 했다. 굽이진 일차선 도로에서 내가 속도를 내지 못하고 연방 브레이크를 잡자, 뒤따라오던 검정 코란도가 경적을 울리며 하이 빔을 쏘아댔다. 머리카락이 쭈뼛 서고 등허리가 진땀으로 젖었다.

쇠락한 느낌의 낚시터 주차장에는 몇 대의 승용차들과, 대형 버스, 수입 밴과 지프차들이 나란히 세워져 있었다. 강변에 마련된 촬영지는 상상했던 것보다 훨씬 붐볐다. 똑같은 검정색 티셔츠를 맞춰 입은 여러 스태프들이 질서 있게 움직이고 있었다. 그중에 내가 아는 단 한 사람을 찾아내는 것은 불가능에 가까워 보였다. 누가, 태오일까. 태오는, 누구일까. 쨍쨍한 햇빛이 정수리에 내리꽂혔다.

내 힘으로 태오를 발견하기 위해 결사적으로 눈동자를 굴렸다.

마침내 저쪽에서 누군가와 얘기를 나누고 있는 태오를 발견했다. 저 아이가 저렇게 심각하고 진지한 표정을 지을 줄 안다는 걸 몰랐다. 그새 머리칼이 많이 자랐고 살이 약간 붙은 것도 같다. 나는 눈을 동그랗게 뜨고 그를 한참 동안 바라보았다. 저 사람이 정말 내가 아는 그 사람이 맞을까……

태오가 이쪽으로 고개를 돌렸다. 나를 뒤늦게 알아보고는 웃으며 달려왔다. 익숙한 미소였다. 비로소 안심이 되었다. 우리는 악수를 했다. 먼저 손을 놓은 쪽은 내가 아니었다. 희미하게 서운한 감정이 솟았지만 오래 지속되지는 않았다.

"많이 바쁜가 봐."

"요 며칠 날씨가 안 좋았거든. 계속 공치고 있었는데 오늘은 해가 나서 바짝 찍어야 돼요."

태양 아래이기 때문일까. 그의 얼굴과 표정과 목소리는 환한 생기로 가득했다. 그의 셔츠 가슴께에 동전만 한 얼룩이 희끄무레하게 묻어 있었다. 저 얼룩이 어쩌다 생겼는지, 나는 이제 영원히 알 수 없을 것이다.

"보러 오길 잘했어. 좋아 보인다."

진심이었다.

"요즘 규칙적으로 살아서 그런가, 살이 자꾸 쪄요."

태오가 제 턱을 손으로 매만지며 쑥스럽게 웃었다. 나도 가만히 따라 웃었다. 햇볕은 강렬했지만 내 손목에 와 닿는 강바람의 온도는 서늘하다.

"어떻게 지냈어요?"

"나?"

"그럼 또 누가 있다고."

"그런가? 나는, 잘 지내. 참, 이거 줄게."

지갑에서 '오은수 편집회사 대표 오은수'의 명함을 꺼내어 그에게 건넸다. 이것이 나의 첫번째 명함 증정식이라는 걸 그는 모르겠지.

"와아, 드디어 창업한 거예요?"

"창업까진 너무 거창하고. 시작한 지는 좀 됐는데 아직은 개점휴업이야."

"잘될 거예요, 당연히!"

그때, 손에 시나리오를 펼쳐든 여자 스태프가 급히 우리 쪽으로 다가왔다. 나는 슬며시 옆으로 물러섰다. 둘이 나누는 대화 내용은 귀에 들어오지 않는다. 스물 두엇쯤 되었을까, 화장기 없는 보송보송한 피부와 가느다란 몸매가 어린 대나무처럼 청신하다. 눈부신 젊음에 대해 눈곱만큼의 질투도 일어나지 않는다.

"어쩌지. 다음 신 준비에 문제가 생겼나 봐. 여기서 촬영 구경하고 있을래요? 네 시까지는 돌아올게요."

그를 향해 활짝 웃어주었다. 태오가 내 어깨에 가볍게 손을 올렸다가 내렸다. 등을 돌리려는 그에게 나는 심상하게 묻는다.

"참, 6월 5일에 뭐해?"

"6월 5일? 일주일 남았네. 글쎄. 촬영 중이겠죠, 뭐."

그는 바삐 달려갔다. 나는 그의 뒷모습을 물끄러미 응시했다. 검은 티셔츠의 등판에 'staff'라는 흰 글자들이 선명히 박혀 있다. 태오라는 남자 또한, 내가 결코 속속들이 알 수 없는 한 인간 '윤태오'임을 미묘하게 실감하는 순간이다.

태오가 떠나자마자 촬영이 시작되었다. 남자 배우와 여자 배우가 말다툼을 벌이는 장면이다. "정말 마지막으로 물어볼게. 그 시간에 뭘 했어?" 남자가 허깨비처럼 묻는다. "당신은 항상 그런 식이지. 왜 그렇게 자신이 없어?" 여자가 면도날처럼 대꾸한다. 둘은 지금 서로 다른 세계의 언어로 말하고 있다. 한구석에 비켜선 채로, 나는 배우들의 동작을 멍하니 지켜보았다. 그들은 같은 상황을 몇 번이고 되풀이해서 연기했다. 감독은 그 여러 개의 동일한 컷 중에서 단 하나를 골라 자신이 창조한 시간대에 이어 붙일 것이다. 진짜 인생에서라면 어림도 없는 일이다.

일곱 번이나 반복한 뒤에 드디어 그 신이 끝났다. 태오가 약속한 시간까지는 아직도 한참 남아 있었다. 나는 조용히 걸음을 뗐다. 촬영장을 빠져나오다가 아까의 그녀와 눈이 마주쳤다.

"가시게요? 태오 오빠 조금만 있으면 올 텐데."

"급히 가야 할 데가 생겨서요."

거짓말이었지만 죄책감이 들지는 않는다.

"가족이시죠? 많이 닮으셨어요."

옛 애인이라고 하면 이 여자아이가 어떤 표정을 지을지 한번 보고 싶다는 짓궂은 생각이 든다. 그러나 나는 대답하는 대신 입술을 벌리지 않은 채 미소 지었다. 나도 저 나이를 지나왔다. 그땐, 서른두 살이라는 나이가 연한 속살을 벌린 채 날 기다리고 있다는 것을 짐작해보지도 않았다. 지금 마흔두 살이라는 나이 속의 내 기쁨과

슬픔, 한숨과 웃음을 어림잡아 헤아리기도 불가능한 것처럼.

 인구 센서스의 분류법에 따르면 나는 '서울 거주 삼십대 미혼 여성'이 되겠지. 이대로 서울로 돌아가다가 아까의 코란도 같은 놈을 만나 싸움이라도 붙는다면, 그리하여 그를 죽여버리기라도 한다면, 신문 기사의 제목은 '삼십대 여인, 홧김에 살인' 따위로 붙여질 것이다. 그 옆에 나이든 미혼 여성의 이기적이고 불안정한 정신 상태를 분석하고 작금의 세태에 우려를 표명하는 칼럼이 실릴지도 모른다.

 그러나 점점 더 혼란스럽다. 나는 정말, 서른두 살의 나이인가? '서른두 살스러움'의 기준, '서른두 살적인 사고방식'의 기준은 대체 누가 정하는데? 한 개인이 일상의 지층을 뒤흔드는 커다란 사건에 처했을 때에 그런 소속 집단에 대한 선입견은 아무런 쓸모가 없다. 소속 집단의 규범에 의지하여 머리가 빠개지도록 고민해봐야 답은 나오지 않는다. 나에게 나는, 우주 속의 유일한 개체. 새끼발가락에 티끌만 한 가시가 박힌대도 단독의 고통을 감내하며 작은 방 안을 홀로 뒹굴어야 한다.

 ──기다리지 못해서 미안해. 영화 기대할게. 건강해!

 차 안에서 문자메시지를 보냈다. 아주 길었던 롱 테이크 신이, 드디어 끝났을까. 반복할 수 없다면 후회하지는 않겠다.

 집에 돌아오자마자 책상 서랍을 뒤집어엎었다. 이대로 마냥 회피하고 있을 수만은 없었다. 서랍 속에는 별별 잡동사니들이 다 들어 있었다. 용도 모를 알약들, 구겨진 영수증들, 색색의 머리끈들, 10원짜리 동전들, 잉크 없는 볼펜들 틈에서 김영수의 명함을 찾아냈다. 초록빛 고양이 한 마리가 도도히 올라앉은 그의 명함. 그린캣 대표이사 김영수. 그의 이메일 주소가 'onthesea'로 시작한다는 걸 처음 알았다. 바다 위를 맨발로 걸으면 어떤 감촉이 느껴질까. 바다 위의 남자에게, 나는 이메일을 쓰기 시작했다.

영수씨.

이름이라는 건 뭘까요. 그렇게 부르기로 정한 일종의 약속이겠죠. 나에게 영수씨는 처음부터 김영수였으니, 우리의 약속대로, 내 방식대로, 그냥 부를래요.

그거 모르죠? 내 좌우명이 '기브 앤드 테이크'라는 걸. 누군가의 일방적인 비밀을 듣는 건 싫어요. 왠지 부담스럽잖아요. 그러니까 나도 내 비밀 한 가지 말해줄게요.

나는 사실, 인어가 되고 싶었어요.

땅을 꾹꾹 디디며 걸어야 하는 두 발 대신 지느러미가 있으면 좋겠다고 생각했어요. 그래서 바닷속을 맘대로 흘러 떠돌아다니면 좋겠다고요.

이 세상의 틈과 틈 사이를 요령껏 요리조리 피해 다니면 아무것도 책임지지 않아도 되는 줄 알았어요. 어른이 되는 시간, 내 인생에 온전히 책임져야 하는 시간을 최대한 뒤로 미룰 수 있을 줄 알았어요.

하지만 한편으론 두려움을 버릴 수가 없었어요. 이러다 까딱 잘못하면 영원히 뭍으로 올라가지 못하는 게 아닐까. 다들 땅 위에 튼튼한 뿌리를 내리고 사는데 나 혼자만 물속에서 뻐끔거리며 늙어가는 게 아닐까. 늙은 인어공주, 늙은 피터팬이라니…… 상상만으로도 끔찍하잖아요.

도망치고도 싶고, 안주하고도 싶었어요. 외롭기도 싫고, 책임지기도 싫었어요. 나는 늘 그 두 갈래 길 앞에서 이러지도 저러지도 못하고 어정쩡한 폼만 잡으며 살아온 것 같아요.

그때 영수씨를 만났어요. 영수씨를 좋아하지 않았던 건 결코 아니에요. 그러나 어쩌면 영수씨의 단단한 허리를 꼭 붙잡고서 짜잔! 물 위로 멋지게 부상하고 싶다는 바람이 더 컸는지도 몰라요.

지금 생각하면 참 이상해요. 내 성장을 왜, 제도에 끼워 맞추려고 했을까요? 물 밖으로 나간다고 해서 어른이 되는 것도 아니고, 물속을 떠돈다고 해서 어른 되기를 멈출 수 있는 것도 아닌데.

내가 진짜로 원하는 게 뭔지 아직도 잘 모르겠어요. 열심히 두리번거리다 보면 언젠가는 찾아지겠죠. 뭐, 못 찾아도 할 수 없고요.

영수씨, 따뜻한 사람이에요. 그건 누가 뭐래도 '김영수'가 아니라 영수씨가 가진 품성이라는 말, 꼭 해주고 싶어요. 그리고 '김영수'에게 너무 짓눌리지 않았으면 좋겠어요.

솔직히 나도 가끔씩 내가 '오은수'를 흉내 내며 사는 건 아닐까 궁금해요. 내 이름이 오은수가 맞는지, 내 이름과 진짜 나 사이에 뭐가 있는지…… ;-)

안녕, 이라는 작별 인사 대신 윙크를 보냈다.
그를 위한 것이 아니라, 나를 위한 것이었다.

답장이 왔다.

은수씨.
다시 집으로 돌아온 지 일주일이 되어가요. 그리 오래 떠나 있었다고 생각지 않았는데 집 안이 아주 낯설게 느껴졌어요. 의자, 컴퓨터, 창문가의 산세베리아 화분, 그들이 변한 게 아니라 내가 변한 거겠죠.
현재를 버려야 하는 순간이 닥쳐왔지만, 점점 더 분명히 알게 돼요. 그렇다고 해서 다시 과거로 돌아가지 못하리라는 것을.
……이 세계가 아니라 진짜 나 자신과 맞부딪치게 되는 날, 결과 보고드릴게요.

그의 편지를 나는 딱 한 번, 빠르게 훑어보았다. 그리고 삭제 버튼을 눌렀다. 글자들을 한 자 한 자 더듬고 있으면 어쩐지 그를 두 번 다시 만나지 못할 것 같았기 때문이다. 그를 다시 만나고 싶다는 뜻은 아니었다.

3

2006년 6월 5일. 점쟁이가 점지해준 나의 결혼식 날은 어떤 비장한 징조도 없이 밝았다. 그 비극적인 희극에 관심을 보이는 이는 아무도 없었다. 유희가 전화를 걸어온 목적도 다른 데 있었다.

"야, 유준이 얘기 들었어?"

목소리가 퍽 다급하다.

"아니, 왜?"

"쓰러졌대."

"뭐?"

"잔말 말고 빨리 뛰어와."

병원 복도에서 재인과 마주쳤다. 그녀 역시 갑작스런 연락을 받고 부랴부랴 달려왔다고 했다. 병실 문을 열었다. 침대 위의 환자는 흰 시트를 머리 꼭대기까지 덮은 채 꼼짝 않고 누워 있었다. 정신이 혼미해져왔다.

"유준아!"

재인과 나는 동시에 소리쳤다.

"엉?"

유준이 시트를 젖히고 부스스 깨어났다.

"뭐야? 죽은 줄 알았잖아."

재인은 그새 눈물까지 글썽이고 있었다.

"웬 난리들이야?"

유준의 병명은 과로로 인한 탈진과 복통이라고 했다. 어느새 들어온 유희가 한마디 던졌다.

"과로란다. 남유준과 과로! 끝장나게 언밸런스한 조합 아니냐?"

"아이 씨. 그냥 쉬려고 꾀병 부리는 중이라니까."

유준이 정색을 하고 반박했다. 아마도 그럴 리는 없을 것이다. 꾀병이 통할 나이는 진즉에 지나버렸으므로. 유준에 따르면, 3학년 수업을 하고 있는데 별안간 눈앞이 핑그르르 돌더니 강의실 바닥이 천장으로 솟아오르더라고 했다.

"우리 아버지가 고혈압으로 돌아가셨잖냐. 솔직히 걱정은 좀 되더라. 내가 벌써 혈관의 피를 걱정해야 할 나이라니. 절망이야."

병실의 작은 창 너머로 병원 앞뜰이 내려다보였다. 밤새 내린 비 때문일까, 이름 모를 흰색 꽃잎들이 떨어져 땅바닥에 뒹굴고 있었다.

"꽃은 왜 질까?"

나는 혼잣말처럼 중얼거렸다. 얼굴빛이 완연히 핼쑥해진 유준이 짐짓 장난스럽게 흥얼댔다.

"세월 가면 그때는 알게 될까, 꽃이 지는 이유를~"

"그래. 조용필!"

갑자기 유희가 손뼉을 쳤다.

"어쩜 좋냐. 조용필 노래가 귀에 박히는 순간, 진정한 대한민국 중년이 되는 거라던데."

"중년?!"

고개를 절레절레 저었지만, 어쩐지 저항하기 어려웠다. 유희는 가슴수술의 성공적인 경과를 과시하고 싶은 모양인지, 아슬아슬한 계곡이 다 보일 정도로 파인 브이넥 니트를 입고 왔다. 그녀는 이것이 피나는 노력의 결과라고 주장했다.

"마사지할 때 얼마나 고통스러운지, 딱 지옥에 떨어진 것 같아. 악악 비명이 절로 나온다고. 뭐 그걸 꾹 참고 견디니 좋은 날이 오더라만은."

마지막 말이 주는 교훈은 진부하지만 계몽적이긴 하다.

"너희들도 얼른 해라. 정말 이 뿌듯함, 말로 다 못 해. 다음 오디션 때 입을 의상도 상체를 강조하는 타이트한 놈으로 골라놨어. 예전엔 감히 쳐다보지도 못하던 걸로."

오디션 운운하는 것을 보니, 그녀는 아직도 뮤지컬 스타에의 꿈을 버리지 못했나 보다.

"당연하지. 얼마나 됐다고? 이번엔 꼭 코러스라도 따낼 거야. 두고 봐."

식염수백 200시시가 한껏 고쳐시킨 그녀의 자신감이 얼마나 유효할지는 두고 봐야 알겠지만, 어쨌든 당장은 보기 좋았다. 재인은, 말로는 "엄청 따분하게 살고 있어"라고 했지만 새로운 남자가 생긴 눈치를 팍팍 풍겼다. 전화기를 들고 복도로 나가 소곤대며 통화했고, 발그레한 낯빛으로 돌아왔다. 우리가 달려들어 추궁하자 바로 실토했다.

"여기 느낌이 와. 아, 이 사람이구나 하는."

유희가 허허 웃었다. 나 역시 억지로 웃음을 참았다. 재인은 전 남편과 헤어지는 순간, 그 사람과 관련된 모든 기억들을 포맷하듯 죄다 갈아엎어버렸나 보다.

"그런데 나, 결혼한 적 있단 말을 아직 못 했어. 도저히 입이 안 떨어지네. 꼭 해야 될까? 그렇겠지?"

우리는 입을 다문 채 창밖으로 눈을 돌렸다. 때론 타인의 상처를 일부러 건드려 파헤치지 않는 것이 이 도시에서 통용되는 우정의 한 방식일지도 몰랐다. 우리들은 어쩌면 아무것도 보고 있지 않았다.

순간들은 다 어디로 갈까. 언젠가 지금과 비슷한 시간을 지난 적이 있다. 대학 졸업반 무렵의 늦봄이었다. 우리는 캠퍼스 한구석의 벤치에 조르르 앉아 꽃이 지는 풍경을 보고 있었다. "내년 이맘땐 다들 어디 있을까?" "그러게 말이야. 안 그래도 심란한데 꽃은 왜 지고 난리야." 그때 우리가 어깨를 잔뜩 움츠리고 있었다면 그건 아마도 이 세상이 너무도 드넓게만 여겨졌기 때문일 것이다.

오늘, 오랜만에 한자리에 모인 친구들은 큰 소리로 떠들고, 짧게 침묵했다. 침묵의 찰나는 깊었다.

해마다 어김없이 봄꽃은 피었다 지고, 우리는 여전히 막막하게 흔들리고 있다. 다시 십 년쯤 뒤 우리는 또 어딘가에 모여 꽃이 지는 이유를 추리하고 있을지도 모른다. 그때는 우리 모두 조금, 아주 조금씩은 달라져 있겠지. 꽃이 지는 새로운 이유를 발견해냈겠지. 그렇게 믿어보기로 한다.

재인은 회사에 들어가봐야 한다고 했고, 유희는 병원에 조금 더 남아 있겠다고 했다. 나는 좀 걷기로 한다. 오후 다섯 시. 하늘은 흐리고 스산한 바람이 분다. 요즈음, 날씨가 도무지 다소곳하지 않다. 행인들의 옷차림도 각양각색이다. 어떤 이는 긴팔 재킷을 여민 채 바삐 걷고, 또 다른 이는 어깨가 드러난 민소매 차림이다. 나는 반팔 블라우스에 칠부 니트 카디건을 겹쳐 입은 어중간한 모양새다. 비닐봉지가 춤추듯 바람에 날리는 모습을 나는 무감동하게 바라본다.

이런 미친 날씨에, 사람들은 뭘 할까? 옛 애인의 결혼식을 저주하며 화장실에서 혼자 코를 풀지도 모르지. 연하의 남자친구가 끓여놓은 김치찌개를 먹기 위해 종종걸음으로 귀가를 서두를 수도 있겠고, 회사에 사직서를 내던진 뒤 스스로에게 하트 목걸이를 선물할 수도 있겠다. 그렇다면 지금, 나는? 나는 길을 걷고 있다. 처음 방문한 도시를 하릴없이 떠도는 게으른 여행자처럼……

불현듯 기습적인 허기가 느껴진다. 포장마차의 휘장을 걷고 들어선다. 구부정한 자세로 떡볶이를 먹는다. 별별 일이 다 일어났다가 소리 소문도 없이 사라지곤 하는 이 도시에서, 이쑤시개로 떡볶이를 찍어 먹으며 허기를 달래는 조그만 여자의 모습은 아무의 관심도 끌지 못할 것이다. 반투명한 비닐 창밖으로 거리가 어룽져 보인다.

내 곁에 다가왔다 떠난 이들이 나에게서 무엇을 읽고 갔는지 나는 알지 못한다. 내가 아는 건 단 한 가지. 그들이 기억하고 있을 그 어떤 나의 얼굴도 오롯한 오은수는 아니라는 것. 완전한 오은수는 어디에도 존재하지 않는다. 그러나 지금 여기, 맵고 달콤하고 뜨겁고 말캉한 떡을 묵묵히 씹어 삼키고 있는 나의 심장은 1초에 한 번씩 진지하게 뛰고 있다.

길 건너 스타벅스에 들어가 카페모카를 주문한다. 문득 웃음이 난다. 1,500원짜리 떡볶이로 저녁을 때운 주제에 후식으로 두 배가 넘는 가격의 커피를 마시다니. 통장 잔고를 헤아려보려다 그만둔다. 창가 자리가 나를 위해 운 좋게 비어 있을 리 없다. 매장 한구석 작은 원형 테이블에 쟁반을 올려놓는다. 쟁반 위에, 머그잔이 달랑 하나뿐이다. 혼자라는 사실이 또렷하게 실감난다.

서른두 살. 가진 것도 없고, 이룬 것도 없다. 나를 죽도록 사랑하는 사람도 없고, 내가 죽도록 사랑하는 사람도 없다. 우울한 자유일까, 자유로운 우울일까. 나, 다시 시작할 수 있을까, 무엇이든?

아스팔트 위로 돌연 굵은 빗방울들이 후드득 떨어진다. 거리를 걷던 행인들이 일제히 가방에서 우산을 꺼내 펼쳐 든다. 모두들 오늘의 일기 예보를 충실히 숙지한 채 길을 나섰나 보다. 거리는 곧 색색의 우산들로 물결을 이룬다. 나에게는 우산이 없다. 예측 불가능한 인생을 사는 것은, 오로지 나뿐인가. 나는 천천히 몸을 일으킨다. 유리로 된 자동문이 세상을 향해 활짝 열린다.

곤두박질치듯 비가 쏟아져 내리고 있다. 무늬 없는 7센티미터 검정 하이힐이 주저하듯 그 속으로 미끄러져 들어가는 것을 나는 똑똑히 내려다본다.

빗속은 생각보다 아늑하다. 아무렇지도 않은 척, 팔을 앞뒤로 흔들며 걷는다. 버스 정류장에서 발을 멈춘다. 저녁의 정거장, 길들은 여러 갈래로 뻗어 있다. 어느 쪽으로 가야 할지 아무도 가르쳐 주지 않는다. 다만 가장 먼저 도착하는 버스에 무작정 올라타지는 않을 것이다. 두 손을 공중으로 내밀어본다. 손바닥에 고인 투명한 빗물을 입술에 가져다 댄다.

아무것도 느껴지지 않는다. 서울의 맛이다.

작가의 말

이것은 나의 도시에 사는, 나의 은수에 관한 이야기다. 당신의 도시에 사는, 당신의 인물과는 전혀 다를 수도 있다. 당연하다. 나는 요즘 그렇게 생각하기 시작했다.

2005년 늦여름부터 2006년 초여름까지 은수와 함께 지냈다. 누군가와 헤어져야 할 때 억지로라도 태연을 가장하는 편이지만, 이번에는 아무렇지도 않은 척 맨송맨송한 얼굴로 보내기 힘들다. 덕분에 여러 가지를 버틸 수 있었다. 그녀에게 진심으로 감사한다.
 『달콤한 나의 도시』가 내 이름이 아니라 오은수의 이름으로 기억되기를 바란다.

아름다운 그림을 그려주신 권신아님과 문학과지성사 식구들에게 특별한 고마움을 전한다.

2006년 7월
정이현